追放された最強聖女は、街でスローライフを送りたい！1

やしろ慧

Kei Yashiro

Regina

登場
人物紹介
アンリ
若き伯爵。孤児として
リーナやシャルルと
同じ施設で育ったが、
五年前、お金持ちの
父親に引き取られた。
ミケちゃん
みーちゃん
リーナ
聖女と呼ばれる治癒師。
幼馴染の勇者シャルルに
いきなり追放されてしまう。
前世の記憶を持つ、
元日本人。

シャルル
聖剣に
選ばれし勇者。
リーナやアンリとは
幼馴染で、
兄弟のように
育ったが――？
フェリシア
王宮付き魔導士。
年齢不詳で酒豪の
クールビューティ。
ジュリアン
アンリの従者。
生真面目な
性格で、自身も
男爵位を持つ。
カナエ
異世界から来た謎の女性。
新たな治癒師として
シャルルのパーティに
加入した。
アデル＆サイオン
勇者パーティの剣士達。
リーナを置き去りにして
シャルルと共に旅立つ。

目次

追放された最強聖女は、街でスローライフを送りたい！　1

プロローグ　聖女です。寝耳に水の濡れ衣（ぎぬ）で追放されました

「治癒師（ちゆし）リーナ、君をパーティから追放する」

寝耳に水という言葉を表現するのにぴったりの状況があるならば、このときの状況はまさにそれだった。

幼馴染（おさななじみ）にしてパーティの仲間でもある、勇者シャルルからそう宣言されたのは、滞在中の街で高熱を出し、ふらふらになっていたときのこと。

パーティの皆に迷惑をかけないように宿屋にひきこもり、自分で自分に癒し（ヒーリング）の魔法をかけて、魔力切れで倒れては、また起きて魔法をかけて……を繰り返していた。

十日経って、ようやくリゾットが喉（のど）を通るまで回復した頃、シャルルは私に指を突きつけ、いきなり追放を宣言したのだ。

「はい？」

ベッドに身を横たえたまま、スプーンを咥（くわ）えていた私は、間抜けな声を出した。

追放？　私が？　どうして？　疑問符が頭の中にいくつも浮かぶ。

「……とりあえず、座る？」

その問いかけにシャルルも、他の仲間も答えてくれない。

私は金色の髪に青色の瞳をした幼馴染の勇者を見つめた。

シャルルは一つ年上の十九歳。私と同じ施設で育った彼は、聖剣に選ばれて勇者になり、旅に出て今年で四年になる。

年上のくせにどこか頼りないところのある彼を、私は弟のように思っていた。

幼馴染というより大事な家族だと。

——それなのに、シャルルは一体何を言っているのだろうか。

私達が王都の東にある、このアンガスという名の都市に着いたのは、ちょうどひと月前。

我がハーティア王国の現国王から「アンガスの地下のダンジョンに不穏な動きをする魔物がいるから、探ってくるように」との命令を受けてのことだった。

ダンジョンに潜って半月ほどは、順調に探索を進めていた。

時折不穏な気配を感じつつも、国王陛下が言う「不穏な動きをする魔物」には出会っていなかった。

ダンジョン内部には先遣隊が設置した「人が近づくと自動的に灯る装置」がある。

ところが地下六階層になると装置は全く作動しない……いや、装置自体がなかったのだ。

それはつまり、この階層には誰も到達したことがない、ということだった。

「俺達がここまで到達した初めての人間！　ってことだよな。さすが俺達だぜ！」

頑健な体をした赤毛の剣士サイオンが口笛を吹いた。

私はちょっと顔をしかめる。

「サイオン、やめて。口笛は魔物を引き寄せるかもしれないから」

サイオンは頼りになる腕のいい剣士だけど、少し迂闊なところがある。

地下に潜る魔物は高い音を警告音ととらえて攻撃してくる傾向があるから、ダンジョン内での口笛は禁物。

それにサイオンが怪我をしたら治療するのは治癒師である私だ。それが自分の役目だから別に構わないけれど、無駄に怪我はさせたくないから、私は注意をした。

「……ちっ」

いつもなら私のお小言を笑い飛ばすのに、サイオンは小さく舌打ちをした。それから、少し不満げに口を尖らせて女剣士のアデルと視線を交わす。

違和感を覚えた私が、二人にどうしたのかと尋ねる前に、凛(りん)とした女性の声が響いた。

「灯り(ライティング)よ！」

魔導士フェリシアの呪文で光が出現し、苔(こけ)むしたダンジョンの内部がまるで真昼のように照らされた。

「進もう」

シャルルが促(うなが)し、私達は彼のあとに続く。

けれど一歩を踏み出したところで、視界の端にギラリと光るものをとらえた。

――赤く光る、何か。

反射的に視線を走らせたけど、シャルルはまだ気づいていない。

勇者の護衛をするべきサイオンは、私の背後でアデルと何事か囁(ささや)き合っている。

「シャルル、危ないッ‼」

私は叫んで、咄嗟(とっさ)にシャルルをかばった。

「……！　リーナッ！」

背中に何かが刺さったような熱さを感じ、私は悲鳴をあげた。それから先は記憶にない。

目覚めたとき、私は宿屋のベッドに寝かされていて、冒険者ギルドから派遣された医師から「魔物の毒にやられたようだから安静にしなさい」と言い渡された。

幸い致死性のものではなかったけれど、私は何日も寝込むことになり、他の四人は私を置いてダンジョンに潜っていた。

治癒師がいないのにダンジョンに行くのは危険ではないか、と夢うつつに思ったけれど、たまたまギルドにいたフリーの治癒師がシャルルに同行したらしい。

早く、元気にならなくちゃ。

みんなを助けるために、元気にならなくちゃ。

そう思いながら十日間を過ごし、ようやく動けるようになった。それなのに……


「追放って、どういうこと？」

「君が役立たずだからだよ。リーナ」

海の青より美しいと称えられた瞳でシャルルは私を見た。呆然とする私に構わず、不自然なほど落ち着いたまま、シャルルは続けた。

「君は楽がしたくて、わざと、あの魔物に襲われたふりをしたんだろう？」

「え？」

私は間抜けな声を出した。

サイオンが楽しそうに言う。

「俺達が泥にまみれて探索している間、一人だけ宿屋でぐっすり休んで。いい身分だな！　思えば、ここのダンジョンに来るのにリーナは否定的だった」

「それは、だって、先遣隊（せんけんたい）のみんなが怪我をして帰ってきて……、危険だと思ったから」

あまりの衝撃に言葉がうまく見つからず、何だか言い訳がましく響いてしまって、それが悔しい。

サイオンが私をせせら笑うように見ていた。アデルもだ。

その後ろには無表情のフェリシアと、見知らぬ可憐な女性がいる。

「よく言うぜ。治癒師のくせに、俺達を治療するのが嫌だったんだろう？」

サイオンが悪態をつく。

「どういうこと？」

「前衛のあたし達だけが戦って、後衛のあんたは楽してばっかり。その上、怪我をしたあたし達を治療するのも嫌がるなんて、あんた本当に治癒師？　少し腕がいいから『聖女』なんて呼ばれて……いい気になってるんでしょ」

私はアデルの言葉に絶句した。

確かに私は治癒師だけど、それ以外にもたくさんの仕事をしてきたつもりだ。

人を癒（いや）すのだけが私の仕事じゃない。

ダンジョン内で皆が休憩できるスペースを確保して、魔法で浄化したり、魔物の出現率が低くなるよう、皆の道具に特殊効果を付与したり。

アデルが狼タイプの魔物に襲われて、腕を切断する危機に瀕したとき、治療したのも私だ。そのあと、私は疲労で倒れて……

あのときアデルは泣きながら、こう言ってくれたのに。

ありがとう、ほんとにリーナは聖女みたいだね、って。

「治癒師による治療は、怪我をした本人のエネルギーも消費する。だから無闇に使うべきじゃないって説明してきたよね？　それに、怪我をしてもどうせ治るって考えは、皆が強くなるためにもよくないから、できる限りやめようって……」

「それはリーナ、君が力不足だからだろう？」

私の言葉をシャルルが止めた。シャルルはずっと微笑みをたたえている。

「僕達を治療するとすぐ疲れてしまって、嫌だからだ」

「そんなことあるわけない！　シャルル、少し落ち着いて考えてよ。私がそんなこと思うわけないって、シャルルならわかるでしょう？　ずっと一緒にいたじゃない！」

必死に訴える私を、シャルルはどこまでも冷たい目で見てきた。

「やめてくれないか。その家族ヅラを」

「かぞく、づら？」

あまりの口調の冷たさに、私は凍えそうな気持ちで幼馴染を見た。

彼はいつもみたいににっこり笑って、さらに続けた。

「うんざりしていたんだ。リーナ。君はたまたま僕と同じ施設の出身で、治癒師の能力があったから連れてきてやったけど、勇者の僕にいつまでも口うるさく注意してきて、自分の立場を弁えていない」

「そんな！　勇者として一人で王都に行くのが嫌だって、私を誘ったのはシャルルじゃない」

「君が言わせたんだろう？　僕には君は不要だった。ずっと前からね」

シャルルの中では少なくとも、そうなっているらしい。

私は悲しみも怒りも通り越して、すうっと自分の気持ちが冷めていくのがわかった。

この四年、彼らを支えてきたつもりだったけど、そんな風に思われていたんだ。

沈黙する私を、落ち込んでいると勘違いしたのだろう。シャルルは追い打ちをかけるように、高らかに宣言した。

「治癒師リーナ。勇者シャルルの名において君をパーティから追放する」

冷たい目で見下ろすシャルルと、勝ち誇った顔のアデル、敵意をむき出しにしているサイオンと、いつも通り無表情のフェリシア。

その後ろから現れたのは、これまで無言で様子を見ていた小柄な美女だった。

「あとのことは、心配なさらずとも結構です」

艶（つや）やかな黒髪に、血赤珊瑚（ちあかさんご）のような色の瞳。

二十歳（はたち）前後に見えるその美女は、私に向かってにこやかに言った。

「初めまして、リーナ様。私、カナエっていいます」

「カナエ、さん」

私はまじまじと彼女を見た。

カナエ……変わった名前だ。この国の名前ではない、むしろ……

「カナエさんは異世界からやってきたんだ」

シャルルが説明する。

珍しいことではあるけれど、ありえないことではなかった。

この国は「どこかの世界」と繋がっていて、ごくたまに、その世界から人が「落ちてくる」。それは冒険者をしていれば誰もが知っている事実。

私はそれを冒険者だからではなく、体感として知っているけれど。

「私が貴女の代わりに、パーティの治療を担当させていただくことになりました」

美女――カナエは穏やかに説明した。

「カナエさんは治癒師としての腕も一流だし、女性らしくて優しいし……誰かさんとは大違いだよ！」

サイオンが自慢げに言ってくる。あんまりな言い草なので私は聞き流した。

「爪の垢でももらったらどうだ？　煎じて飲んでも効果があるとは思えないけどな！　前から年下のくせにいちいち小うるさい、生意気な女だと思っていたんだよ！」

……どうも、サイオンは私にあれこれと指図されたり、お小言を言われるのが嫌だったみたいだ。猪突猛進な性格のサイオンを、穏やかな気質のシャルルは諌めづらいようだし、アデルはサイオンのことが好きだから嫌われるようなことは言わない。

せめて私がストッパーになって、彼が極力無茶をしないように注意していたつもりだけれど、彼にとっては「気に食わない小娘のお小言」だったわけか。

「リーナさんが抜けても、私が勇者様ご一行を必ずサポートします。だからどうか、安心して体力回復に努めてくださいね？」

小首を傾げたカナエが猫みたいに大きな目で、同意を求めるようにシャルルを仰ぐ。お顔の作りだけは、どこから見ても完璧な我が勇者様は、ほんの少し目元を赤らめた。

私は内心で深くため息をつきながら思い出していた。そういえばシャルルって、ちっちゃくて可愛くて、女の子らしい子が大好きだったなあ、って。

怒りより何より、虚しさに襲われて、私は虚脱してしまう。四年間の苦労や、楽しかった思い出や、その他諸々を思い出して……ベッドの上で手を組んで、シャルルを見つめた。

幼少の頃から十年以上もの間、家族みたいに思っていた勇者を。

「そっか、わかった」

「リーナ、いくら君が嫌だと駄々をこねても……えっ？」

あっさり頷いた私に、シャルルが何故か驚く。

「仕方ないよね、皆が多数決でそう決めたのなら。ここは民主主義だよね、仕方ない」

「ミンシュ？」

「あ、何でもない、こっちのこと。……もう一度聞くけど、私がそばにいなくても、シャルルは困らないんだよね？」

私が念を押すと、シャルルは首を縦に振った。

「当たり前だよ。君がいなくても全く困らない。むしろ好都合だ」

「金輪際、シャルルとパーティを組むことはないけど、それでいいんだよね？」

「だからそうだって言っているだろう」

素っ気ない口調でシャルルは再度肯定した。

金輪際(こんりんざい)、私にかかわりはしない、と。

……じゃあ、もう、いいや。

私はシャルルという存在をくしゃくしゃに丸めて、頭の隅にある「ゴミ箱フォルダ」にポイっと捨てることにした。シャルルがそう決めたのならば、仕方ない。

私も過去のことは忘れて、明日からのことを考えよう。

「ねぇ、フェリシア。皆の共同財産から、私の分だけもらっていい？」

私はこの愁嘆場(しゅうたんば)、あるいは茶番の間もずっと無表情を崩さない魔導士に聞いた。

年齢不詳の美女フェリシアは無言で頷(うなず)く。

準備のいい彼女は私に、新しく作ったらしい私だけの口座の証明書を渡してくれた。

魔鉱石(まこうせき)という特殊な鉱石で作られた薄い石版(タブレット)に手をかざすと、その表面が仄(ほの)かに光り、残高が浮かび上がる。

少ないな、と眉をひそめた私を、アデルが鼻で笑う。

「もらえるだけありがたいと思いなさいよ！　あんたがこの宿屋で楽してた間の宿泊費は、当然さっぴかせてもらったから！」

左様(さよう)ですか。

返事をする義理はないから、私はそれを無視した。

フェリシアはアデルをちらりと見て、何か言いかけたけど、結局口をつぐむ。

私は最後にフェリシア以外の三人と、異世界から来た美女を見つめて、ゆっくりと言った。

「わかりました。では、さようなら」

あっさりとした態度に、サイオンとアデルが若干鼻白むのがわかる。

私が促すまでもなく、扉を開けて全員が、さっさと出ていく。

「拍子抜けしたぜ。あっさり引き下がったな、あいつ」

「元々冷たい女なのは知っていたわ！　あたし達のことを仲間だなんて、少しも思ってなかったのよ。だから平気なんだわ」

サイオンとアデルの無神経な大声に、さすがに精神がささくれ立つ。

「ああ、よかった。これで肩の荷が下りたよ」

やれやれ、とばかりに言ったのは、シャルルだった。

その声にサイオンとアデル、それからカナエの笑い声が続く。

私はベッドに潜って、唇を噛み締めた。

泣くもんか。

絶対に、こんなことで泣かない。

とりあえず寝て、精神と体力を回復させるんだ。

目をつぶると途端に眠気がきて、私は昔のことを珍しく夢に見た。

私とシャルルと……それからここにはいないもう一人の幼馴染(おさななじみ)が、まだ子供だった頃のことを。

第一章　聖女は街で、自立します！

前世、なんてものがこの世に存在すると思う？

私、リーナ・グランがそれの存在に気づいたのは五歳のときだった。

両親を流行病(はやりやまい)であっさり亡くし、施設に連れていかれた夜のこと。私は一人になった心細さにメソメソ泣いて、心配そうに見守る子供達も無視して、ずっと悲しんでいた。

そんな私に声をかけてくれたのは、天使みたいに綺麗な二人の子供だった。

一人は、蜂蜜色(はちみついろ)の髪に海より青い瞳をしたシャルル。

もう一人は、黒髪に宝石みたいな青紫の瞳と真っ白な肌をしたアンリ。

大丈夫？　と聞いてくれたのはシャルルだったけれど、私が無視すると彼は困り果てて、連れのアンリを見た。

アンリは泣いてばかりでご飯も食べない私を無理やり立たせると、嫌がる私の襟首(えりくび)をつかんでズルズルと食堂まで引きずっていった。

お金持ちの両親に甘やかされたお嬢様だった私は、食事を前に駄々をこねた。

『こんな硬いパンなんて、食べられないわ！　捨ててしまって！』

シャルルは困っていたけれど、アンリはものすごく怒った。

『ばか！　ご飯を食べないと死んじゃうんだからな！』

それから、ポカっと、可愛らしい子供の力で私を小突く。

人に叩かれたことなんてなかった私は、ビックリして椅子ごとひっくり返り——運悪く別の椅子に頭をぶつけて、後頭部がぱっくりと切れた。

ピューっと音を立てそうな勢いで、というのは大げさだけど、かなりの血が出た。シャルルが怯えて泣いて、アンリもビックリして、当事者の私は血まみれになった自分の顔を鏡で見て、再びひっくり返った。

『死んじゃう！　こんなに血が出たら、リーナは死んでしまいます！』

わんわん泣いて、ショックで寝込んだ一昼夜。とある人物の、生まれてから死ぬまでの出来事が、私の頭を走馬灯のように駆け巡った。

日本という国に生まれて、多感な少女時代を過ごし、就職して、気ままなお一人ライフ。しかし、風邪をこじらせて呆気なく亡くなり——どうやら、この国に生まれ変わったらしかった。

その人物は、どう考えても以前の「私」だった。

ここは、いわゆる異世界？

もしくは同じ宇宙にあるどこかの惑星なのかな。

それともこれは、死後に見ている夢なのか？

目が覚めた私は、自分の小さな手をしげしげと見つめて、つねってみた。

『痛い……』

痛覚があるからには、夢でなく現実だと考えた方がいいんだろう。

私は不思議とすっきりした頭で状況を整理した。

そこそこお金持ちの家に生まれた私だったけれど、両親が亡くなり、近しい親類もいないために施設に引き取られた。

両親の遺産は受け取っていない。実は両親には借金がたくさんあって、その返済に消えたと、遠い親戚が施設に申告したのだとか。

胡散(うさん)くさいなあ、と思いつつ、私はベッドから下りて、部屋の隅に置かれた鏡台へ向かった。

ひび割れた鏡をまじまじと観察し、そこに映った幼女と見つめ合う。やや暗めの金髪は腰まで綺麗に伸びていて、こちらを不思議そうに見つめる瞳は金と緑の中間色。

どこから見ても、良家の小さなお嬢さんといった感じだった。

うーん、こんなちっちゃいんじゃなあ。しばらくは逃亡するのも、自立するのも無理そう。この国の情勢もよくわからないし、当面は施設で暮らすしかない、と判断した。

私が鏡とにらめっこしていると、廊下から軽い足音が響いてくる。

『起きて大丈夫なのか!?』

扉を開けると同時に可愛らしい男の子――アンリは心配そうに私に尋ね、次いで謝る。

『ごめんな、怪我をさせて』

青紫の瞳が悲しげに揺れる。

わあ！　睫毛なっがーい！　と前世の私がミーハーに喜ぶのを自覚しながら、ぶんぶんと首を横に振った。

『大丈夫、そんなに深い傷じゃないから。泣いたのはビックリしただけ』

『でも』

『大丈夫、大丈夫！　すぐに治るよ！　今は禿げているけど！』

天使を心配させないようにと傷跡を見せたら、幼児には衝撃的だったらしい。アンリはウッと蒼ざめた。

あ、ごめん。ちょっぴり生々しかった……？

ワナワナと手を震わせて、泣くかと思ったけれど、アンリはキッと顔を上げて私を見た。

『禿くらい、気にするな！』

『う、うん？』

『俺は気にしない！』

『そ、そう』

『責任とって、俺がおまえを嫁にもらってやるから！』

よよよ、嫁ーーー!?

年齢で言えば幼稚園児（推定）の分際で、嫁えええ!?　最近のガキンチョは！　と
ツッコみつつも、天使の真剣な顔を笑うわけにもいかず、私は口元に手をあてた。

多分、アンリには恥じらっているように見えただろう。

『だから、禿も心配するなよ、リーナ』

『うん、ありがとう……』

私は笑いを堪えるために言葉少なに言った。

小さな男の子が、女の子を喜ばせようと口にした精一杯の言葉が『嫁』なのかな？

多分、大きくなったら忘れてしまうんだろうけど、アンリが施設にやってきたばかり
の可哀想な私を慰めて、励まそうとしているのがわかったから、その気持ちが嬉しくて

私は微笑んだ。

『でも、アンリ。禿が治ったら、もう気にしなくていいからね！』

『治らなくていいよ！　俺がちゃんと嫁にするから！』

ムスッとむくれるところも可愛い。本物の天使か。

私がニコニコしていると、扉が再び開いて、もう一人の天使——シャルルがやってきた。

『ねえ、そろそろ夕飯の時間だよ？　お話が終わったなら、二人ともご飯を食べに行こう？』

私達三人は、それからずっと一緒だった。

シャルルとアンリが私の一つ上だから、三人兄妹みたいに育った。

眠るのも一緒、ご飯も一緒。遊ぶのも、たまに家出するのも一緒。

私達がいた施設は、何かしらの魔力を持った子供が多かったから、それを扱う技術も三人で励まし合いながら学んだ。

両親を失った私にとっては、二人が家族のようなもので……

だけど、私が十三になった年、楽しい時間は唐突に終わった。

『アンリの実の父親の遣い』を名乗る人が、彼を迎えに来てしまったのだ。

アンリの父君はアンリの存在を長いこと知らずにいたのだけれど、数か月前に初めて知って、すぐに引き取ることにしたらしい。だけど、施設の職員達は『アンリが将来有望だとわかったから引き取りに来たのかもしれない』なんてこそこそと噂をしていた。

無理もない。アンリは私の目から見てもハッとするほど綺麗で、頭もよくて、剣術だってできて、とにかく完璧だった。

『今は仕方ないから、父親って人のところに行くけど、そのうち迎えに来るからな、リーナ』

『ありがとうね、アンリ』

真剣な目でアンリが告げてくれたので、私はお礼だけを言った。

多分、迎えになんて来れないよ、アンリ。

その予感を裏付けるように、アンリが馬車に乗り込んだあとで、磨いた銅のような珍しい色の髪と瞳を持つ、優しそうな印象の青年が、私達の前に現れて告げた。男爵だというその青年は、柔らかな口調で、けれどもきっぱりと私達に宣告する。

『君とシャルル君が、アンリ様にとって大切な人達だというのはわかっています。ですが、どうかアンリ様のために、彼のことは忘れてください。これからは住む世界が変わってしまうのです』

それは懇願ではなく、通達だった。

それから、と彼は私達に銀貨が入ったずっしりと重い袋を渡す。

シャルルは激高して銀貨を突き返そうとし、銀貨が地面に散らばる。私はそれを一枚一枚、跪いて拾う。青年も優美な指で拾い集めて、袋に入れ直してくれた。

私は、青年を見上げて……素直に頭を下げた。

『ありがとうございます、助かります』

『リーナ！』

シャルルは非難したけれど、私は銀貨を返さなかった。

そのお金で施設の設備を新しくして、土地を増やして畑を作ればいい。寄付だけじゃなくて、施設独自の収入もあれば、子供達の生活は安定する。施設が土地を買うなんて、と役人達は眉をひそめるかもしれないけれど、必要なことだ。

こういうとき、日本で暮らした記憶があってよかったな、と思う。感情だけで動かずに、長い目で見て何が得かを考えることができるから。

貴族の青年は無言で一礼して馬車に乗り込む。

私は彼の背中を見ながら、半ば自分に言い聞かせるように言った。

『このお金で、子供達が楽に生活できるようになったら、アンリも喜ぶよ、きっと』

『……でも……僕達はずっと一緒じゃなかったの？　リーナは、アンリがいなくて平気なの？』

シャルルの拳が震え、その手が胸元にあてられる。

そこには、硝子を丸い形に整え、革紐を通した首飾りがあった、

私も胸に手をあて、シャルルと同じ形の首飾りに視線を落とす。この国の騎士は、自分の所属する団の紋章を模した飾りをつける。それに倣って三人お揃いの何かがほしくて、自分達の瞳の色と同じ硝子を探して、首飾りにしたのだ。

『シャルル……』

『わかっているよ、リーナ。アンリのためにはこの方がいいって。でも、僕は寂しい……』

シャルルはアンリと乳児の頃からずっと一緒なのだ。私より、ずっと辛いに決まっている。

私は何も言えずに、ただ沈黙した。

馬車の轍がくっきりと、さよならの線を引いて彼我を分けていく。別れの言葉を口の中で何度も繰り返しながら、私は銀貨の入った重い袋をギュッと胸に抱く。

がっくりと肩を落としたシャルルが、国王の出したお触れに義務として応じて、国中の若者の中から聖剣の主に選ばれたのは、その一年後のことだった。

「あー！　スッキリ！　した！」

パーティが去った翌々日。ようやく全快した私は、宿屋を引き払って冒険者ギルドに赴(おもむ)いた。何だか懐かしい夢を見たけど、さっさと忘れよう！

いつまでもしょんぼりしていたって、何も変わらない。とにかく前を向かなきゃ。

「あ、リーナさん！　よかった、起きられるようになったんですね」

今や顔馴染(かおなじ)みになったギルドの受付嬢ロザリーが、私を見て目を潤(うる)ませた。

どうやら私の事情を知っているらしい。なら、話が早いや。

「その……、大変でしたね」

「うん、ちょっとね……おかげで色々と手続きをしないといけないんだけど」

「何でもどうぞ！」

私はありがとう、と苦笑して石版(タブレット)を出した。

このハーティア王国の冒険者で魔力がある人間は皆、石版(タブレット)を持っている。持っているもの同士でメッセージのやり取りもできるし、自分が持っている財産を数値として記録して、金銭のやり取りもできる。

昨日までの宿代が引かれた、手持ちの残金を確認する。これからの生活を考えると、ちょっと迷ったけど――半分は施設の代表に送金した。

施設の代表はつい最近代替わりして、私達より少し年上の施設出身者が務めている。

しばらく仕事のあてがないから、なかなか送金もできないかもしれないしね。

この国のギルドは冒険者の登録をするだけでなく、冒険に必要な武具や旅装の販売もしている。残りのお金で一人旅に必要な道具を揃えることにした。

気のいい受付嬢が私の境遇に同情して、少々旧式だけれどお買い得な旅装を引っ張り出してきてくれる。や、優しい！

感激する私に、優しいのはリーナさんです、とロザリーが口を尖らせた。

「もっと怒ってもいいですから！　シャルルさんも悪いですけど、何ですか!?　あの人！」

「あの人？」

「カナエさんとかいう異世界の人です！」

ああ、と私は頷いた。

小柄で、艶のある黒髪の美女。多分、日本からの来訪者。

その割に赤みの強い珊瑚色という、何とも珍しい瞳だったけど、あれは異世界に来ちゃった影響なのだろうか？

「シャルルさんにべたべたして彼を洗脳して、婚約者のリーナさんとの仲を引き裂くなんて、ひどい！」

「婚約者？　私が!?」

「え！　違うんですか？」

　驚いた私にロザリーも目を丸くした。

「違う違う、ただの幼馴染（おさななじみ）だよ」

「意外です。シャルルさんはリーナさんに頼りっきりって感じだったから、てっきり……」

「もう、十年以上の付き合いになるからね」

「婚約者じゃなくても、ひどいです……。それなのに、リーナさんったら、文句一つ言わないなんて」

　しおしおと代わりに項垂（うなだ）れてくれるロザリーのおかげで、私は少し元気が出た。

　自分のために怒ってくれる誰かがいるって、いいな。

「仕方ないよ。勇者のシャルルの旅に、いつまでも幼馴染（おさななじみ）がくっついているべきじゃなかったんだよ、きっと。潮時（しおどき）ってやつ！」

「そうですか。……それで、リーナさんはこれからどこに行くつもりなんですか？」

　私はうーん、と顎（あご）に手をあてて考え込む。

施設に一度顔を出してからゆっくり決めよう、と思っていたけど、シャルルとの軋轢(あつれき)を施設の仲間達に説明するのは今はまだしんどい。手紙で知らせて、訪問はまたの機会にしようかな。

そうなると、特にあてはないのだ。

「行き先は決めてないいんだけど、シャルルと同じ街にいるのも気まずいなあ……」

さて、どこに行こうか。私は石版(タブレット)に指で円を描いた。

私の求めに応じて地図が現れる。

東に行くか、それとも西か。南の諸島に行くのも楽しいかもしれないけれど、あまり土地勘のないところに女一人旅は不安だな。

と、思っていたら——

「それなら、この街に留まったらどうかしら？　シャルル達は別のダンジョンへ行くみたいだから」

聞き慣れた声に、私は思わず振り返る。黒に近い紫の髪を緩(ゆる)く結い上げた美女が、ひっそりとたたずんでいた。

「フェリシア！」

「リーナ、二日ぶりね？」

「ど、どうして、ここに？　皆と一緒に行ったんじゃなかったの？」

私の問いに、パーティの仲間の一人、魔導士フェリシアは華奢な肩を竦めた。

受付嬢のロザリーを気にしているのか、視線を奥に移して言う。

「ロザリーさん、奥の食堂って今使ってもいいのかしら？」

「まだ料理人はいませんが、飲み物ならお出しできます！　お茶でもいかがですか？」

「ありがとう。そうね、お茶より麦酒にして？」

朝からガッツリ飲むつもりらしい。

涼しい顔して酒豪の美女は、私を誘って奥のテーブルに座る。

ロザリーが運んできてくれたジョッキを、フェリシアが片手で掲げたので、私も付き合うことにした。

「乾杯しましょう、リーナ」

「何に乾杯？」

「そうね、お互いの転職に……かしら」

「お互いの？」

「そう。私もシャルルのパーティを抜けてきたの。乾杯」

私は驚きつつも、乾杯、とジョッキをぶつけた。

「どうしてフェリシアまで？」

　確かに、他の皆が私を責めている間も、フェリシアは無言かつ無表情だった。私の追放処置に賛成ではないのかな、とは感じていたのだけれど、元からパーティメンバー全員に塩対応な魔法使いだから、単に興味ないだけなのかなー、とも思っていた。

　私の疑問に、フェリシアはぐっと一口麦酒(エール)を飲んでから、どん、とテーブルにジョッキを置いて答えた。

「リーナ、貴女は私が旅に同行した経緯を覚えている？」

「ええっと」

「私はね、勇者シャルルと、その幼馴染(おさななじみ)にして優秀な治癒師である聖女リーナが旅に出るにあたって、まだ若い二人だけでは不安だからという王太子様の命で、貴女達に同行したのよ」

　そうでした。私は頷(うなず)く。

　聖女のくだりはともかくとして、旅に出ることが決まった四年前、シャルルは十五歳で、私はまだ十四歳。慣れない旅ということもあり、同行者が必要だった。そんな私達を心配して王太子様（まだお会いしたことはないのだけれど）が監督者として任じてくれたのがフェリシアだった。

フェリシアは王宮付きの魔導士の一人で、本来は王太子殿下の直属の部下だ。

彼女は私達のパーティの仲間として協力してくれるだけでなく、王宮との連絡役という任務も担(にな)っていた。

「だから、シャルルに言ったの。『私はシャルルとリーナの二人に仕えるよう任じられました。状況が変わったことを王宮に報告せねばなりませんので、一度王都に戻ります』とね」

「えーと。つまり」

フェリシアの目がすわっている。

その迫力に、私が明後日(あさって)の方を向くのに構わず、美魔女は続けた。

「シャルルに『貴方のしたことを王宮にチクるけど平気?』って言ったつもりだったの」

「で、ですよねー」

それに対して、シャルルが何と言ったかというと。

「『それは残念です。道中お気をつけて』ですって。サイオンにいたっては喜んでいたし」

魔導士のいないパーティは、色々と不便が多いはずだ。

それに全く気づいていないのか、それとも他にあてがあるのか。

「それにしても、何故別のダンジョンへ？　ここのダンジョンを探索するのが国王陛下から命じられた仕事でしょう？」

　私の問いに、フェリシアは再び肩を竦めた。

「カナエの提案よ」

「カナエさんの？」

「アンガスのダンジョンの魔物は手強いから、近くにある別のダンジョンで似たような魔物を倒して、経験値を上げてから戻ってこようって。その提案にシャルルが賛成したの」

　フェリシアの説明を聞いて、私は俄かに不安になった。

「フェリシア、私も陛下の命令でダンジョン探索に来たでしょう？　ここは一度王都に戻って、何かしら指示を仰いだ方がいいのかな？」

「今回の命令は、『勇者シャルルとその仲間達』に出ているわ。今回のことで貴女が何か責められるとは思えないし……まあ、さすがに貴女を追放するなんて王宮側も思ってなかったでしょうけど」

　だから、とフェリシアは空になったジョッキを置いた。ペースが速い。

　しかも全く顔色が変わらないのがすごい。酒豪怖い。

「とにかく私は一度、王都へ行くわ。私が戻ってくるまで、貴女はひと月くらい、この街でのんびりしていてくれないかしら」

「のんびり……。でも、ここのダンジョン探索も誰かがしないといけないんじゃ……」

シャルル達が別のダンジョンに行ったなら、アンガスのダンジョンの探索は中止されてしまっているはずだ。

地下五階層より下で不穏な動きをする魔物の正体を暴き、その魔物を倒さない限り、アンガスの街の人はダンジョンの上の方の階層へしか行けない。

アンガスの重要な交易品の一つである魔鉱石は、危険の少ない上の方の階層でも採掘されるけど、危険度に比例して採掘量は少なく、街の人は困っているという。

その状況を打開するために、私達は派遣されてきたんだけどな。

「王都から飛竜騎士団(ドラゴン・ナイツ)を派遣してもらうよう、依頼したわ。数日後には到着するでしょう。ひょっとしたら、彼らの治療やダンジョンの情報共有のために、貴女に声がかかるかもしれないけれど、そのときは助力してくれると嬉しいわ」

「もちろん」

私が頷(うなず)くと、美魔女は優しく目を細めた。

「貴女はどこへでも自由に行っていい、っていうお墨付きを私がもらってくるから、それまではこの街でゆっくりしていて？」

「わかった」

フェリシアとこんなに長く喋(しゃべ)ったのは、初めてかもしれない。

いい人だけど、どこか孤高(ここう)といった雰囲気があって、打ち解けられなかったのだ。

別れる間際になって、優しさがしみるなあ。

「しばらく、街でのんびりしてみる」

「ええ。最後は何だか拍子抜けしたけれど、数年間、若者達と一緒に冒険できて楽しかったわ」

にこり、と微笑まれ、つられて私も表情を崩す。

シャルルが十九歳、私が十八歳。

そういえば、美魔女のフェリシアはいくつなんだろう？

私達より少し上かなーとは思うけど、若者達、だなんて大げさだなあ。

「フェリシアはいくつなの？」

私は冷えた麦酒(エール)を一口飲みながら、美しい人に聞いてみた。秘密よ、って笑われるかなーと思ったけど。

「四十八よ、今年で」

ブホッ。

私は盛大にお酒を噴き出した。

「ヤダ、きたない」

難なく避けたフェリシアが、ふきんで手早くテーブルを拭く。て、手際がいい。

対して私は、完全にむせてしまっていた。

よ、よんじゅうはちぃいいい⁉　私の倍以上⁉

せいぜい三十前後かなーと予測して聞いたんですけど‼

「うそぉ。だだだ、だって、四十……はちぃ？　うっそぉ！」

「よく、お若く見えますよねー、って言われるの」

お若く見えるってレベルじゃないって‼　人外のレベルだよねそれ‼

「あ、違う、四十九になったかもしれない。どっちだったかしら……。最近、自分の年齢を忘れがちなのよね……」

その憂い顔には皺一つない。

「若者の話題になかなかついていけなくて、貴女達ともあまり打ち解けられず、悪いことをしたと思っているのよ」

ほぅ……とフェリシアは儚げなため息をつく。

えっ、そうだったの⁉　ミステリアスなキャラじゃなくて、ジェネレーションギャップゆえの遠慮だったの⁉

あまりの驚きで、シャルルに追放されたことがどうでもよく思えてきたぞ。

私が何も言えないでいると、フェリシアはまた肩を竦めた。

「他の三人にはどうも気後れするんだけど、貴女には同世代のような親しみを感じるのよね……」

「え、そう？」

「何故かしらね？」

「さ、さあー……」

前世は三十前後で死んで、今世では十八歳。合わせて四十八……

わー、ドンピシャだ！

魔導士の勘のよさに舌を巻いていると、当のフェリシアはふふ、と笑う。

何か、見透かされてる気がする……、どうしよう！

「あのー、その若さの秘訣は何らかの魔術？」

動揺を誤魔化すためと、純粋な好奇心から聞いてみると、美魔女はアンニュイに髪をかき上げて耳にかけた。

ほんのり甘い香りがする。ふぁ、ファビュラス……

「それはね、秘密なのよ」

そうですよね……

「では、またね。リーナ」

フェリシアは微笑んで立ち上がり、またフードを被る。

私も慌てて立ち上がった。新しい門出（かどで）のお祝いに、とフェリシアが麦酒（エール）をおごってくれたので、ロザリーと一緒に外の門まで送る。

フェリシアが戻ってくるまで、この街でのんびり、スローライフを楽しもうかな！

まずは、家探しをしなくっちゃ。

その日はギルドにある簡易宿泊所に泊めてもらい、ぐっすり休んだ。

翌朝、朝食を買いに行こうと思い一階に下りると、ロザリーが深くため息をついていた。

「どうしたの？　ロザリー」

私の問いに、気のいい受付嬢はうんざりした様子で食堂を指さした。

テーブルが一つと椅子がいくつか、尋常じゃないレベルで損壊している。

「昨日、ダンジョンから戻ってきたパーティが、些細（ささい）なことから喧嘩（けんか）になって」

「へえ」

私達の他にも冒険者はたくさんいて、ダンジョンに行く人々も少なくない。ダンジョンは危険も多いし、ときにはパーティの関係も険悪になるし、酒場で酔って物にあたる人もいる。

散らばった破片や木屑（きくず）を眺めて「掃除が大変」とぼやくロザリーに、私は片目をつぶってみせた。

「泊めてくれたお礼に、復元するよ」

「え？」

私はロザリーからチョークを借りた。他に誰もいないことを確認して、損壊してしまった椅子やテーブルを元の場所に起き、それらをグルリと囲むように床に円を描く。

昨日の夜、私が寝る前には平穏だったはず。ということは、大体十時間ってとこかな。

戻す時間や呪文を、古代文字（ルーン）で書いていく。最後の文字を書き終えると、仄（ほの）かに文字が光った。

「復元せよ（リストレーション）」

私の宣言で、倒れていた椅子が、まるで生き物みたいに立ち上がる。

それがピョンと飛んで元の位置に戻ると、バラバラになっていた背の部分も自分の役割を思い出したかのように飛びついた。

映像を巻き戻ししたみたいに、椅子とテーブルが昨日の姿を取り戻していく。

パラパラと散らばっていた木屑が集まり、最後の一欠片がテーブルの真ん中に、パズルのピースみたいにピタッとはまる。

うん！　修復完了！

しばらく寝込んでいたから腕が落ちたかな？　と思っていたけど、杞憂だったみたい！

「はい、泊めてくれたお礼！」

「リーナさん！　すごい！　さすがです！　すごすぎますっ！」

達成感いっぱいで振り返った私に、ロザリーは大感激してくれて、紅茶とサンドイッチをごちそうしてくれる。

葉物野菜とハムとチーズが挟まっただけのシンプルなサンドイッチは、ロザリーが「特製なんですよ！」と言うオリーブオイルをつけて食べた。

少し酸味のあるオリーブオイルがチーズとハムに絡んで美味しい。

お腹が満足したところで私は彼女に聞いた。

「実は、家を探したいと思っているんだけど」

「家ですか？」

シャルル達は別のダンジョンに行ったから顔を合わせる心配はない。フェリシアに聞いたダンジョンの位置からすると、あと半年近くは戻ってこないかも？

フェリシアは魔法を使わず、馬で王都との間を往復すると言っていたから、戻ってくるのにひと月はかかるだろう。

「待っている間、宿屋に泊まるより家を借りた方が経済的かなあって」

「そうですよねえ……」

この国のギルドは冒険者の登録、仕事の斡旋、財産管理だけでなく、不動産も扱っていることが多い。ここも例に漏れずだった。

ロザリーが壁に貼られていたチラシを数枚持ってきてくれて、それを二人で眺める。

「いい物件があるといいなあ。実は一人暮らしって憧れていたんだよね」

「そうなんですか？」

「うん。自分の部屋って持ったことがなくて」

施設にいた頃は同年代の女の子達と大部屋暮らしだったし、旅に出てからは野宿か、アデルとフェリシアとの相部屋だった。

「物件、他にも色々ありますよ。詳細が書かれたカタログも持ってきますね」

「ありがとう！」

カタログを見ながら悩んでいると、ロザリーの上司にしてこのギルドの事務長である、ヤコブさんがやってきた。

ヤコブさんはまだ三十前と、ギルドの事務長にしてはとても若い。愛想はないけれど、仕事が速くて丁寧な人という印象を抱いている。

ロザリーが事情を話すと、彼は無精髭の生えた顎に手をあてて、ふんふんと頷いた。

「家を借りるって？　リーナさん」

「ええ、できれば」

「うーん、だが、資金はあるのかい？」

確かに、私のお金はだいぶ減ってしまった。家を借りる資金としては心許ないかも。

でも、と私は荷物の中からいくつかの天然石を取り出した。

クオリティが低くて宝石としては販売できないからと、安く譲ってもらった天然石だ。

「この石を売ろうかなと思っています」

「これは売り物にはならないよ」

「ええ、知っています……だけど」

私は腰に差していた護身用のナイフで、指の先に小さな切り傷をつけた。

二人がぎょっとするのに構わず、ぷくりと浮いた血の玉をハンカチで拭って、天然石を近づける。

すると傷口は、瞬く間に塞がった。

私の治癒の力を天然石に込めたのだ。

「す、すごい……。リーナさん、これどうしたんですか？」

「治癒師の癒しと同じ効果を、天然石に付与してみました」

「はー、耳にはしていたが、リーナさんの能力はすごいな」

へへ、と私は笑う。

通常治癒師は、三つの方法をもって他人を治療する。

一つ目は、治療が必要な人間の潜在的な治癒力を高める、自己治癒といわれる方法。八割の治癒師がこの方法を使う。ただし、対象に自己治癒できるだけの体力が残っていることが前提なので、重体の相手には使用できない。

二つ目は、治癒師が自分の治癒力を分け与える方法。これは相手が瀕死の状態になったときに使用する方法だけど、できる治癒師は全体の二割ほどだし、ひどいときには治癒師本人が昏睡してしまう場合もある。

三つ目は、私がさっき椅子とテーブルを修復したときに使った、少しだけ時間を戻す方法。これができる人間はほぼいないし、修復に必要なパーツが全部揃っていないといけないとか、あまり時間が経つと修復できなくなるとか、諸々条件がある。ゆえにあまり治療には向かず、どちらかと言えば物の修復に利用される。

この三つの方法が全て使える人間は、あんまりいないんじゃないかな！

そして、実はもう一つ方法がある。

「治癒の力を、天然石に込めたんです」

私は天然石を指でつまんで二人に一つずつ渡した。

「あ、仄(ほの)かに温かいですね」

ロザリーが興味津々(きょうみしんしん)とばかりに石を見つめる。

私は、穴をあけたピンクの色石を取り出した。針金を通して一方の端は小さく丸め、もう一方は紐が通せるように大きめの円を作る。

簡単だけど、ペンダントトップのできあがり！

私はそれに紐を通して首にかけた。

治癒の力にしろ何にしろ、自分の異能を物に込めることができる人間は、三つの方法を使える治癒師以上に希少な存在だと思う。

シャルルが勇者に選ばれたとき、仲のよかった私も「治癒能力があるなら受けてみなさい」と言われて適性検査を受けて、そこで初めて判明した能力なんだけど。

三つの治療方法を駆使することができて、さらにはその力を物に込める能力も持っている。

その希少性が、私が『聖女』だなんておおげさに言われちゃう所以なのだった。

「ヤコブさん、これ、買ってくれません？」

私はにこりと笑ってみせた。

治癒の能力を込めた商品は他にも存在するけれど、大抵はポーションとかそういう味気ない物だった。この国は何かしら宝石を身につけるのが当たり前の文化だし、以前から宝石に込めたらいいんじゃないかなーと思っていたのだ。

「一つにつき銀貨五では？」

銀貨一枚は、日本円で大体一万円くらいだと思う。

「もう一声。できれば九とか。天然石も無料じゃないですし、他の材料費もあるし」

「一声ってレベルじゃないだろう？　それ。せめて六だな」

「うーん。では、五個お売りするので八とかはどうですか？」

「石の効力はどのくらい持つ？」

「未使用なら経験上、三か月は持ちますよ」

私は仲間達の防具に治癒の力と破邪の力を込めていた。

大体、三月に一度のペースで込め直していたから、効果は実証済みだ。

そういえば、この前シャルル達の防具に力を込めたばっかりだったなあ～と苦々しく思い出したけど、きっぱり忘れることにした。

「うーん、じゃあ七だ……その代わり、この商品の評判がよかったら、次回からは原材料の天然石を格安で購入できる店を紹介するよ、ってことでどう？」

「乗りました！」

私達はがっつりと握手を交わした。

その横でロザリーが「この緑色の石、綺麗～」と喜んでいる。

天然石を五個売って銀貨三十五枚。これは金貨三枚と銀貨五枚にあたり、日本円で三十五万円に相当する。この街で家を構えるのには十分な資金を手に入れたのではないだろうか、と私はほっとした。

「それから、私が作り手だということはご内密に……」

「いいよ、冒険者の秘密は守る。そうじゃないとギルドは成り立たないからね」

ヤコブさんはただし、と付け加えた。

「取引先をしばらくうちに限定してくれるかな？　顧客の情報は守るけど、こちらも旨みがほしい」

「もちろんです」

商談成立！

ロザリーがさっそく一つ買ってくれた。

嬉しいけど、決して安い買い物ではない。ロザリーは冒険に行かないのに、いいのかな？

「あげたい人がいるんです」

可憐に頬を染める姿を見れば、どういう関係の人かは想像がつく。

「そうなんだ？　誰かにあげるなら、お守り用にピアスとか指輪に加工してもいいかも」

「わー、ほしいです！　それ」

「今度、職人さんに会いに行きたいな。一緒に行ってくれる？」

「もちろんですよ～！」

ロザリーが喜んでいる。当座の資金を獲得できた私もうきうきである。

「さて、リーナさんの新居だけど」

とヤコブさんが言った。

「ちょうどいい物件を紹介できると思うよ」

「本当ですか！」

自信ありげに言ってくれたヤコブさんに、私は声を弾ませた。

「多分ね。希望の間取りってある？」

ええっとですねえ、とロザリーが持ってきてくれたカタログをめくる。

昔、日本で住んでいたのは都内にある、あまり広くない部屋だった。

駅近！　格安！　を最優先に探したから、それなりに満足はしていたんだけど。

「広さは重視しないんですけど、水回りと寝室は別だと嬉しいです」

値段はこのくらい、と示すと、ふーん、とヤコブさんは顎を撫でた。

「台所って、必要？」

「本格的な料理はしないかもしれません。簡単な物が作れたらなあ、ってくらい」

「湯を沸かしたり、食材を洗ったり？」

「はい、そんな感じです」

少し歩けば屋台があるし、基本的にご飯は各々お気に入りのご飯屋さんで食べるのが、この国の文化だ。

「あとは？」

「少しうるさくてもいいから、陽あたり良好だと嬉しいな」

「じゃあ、ここだ」

ヤコブさんはカタログではなく、上に指を向け、私とロザリーは視線を上げる。上？

一拍遅れてロザリーがぽんっと手を打った。

「四階ですか！　ヤコブさん」

「そう、四階だよ、ロザリー」

意思疎通し合う二人に対し、私はまだ疑問符を飛ばしている。

「ひょっとして、ギルドの上、ですか……？」

「そう、当たり」

ギルドの上か！　考えもしなかった。

「四階は元々、若手職員のための寮だったんだ。けど、最近の若者は職場に住みたがらないからな。蜘蛛の巣が張って困っている。だから、リーナさんが使ってくれるとありがたいし、二部屋あってどちらも空いているから、好きな方を選んでいいよ」

ヤコブさんは茶目っ気たっぷりに片目をつぶってみせた。

うーん、ギルドの上かあ。頼もしい反面、人の出入りは多そうだな。

「気に入れば、の話だけどね。とりあえず見に行こう」

「ありがとうございます」

ヤコブさんはロザリーにギルドの仕事をあれこれ指示してから、私を案内してくれた。

でも、すぐ裏口に回されて、あれ？　と思う。

「ギルドの建物は四階建てで、二階までは冒険者達の食堂やら仕事斡旋（あっせん）の受付やらがある」

それは私もお世話になっているから知っている。

「三階が俺達の事務所なんだ。で、四階は寮として使っていたわけだが、私的な空間を確保するために他の階とは繋がらない設計になっていて、この裏口から直接階段で行くんだ」

ヤコブさんは、シンプルな裏口の横に設（もう）けられた円マークに、石版（タブレット）を押しつけた。ピッと軽い音がして、スーッと裏口が開く。

「四階まで歩いて上るのは難儀（なんぎ）だけど、それくらいは苦じゃないだろう？　冒険者なら」

「はい、それくらいは大丈夫です！」

簡素な階段を上っていくと、比較的広いフロアにたどり着いた。廊下を挟んで北側と南側に同じ作りの部屋が二つある。

南向きの部屋は大通りに面しており、扉を開けると、そこには何も物がなかった。中で二つに分かれていて、手前の部屋には簡易な台所やトイレがある。古くはなっているけれど、以前の入居者が丁寧な使い方をしていたのか清潔だった。

奥の部屋はその部屋の二倍の広さがあって、一方の壁には大きな窓がある。

「あ、ベランダもある！」

そのベランダに出て、身を乗り出してみたら……

「わぁ……、綺麗！」

私の目に飛び込んできたのは、パステルカラーの屋根の波、だった。

この街の建物は、高くても三階くらいまでのものが多い。ここは四階建てで、しかも各フロアの天井が普通の建物より高いので、視界を邪魔する物もなく、この街を一望できた。

私はすっかり観光客気分で、街を隅から隅まで見渡す。

色とりどりの屋根。整備された舗道。忙しく働く人達。

新しく生活を始めるのに、アンガスの街はとてもいい場所で、さらにこの部屋も新生活には最適だと思われた。

「わあ！　あれ、飛竜（ドラゴン）じゃないですか？」

「お！　そうみたいだな。こんな街までドラゴンが来るとは珍しい！」

私は南の空を旋回する二頭のドラゴンを指さしてはしゃいだ。

ドラゴンは貴重な動物だから、よほどの金持ちか貴族しか所有していないと思う。そのうちの一頭が羽ばたきを止めてこちらを見た気がするけど、きっと私の勘違いだろう。

手を振りたかったけれど、さすがに子供っぽいかなあと思ってやめた。

二頭はゆっくりと旋回して、街の真ん中に位置する塔の下へと降りていく。

「この街の領主屋敷に降りたな。あのドラゴンは、領主殿の持ち物なのかも」

「あれが領主のお屋敷なんですね」

感心する私に、隣に並んだヤコブさんが聞いてきた。

「領主の屋敷ほどではないけど、ここもなかなかいい物件だろう、どうする？」

悪くない。けれど。

「ちょーっと、お高いかなあって」

多少、予算オーバーかもしれないと唸った私に、ヤコブさんは片目をつぶってみせた。

「朝晩、ご飯付きでも？」

「え！　本当ですか!?　それだと逆に安すぎませんか？」

「いいんだよ、職員への福利厚生なんだから」

んん？

意味をはかりかねて、私は眉を寄せる。

「ヤコブさん、私はギルドの職員じゃありませんよ？」

「じゃあ、職員になるのはどうかな？　別にずっと、ってわけじゃない。半年の間、非常勤で勤めてくればいいよ。無理強いはしないけど、たまに冒険者の治療なんかしてもらえたら助かるわな」

なるほど、それが狙いか。

考え込んだ私にヤコブさんはニヤリと笑う。

「別途何かを依頼するときは、もちろん規定の依頼料を払う。あ、それからこの部屋なんだけど、どうしても急ぎで三階に下りたいときは」

ヤコブさんはベランダの横を指さす。気づかなかったけれど、折りたたまれた梯子があって、それをまっすぐ下ろすと、余裕で三階のテラスに届く。

「こんな風に三階へ行くのをショートカットできる」

「べ、便利……！」

「プライベートを重視したいなら梯子は折りたたんだままでいいし、気にしないんなら梯子は伸ばしっぱなしにして、三階の俺達と仲よくやってもいい」

「ううう」

「ちなみに、ご飯は三階の従業員室へ運んでくるよ。一緒に食べよう！」

「うああ」

ヤコブさんは満面の笑みで両手を広げ、私は頭を抱えて苦悩する。

まさに理想の生活だ。広いフロアを独り占め。素敵な景色。ご飯も出る！　ギルドの真上だから防犯も問題ない！

私は意を決して……ヤコブさんに両手を差し出す。

「ヤコブさん！」

「うん？」

「ちゃんと読むので、契約書を下さい」

ヤコブさんはズルっとこけるふりをしてから、苦笑した。

「そうだな、契約書に目を通すのは大事だな」

「すいません。どうしても、自分の目で全部確かめないと気が済まなくて」

「用心深いのはいいことだよ」

ヤコブさんは笑い、三階の事務所まで私を連れていってくれた。

その日は宿屋で一晩、賃貸の契約書と雇用契約書を読んで……私はギルドの四階に住むことにした。

新生活の始まりって、何だかワクワクしてくるな！

「……美味っしい～～！」

朝。私は焼きたてのパンを頬張って、その味を噛み締めた。

ホワホワの白パンの表面に、テーブルの上にいくつも置かれた瓶から散々迷って選んだ、イチジクのジャムをつける。そして再び頬張れば……

あ、控えめな甘さで美味しいよお！

「パンのおかわりはたくさんありますから、どうぞ遠慮なく」

「ありがとうございます！」

ギルドのお世話になると決めてから数日が過ぎ、私はとりあえず寝具だけをロザリーに手配してもらって、新生活を始めていた。

ギルドの職員さんは、一階の食堂の人達も合わせて二十人前後。

定休日はないので、朝の八時から夜の九時までシフト制で働いている。また、緊急時に備えた夜勤の人もいて、私にパンを出してくれたのは夜勤明けの職員さんだった。

食堂は昼前からの営業だけど、仕込みのために朝から出てきている料理人さんもいる。

彼らが作ってくれる朝食を三階まで人数分運んで、夜勤明けの人達とテーブルを囲むのが、ギルドで暮らし始めてから最初にできた習慣だった。

ギルドに住むのはプライバシーがー、とか最初は渋っていたけれど、他の人とはほとんど顔を合わせない。とはいえ人の気配がないと、それはそれで寂しいので、三階と四階の間の梯子はかけっぱなしにして、そこから出入りさせてもらっていた。

一人は気楽だし、一人暮らしを満喫したい！　と思っていたけれど、元々施設の大部屋育ちだし、旅もずっとしてきたし、今世の私はにぎやかな環境が好きみたい。

朝食と夕食付き、おまけに絶景と楽しい会話付きという、何とも恵まれた環境にいる。

あー、幸せ！　と私は二個目のパンを手にして、葉物野菜とチーズを挟んだ。そこにイチジクを切ってのせて、かぶりつく。美味しいっ……

つい先日までの怒涛のような朝を思い出す。宿屋に泊まるときはいいけれど、冒険者だから野宿をするときもある。炊事全般は私の担当だった。

シャルルは全く炊事をしないし、アデルとサイオンはそもそも朝は起きてこない。

フェリシアは手伝ってくれようとしたけれど、あの完璧に見える美魔女は、料理が壊滅的に下手なのだ。だから彼女には、後片付けだけ手伝ってもらっていた。

早くに起きて、下拵えして、全員分の朝食を準備して。

『このパン、何だか硬いな……』

悪気なく呟く幼馴染にイラッとし、『じゃあ自分が作りなよ！』と言えば『怖い怖い、そんなんじゃ嫁のもらい手がねーぞ』と面白くもない冷やかしをサイオンから言われ……

あー、思い出したら腹が立ってきた！

「リーナさん、どうかした？　眉間に皺が……」

「あ、すいません。つい、昔を思い出して精神がトリップしていました」

職員のミッツィさんは「大変ね」とハーブティーを淹れてくれた。ああ、幸せ……

「優雅な朝をゆっくり楽しめるのも今週までよ？　来週からはギルドの一員として働いてもらうんだから」

私と同い年くらいのミッツィさんはニコニコと笑う。

「はーい。それまでは、甘えます！」

私は結局、半年間、ギルドで週三日だけ働かせてもらうことにした。

前世で社会人だったとはいえ、今世では施設を出てすぐに冒険者になった私は、多分常識には疎い。社会通念を学びながら働かせてもらえるのは、本当にありがたい。

内緒だけど、とミッツィさんが教えてくれたところによると、シャルルの私への仕打ちは、ギルド内で随分非難されたらしい。

ヤコブさんは追放された私を（治療の腕を利用させてくれ、というお願いも本気だろうけど）助けてくれようとしたのだ。いい人だなあ。

フェリシアが王太子殿下から『リーナはどこへでも自由に行っていい』とのお許しを

もらってくるのにひと月はかかるだろうから、それまでの間に一人暮らしに慣れなくちゃ。

私がハーブティーを飲み終えそうになったタイミングで、ヤコブさんが出勤してきた。

「おはようございます、ヤコブさん」

「おはよう、リーナさん。と、ちょっと話があるんだけど……」

「話、ですか？」

私が首を傾(かし)げると、ヤコブさんは私を手招きして窓際に呼び、ギルドの玄関口を指さした。

そこには立派な馬が二頭いる。

「リーナさんにお客さんだ。伯爵様だそうだが、知り合いかい？」

馬のそばに人影を探したけれど、誰もいない。

私は頭の中で『伯爵』とつく人を思い浮かべようとした。

ないな、一人も知らない。

「シャルルならともかく、私は貴族の方に知り合いは……あ！」

「心あたりがあるのか？」

「フェリシアが、ダンジョン探索のために飛竜騎士団(ドラゴン・ナイツ)を呼ぶって言っていました。フェリシアなら石版（タブレット）を使って、王宮にすぐ連絡が取れるし、王都からドラゴンで飛んできたとしたら、もう到着してもおかしくないかも」

私は、この前見たドラゴンを思い出していた。

ひょっとして、あの二頭のドラゴンに乗ってきたのだろうか。

「二階で待ってもらっているけど、会いに行く？」

「はい！」

私は食器を片付けて、ミッツィさんにお礼を言ってから、ヤコブさんと階段を下りる。

歩きながら、ヤコブさんは少し戸惑った様子で言った。

「何だか、びっくりするくらい貴族！　って感じの二人でね……、緊張したよ」

「ええっ⁉　そうなんですか？」

「伯爵様と男爵様らしいんだが、どっちも美形すぎて、女性陣がソワソワしている」

そんなにか！　私はワクワクしながら扉を開けた。

「よくおいでくださいました、私は……」

「リーナっ‼」

自己紹介は最後まで言うことができなかった。

長身の青年に名前を呼ばれて、急に抱きすくめられたからである。

きゃあ！　とロザリーが歓声をあげ、ヤコブさんが、おお！　と何故か照れている。

ちょ、いきなり、何っ！

私は思わず相手を突き放し、睨みつけようとして……、絶句した。

「久しぶりだな、リーナ！」

艶やかな黒髪に青紫の瞳。白かった肌は健康的に日焼けして、すっかり男性らしくなったけれど、私が彼を忘れるはずもなかった。

「アンリ!!」

「久しぶり、リーナ」

彼がまたハグしてきたので、私も思わず抱きしめ返す。

私の前に現れたのは、五年前に別れたきり二度と会えないと思っていた、幼馴染のアンリだったのだ！

第二章　幼馴染(おさななじみ)は暴走します

私は幼い頃に両親を亡くし、施設で育った。

裕福な家庭だったから、当然存在したはずの遺産は、どこへ流れたのかわからず……遠い親族はいるけれど、彼らにも長らく会っていない。

それでも寂しい子供時代を送らずに済んだのは、アンリ達がいたからだと思う。

シャルルとだって、ずっと仲がよかったのだ。

アンリは五年前に貴族の父親に引き取られ、それきり会っていなかった。アンリを迎えに来た青年から手切れ金をもらった手前、二度と会えるなんて思っていなかったし、会ってはいけないんだろうとも思っていた。

でも、こうして会ってしまったら、本当に嬉しい！

「どうしてここにいるの、アンリ！」

「そんなの、決まっているだろう？　リーナに会いに来たんだよ」

青紫の瞳が悪戯(いたずら)っぽく煌(きら)めく。

天使のようだった容貌（ようぼう）はすっかり大人の男性らしくなって、視線も鋭い。
顔の輪郭（りんかく）も鋭角的で冷たい印象さえあるけれど、微笑んだ途端に優しい雰囲気になるのは、間違いなく私の大好きな幼馴染（おさななじみ）のアンリだった。

「……お取り込み中、失礼いたします。アンリ様」

再会を喜ぶ私達の耳に制止の声が届いて、アンリがちっと舌打ちする。
私は声の主を探して、あ、と声をあげた。
アンリに同行していたのは、かつて彼を迎えに来た貴族の青年だった。

「ジュリアン、さん？」

私が名を呼ぶと、彼は軽く会釈（えしゃく）をする。
ジュリアンさんは中性的な容姿の、いかにも貴族といった風情の青年で、眼鏡の奥の優しい瞳は困惑の色を隠しきれていない。彼は確か男爵様だったはずだ。
銅色の髪と瞳をした穏やかそうな彼が、私に向ける視線は、記憶の中でも、そして今も、ちょっとだけ硬い。

「お久しぶりですね、リーナさん。……アンリ様、再会を喜ぶのはあとにされてもよいでしょう？　リーナさんに会うのが目的ではないのですから」

ジュリアンさんが釘をさすと、アンリはふん、と鼻を鳴らした。

「口うるさいやつだな……。五年ぶりの再会なんだから、水を差すなよ」

「職務に忠実、と評価していただきたいですね」

一見、同年代の友人同士のような二人だけど、ジュリアンさんは五年前とほとんど外見が変わらない。

童顔だからかもしれないけど、いったい何歳なんだろう？　あの頃も二十歳は過ぎていそうだったから、年上なのは間違いない。

アンリは渋々「わかったよ」と言って私から離れた。

「あのー」

ロザリーがヤコブさんの後ろから顔を出して言った。何故かヤコブさんは笑っている。

「どうしたの？　ロザリー」

「リーナさん、紹介してください！　その方とは、どういうご関係なんですか⁉　ものすごーく親しげに見えますけど」

ロザリーの両目があからさまにワクワクしている。

私はアンリを振り返って、頭のてっぺんからつま先まで眺めた。

艶やかな黒髪は首筋にかからないくらいの長さ。毛先が少しはねているけれど、かえって活動的な感じを醸し出している。

かっこよくなったなあ！　と我がことのように嬉しくなってロザリーに向き直った。

「ロザリー、紹介するね。こちらは――」

アンリが私の言葉を遮って、かばうように前に立つ。

「いきなり押しかけて失礼した。私はアンリ・ド・ベルダン。ここに私のリーナがいると聞いたから、はやる気持ちを抑えられなくてね」

「私はロザリーです！　あのぅ、お二人はどういうご関係なんですか？」

おさななじ……という私の言葉に被せて、アンリが爆弾発言をした。

「私とリーナは、将来を誓い合った仲だ」

「っ！　アンリ!?」

「アンリ様!!」

私は思わず叫び、ジュリアンさんも目をむいた。

ヤコブさんはじめ、部屋にいた職員さん達は、「おー」と言いながらぱちぱちと拍手をしている。何故拍手！

言葉を失う私に、にこっと笑ってアンリは同意を求めた。

「そうだよな、リーナ！」

「ちが……」

「だって約束したじゃないか。俺は、嘘は言わないぞ」

約束はしたけど！　あれって私が五歳の頃の話じゃないの。

私に怪我をさせたアンリが、それを気に病んで『俺が責任をとって嫁にする』と宣言した。幼児同士の可愛い『おやくそく』だ。

「こんな素敵な恋人がいたんですね、リーナさん！　いいなあ‼」

「違うよ、ロザリー！」

「違わない、事実だ」

盛り上がるロザリーに、頷くアンリ。

収拾つかなくなるでしょ、これ！

さらに何か言おうとしたアンリに、ストップ！　とばかりに片手を上げた。

私がじろりと睨んだら、アンリもさすがに黙る。

「ヤコブさん、ロザリー。アンリは私の幼馴染なの。そして顔に似合わず、たちの悪い冗談が大好きなのよ！」

「将来を約束したのは本当じゃないか……」

アンリがぼそっと言ったのを、私は無視した。

もう！　子供の頃の他愛もない約束なんて、気にしなくたっていいのに。アンリの後ろに控えるジュリアンさんが苦虫を噛み潰したような顔をしている。それを感じて、怖いよ～と背中に汗をかいた。

「昔、私が住んでいた地方に、アンリもいたの。だから、小さい頃からの知り合いなんだ」

施設にいた、とは言わない。貴族になったアンリにとっては、隠したい過去かもしれないからね。アンリは不服そうな顔をしたけれど、何も言わなかった。

「あの、ジュリアンさん」

「何でしょうか、リーナさん」

「先程、仰（おっしゃ）っていましたよね？　私に会いに来たわけじゃないって。じゃあ、他に目的が？」

ジュリアンさんは私の言葉に、ほっとしたように頷（うなず）く。

「ええ。実は会いに来たというより、伺（うかが）いたいことがあって」

そこでヤコブさんがコホンと咳払（せきばら）いをする。

「リーナさんと……ええっと、アンリさん？　二人の再会で盛り上がってしまったが、私もギルドの代表として同席した方がいいでしょうか？」

「そうしてくれ、頼む」

ジュリアンさんは硬い口調で答えた。

「貴方のことは、ジュリアンさんとお呼びしても？」

「呼び捨てで構わない。リーナさんも、今後は呼び捨てにしてください」

ジュリアンさん……もといジュリアンは促されるままテーブルに着く。

その横にはアンリが腰掛け、私は彼らの前に座った。

ヤコブさんが職員の皆に、持ち場に戻るように伝える。そうして、部屋には私達四人だけになった。

「半月ほど前、魔導士フェリシアから石版で王都に連絡がありました。治癒師にして聖女のリーナが魔物に襲われて怪我をした、と」

ジュリアンが私の方を見ながら説明した。

私達がこのアンガスという街に来たのは、そもそもハーティア国の国王陛下の命令だった。

『アンガスのダンジョンに不穏な魔物の気配がある。勇者シャルルよ、調べてくるように』と。

アンガスは、数百年前にこの国を建国した王様の出身地でもあるから、王家はこの街をとても大切にしているらしい。

現国王陛下は在位二十年余り。

金色の髪と王家特有の青紫色の瞳をした、名君と名高い方だ。

その命令を受けたといっても、直接口をきいたことがあるわけではない。シャルルと話をする場面に何度か居合わせたことがあるだけだ。

背の高い、厳しそうな雰囲気の方だったのを覚えている。

アンガスのダンジョンは元々地下五階層まであるとされ、希少な魔物の素材と、石版作成に使う鉱物が収集できる、冒険者達の『狩場』だった。

私達が使っている石版は、どんな鉱石からでも作れるわけではない。特定の魔鉱石を使用し、特殊な技法を駆使して作られる。

さらに使用者に魔力がないと発動できない。そんな魔道具なのである。

このアンガスのダンジョンは質のいい魔鉱石が産出され、それらはこの地方を支える特産品と言っていい。だが、数年前に五階層で崩落事故が起きた。その崩落箇所を調べたところ、さらに下の階層が存在することが判明した。

冒険者達は、六階層から下に何があるのか、先を争って調べていたのだけれど、数か月前、得体の知れない魔物が出現し……冒険者達は甚大な被害を受けた。魔物の正体を調べに来た私も同じ魔物にやられて、高熱を出したと思われる。

そのことをフェリシアは王宮にきちんと報告してくれていたらしい。それから十日間、死ぬ思いをしたなあと、もはや懐かしさすら感じられる。

「勇者シャルルの支援をしているのは国教会ですので、国教会の責任者は貴女を治療するために、優秀な治癒師を送りました」

「え？」

国教会は、ハーティア王国において王宮と権力を二分する組織だけれど、私のためにそんなことをしてくれていたの？

「治癒師リーナは聖女と言われるほどの逸材です。貴女が怪我をしたのなら、何としても救わなくては、というのが国教会の意向でした」

「……そうだったの、ですか？」

「ええ」

ジュリアンは頷き、私に尋ねた。

「だから、私達が到着するより前に、治癒師が派遣されてきたでしょう？」

「え？　治癒師？」

私は首を傾げた。魔物の毒にあたった私は何日もうなされ、ギルドから派遣された医師が診てくれたけれど、毒は自分で癒すほかなかった。

ジュリアンとアンリが視線を交わし合う。

「リーナさん。国教会は貴女が負傷したとの報告を受けて、優秀な治癒師をただちに向かわせたのです。転移魔法を使って」

「転移魔法……！」

転移魔法は遠く離れたところに人を送る特殊な『装置』を使う魔法だ。フェリシアも使えるけれど、彼女の力では近距離でしか使えない、と言っていた。

遠距離で転移を行う場合、いつでも利用できるわけではなく、転送元と転送先の二拠点の波長が合う『特定の日』にしか使用できないと聞いている。

そんな貴重な魔法を、私のために、国教会が使ってくれていた……

その事実に私が驚いていると、アンリがため息まじりに続けた。

「ところが、数日経ってもその人物からまともな連絡がなかったらしくてな。リーナの病状を聞いても、のらりくらりと躱す。フェリシアと連絡を取ろうとしても、何かが妨害してうまく繋がらない。しまいには、完全に連絡が取れなくなった……」

「そこで、国教会は現状把握のために、新たに派遣する人物を選定していたのですが――」

「俺が行こう、と立候補したわけだ」

アンリがジュリアンの言葉を引き継いだ。

「立候補？　アンリは今、国教会関係の仕事をしているの？　アンリは王都にいるの？」

国教会の本部は王都にある。

私の質問にアンリが答えようとして、それをジュリアンが遮る。

「そういうわけではないのです。私達は王都に住んでいるわけでもありません。――ただ、国教会でシャルルの後見をしている方と、縁がありまして」

何の縁なのか、ということについてはジュリアンは言及しない。

「たまたま五日前に、国教会に行ったとき、リーナの怪我のことを知ったんだ。居ても立ってもいられなくてな。そのとき偶然、暇でアンガスに行ける人間はいないかと、国教会のやつが困っていた。だから俺が行くと言ったんだ」

アンリは首の後ろをかいた。

その懐かしい癖に、私はふぅん、と目を細めた。

たまたま、偶然、ね？

私は二人の話を頭の中で整理した。

半月前、私が怪我をして、そのことをフェリシアが国教会に報告してくれていた。その報告を聞いた国教会は、治癒師を派遣してくれていた。けれど、私のところにそんな人は来ていない。

考え込む私に、アンリが怪訝そうに聞いた。

「異世界から来たという治癒師の女性が来なかったか？」

「異世界って」

「まさか……！」

私とヤコブさんは思わず顔を見合わせた。

「カナエさんのこと、ですか？」

私が尋ねると、アンリとジュリアンは肯定した。

「そうだ。カナエ……家名は何といったかな。彼女を派遣したはずだったんだ。転移魔法で、国教会の関係者と共に」

アンリの言葉に、ヤコブさんが首を傾げた。

「そんな……国教会から来た、というような紹介状はありませんでしたよ？　しかも、現れたのは彼女一人だったし……」

「彼女が来たときの状況を教えてもらえるか？」

ええ、とヤコブさんが頷く。

その前に、とジュリアンは胸元から折りたたんだ紙を取り出した。

「私達の言うカナエと、貴女方の知るカナエは、同一人物で間違いないでしょうか？」

広げた紙に描かれた似顔絵を見て、私は頷く。

「ですね。彼女に間違いありません」

切り揃えられたショートボブに、猫みたいな印象の大きな瞳。

小柄で、可愛らしさのある美女だ。

異世界から来たという珍しい境遇は多分、シャルルの庇護欲を掻き立てはしたと思うけれど、それを差し引いたとしても、思わず守ってあげたくなるような女の子。

健康的に日焼けした肌に、麦色に近い金髪という私からすると、彼女の儚げで蠱惑的な容姿は実に羨ましいものだった。私の容姿は儚さとは無縁だし、彼女みたいに珍しい色彩も持っていない。茶色に金と緑がまじった瞳、というのは少し珍しいかもしれないけれど、髪色はありふれている。

うん……？　瞳……？

そこまで考えて、私は首を傾げた。

何だろう？　この似顔絵、何か違和感があるなあ。

「リーナさんが寝付いて二日ほど経った頃、彼女が現れたのです」

ヤコブさんが、カナエが現れたときの状況を思い出しつつ説明してくれる。

「本当に一人だったのか？　付き添いで国教会の人間がいたはずなんだが」

「いえ、ベルダン伯爵。彼女は一人でした」

「若い女が一人で紹介状もなしに現れて、ギルドが怪しまなかったのは、何か信用に足るものがあったからなのか？」

アンリの問いに、ヤコブさんは淡々と答えた。

「異世界からの客人は、皆、王宮が発行する『証』を持っています。彼女はフラリと現れて自分が異世界人であることと、今はフリーで仕事を探していることを説明しました。『証』が本物でしたので疑いはしませんでしたよ……。ちょうどそのときにシャルル一行が戻ってきて。怪我をした剣士のサイオンを治療したあと、カナエがこう言ったのです。『このパーティに治癒師がいないのなら、私が手伝います』とね」

それで、シャルル達は彼女をパーティに参加させたのか。

私は彼女の似顔絵をまじまじと見て、あ！　と手を打った。

「違う！」

ん？　とアンリが私を見る。

カナエの似顔絵に違和感を覚えた理由に、ようやく気がついた。

「これ、カナエさんの瞳の色が、違う」

カナエの双眸は赤い珊瑚色だった。しかし、似顔絵では彼女の瞳は黒。

私の指摘に、ジュリアンはおかしいな、と顎に指を添えた。

「……私はカナエに会ったことがありますが、この絵の通り、黒髪に黒い瞳でした」

ジュリアンの言葉にヤコブさんが首を傾げた。

「いや、間違いなく赤い珊瑚色の目をした可愛らしい方でしたよ。物腰も柔らかで、第一印象は悪くなかったんですけどね」

あんなことをするとはな、とヤコブさんはぼやいている。

瞳の色が変わる？　そんなことってあるんだろうか……？

カナエ。

香苗、香奈枝、佳苗……

私にはどうも彼女が日本人のように思えるのだ。地球とは別の世界から来たというのならば、赤い珊瑚色の瞳もありうる話だけど、私と同郷なら、あの色彩の瞳を持つことは考えにくい。

私は似顔絵の彼女と見つめ合った。

瞳の色が変わったとすれば、それは何故だろう？

紙に描かれたカナエは、どこか自信なさげに、控えめに微笑んでいる。

一度しか会ったことがないけれど、実物は自信に満ち溢れた印象だったので、それもまた違和感があった。

「目の色が違う、か」

アンリが唸った。

それから私を気遣わしげに見て、ゆっくりと言葉を紡ぐ。

「シャルルは……」

「うん」

「本調子ではないリーナを置いて、カナエと行ったのか？　本当に？　あのシャルルが？」

悲しみと怒りがまじった、やるせないと言わんばかりの声だった。

私は言葉を探して、諦めた。私と出会う前から、アンリはシャルルと兄弟みたいに育ったのだ。シャルルのことは私以上にショックなのかも。

「うん。やっぱりずっと一緒にいると、色々あったんだよ」

アンリは何か言いたそうだったが、ため息をついて会話を打ち切った。

「リーナ。そのことはあとでゆっくり聞かせてくれないか？」

「ええっと、うん、わかった」

私が曖昧に同意したところで、ジュリアンがアンリから会話の主導権を引き継ぐ。

「瞳の色が変わったのは気になりますが、私達の言うカナエと同一人物だということは間違いなさそうです。その前提で話をさせてください」

そう言ってジュリアンは続けた。

「私達がこの街に着く直前、フェリシアから再度、王都に連絡が入りました。彼女の石版(タブレット)は勇者――この称号が仲間を見捨てた彼に相応(ふさわ)しいか私には判断しかねますが――シャルルがこの街を離れたあと、何故か王都に接続できるようになったらしいのです」

あれ？　ジュリアンはシャルルに手厳しいみたいだ。それに、フェリシアの石版(タブレット)にそんなことが起きていたとは初耳……

「フェリシア曰(いわ)く、シャルルがカナエを仲間に引き入れ、貴女をこの街に置き去りにしたと。そしてあろうことか、別の街にあるダンジョンへ行ったとね」

私が頷(うなず)くと、ジュリアンはさらに言葉を続けた。

「シャルルからは、第六階層の魔物を倒すために、他のダンジョンで同系統の魔物を調査してくる……と一方的な通達があったようですが」

「はい、フェリシアにはそう説明したみたいです」

「なるほど。……アンガスのダンジョンは国にとって貴重なもの。今は魔鉱石も上階層だけで十分採掘できますが……、安定した供給のためには不安定要素である魔物を看過できません。継続的な調査と駆逐のために、王都から飛竜騎士団が来るでしょう」

フェリシアもそう言っていた。

「十名ほどの団員が、数日後には到着するはずだ。当分は領主の館に滞在することになるが、できれば宿舎を準備してやってくれないか？」

アンリがヤコブさんに要請すると、ヤコブさんはニッと口の端を上げた。

「お安い御用ですよ、伯爵。伯爵は騎士団にもご縁があるのですか？」

「正式な団員じゃないが、たまに一緒に行動するんだ」

「お二人が乗ってきたドラゴンを拝見しましたよ。この辺では見かけないほど立派な二頭だ！」

「ありがとう。ドラゴン達も一緒に滞在できるところを探してほしい」

ヤコブさんは、もちろん、と請け合う。

「ねえ、アンリ。飛竜騎士団が来たら、私への事情聴取はあるのかな？」

「聴取というと聞こえが悪いが、調査の参考に色々と聞きたがるかもな。魔物に襲われたときのことは思い出したくなければ、無理に話さなくていいから」

気遣ってくれるアンリに、私は大丈夫！　とばかりに笑顔を見せた。

「いいよ。皆の役に立つなら何でも話すから聞いてください、って飛竜騎士団の方々に伝えておいて」

「わかった」

アンリが素直に頷く。その様子が少年時代とちっとも変わらないので、私は思わず微笑んでしまう。視界の端でジュリアンがそっと眉根を寄せたのがわかった。

アンリ達がヤコブさんと細かいことを打ち合わせし、会話に一段落つくと、アンリは私を悪戯っぽい表情で見つめる。

「ドラゴン、連れてきているんだ」

「え？」

私がきょとんとすると、アンリは少年みたいに目を輝かせた。

「いつか言っていただろ？　近くで見てみたいって。俺の相棒を紹介するよ」

アンリは立ち上がり、ヤコブさんに「リーナを裏へ連れていってもいいか？」と尋ねる。

「ええ、どうぞ。久しぶりの再会を楽しんでおいでよ、リーナさん」

ジュリアンが何か言いたげに立ち上がろうとするのを、アンリは目だけで制止した。

ヤコブさんも面白がってまあまあ、とジュリアンをなだめている。

「行こう、リーナ！」

アンリは有無を言わさず私の手を取った。子供時代とちっとも変わらない様子で。

『リーナは大きくなったら何になるんだ？』

『私？　私はね、お医者さん！　病気や怪我で困っている人を助けるの』

子供の頃。施設での私達は貧しかったけれど、決して不幸せではなかった。

この世界の成人年齢は十五歳。子供達は十五歳になると施設を出て働くか、職員になるのが慣例で、養父母に引き取られる子供なんて極めて稀。

十歳を過ぎる頃には卒業生がどんな慎ましい暮らしをしているか大体知っているから、「どうせ叶わないだろう」とうすうす勘付きながらも、無邪気に夢を語っていた。

『俺は、騎士になるぞ』

『ほんと？　アンリ、かっこいい!!』

シャルルがはしゃいで手を叩く。

そんなシャルルも『僕はお菓子屋さんになるんだあ』と笑っていたっけ。

アンリは木の上に登ると私達を見下ろし、もう一度宣言した。

『騎士になって、ドラゴンに乗るんだ！』

それから勢いをつけて、とうっ、と地面に向かって飛び降りる。

『危ないよ！』とシャルルが思わず目を閉じたけれども、アンリはけろっとした顔で『大丈夫さ！』と胸を張った。

『ドラゴンに騎乗して、風を切って空を飛んで……！　大陸中を旅するんだ！』

『いいなあ、私もドラゴンに乗ってみたい』

　空を飛ぶ優美なドラゴンの姿を思い浮かべて、私はうっとりとした。

　年に何度か、王都から各地の街へ訪れる騎士と、彼らを乗せたドラゴンを見かけることがあった。大きな翼、馬よりもやや大きな体。顔はトカゲに似ているけれども、トカゲよりもっと理知的な瞳をしたその生き物は、長（ちょう）じれば人語を解（かい）することさえあるのだという。私達のような子供にとっては憧れの生き物だった。

　アンリは私に微笑みかける。

『リーナも乗せてやるからな、俺のドラゴンに』

『うん、ありがとう。アンリ』

　ドラゴンに乗れる身分になんかどうやってなるのよ、なんてことは誰も言わなかった。

　夢を見ることが、語ることが、とても楽しかったから。

　子供時代に語り合ったいくつもの夢は、いつだって胸の奥にしまわれている。

　たまに取り出して眺める夢のカケラは、どの角度から見てもキラキラと輝くのだ……

「俺の相棒だよ」

そうアンリが紹介してくれたのは、金色の瞳をしたドラゴンだった。「まだ若いんだ」と言ってアンリが首を撫でると、気持ちよさげに喉（のど）を鳴らす。私は「可愛いね」と褒めた。

アンリが先に乗って、私に手を差し出す。

触れた指は硬く、剣を握る人なんだなと思わせた。

私とあまり背丈が変わらなかったはずのアンリは、すっかり見上げるほど長身になっていて、私をやすやすとドラゴンの上に乗せた。

ドラゴンがゆっくりと飛び上がる。

アンリは上空を旋回しながら領主の館を指さした。

「今、ジュリアンと俺はあそこに滞在しているんだ」

「領主様はどんな方なの？」

「なかなか気のいい男だった。元は商人らしくて、珍しい品をたくさん見せてくれたよ」

アンリが説明している横顔を、私はちらりと見上げた。首の後ろをかいてはいないから、今話していることに嘘（うそ）はないのだろう。

子供の頃、アンリは嘘（うそ）をつくとき首の後ろをかいて誤魔化（ごまか）した。さっき、ここへ来た

経緯を説明したときみたいに。

アンリは「国教会をたまたま訪問して、アンガスに行ける人を探していたから立候補した」なんて言っていたけれど、それは絶対に嘘（うそ）だ。国教会に「たまたま」行くだなんて。そんなに気安く訪問できる場所ではないし、普通の人が立候補して要望が通るわけがない。

アンリは伯爵で、飛竜騎士団（ドラゴン・ナイツ）と親しい仲で。

すっかり違う立場になってしまったのだな、と実はちょっと驚いていたんだけど、アンリの私に対する態度は昔と全く変わらない。

そのことが嬉しく、同時に少し切なく感じられる。

アンリは心地よさそうな顔で風に髪をなびかせながら言った。

「ようやく、一つ約束を果たせたな」

「え？」

「リーナをドラゴンに乗せるっていう子供の頃の約束を果たせて、よかった」

「覚えていてくれたんだ。ありがとう、アンリ」

「俺が、リーナとの約束を忘れるわけがないだろ」

もう一つの約束も、と彼は言いかけたけれど、私は聞こえないふりをして明るい声を出した。

「あ！　アンリ、あそこを上から見てみたい。ねえ、行ってみよう」

「……いいよ」

アンリは苦笑してドラゴンの首を撫で、方向転換してくれる。上空から見下ろす絶景を私は大いに楽しんだ。

はしゃぐ私の後ろで、アンリがぽつりと切り出す。

「五年前、ジュリアンが俺を迎えに来て」

「……うん」

「俺の父親だという人のところに連れていかれたんだ」

アンリは淡々と説明してくれた。

父君は身分の高い人で、アンリを産んだ女性とは別に、正式な奥様がいらっしゃること。アンリの存在を、父君は長い間知らなかったということ。それから、父君には正妻の息子さん……アンリの兄上がいて、その人が跡継ぎになるから、アンリは遠縁の伯爵家を継がされたこと。

「アンリの家族って、どんな方々なの？」

「うーん。父と兄は頑固かな。二人はよく似ている。妹は生意気だけど、義理の母上は俺のことが厭わしいだろうによくしてくださる。俺は恵まれていると思う」

アンリの声は優しい。

いい家族に迎えられたのだなと思って、私は嬉しかった。

「シャルルが選定の儀で聖剣に選ばれて、リーナも旅に同行したと、俺は知っていたんだ」

「そうだったんだね」

「リーナ達が王都にいると聞いたときは、会いに行きたかった。けれど、できなかった。それでも、シャルルとおまえの活躍を聞いてずっと気にかけていた。本当だ」

きっと自由に会いに来られる立場ではなかったんだろう。

私の背後にいるアンリの声が震えた。

「リーナがダンジョンで魔物に襲われたと聞いて、心臓が止まるかと思った」

「アンリ、大げさだよ！」

「大げさなものか！　……アンガスのダンジョンで魔物に襲われた人間は皆、今も後遺症に苦しんでいるのに」

え、そうだったの？

私が素で驚いていると、アンリは呆れた顔をした。

「知らなかったのか？　リーナが無事なのは、リーナ自身の治癒能力のおかげだよ」

「うえ、それは知らなかったよ……！　無事でよかったなあ」

胸を撫で下ろす私にアンリは苦笑する。

「呑気だなあ、リーナは」

それからドラゴンに合図をして、ゆっくりとギルドの裏手へ降りていく。地上では話し合いを終えたらしいヤコブさんとジュリアンが待っていた。

「なあ、リーナ」

「何？」

「これから、どうするつもりだ？　……俺は、ずっと我慢していたんだ。シャルルが、あいつがリーナのそばにいて、リーナを守っているから、俺は姿を現さない方がいいと思っていた」

アンリは真剣な声で、静かに私に聞く。

「俺の領地に来ないか、リーナ。王都の方が過ごしやすいなら、俺も一緒に……」

私は前を向いたまま、明るい声で言った。

「私ね、アンリ！」

「ああ」

「来週からここのギルドで働くんだ」

えっ、とアンリが驚く。私が申し出を受けるか、断るか、どちらかの予測はしていても、この切り返しは予想外だったに違いない。

「前からどこかの組織に就職したかったの！　冒険者っていつまでもできるわけじゃないしさ。一人暮らしのための部屋も借りたし、新生活の準備もしなくちゃいけないの。家具は何を置こうかな、カーテンは何色にしようかなあって。今、すっごい、うきうきしているんだよね。だから一緒には行けないや」

「リーナ……！」

「ずっと働くの、ここで」

これは嘘（うそ）。本当は半年だけ働いて、シャルルが戻ってくるタイミングで、どこか別の場所に行こうと考えている。

けれど、それはアンリのそばではない。

「誘ってくれてありがとう。再会できて嬉しいよ、本当に。でも、ごめんね。その親切には甘えられない」

アンリが困った顔をしている間に、ドラゴンは地上へ舞い降りた。

ぐるぐると甘えるように鳴いたので、私はドラゴンの背中から降りてその喉（のど）を撫でる。

アンリもあとから降りてきて、ヤコブさんが彼を奥へと促（うなが）した。

「ドラゴンも喉が渇いたでしょう。水と飼葉を用意していますよ」

「……ああ、ありがとう」

「じゃあ、アンリ。またね！　ドラゴンに乗せてくれてありがとう」

アンリは何か言いたげだったが、ただ静かに頷き、それからにっこりと微笑んで手を振った。

子供の頃みたいに、自信ありげな顔で。

「ああ、リーナ。また、な」

何なのだ、その自信は！　さっきまで、しゅんとしていたのに！

私が困惑していると、いつの間にかすぐそばにジュリアンがいて、二人きりになった。

ジュリアンから微かに緊張が伝わってくる。先程の険しい視線を思い出し、気まずさを感じていたら、ジュリアンがどこか困ったような表情のまま、先に口を開いた。

「……リーナ殿、お久しぶりです」

「はい。ジュリアンさんも」

ジュリアンでいいって言われたけど、まだ呼び捨てにはしづらい。

「……貴女の怪我が快癒して、よかったと思っております。アンリ様も、私も」

「ええと、ありがとう、ございます」

私は頭を下げた。

沈黙が気まずくて、言葉を探して、思いついたことを口にする。

「アンリはとても高貴な家に引き取られていたんですね」

「今はご自身も、伯爵位をお持ちです。アンリ様はリーナ殿に、どこまでお話しされましたか？」

私が先程のアンリの話を繰り返すと、ジュリアンはそうですか、とどこか遠くを見る。

私もジュリアンの視線をたどりながら、さっき見たアンリの服装を思い出していた。旅装だから簡素なものだけど、明らかに仕立てのいい服だった。いつもツギハギを着ていたやんちゃな時代が嘘みたい。

本当に立派になったんだなあって感慨に浸ってしまう。私は独り言のように呟いた。

「幸せそうで、よかったです」

「はい……」

ジュリアンは私を見たあと、そっと目を逸らしたけれど、しばらく考え込んで、またしっかりと私の目を見つめた。

「五年前、貴女達へ銀貨を押しつけて、アンリ様のことは忘れてください、と言いましたよね」

「はい」

「私は、そのことを後悔しておりません」

きっぱりとした口調だった。

五年前、施設にアンリを迎えに来たのはジュリアンだった。絶対に行かないと言うアンリをなだめて行けと勧めたのは院長先生達で、私も無理やり笑顔で見送った。

だって、それがアンリの幸せだとわからないほど子供ではなかったから。

ジュリアンは私達にずっしりと重い銀貨の袋を渡して、「アンリ様のことは忘れるように」と念を押し、私は深々と頭を下げたのだ。

ありがとうございます、と言って。

「貴女達の存在が心を占めたままでは、アンリ様は新しい生活に馴染めなかったでしょうから。今のアンリ様のご様子を見ると、最善の選択だったと思います」

私が応えずにいると、ジュリアンは「けれど」と言って頭を下げた。

「五年前の私の態度は、貴女方に対して無礼だった。申し訳ありません」

「い、いえ。そんな」

私はちょっとびっくりする。

貴族の人に頭を下げられちゃったよ！　と慌てて両手を振った。

「頭を上げてください。その……正直、助かりましたよ、あの銀貨！　皆の寝具も、テーブルも新調できたし、畑の土地も少しだけど買えたし、苗も買えたし。あ、今頃は野菜もきっと収穫できているはずで……」

弁明するように言ったら、ジュリアンは少しだけ優しい表情になった。

「はい」

「目先のことには使わなかったのですね……。皆の役に立ったのなら、よかったです」

「貴女とシャルルが王都を訪れたとき、アンリ様は会いに行こうとしたのです。けれど、私がそれを止めました」

「そう、だったんですか」

「……今回も、止めるつもりでした。しかし、貴女の怪我の状態が思わしくないと聞いたアンリ様は、『もし会いに行けないなら、家を出る』とまで仰って」

ジュリアンは深くため息をつく。

アンリは私が瀕死だと勘違いして、彼に無理を言ってきたのだという。確かに死ぬ思いはしたけど、危篤というほどではなかったのに。

早とちりだなあと思わず苦笑していると、ジュリアンはまた、まっすぐに私を見た。

「貴女には悪いと思っています、リーナ・グラン殿」

「え？」

急にフルネームで呼ばれて、思わず反応してしまう。

「しかし、飛竜騎士団（ドラゴン・ナイツ）が到着したら、私はすぐにでもアンリ様を連れ帰ろうと思います。貴女を同行させることは、どれだけアンリ様が望んでも阻止します」

磨（みが）いた銅みたいな珍しい瞳の色が、眼鏡の下で強い決意を帯びている。

私は「はい」と笑ってみせたけれど、頬（ほお）が引きつるのは隠せなかっただろう。

「実は、来週からここのギルドで働くつもりなんです。あ、もちろん臨時であって、正式に働くのは、フェリシアが国王陛下から『好きにしていいよ』ってお墨付きをもらってきてからですよ？」

私は早口で説明した。

言いながら腹が立ってくるのを、グッと堪（こら）える。

「色々とやりたいことがあるんです、だからご心配なく！」

ジュリアンはしばらく無言だったが、微（かす）かにため息をつく。

「貴女は賢明で強い。正しい方であることも知っています。何か困ったことがあれば私に……」

「結構です！」

頼りなさい、と言われる前に、私はぴしゃりと言い返した。

私は一人で生きていける。憐れんでもらう必要なんかどこにもない。

私の強い拒絶に、ジュリアンはそうですね、と表情を改めた。差し出がましい真似をしました、と謝罪する。

「貴女とアンリ様が懇意であることは知っています。アンリ様のご両親も、貴女の存在を認識している」

「え」

ですから、とジュリアンは言った。

「なおのこと、貴女はここにいた方がいいのです。貴女のためにも」

それはどういう意味……？　と聞く前に、彼は突き放すように宣言した。

「アンリ様には婚約者がおられます。アンリ様のことは、どうか忘れてください」

「……」

私が何も言えずにいると、ジュリアンは「では」と一方的に会話を打ち切り、その場を去った。

私はその日一日、部屋に引きこもっていた。

本当は家具を揃えに行きたかったのに、何だかぐるぐると考えてしまったのだ。

ぼんやりしたまま夜ご飯を食べて、次の日の朝。私はがばっとベッドの上で飛び起きた。

「むーかーつーく!!」

何なのだ、昨日のあれは!!

確かにアンリに久々に会えて嬉しかった。ドラゴンに乗せてもらえて楽しかった。

だけど、何？　そのあとの『俺と一緒に来ないか！』って。

大体アンリは伯爵なのだ。対して私は平民。

どういう立場で行けっていうの？　友達？

無職になった幼馴染が可哀想だから連れていくの？

アンリがそんな人じゃないことは知っているけれど、私は猛烈に腹が立っていた。

「常識的に考えて、行けるわけがないでしょ！　困らせないでよ!!」

本っ当に腹が立つ!!

そう思いながら手鏡を覗き、寝癖を力任せに整えた。

私はいったいどういう寝相をしているのか、麦色の髪はひどく絡まってしまっている。

痛いいいいと言いながら、いつもみたいに後ろに無造作に流すのではなく、きちんと結い上げてみた。

よし、しっかりした大人に見えるぞ。

私は腹立ちまぎれに、乱暴に顔を洗った。

ごしごしと布で顔を拭いて、その痛さに我に返って反省して、今度は優しく水気を取ってから、化粧水をつけて……きちんと手順通りに化粧をする。

鏡の中の薄化粧をした自分と目を合わせて、いつもより少しだけ強くアイラインを引く。

よし、元気になった！

それから、ジュリアンの発言を反芻する。

『アンリ様には婚約者がおられます』

私は息を大きく吸い込んで、一気に吐き出した。

「知るか！　ばかああああああああああああああああああああ!!」

私の叫び声に、ベランダに忍び込んでいた黒猫と三毛猫の二匹がびくっとして、にゃっにゃっと鳴いて逃げていく。

「勝手に人の気持ち邪推すんなああああああああああああああああああああああああああ!!」

　ぜえはあと肩で息をして、私は額の汗を拭った。

アンリに婚約者がいる？

「……だから何だって言うのよ！　私には一切関係ないですけど⁉　第一、ただの幼馴染ですけど！　王都に行くとも全然言ってないし‼　人に頼って生きるつもりもないし‼　自分で生きていけますし‼　何を警戒しているか知りませんけど‼」

無駄に警戒されて頭にくる！　あの童顔貴族！　私がアンリの邪魔をするとでも思っているのかな⁉　大事な幼馴染の邪魔なんて、絶対しない。そんなこと、五年前からとっくに決めているのに！

そう思いながら、ロザリーが貸してくれた服をタンスから出した。

濃い色のタンクトップの上に白シャツを着る。

街にいる女の子達が好むようなワンピースではなくて、動きやすいパンツスタイルにした。まとめた髪も相乗効果を生んで、きりっとして見える（気がする）。

よし、働く仕様だ。

私が鏡の中の自分に満足していると、扉がノックされた。

「あのー。リーナさん？」

「あ、ロザリー！」

振り返ると、恐る恐るといった感じで、ロザリーが顔を覗かせている。

あれ？　ロザリーは今日は休日だったはずだけど……

「大丈夫ですか？　部屋の中からすごい叫び声がしたんですけど」

「あ、ごめんね。ベランダの猫に驚いちゃって」

舞い戻ってきた二匹の猫が『驚いたのはこっちだにゃ』と言わんばかりに顔を見合わせ、抗議するように鳴いた。

あ、あれ～？　何か言葉が通じちゃってないかな？　あの猫達！

「どうぞ、入って！」

私がロザリーに笑いかけると、お邪魔します～と彼女が入ってきた。

「ロザリーは今日、お休みじゃなかった？」

「そのはずだったんですけど、彼氏が急に仕事になっちゃって」

デートの予定がなくなったんですぅ……とロザリーがぼやく。

「リーナさん、今日はお買い物に行くって言ってたから、ご一緒しようかなって」

「わ！　本当に？　嬉しい!!」

アンガスの街のことをよくわかっていないから、その申し出は正直ありがたいぞ。

私が首を縦に振ると、ロザリーはやった！　と可愛らしく声をあげた。

「じゃあ、リーナさん」

「呼び捨てでいいよ。同い年だし、来週からは一緒に働くんだし」

　私の言葉に、ロザリーは髪と同じ栗色の瞳を輝かせた。

「本当？　じゃあ、リーナ。よろしくね？」

　えへへと笑う顔が可愛い。

　私もよろしく！　と笑い返した。


「今日は何を買うの？」

　ベランダから三階に下りた私に、ロザリーが問う。

「とりあえず、部屋を快適に住めるようにしたいな」

「そっかあ、じゃあ、まずは家具屋さんだね」

　事務所に一人でいたヤコブさんが珈琲(コーヒー)を飲んでいた。

「おはよう、珈琲(コーヒー)飲むかい、お二人さん」

「わあ、ありがとうございます」

　この大陸では南の一部で珈琲(コーヒー)豆がとれる。

　一般に流通する嗜好品(しこうひん)としては高価だけど、ギルドでは販売しているもののうち、消費期限が切れそうなものを経費で買い取っており、職員が自由に飲んでいいことになっていた。

「はい、どうぞ」

ヤコブさんが私達に珈琲を振る舞ってくれる。

アンガスで流行りの珈琲は味が濃くて、苦みが強い。だからあらかじめミルクを入れたカップの上に、金属でできた抽出用の小さなカップを置くのが常だった。

小さなカップの底に空いた穴から、ゆっくりと落ちていく珈琲の液が、ミルクとまじり合ってほんのり優しい味になる。

砂糖をまぶしたナッツと一緒に味わうと、幸せな気持ちになって、先程までの苛立ちがどこかにすぅっと消えていく。

「美味しい～」

「そうだろ？　俺が買いつけているから間違いないと思うんだよね、このナッツ……」

「ヤコブさん、美味しいものに目がないですもんね～」

「美味しい上に健康にもいいらしいぞ。お得だろ？」

こんなに砂糖をまぶしちゃったら健康にいいとは言い切れないと思うけど、美味しいなあ。

私はもらったナッツを堪能して、ヤコブさんに微笑みかけた。

「買いつけとか、楽しそう！」

彼はニッと唇を笑みの形にした。

「来週からはリーナさんにも色々やってもらうから、よろしく」

「頑張ります。半年限定ですけど」

「ここが気に入ったら、いつまでいてくれてもいいよ。ギルドは常に人手不足だしさ。今日は二人してお出かけかい？　何か予定があるの？」

私が部屋の模様替えをしたいのだと言うと、ヤコブさんは珈琲のカップを置き、半紙に何かを書き留めた。

「家具の卸売りとかやっている店があるんだよ。地図と紹介状を書くから、行っておいで」

「わあ！　ありがとうございます！」

地図と紹介状をヤコブさんからもらって、私達は足取り軽くギルドを出た。

楽しみだなあ、部屋を作るの！

……と、思っていたら。

ギルドを出たところで背の高い青年に出会って、私は目を丸くした。

「アンリ!?」

「よっ、リーナ。どこに行くんだ？」

アンリは昨日着ていた服よりも、もっとラフな格好をしていた。

それでも、はっと目を引く美貌(びぼう)は隠しようがなく、道行く人々から、そっと盗み見されている。

私は、そんなアンリを見上げて微笑んだ。

「部屋が殺風景だから、家具を揃(そろ)えようと思って。ヤコブさんが紹介してくれた家具屋さんに行くの。ここにずっと住むわけだし」

暗に、アンリの領地にも王都にも行かないからね！　と言うと、アンリは「ふぅん」と笑って私の持つ地図を覗き込んだ。

「そんなに遠くないなあ。よし！　俺も行く」

「はっ？」

私が間抜けな声を出すと、アンリはにこにこと邪気のない顔で言葉を続けた。

「荷物が多くなるなら男手があった方がいいだろ？」

彼に「手伝うから行こうぜ」と強引に言われて、私は拍子抜けしつつ「うん」と頷(うなず)き、ロザリーは手を叩いて「やった！」と言った。

「男手はあった方がいいです、絶対。二人じゃ運べない荷物も多いし」

「店の人に運んでもらえば……それか、送ってもらうように手配を……」

「今の部屋には家具が全くないんだろ？　リーナ。それなら一刻も早く揃えたいじゃないか。な？」

ロザリーの顔には『わくわく』と書いてある。アンリの顔にもだ。

「そうですよね。ええっと、ベルダン伯爵、様？」

「アンリでいいよ」

「ありがとうございます、アンリ様！　私、貴族の方とお買い物って初めてです～！」

リーナさんのお部屋を作るの、楽しみですねえ。こういうのは大人数でやると、かけ算で楽しくなりますし」

アンリは「だよな！」とロザリーに同意した。

足取り軽く進んでいく二人に、私は若干戸惑ってしまっている。立ち止まったままの私をアンリが振り返った。

「どうしたんだ？　リーナ、早く行こう」

「あ。うん」

「しかし、買う物が多いな」

私が作ったリストを眺めて、アンリが目を丸くする。

「だって、初めての一人暮らしなんだもん。色々とやりたいことがあって……」

「そっか、楽しみだな」

昨日は『俺の領地に来ないか、リーナ』なんて言葉で私を誘った割に、アンリはあっさりとしている。

「過ごしやすい部屋になるといいな」

「う、うん」

「リーナのお城だ」

無邪気に言われて、私は俄かに恥ずかしくなってきた。

ひょ、ひょっとして。昨日のあれには深い意味なんかなくて、単に『大変な目に遭ったね、気晴らしに俺の領地に遊びにおいでよ、幼馴染のリーナちゃん』程度の軽いお誘いだったのでは？

私は顔が赤らむ思いだった。

そっかー、そうだよなあ。私ったら何を深刻に考えていたのか……。勘違いも甚だしい。

にこにこしているアンリに、ごめんね、の意味を込めて微笑みかけた。

「アンリ、ありがとう。その、部屋作りにも色々と協力してくれる？」

「もちろんだ、任せろよ」

「工作とかも？」

「俺がそういうの、大得意だって知っているだろう、リーナ！」

うん、アンリは子供の頃、色んな物を施設の仲間達に作ってくれたよね。

椅子やテーブルや本棚を、廃材を拾って分解して組み立て直して。

基本おおざっぱなくせに、アンリは妙に手先が器用だった。何だか、そういうところは変わらないアンリに、また懐かしくなってしまうな。

じゃあ行こう！　と私も二人に並ぶ。アンリとロザリーが微笑んだ。

私が買いたいと思ったテーブルや椅子はもちろんのこと、他に大きな板を何枚も購入する。それらで作りたいものがあるので、必要な形や大きさに切ってもらうことにした。

あとは、落ち着く柄の敷物と、同系色のカーテンも。

ちなみにテーブルは二人がけ用で十分だったんだけど、あえて大きいサイズを購入。

だって、友達ができたら招待してみたいじゃない？

お店の人が無料で配送してくれると言うので、ギルドへの配送をお願いした。

家具を買い揃えたところで、私は二人に打ち明ける。

「実はあと一つ、行きたいところがあるんだよね！」

「どこへ行くんだ？」

「場所は確か……」

私は地図を広げて確かめた。大通りにある家具屋さんとは違い、その店は路地をいくつも抜けた場所に、ひっそりと建っている。

私が行きたいのは、魔石を売るお店だ。

魔石は静かな環境を好むと言われるので、大抵はメインストリートから外れたところに店を構えている。

お目当ての店は半地下になっていた。古びた扉を開けて中に入ると、白髪まじりの老婦人が「いらっしゃい」と穏やかに迎えてくれる。

「ここは魔石の店か？　もう冒険には行かないんだろう？　それなのに、何に使うんだ？」

「ふふふ、実はこの度、ちょっと事業を始めようと考えておりますの、わたくし！」

「ほほう、それはどのような事業で？」

私に合わせて、わざとらしい口調で聞くアンリ。

「秘密！」

私が胸を張ると、アンリはふーん、と興味深そうに見てきた。

ヤコブさんに渡したネックレスは、ありがたいことに今日までに全部売れたという。

また新しく作りたいな、と思っているのだ。

ただの天然石に力を込めてもいいけれど、魔石で作れば長持ちするし、治癒効果も高い。

「これなんか綺麗な色ですねえ……」

「ほんとだねー、買おうかな」

ロザリーが手に取ったのは魔石ではなく、一対のグリーンストーン、いわゆる翡翠だった。これは耳飾りにしたらよさそうだ。

私はアンリを横目で見ながら、別の石を手に取る。青紫の魔石……。これはアンリの瞳の色に似ているから、あとで治癒の力を込めてプレゼントしてあげよう！　と決めてキープ用の籠に入れた。

あとは……

私はいくつかの魔石と天然石を店員さんの前に置いて、相談した。

「あのう、こういうことを聞いてもいいかわからないんですが」

「何でもどうぞ。ヤコブさんの紹介ですから、お安くしますよ」

老婦人は柔和に応じてくれる。

「助かります！　その上で厚かましいお願いなんですが、売り物にならないような天然石があったら、あるだけ売っていただきたいなあって」

ロザリーとアンリが私の背後で首を傾げ、老婦人は興味深そうに老眼鏡を持ち上げた。

「もちろん、ありますとも。色が揃わなくてもいいんですか?」

「全く構いません!」

店員さんはそれならば、と奥へ案内して、木箱に入った大量の石を見せてくれた。

「ここにある石は形が悪かったり、色がくすんでいたり、使える部分を削り取った余りだったり、そんなものばっかりです。あとで砕いて粉にして、道の舗装に使ったりするんですよ。こんな石でいいんですか? 言葉は悪いですが屑石と呼んでいるもので……」

「問題ありません! ご迷惑でないなら、箱ごと売っていただけると助かります」

「それなら」

たくさん買ってくれたおまけに、と山のような量の天然石を奥から出してくれた。

「全部で、このお値段でいかがです?」

値段を示されたので、私は石版を取り出して残高を確かめた。

ヤコブさんがネックレスの買い取り代金を入金してくれていたので、全部買ってもまだ余裕があるし、これからも気持ちのいい取引をしたいなら、最初は値切らないのが鉄則だ。

私はありがとうございます、とお礼を言って、店員さんと自分の石版を重ね合わせる。

そうして支払いを終えた。

「じゃあ、帰りますか！」

私がアンリとロザリーを促すと、二人は「おー」と声を揃えた。


足取り軽く部屋に戻った私は、二人に手伝ってもらって荷物の入ったトランクとベッドを運び出した。それから、がらんどうで殺風景な部屋に戻る。

部屋の床は、何の変哲もない石でできていた。軽くて丈夫なので、ギルドのような複数階建ての建材としてよく使われている。

この上を歩く分には構わないけど、くつろぐには少ーし、居心地がよくない。

「買ってきたこれ、どう使うの？　リーナ」

ロザリーが興味津々で木箱の中に入った天然石を見つめている。

さて、何をするんでしょう？

そこへ家具屋で買ったテーブルや椅子などが届く。木工所のお兄さん達が、例の木材と一緒に運んできてくれた。

私は彼らとアンリに一つお願いをする。あらかじめ切り分けられた木材を、とある形に組み立ててほしい、ということだ。

簡単な設計図を書いて彼らに渡す。

アンリは私の説明をすぐに理解して作業に取り掛かり、木工所の職人さん二人も追加料金を払うと言ったら、快く引き受けてくれた。

道具を手にした三人がトンテンカン、とリズムよく音を響かせていると、「何事ですか」とジュリアンが現れた。彼はアンリの手の中の釘に怪訝な表情を浮かべたが、私の説明を聞くとジャケットを脱いで「微力ながら、お手伝いしましょう」と言ってくれた。

昨日言われたことにはすごく腹が立つんだけど、基本は親切なんだよなあ、ジュリアン。

私は彼の中性的な面差しを見つめた。横顔だけなら、アンリと年齢がさほど変わらないように見える。五年前も同じ容姿だったから、二十代半ばは過ぎていると思うんだけど、いったいいくつなんだろう？

若く見えるといえば、フェリシアもそうだ。彼女は、あとどれくらいしたら戻ってくるかなあ。

私の複雑な胸中をよそに、ジュリアンは額に汗しながら、黙々と作業をしてくれている。

途中、トンカチで指を打ってしまい、「痛ッ」と小さく叫んだ。

「大丈夫ですか？」

「面目ありません、リーナ殿」

私が慌てて治療すると、ありがとうございます、と丁寧にお礼を言ってくれる。

まじめか！　……調子が狂うよう。

「大体できたぞ」

「ありがとう、アンリ！」

数時間後。アンリが道具を置いて額の汗を拭い、私は素直にお礼を言った。

私も彼らと同じものを作っていたんだけど、私が作るよりアンリ達の方が随分と速かった。

今回作ったのは、日本で言う『すのこ』だ。

組み合わせれば床の大部分を覆えるくらいの数量はできたはず。

さて、これを使って、快適な部屋を作ろうかな！

木工所のお兄さん達は「毎度あり！」と報酬を受け取って帰っていき、部屋には私達四人だけになる。私は改めて部屋を見回した。

ギルドは築五十年ほどだそうで、ほんの少し傾いている。それに、他にも解決したい問題があった。

「何をするつもりなんだ、リーナ？」

「この部屋、居心地はいいんだけど床が硬いし、斜めになっているし、そこが不満で。DIYしちゃおっかなー、って」

「でぃー……？　何だって？」

「どんな場所でも、いつでも、よいとこにしちゃいます！　みたいな」

本当はドゥー・イット・ユアセルフの略語だけれど、さすがに説明できないので適当にこじつけた。アンリが怪訝そうな顔をする。

「何だそれ？」

私はただ笑って、床にチョークで魔法陣を描く。それから、天然石をできる限り均等に置いて、部屋全体に修復の魔法をかけた。

「水平に戻れ」

床全体がほんのりと発光する。わあ！　とロザリーが声をあげた。

前述の通り、私には、他の治癒師にはあまり真似できない特技がある。

一つは物の状態を元の通りに戻すこと。

建物自体が傾いたのをどうにかするのは無理だけど、床が元の水平さを失っているのを『元に戻した』のだ。

わずかだけれど、床から石の粉が削られて宙を舞う。きらきらと舞ったそれは私の思惑通り、思い思いの場所へと舞い降りて、床をリメイクしてくれた。

「水平に戻ったかな？」

私はロザリーに借りたビー玉を、足下にそっと置いてみる。

三つのビー玉はちょこん、とそこに鎮座した。「フラットになったよ！」とでも言うように行儀よく並んでいる。

うん、上出来！

「すごいな」

アンリが呆然として言ったので、私は得意げに顎を反らす。

ふふん！　伯爵様の庇護がなくても、治癒師として立派にやっていけるとご理解いただけましたでしょうか？　今やっていることは治療というより、修復だけどさ。

「……これだけの修復を、一人で？」

ジュリアンも呆然としている。ロザリーは「すごーい」と拍手していた。

「この石はどうするの？」

ロザリーが私に聞いてきた。

散らばっている天然石をつまみ上げようとした彼女は、あ、と驚く。

「床に石がひっついているわよ？」

「うん、私がくっつけたの」

本日の気温はどのくらいかな、と壁にかけられたままの温度計に視線をやる。

夏が近づいているので、気温はやや高い。

「実はね、さっきこの天然石に力を込めたんだ」

「え、いつの間に？」

私は天然石に、治療（ヒール）の力を込めていた。

「傷を治すときのやり方じゃなくて、熱を下げるときのやり方を応用したんだけど」

私が治癒師として優秀だとか、聖女だとか、大げさに褒めてもらえる理由の一つは、物体に力を込めることができるからだ。

私は冷却の力を、床に埋め込んだ天然石に込めていた。

「石よ、冷やせ」

私が命じると、屑石（くずいし）と呼ばれた天然石達がヴヴ…とわずかに震えて、それぞれの義務を果たし始める。すなわち――

「あ、涼しい！」

ロザリーがいち早く気づいて喜ぶ。

そう、エアコンもどきを作ってみたのだ。

「反則だな、この使い方」

アンリが呆れたように言った。確かに反則かもしれないけど。

「いいじゃないアンリ。涼しいし！」

「でも、体が冷えない？　リーナ」

私はロザリーの問いに笑って、すのこを１ＬＤＫの床の大部分に敷き詰めた。

さすがにそのままだと寒くなるし、足が冷える。だからベッドの下には石を設置せず、他の部分にはすのこを置いて、その上に気に入った柄のラグを敷く。

そして好きな位置に四人がけのテーブルを置いて、奥の寝室にはベッドを戻して、明るい色のカーテンを窓にかければ……

「はい、完成！」

夏も間近だというのに、仄(ほの)かに涼しい『私のお部屋』が完成した！

様子を見に来たヤコブさんが目を丸くする。

「おおお、何かすごいことになってるねえ！」

「へへ、何でも改造していいって言われたので、お言葉に甘えました」

「こりゃいいいや。気が向いたら三階もやってよ、リーナさん」

「いいですよ！」

私が笑うと、ジュリアンが感心したように呟いた。

「……修復や治癒の力をこんな風に使うとは思いませんでしたね。素晴らしい」

「冒険者って野宿することが多いから、少しでも快適に過ごせるように、って色々知恵を絞っていたんです」

絞っていたんだけどな……と元仲間達を思い出して若干遠い目になった。

「壁に埋め込むのではなく、床でよかったのですか？」

冷たい空気は上から下に落ちていく。ジュリアンの疑問に、私は頷いた。

「それも思ったんですけど、私は暑さより寒さが苦手なんです。だから、冬でも使える仕様にしたいなと思って。冬場は冷気じゃなくて熱を石に込めれば、今度は床暖房として使えるでしょう？」

私はにっこりと笑ってみせた。

冬までここにいますから、どうぞ、ご心配なさらずに！　の意味を込めて。

嫌味が通じたらしいジュリアンは、わずかに苦笑して「なるほど」とだけ言った。

買い物をして、工作をして、部屋を作って、掃除をして……。そんなことをしていたら、その日はあっという間に、夜になってしまった。

「カンパーイ」

「お疲れ様でした！」

私、アンリ、ロザリーの三人でジョッキを掲(かか)げる。

テーブルには、私がロザリーと一緒に街で買い込んできた食料が並んでいた。

鶏肉の串焼きに岩塩をまぶしたもの、ナッツ類、ハムにチーズ、採れたての野菜をオリーブオイルで味つけしたサラダ。

何より冷えた麦酒(エール)は外せない。

「手伝ってくれてありがとう、アンリ、ロザリー」

「どういたしまして」

「いえいえ」

私は思わず拍手したくなる気分で我が城を眺めた。

なかなかいい雰囲気じゃない？　皆に感謝、である。

喉(のど)に流し込んだ麦酒(エール)は冷やしておいたおかげで、体と気分を爽快(そうかい)にしてくれた。

この国の成人年齢は十五歳なんだけれど、その歳になるまで飲んではいけないと決まっているわけではない。子供が水代わりにワインを飲むこともあるのだ。

もっとも私がお酒を飲むようになったのは、ここ数年のことですけども。魔導士のフェリシアがお酒好きなので、たまにお付き合いをしていた。

　彼女はあまり口数の多い人じゃないけど、二人で飲むときの雰囲気は好きだったな。あの酒豪（しゅごう）の美魔女は今頃どうしているだろうか。

　私達が冷えた麦酒（エール）を楽しんでいると、ヤコブさんも仕事を終えたのか、肴（さかな）を持ってやってきた。……と、ジュリアンもいる。

「帰ろうとしているのを下で見かけたから、お誘いしてみたんだ！　な、ジュリアンさん」

「ジュリアンさん、今日はお疲れ様でした！」

　ヤコブさんとロザリーがにこにこしながら、ジュリアンのジョッキに麦酒（エール）を注ぐ。

「いや、私は……」

　遠慮しようとしたジュリアンをロザリーがテーブルに引っ張ってきたので、私も「今日はありがとうございました！」と微笑みかける。

　ジュリアンは面食らったようだけども、観念したのか、にこやかな顔でジョッキを掲（かか）げた。

「では一杯だけ、ありがたく頂戴（ちょうだい）します」

「堅いですねえ！　若いんだから、もっとノリよくいきましょうよ！　ね！」

ヤコブさんが自分のジョッキをぶつけ、アンリがちょっと明後日(あさって)の方を向く。当のジュリアンは何とも言えない表情になった。

「若いと言われてもな……。一つ聞きたいんだが、ヤコブ」

「はい、何ですか？」

「君はいくつだ？」

「今年で二十八ですよ」

ロザリーが「意外に若いんですよね、ヤコブさんって」とからかう。

磨(みが)いた銅色の髪をした童顔貴族、ジュリアンは苦笑した。

「そうか、ではヤコブは私の二つ年下だな」

「……えっ!!」

「うそ……!!」

三十歳か！　結構年上だろうなー、とは思っていたけど、二十歳(はたち)そこそこにしか見えないのに。

ヤコブさんとロザリーが絶句する横で、ジュリアンは涼しい顔でジョッキをあおる。

童顔だけど、お酒は強いみたい。

驚く二人とジュリアンを見比べて、アンリがくつくつと笑う。

「びっくりしただろう？　ジュリアンは外見だけは若いからなあ」

「わか……若いってレベルじゃないでしょう！　っと、これは失礼しました……！　てっきりベルダン伯爵とそう変わらないご年齢かと……」

「どういう技法で若さを保っているんですか⁉　魔術ですか⁉　何かに魂を売り渡したんですか？　貴族専用の化粧品とかですか？」

「実は若さを保つために、魔女と契約しているんだ」

「やだー、冗談ばっかり！　貴族の方も冗談とか言うんですねー！　その魔女紹介してくださーい！」

ジュリアンの冗談に、酔い始めたロザリーがきゃっきゃと笑い、ばしばしと彼の背中を叩く。

ジュリアンは「痛い……」と眉根をちょっと寄せたけれど、文句は言わなかった。

「リーナはびっくりしないの？」

とロザリーが聞いてきたので、私は肩を竦(すく)める。

「数年前にお会いしたときと外見は全く変わっていないから、二十代後半かなあと予測していたの。ちょっと外したけど」

予測より三つは年上だった。

「それに、実年齢よりずっと若く見える人を他にも知っているから」

麦酒（エール）を口に含んで再び美魔女を思い出す。元気かなあ、フェリシア……

私が回想している横でヤコブさんが頭をかいていた。

「うわー、これはとんだ失礼を。本当にすみません、ジュリアンさん」

「呼び捨てで構わないよ」

「年下かと思っていたので、昨日から気安い態度を取っていたんじゃないかと……」

「気にしないでくれ」

ジュリアンは気さくに笑ってみせ、空（から）にしたジョッキを置くと、アンリを見た。

「アンリ様、そろそろ領主館に戻りませんと、皆が心配するかもしれません。私は戻りますが、いかがなさいますか？」

「せっかくの歓待（かんたい）だ。もうしばらく楽しみたい。おまえは先に戻って遅くなると伝えてくれ」

「帰りは、お一人で大丈夫ですか？」

「おまえ、俺をいくつだと思っているんだよ……大丈夫に決まってるだろう」

ため息まじりのアンリに、ジュリアンは「そうですか」と特に反対しなかった。これは意外。アンリが私の部屋に残ると言ったら、絶対に反対すると思ったんだけど。

うーん、この街で暮らすという私の決意が固いと見て、警戒を解いてくれたのだろうか。

ジュリアンが「では、私はこれで」と言って部屋を出ていく。

しばらくすると、三杯目の麦酒（エール）を空にしたヤコブさんが『ギルドの円滑な経営とコスト削減』について語り始めた。ロザリーが「ヤダー」と顔を歪め、「始まっちゃったよー」と嘆（なげ）く。

「いいか、ロザリー。これからのギルドの目標はヤメル・ヘラス・カエル、だ！　不要な業務は削減しぃ……労働力をいかに有効活用するかで、冒険者のパフォーマンスをおお」

「もうこのおじさんってば、勤務時間外まで仕事のことを語らないでくださいよー、だから職場の人と飲むの嫌なんですよー！」

「え！　じゃあ、俺のコイバナ聞く？　聞きたい!?」

「興味ない！　全然興味ない！　業務改善について聞く方がまだマシ～！」

この酔っ払い二人め。

話が長くなりそうなので、そっとベランダに出ると、アンリもお酒を片手にやってきた。たくさんの家の窓から灯（あか）りが漏れて、すっかり暗くなった街を照らし、幻想的だ。

「いい眺めだな、この部屋」

「そうでしょ？　新生活、頑張らなきゃ」

「うん、――俺も応援するよ」

その言葉が嬉しくて、私は幼馴染を見上げた。私も背は低くないけれど、それでも見上げないといけないくらいにアンリは長身だ。

私が感慨深く見つめていると、アンリは天使みたいに綺麗な顔を不思議そうに傾げた。

「何だよ、じっくり見て。俺の顔に何かついているのか？」

「アンリも大人になったなあって」

その言葉に、アンリが微笑む。彼はベランダの柵に手を置いて、夜のアンガスの街を眺めた。

「五年ぶりだからな。でも、リーナは変わっていなくてほっとしたよ」

「変わってない？　ひどい！　綺麗になったね、とか言ってほしかったのに」

私がふくれてみせると、アンリはさらに微笑んだ。

「変わってないよ。リーナは昔から、世界で一番綺麗だ」

「また、冗談ばっかり！」

私は思わず赤面してそっぽを向いた。お世辞だってわかっていても、どきどきするのは許してほしい。

アンリは悪戯っぽく笑うと、ちょっとだけ迷ってから私の頭に触れた。

「頭の傷、消えなかったんだな……」

子供の頃、アンリが誤って私につけてしまった傷を、そっと指でなぞる。

五歳で両親を亡くした私は施設に引き取られ、アンリ達と出会った。施設に入ったばかりの頃は、我がままを言って周囲を困らせていた。

『こんな硬いパンなんて、食べられないわ！　捨ててしまって！』とかね。そんな私に対して、アンリはものすごく怒ったのである。『ばか！　ご飯を食べないと死んじゃうんだからな！』って。

アンリがポカっと私を小突き、驚いた私は椅子ごとひっくり返った。

運悪く別の椅子にあたって後頭部が切れてしまい、流血の大惨事だったのだ。

——おかげで、前世のことを思い出したんだけどね。

青紫の瞳に艶やかな黒髪、透き通るような白い肌の、まるで天使のようだった幼いアンリは、私の傷を見て泣きべそをかいた。『ごめんな、怪我をさせて』と。

ついでに『責任とって、俺がおまえを嫁にもらってやるからな！』と宣言し、その子供の頃の約束をアンリはずっと覚えていて、五年前に別れたときも真剣な顔で言ったのだ。

絶対に迎えに来るから、と。

「前にこの傷を見たときより薄くなって、少し安心したけど」

「不思議でしょう？　私の治癒能力のおかげで、たいていの傷は消えるんだけど、これだけは、どうしても消えないいんだよね。まだ治癒能力に目覚める前の傷だからかな。まあ、ほとんど見えないから普段は思い出さないいんだけど、時々鏡で見て懐かしい気分になるよ」

私が言うと、アンリは大まじめに言った。

「それは、俺の誓いを忘れないためじゃないかな？」

「え」

青紫の瞳が私をじっと見つめる。私は思わず目を逸らして、暗くなった街を眺めた。

「何、馬鹿なことを言っているのよ。……私は、この街で暮らすからね？」

「うん、知ってる」

アンリは少し笑った。だから何なのだ、その不敵な笑みは！

「だけど、一度、領地にも来てほしい。風光明媚（ふうこうめいび）なところだから、きっと気に入る」

私は下唇を噛んでから、再び口を開く。

「行かない」

「どうして？」

アンリが怪訝そうにする。私は、ジュリアンの言葉を思い出したのだ。

『アンリ様には婚約者がおられます』

別に嫌味な口調とかではなかったけど、思い出したら何だかムカムカしてきたぞ。

アンリに婚約者がいるのは当たり前だと思う。だって、伯爵様なんでしょう？　年頃の貴族にそういう話がない方がおかしい。私も『嫁にもらう』というアンリの約束を信じるほど子供じゃないですし！　そもそも真に受けてもなかったし！

だけど、婚約者のいる男性に誘われて、のこのことついていって、何かを期待していると誤解されるのだけは嫌だった。

アンリが理由を問うように、じっと私を見ている。

私は素っ気なく言った。

「婚約者のいる伯爵様の領地へなんて、とてもじゃないけど女一人では行けませんわ」

「は？」

私の言葉にアンリが目を丸くした。

「何の話だ？　婚約者って」

「え？　婚約者がいるってジュリアンが……」

青紫の瞳がちょっと不快げに細められる。アンリはジュリアンが戻った領主館の方角を見て、あいつめ、と小さく毒づいた。

「なるほどね。何だかリーナの態度がよそよそしいと思ったら、原因はそれか」

アンリは腕組みしてニヤリと笑った。

「安心してくれよ、リーナ。俺に婚約者はいない。誓ってもいい」

「何よ、安心って！　そもそもいてもいなくても、私には関係ない話だし！　そうよ、全く関係ない！」

アンリは口を尖らせ、それから目を伏せた。

その睫毛が震えたように見えて、私はドキリとする。

「ひどいな、リーナ。リーナは俺が約束を忘れて婚約者を作るような、薄情者だと思っていたのか？　俺はこの五年間、あの約束を支えにして生きてきたのに」

咎めるような声が寂しく響く。

アンリが顔を逸らして悲しげに言うので、私は慌てた。

「ち、違うよアンリ。あのときは、二度と会えないだろうと思っていたし、怪我もホラ、ほとんど見えなくなったし、もう時効かなあって!!　それに貴族なら婚約者がいて当然だし、だからその……」

必死に言い訳する私に、アンリは沈んだ声で聞いた。

「じゃあ、信じてくれるのか？　リーナ」

「う、うん信じるよ。ごめんね、変なこと聞いて」

「俺に会えなくて、リーナも寂しかったと思っていいのか？」

「当たり前じゃない！　ずっと気にしてたよ！　この五年間！」

私は慌てて頷く。俯いていたアンリが顔を上げて――そこに傷ついた様子は微塵もない。彼はベランダの柵に背を預けてニッコリと笑ってみせた。

「そうか！　それならよかった。じゃあ、子供の頃の約束はまだ有効ということで。ずっと俺のことを思っていてくれて嬉しいよ、リーナ」

………………しまった、乗せられた。

私は思わず口を手で押さえてから、アンリを睨みつけた。

「ゆ、有効なわけがないでしょう！　忘れてよ、そんな昔のことは！　それに婚約者のことだって、アンリが本当のことを言っている証拠はないでしょう？」

その言葉にアンリは苦笑する。

「……正直に言うと、婚約者候補はいたんだけどな」

「いたんだ？」

「ジュリアンは彼女のことを言っているんだと思うが」

困惑した様子のアンリに、私は尋ねる。

「アンリが結婚したくないだけで、お相手は納得していないんじゃないの？」

伯爵という地位があって、ほがらかな性格で、容姿もよくて。

貴族のご令嬢達はアンリを放っておかないのではないだろうか？

私の指摘に、アンリは肩を竦めた。

「残念ながら、婚約の話を断ってきたのは彼女だよ。だから、俺が求婚したのはあとにも先にもリーナだけだ」

私はむう、と考え込み——きっぱりと言った。

「アンリが嘘を言っていなかったとしても、とりあえず約束の件はなしね！　私はここで働くから！　アンリの……ベルダン伯爵の婚約者の有無は、関係ありません！」

アンリは両手を小さく上げて「降参」と呟いた。

「とりあえず、この問題は棚上げしよう、リーナ。しばらくは……」

「しばらくは？」

「五年ぶりに会った俺との、友情の復活を喜んでくれたら嬉しいよ。リーナの新生活も邪魔しない」

ほんとかなあ。

私が疑いの目を向けていると、アンリが空を見上げて「お、来たな！」と言った。

領主館の方角に、いくつかの光が固まって動いている。

「あれは？」

目を細めて光の正体を見極めようとした私に、アンリが言った。

「飛竜騎士団（ドラゴン・ナイツ）だ。竜は夜目が利くけど、騎手が操縦を誤って他とぶつからないように、それと街の見張りの兵を警戒させないように、夜間飛行はああやって光を灯（とも）して存在を示すんだ」

あれが飛竜騎士団（ドラゴン・ナイツ）！

ドラゴンの数は十頭程度だろうか。

私もアンリと並んで、彼らが領主館に舞い降りるのを、じっと眺めていた。

第三章　図書館とドラゴンと猫

「リーナさん！　こちらのお客さんの登録をお願いできる？」

「はい、わかりましたー」

飛竜騎士団（ドラゴン・ナイツ）がアンガスの街にやってきてから数日が経ち、私はギルドで働き始めていた。

治癒師としてではなく、非常勤職員としてだけど、これがなかなか忙しい。

アンガスの街のダンジョンの説明、冒険者への仕事斡旋（あっせん）の他、不動産の紹介、アンガスの警備隊との折衝（せっしょう）などなど、ギルドの業務は多岐（たき）にわたる。

私は主に、街を出る商人から依頼を受けて護衛を探すマッチング業務を担当していた。

まさか前世での社会人経験がここで役に立つとは思わなかったなー。

「いつまでに護衛が必要ですか？」

「二、三日後には出発したい。できたら女性がいいんだけど……」

「ご予算は？」

「一名雇うとしてこのくらい、かな」

「わかりました、相応しい人を探してご連絡しますね」

私は金額を確認しつつ石版に条件を入力していた。女性一人で隣町まで護衛するなら魔導士が望ましいけれど、魔導士は希少で単価が高いからなあー。

ダンジョンには行かずに、この街を拠点にして護衛として働く冒険者も少なくない。その人達の中にマッチングする人がいればいいな。

もちろんギルドを通さずに護衛を雇うことも可能だ。ただし、身元のはっきりしない冒険者を雇った場合、トラブルが起きても何の保障もないから、あとで文句は言えない。

この国では自分の身は自分で守るしかないのだ。基本的に。

ギルドの仕事は煩雑で大変だけど、週に三回働いてみて続けられそうなら、半年後に正式に就職！　というのも悪くないかも。一人で生きていくには安定した収入が必要だしね。

一人で生きていく、かあ。

私は作業をちょっと止めてため息をついた。

半年後、何をしているだろうと考えて、何故かアンリのことを思い出してしまう。

『飛竜騎士団に挨拶に行ってくる』

私の新居を完成させた夜、アンリはアンガスの街に舞い降りたドラゴン達を見て言った。

『じゃあ半年間、しっかり仕事頑張れよ、リーナ！』

そう告げて去った幼馴染の伯爵様は、とてもいい笑顔をしていた。なーんかひっかかるな。

あれは絶対に何か企んでいる顔だった。

それからというもの、アンリは一日に一度は他愛もない用事でギルドに顔を出すので、何だか周囲の好奇の視線が痛い。

幼馴染です！　と全力で主張するのだけれど、ロザリーは『そーなんだあー、ふううん』とニヤニヤしていた。正直、居心地が悪い。

なんてことを思い出していると、噂をすれば何とやら。本日も足取り軽くやってきたアンリが、カウンター越しに私に手を振ってくる。

彼はカウンターに頬杖をついて、私を上目遣いで見上げた。

「そろそろ仕事は終わりなんだろ？　街の探検でもしようぜ」

「アンリ、また来たの？」

「いいだろ。顔が見たくなったんだから」

にっこりと微笑まれて、もう！　と私はアンリを小突いた。

アンリって暇なのかな？　ひょっとして。

「残念だけど、仕事は終わりじゃありません！　ベルダン伯爵と違って私は忙しいんです！」

「週三日でこの時間までだろ？　他に何があるんだ？」

ちょっと、私のシフトを把握しないでもらえますかね！　何で知っているのかと聞いたら、アンリはあっさりと白状した。

「ロザリーが教えてくれたぞ？　親切だよな」

ロザリーぃぃ……

ちょうど通りかかったロザリーが、「ごゆっくりぃ」とアンリに手を振り、輝く笑顔を残して去っていく。ロザリー！　個人情報の漏洩！　あとで文句言うからね！

「とにかく今日はダメ。本当に別の仕事があるんだってば！」

「今からか？　もう日も暮れるのに？」

アンリが首を傾げたところにヤコブさんがやってきた。

「リーナさん、地図を持ってきたよ……おや、アンリさん、今日もいらっしゃい」

周囲を気にしてか、ヤコブさんはギルドでは伯爵と呼ばない。アンリはそれを気にする様子もなく、お邪魔しています、と礼儀正しく挨拶をした。

「はいリーナさん、地図。一人で行ける？」

「ありがとうございます。大丈夫です」

「どこへ行くんだ？」

ヤコブさんが私にくれた地図をアンリが横から覗き込む。

「アンガスの街の古い図書館に、お仕事をしに行くの」

ギルドの非常勤職員として働いてもらう以外に、治癒師としての仕事もあれば依頼する……とヤコブさんは言っていた。

その言葉通り、治癒師としての仕事を紹介してくれたのだ。

アンガスの街にある古い図書館の蔵書が、しばらく前の大雨で大量に傷(いた)んでしまったという。専門の修復士が作業にあたっているけれど、人手が足りなくてなかなか終わらないらしい。

そこで修復魔法も使える私に応援要請がきた。本の修復は専門外だけど、役に立てそうなら依頼を受けるつもりでいる。

そして今日は、図書館の閉館後に下見に行くことになっていたのだ。

「アンリさんに付き添ってもらいなよ。帰り道は一人じゃ危ないしね」

「え？」

「それがいいな。さあ、リーナ。行こう」

ヤコブさんの提案にアンリはあっさり賛成し、何故か私を先導する。

ヤコブさんは「若いっていいよね～」と訳のわからないことを言いつつ、にこやかに送り出してくれた。だから、そういう関係じゃないってのに！

ロザリーだけじゃなく、ここにも要注意人物がいたよ！

私はがっくりと肩を落とした。

アンガスの図書館は領主館のすぐそばにある、歴史ある建物だった。

赤茶の煉瓦で作られた塀をくぐれば、退館してきた利用客とすれ違う。

ヤコブさんがくれた地図に従い、図書館の事務室へ向かうと、職員さん達が喜んで迎えてくれた。

「貴女が治癒師のリーナさんですね、お待ちしていましたよ」

さっそくですが、と職員の一人が奥へと案内してくれる。

「数週間前に、街のいくつかの箇所に大きな落雷があって、図書館も直撃されましてね」

ちょうど私が寝込んでいた頃だ。そんな落雷があったなんて知らなかった。

「その場所から火が出てね。幸い大雨のおかげもあって、消火はすぐにできたんですが……」

私とアンリは破損した本を集めた書庫へ案内してもらう。

書庫では修復士らしき人が作業をしている最中だった。散乱する本を見てアンリが眉をひそめる。

「これは、ひどいな」

私はしゃがみ込んで、ボロボロになった本の背表紙を撫でた。少し焦げているけれど、それ以上にひどいのは……

「落雷で屋根に大穴が開いて、そこから降り込んだ雨で濡れた本もあるんですが、ほとんどは消火するときにまいた水で濡れたんですよ」

職員さんがそう説明してくれた。

水に濡れたせいで紙同士がくっついたり、変形したり、インクが滲んだり。

ほとんどの本がまともに読めなくなってしまっている。

「歴史書を収蔵していた区画がやられてねえ、千冊近く駄目になっているんだ――お客人、あんたの探している本はあったかい？」

職員さんが声をかけると、作業中の小柄な人物が立ち上がって首を横に振った。

「背表紙の文字が滲んで読めない。これじゃ探せないな。お手上げだ」

私は思わず目を瞠った。十五歳くらいの落ち着いた雰囲気の少年だけれど、珍しい銀の髪に、これまた珍しい赤い瞳をしていたからだ。

さらに言えば、彼の瞳は猫のように光彩が細い。

「こちらの二人は?」

少年が職員さんに尋ねた。静かな声音にはわずかに警戒する気配がある。

「この街のギルドから派遣されてきた人達だよ。本の修復を手伝ってくれるって」

そう答えた職員さんが、私達に少年のことを紹介してくれる。

「こちらはタルキス国のギルドから派遣されてきた人なんですよ」

私は少年に手を差し出した。

「リーナ・グランです。お役に立てるかはわかりませんが、下見に来ました」

「俺はアンリ・ド・ベルダンです。リーナの……助手かな」

銀髪に赤い瞳の少年はふっと肩の力を抜いた。

「私はセリム。こちらには本を探しに来たんだが……このありさまで、困っているんだ」

「どんな本を探しているんですか?」

「私達魔族について書かれた本を」

猫の瞳を持つ魔族の少年は、こともなげに言った。

私達の住む大陸には三種類のヒトが存在する。

まずは人口の九割を占めるという人間種。それから、人間種と比べてはるかに長命な二種族――エルフと魔族だ。

魔族はセリムのように、赤い瞳をしていることが多く、強い魔力を持つのだとか。

しかし、この国では魔族にもエルフにもめったに会うことがない。

三代か四代前の国王様が、亜人（あじん）と呼ばれる彼らを嫌い、国から追放したからだ。その二種族がハーティア王国に入国できない期間は五十年以上続いたので、今でもエルフや魔族のほとんどは山を越えたタルキス国で暮らしているのだという。

「私は学者なんだ」

セリム少年が自己紹介をした。

魔族は長命種で老化も遅いから、十五歳に見えても中身はずっと年上なはずだ。

「アンガスでの先祖の暮らしや、失われた文化について調べている。だが、タルキスにはその資料がなくて」

この図書館で資料を貸してもらえるはずだったのに、着いた途端にこのありさまで、途方に暮れていたらしい。セリムには本の修復技能もあって、何とかしようと手を尽くしたらしいが、お手上げだと肩を竦めた。

「これらは過去に閲覧履歴がなく、他に読みたい領民もいないだろうから、と言ってアンガスの領主殿はタルキスへの長期貸出を快く許可してくれたんだが」

私は改めて水に濡れて歪んだ本を見た。

せっかくの資料も、確かにこれでは読めないだろう。

くっついた紙同士を無理に剥がそうとしたら、きっと破れてしまう。

「あんたは治癒師だと聞いたが、そうなのか？」

「はい。ちょっとだけですけれど、復元魔法も使えるので、お役に立てないかなと思って」

「へえ！　それは珍しい。私達の仲間にも復元魔法を使える者は少ない」

と、少年は感嘆してくれた。

「どんな本があるのか、教えていただけないですか？　元の姿や内容を知っておくと、復元のイメージがわきやすくて、修復がうまくいくことが多いから」

私のお願いに、セリムはいいよ、と頷いた。

歴史資料というから堅苦しいものばかり想像していたけれど、民族衣装の本や料理の本、詩集なんかもまじっているみたい。

セリムは年代別に本を整理していたみたいで、本が刊行された年月もざっくりと教えてくれる。

「この赤茶の背表紙の本はまとめてもいいのかな」

「大丈夫。緑の背表紙と黒の背表紙もそれぞれ同じところにまとめてくれ」

「わかった」

アンリがセリムの指示通りに本を移動させている。見た目が少年のセリムにこき使われても嫌な顔一つせず、袖(そで)をまくって黙々と汗を流していた。

何でついてくるの？　とか思って嫌な顔をしてしまったけど、本は重いし、力仕事だから、私だけじゃ無理だった。

手伝ってもらえてありがたいな、なんて思ってしまう。……うう。勝手でごめんよアンリ。

アンリは私の視線に気づくと微笑んだ。

「ここの雰囲気は、懐かしいな」

「懐かしい？」

「昔、よく本を読みに図書館へ行ったろ？」

「……！　そうだったね」

娯楽のほとんどない田舎町（いなかまち）だったけど、本好きな篤志家（とくしか）が寄付してくれたおかげで、図書館の蔵書は充実していた。

子供の出入りも自由だったから、よく遊びに行って、色んな本を借りたっけ。

高い天井も、夕陽のあたる西側に窓のないつくりも、私達の図書館と同じだ。

懐かしい思い出に浸りながら、比較的破損の少ない本を一冊手に取り、私は背表紙を見た。

古い絵本らしく、タイトルは古代文字（ルーン）で書かれている。

「ええ、っと。アンガスの、かわいそうな、まもの……？」

どれどれ、とアンリが横から覗き込む。

「表紙の絵からすると……どうやら、魔物と子供の話みたいだな」

「随分昔の本だね。どんなことが書いてあるんだろう……子供向けっぽいけど、興味あるなあ」

私達に近づいてきたセリムが、出来のいい生徒を褒める教師みたいに、目を細める。

「そう。それは古代文字（ルーン）で書かれた子供向けの話だな。破損したままだと何が書かれているかまではわからないが。……私達の一族のおとぎ話はだいぶ失われてしまったから、できれば修復して、持ち帰りたいな」

無表情で素っ気ない印象の少年は、少しだけ優しい目で遠くを見た。

「修復できたら、一族の子供達に読み聞かせてやりたい」

そう、ぽつりと言ったあと、セリムは図書館の職員に呼ばれて部屋を出ていく。

残された私とアンリは、何となく顔を見合わせた。

「リーナもよく、絵本を年少組に読み聞かせていたよな」

「うん、そうだね。みんな嬉しそうだったな」

施設の子供達は基本的に仲がよかったけれど、やっぱり家族がいなくて寂しい思いをしている子供が多かった。私を含め、そうした子供達を慰めてくれたのが、絵本に書かれた童話や冒険譚だったのだ。

ハーティア国から魔族が追放されたとき、ほとんどの人達は身一つで逃げたというから、こういった絵本ももちろん、タルキス国にはないんだろう。

この本だけでなく、色々な絵本をタルキスの子供に読ませてあげられたらいいなと思う。

「破損具合が随分ひどい本もあるけど、修復魔法で何とかなりそうか？」

アンリに聞かれて私は考え込んだ。

「……この本で試してみる」

この絵本なら比較的破損も少ないし、試すのにはちょうどいいんじゃないかな？

私はチョークを取り出して、床に小さく丸い陣を描く。

……一か月以上もの時を戻す復元魔法。やったことがないけれど、できるだろうか。

外側の円に戻したい時間などの条件を、内側の円に古代文字(ルーン)で呪文を書いた。中央に本を置いて詠唱(えいしょう)し、それから命じる。

「復元せよ(リストレーション)」

私の呼び声に応えて、陣が仄(ほの)かに青く光る。

ふわりと空中に浮かんだ本は、どこからか吹いてきた風にパラパラとめくられる。

それからクルリと円陣の中で踊って——アンリの手の中に収まった。

アンリの指が優しくページをめくると、鮮やかな色の挿絵(さしえ)が現れる。

「成功かな？　アンリ」

「ばっちりだよ」

アンリがにかっと笑って私に拳(こぶし)を突き出す。私も「やった！」と同じく拳(こぶし)を突き出し、グータッチをして微笑み合った。

そこへセリムが戻ってくる。

「どうかしたのか？」

「一冊、試してみたんです」

修復した絵本を見せると、魔族の少年は「すごいな！」と目を丸くした。

「ひと月以上前に破損した本を……よくぞここまで修復できたな、あんた何者だ？」

私はへへへ、と笑った。

お役に立てたなら光栄です、とばかりに胸を張って名乗る。

「治癒師のリーナです！」

今の肩書はそれだけ。

それ以上でも、以下でもない。

その日はもう遅いから、とセリムに言われて帰り、翌日から三日かけて修復を行（おこな）った。

破損の程度ごとに分けて、数十冊ずつ修復していく。

どうしても修復しきれなかった分は、セリムが色んな資料と突き合わせながら物理的に修復していく。千冊以上あった本を修復し終えた私達は、図書館の職員さん達と協力して棚に戻し、全て完了したときには思わず皆で拍手してしまった。

図書館の皆さんはもちろん、セリムも棚を見上げて感慨深そうにしている。実年齢はわからないけれど、白い頬（ほお）を紅潮させているセリムの横顔は、失礼ながら、とても可愛らしかった。

「世話になったな、リーナ。おかげで知りたいことが色々わかる。恩に着るよ」

「いえいえ！　仕事ですから」

ニッと私が笑うと、少年はスッと手を差し出した。握手かなと思ったら、一冊の絵本を渡される。

「あ、この前の」

「あんた達、アンガスのダンジョンに潜る(もぐ)んだって？　その絵本はここのダンジョンの成り立ちを書いた絵本らしいから、何かの参考になるんじゃないか」

「借りていいんですか？」

「ああ。翻訳をつけておいたから、読むといい。寓話(ぐうわ)のようだが、なかなか面白かった」

私とアンリはありがとうございます、と頭を下げて図書館をあとにした。

絵本は子供向けのおとぎ話だった。

むかし、黒く大きな魔物がいて
ひとり寂しくあなぐらに住んでいました。
あなぐらのそばには、ひとりぼっちのこどもがいてふたりはやがて友達になりました。
魔物のお腹がすいたとき、こどもは自分の血をわけてあげました。
さんねんたって魔物は大きくなりすぎて、こどもは偉くなりすぎて
一緒にいることができなくなりました。
よっつに裂かれた魔物は、東西南北　闇の中
こどもの訪れをまっています。
いつつ、時が巡るころ
また会えることをねがって、きばをとぐ。
ろっかいまがった道の先
さびしい魔物は、こどもをずっとまっています。
ななつの竜の訪れを
きばをといで　まっています。

「何か不穏な内容だな」

アンリは歩きながら、セリムの翻訳を読んだ。

「魔族の伝承だから、人間が読むと不穏に感じるかもしれない、ってセリムは言ってい

たよ。……ちょっと数え歌みたいね」

「題名は『アンガスのかわいそうな魔物』……まさか、まだこんな魔物がアンガスにいるんじゃないだろうな？」

「何百年も前の魔物はさすがに生きていないと思うけど。いたら怖いね。数え歌の最後、ななつの竜って何だろう？」

アンリが眉根を寄せた。

「ななつの竜……」

またセリムに会えたら聞いてみよう。

私は考え込んでいるアンリを振り返った。

「アンリ、図書館では力仕事ばっかりしてもらってごめんね！　ありがとう！」

報酬を半分払うと言ったけれど、アンリは「俺はギルドで契約していないからいらないよ」と辞退した。「何か他の礼を期待しとくよ」と笑っていたので、私はカバンから小さな袋を取り出す。

「はい。こんなんじゃ全然足りないだろうけど、お礼に」

青紫の魔石をピアスにしたものを、私はアンリに渡した。

「治癒の力を込めたの。ダンジョンに行くときに、使ってくれると嬉しいなって。あ、使わなくてもいいんだけど、その、ほんの気持ち」

金具部分は銀だから全くの安物というわけではないけれど、伯爵がつけるようなものではない。

アンリは無言でピアスを見つめていたけど、月明かりの下、器用に耳につけてくれた。

そして微笑みながら、服の下から何かを引っ張り出す。

「これと同じ色だ」

私は思わず息を止め、アンリの手の中で月明かりに輝く、硝子の首飾りを見つめた。

「まだ、持っていてくれたんだ？」

「当たり前だろ、ずっと大事にしていた」

それは、シャルルと三人でお揃いのデザインにした首飾りで、アンリの瞳と同じ青紫色の硝子を探すのは、とても苦労したのだ。

「……私も、持ってるよ」

私は琥珀色と緑の中間のような硝子を引っ張り出した。アンリはお揃いだなと表情を緩める。

「今日もらったピアスも、ずっと大事にする」

私は何と言っていいかわからなくて、うん、とだけ言った。

帰ろうか、とアンリが手を差し出したので、私は素直に握り返す。子供の頃と違い、アンリの手は大きくて、硬い。

もう少ししたら、アンリは自分の領地に帰るだろう。

だから、この手は、本当は握り返しちゃいけない。あとで辛くなる。でも、今だけ。

私は、ふと夜空を見上げた。

丸い月が、私達を静かに照らしている。

……綺麗だなあと、私は思って、二人無言で夜の街を歩いた。


図書館の作業を終えた数日後、私はいつものようにギルドの冒険者登録カウンターに立っていた。

人の気配を感じて顔を上げると、背の高いフードの女性がいたので声をかける。

「いらっしゃいませ、登録ですか？　人をお探しですか？」

「人探しよ。リーナ・グランという女性を探しているの」

落ち着いた声で言われて、私は目を丸くする。

女性がフードを取ると、黒に近い紫の髪が現れた。彼女は私に向けて、赤い唇を優美にニッと吊り上げる。

いた。

「リーナ、元気そうで何よりね。戻ってきたわ」

王都で国王陛下から私のパーティ離脱許可をもらってくる、とフェリシアは言っていた。

戻ってきたということは、許可がとれたのかな？

「思ったより早かったのね、フェリシア」

「ええ。移動に協力してくれた人がいてね」

「今日はもう少ししたら仕事が終わるから、よかったら食堂で待っていて」

わかったわ、とフェリシアは去っていき、すれ違ったヤコブさんがにこやかに挨拶している。

「フェリシアさんは美人だなぁ。若いのにしっかりしているし！」

ヤコブさんの上機嫌な独り言に、いや、彼女は貴方より二十も年上ですよ～と内心でツッコむ。

最近、童顔の人に遭遇する確率高いなあ。

そう思いながら、昨日ヤコブさんから「参考になれば」と言って渡された、もう一人の童顔美女——カナエの登録時の資料を開く。

カナエ・タカハシ、五年ほど前にこの世界に落ちてきた『客人』。二十歳前後にしか見えないけど二十六歳と記載がある。

出身国は不明とあるけど、苗字から考えてまず間違いなく日本人だ。

たかはしかなえ。高橋さん、か。

そういえばアンリも『調べたいことがある』と言って、ヤコブさんから資料の写しを借りていた。そのときアンリと交わしたやり取りを思い出す。

『国教会が持っている彼女のデータと齟齬がないか探す。齟齬があれば、それを理由に拘束できるだろ？　公的な書類を偽って書いたわけだから。……どこかへ消えた彼女の連れも探さないといけない』

『確か国教会の人が、一緒にいたはずなんだよね？』

『ああ。まだその行方がわからない。となると、彼女は重要参考人だからな』

物騒な発言に、私は少し、元仲間達が心配になった。

アンリがこつん、と私の額を拳で小突く。

『この、お人好し』

『アンリ……』

『カナエがどんな人間かは知らないが、シャルルの心配はしなくていいんじゃないか？

病人のおまえを街に置いていったやつだぞ』

『この五年間で色々あったんだよ、アンリ。シャルルも、私に対して思うことが……』

アンリは片手を上げて私の言葉を制した。

『そこまで。シャルルは優しくていいやつだった。でも、俺が知っているのは五年前のシャルルだ。今のシャルルについて知っているのは、ただ一つ。俺の大事な友達のリーナが大変なときに見捨てて、さっさと別の街に行った大馬鹿野郎だってことだよ』

『……うん』

『心配する気持ちはわかるが、俺に任せろよ。ちゃんと調べとくから、な？　リーナ』

『うん』

『余計なこと考えずに新しい仕事、頑張れよ』

笑顔で去っていくアンリに私はわかったと告げた。


「座り心地のいいソファね？」

フェリシアは私の新居に足を踏み入れると、羽織(はお)っていたフード付きの外套(がいとう)を脱いだ。

メリハリのある美しいボディラインが明らかになる。

彼女はソファがお気に召したらしく、座ると途端に目を細めた。

「お客さんが来たから、貴方達はベランダね？」

私は留守中に忍び込んでいた黒猫と三毛猫の可愛いペアをベランダへ案内する。そのついでに黒猫の頭を撫でた。この黒猫ちゃん、野良のくせに毛並みいいなあ。

『気安く触るでないっ』

「ん？　何か言った？　フェリシア」

どこからか聞こえた声に振り向くと、フェリシアは「何も」と首を横に振る。ベランダにも人影はなく、黒猫が金色の瞳を三角にしてニャッニャッと鳴くばかりだ。

空耳かなあ。

「ここまでドラゴンに乗せてもらったのよ。おかげで早く戻れてよかったわ」

「そうなの？　飛竜騎士団の人？」

「ええ、たまたま一人遅れて出発した人がいてね」

私が渡したレモネードを口に含んで「美味しいわ！」とフェリシアは表情を緩めた。

「まさかギルドで働き始めているとは思わなかったけど、元気でよかった。いい部屋ね？」

「ありがとう、フェリシア」

「しかも、こんなに涼しいなんて！」

「快適でしょう？」

「天然石にこんな使い方があるとは考えもしなかったわ。便利ね。今度私の家にも頼もうかしら」

「いつでもしますよ！　有料で！」

私が軽口を叩くと、フェリシアは「お安くしてね」と流し目をくれた。優美だなあ。

それからフェリシアは、レモネードをソファの横に置いて本題を切り出す。

「貴女の任を正式に解くよう、陛下に……正しくは王太子殿下に、嘆願（たんがん）したのだけれど」

「ええ」

フェリシアは胸元から命令書を出して広げた。

「条件付きで許可、になってしまったのよ。聖女リーナ」

条件付き？　何だか、嫌な予感がするぞ？

国王陛下からシャルルに下された命令は、『仲間と共にアンガスのダンジョンの魔物について探ってくるように』というものだった。

あくまでシャルルだけに下された命令で、仲間が誰かという指定はなかったはず。

「条件付きって？」

「その前に、貴女がこれまでに得た、カナエについての情報を聞いてもいいかしら？　私が持っている情報と一致しているか確認しておきたいの」

フェリシアに促(うなが)されて、私はアンリから聞いた情報を話した。

カナエが来た経緯、彼女の同行者が姿を消していること、それから気になっている瞳の色のことも。カナエはおそらく黒髪黒目の日本人だったはずなのに、瞳が黒から赤に近い珊瑚(さんご)色に変化していた。

「大体の情報は一致しているわね」

フェリシアは石版(タブレット)を取り出した。新調したらしく、前のと色が違う。

「カナエがパーティに加わったその日に、ダンジョンの三階層で、めったに出ない大蛇(グレイト・スネーク)が出現してね」

「ううえ？」

大蛇(グレイト・スネーク)はほとんど五階層にしか出現しないはずなのに！

胴の太さが大人の倍ほどもある大きな蛇で、その巨体に似合わず素早く動き、牙には毒をもつ。皮や牙は高く売れるけど、あまり出会いたい相手ではなかった。

「怯(おび)えたカナエが私にぶつかって、二人で倒れてね。それで石版(タブレット)にヒビが入ったのよ。それからずっと石版(タブレット)が使えなくて、故障かと思って新調したのに……」

「違ったの？」

「カナエと離れてから、急に使えるようになったの。おかしいわよね。彼女が何かしたのかも、って疑っているのよ。だとしたら、気づかなかった自分の力不足なのだけど」

　そう言ってフェリシアは嘆息した。

「カナエのことは、またおいおい話しましょう。とにかく、王太子殿下からのご命令を伝えるわ」

　フェリシアは命令書に目を落とした。私は姿勢を正して聞く。

「リーナ・グラン。アンガスのダンジョン探索の任を解く。ただし……」

「ただし？」

「飛竜騎士団（ドラゴン・ナイツ）の探索に協力すること」

「それは、喜んで」

　そんな条件でいいなら、お安い御用だ。

「よかったわ。それと、追加事項よ。ダンジョン六階層に存在する魔物を飛竜騎士団（ドラゴン・ナイツ）がめでたく駆逐（くちく）した暁（あかつき）には、聖女リーナも一度報告のために王宮を訪ねること、とあるわ」

「えっ……」

　絶句する私をちらりと見て、フェリシアはレモネードを口に運ぶ。

「王太子殿下が、一度貴女にお会いになってみたいそうよ？　今までの労もねぎらいたい、と」

「そ、それって、行かなきゃダメかな？　辞退します、ってわけには……」

王太子殿下に会うだなんて、めんどく……恐れ多い。

優秀な治癒師だとか聖女だとか一部で持ち上げられても、私は庶民なのだ。偉い人達と会うのはどうにも気後れする。

けれどフェリシアは命令書の署名を指で示して、にっこりと微笑む。

「王太子殿下の直筆だから」

「……はい」

「この書面を受け取ったのは、私だからね？」

「……はいぃ……」

これは脅迫だあ！　来ないと許さないわよ、って脅しだあ！　横暴だあ！

苦虫を噛み潰したような表情を浮かべた私を、フェリシアは軽く笑った。

「ずっとギルドで働くつもり？」

「それもいいなあ、と思っているけど……」

「貴女みたいに多才な治癒師は貴重よ。たとえシャルルの関係者でなくとも、王都の有力者は貴女を放っておかないと思うわ。それなら、王太子殿下とお会いして後ろ盾になっていただいた方がいいんじゃない？」

「そうかも……しれないけど」

「治癒の力を使えるだけならともかく、力を物体に込めることができる人間はめったにいないわ。解熱の力を石に込めて部屋全体を冷やす、なんてね。そんな反則技が使える人間を、王太子殿下が見逃すとは思えないわ。自分のために働かないか、って勧誘されるわよ？」

「ええ……」

めんどくさい、と顔に書いてあったのだろう。フェリシアは肩を竦（すく）めた。

「私も王宮付きの魔導士だし、一応、勧誘はしておくわ」

「いちおう、なんだ」

「貴女が本気で嫌なら、逃げたらいい。王宮付きの立場は特典も多いけど、窮屈（きゅうくつ）だもの。王太子殿下は強引な方だけど、話がわからない方じゃない。無理強（むりじ）いはなさらないわ——ただ、きっと貴女には個人的に興味があるのよ。だから挨拶だけはしに行くといいわ」

「個人的な興味？」

フェリシアはふふ、と笑って詳細は教えてくれなかった。

何か隠しているように思える。

「ところで飛竜騎士団（ドラゴン・ナイツ）には会った？」

「ううん、それはまだ」

「では、後日紹介するわ。あそこの団長とは古い付き合いなの。……さて、お腹がすいてきたわね。食堂に食べに行く？」

この話はひとまず終わり、ということらしい。私は彼女に一つ提案してみることにした。

「これから私が夕飯を作るから、食べていかない？　フェリシア」

「あら、喜んで……」

一見、欠点がないような美魔女だが、料理を作る才能は残念ながら皆無なのだった。

「じゃあ、飲み物を買ってきてくれる？　お酒のストックがないから」

「それは由々しき事態ね」

酒豪の美魔女は軽く笑うと、足取り軽く買い出しに行った。

さて、と。作りますかね！

私は食糧庫から麺を取り出してみた。

何を隠そう、これは私の手作りだったりする。

小麦粉八割に、ホロと呼ばれる穀物を粉にしたものを二割まぜたものだ。

水を足しながら力を込めて練って、丸めて、生地にして。

ひとかたまりにしたら少し時間を置く。

その間に大きな板をまな板代わりにして、ホロの粉をまいた。

そこへ丸めた生地を置いて、薄く、円状に伸ばしていく。

薄くしたら、今度はそれを麺の形に切っていき……

そう、蕎麦代わりの麺を作ってみたのである。この世界には蕎麦がないのが残念だなーと思っていたんだけど、東の島国が原産であるホロのパンを食べたとき、その味の近さにひらめいたのだ。

試しに作ってみたら、すごく美味しくて、今ひそかにはまっているのだった。

前世では趣味として、月に二回は教室に通って蕎麦打ちをしていたものだ……。あの習い事がこんな風に役に立つとはなあ～。

私は保存していた麺を、さっと茹でる。茹で上がった麺を硝子の器に盛って、小さな鉢に少し辛味のあるスープを煮詰めたものを入れた。

薬味を刻んでスープに浮かべれば、即席のざる蕎麦モドキのできあがり！

足音が聞こえたので、私は笑顔で振り返る。

「おかえり、フェリシア……と」

「リーナ、ただいま」

にこやかに現れたのは、フェリシアとアンリだった。

少なくない数の酒類をアンリが抱えている。

「部屋の前で会ったから、一緒に来たんだ」

アンリはにっこりと笑ってみせた。

「毎日会いに来なくてもいいんだけど……」

「何を言うんだリーナ。俺達は五年ぶりに再会したんだ。アンガスに来てから会った回数を案分すれば、毎日会っても久しぶり、だろ？　たとえ十五日連続で会ったとしても、均等に振り分ければ、たったの年三回！　むしろ少なすぎるだろ」

どんな理屈なの、それ。説得力があるような、ないような……いや、ないな。

私は脱力しつつもアンリから酒類を受け取る。

二人は初対面のはずなので、私はフェリシアにアンリを紹介した。

「フェリシア、紹介するね。彼は私の幼馴染で……」

「アンリ・ド・ベルダン様。よく存じているわ」

私の言葉を引き継ぎ、フェリシアはちょっと咎めるようにアンリを見た。

「会うのはお久しぶりだけれど。ご無沙汰しております、伯爵」

「ああ、貴女も元気そうで何よりだ、王宮魔導士フェリシア」

「知り合いだったの？」

驚く私に、フェリシアは肩を竦めた。

「王宮で少しね」

そっか、そういえばフェリシアは王宮付きの魔導士だった。

「ベルダン伯爵のことは存じ上げているわ……けれど……」

フェリシアが私をちらりと見た。私は彼女の意図を察して、先程のセリフの続きを話す。

「アンリは私の幼馴染なの。まさか、伯爵様になっているとは知らなかったけれど」

「みたいね。私もまさか、伯爵がこちらにいらしているとは知りませんでしたよ？」

「リーナが怪我をしたと聞いて来たんだ。国教会の遣いとしてな」

「……」

フェリシアは何か言いたげだったけれど、頭痛がすると言わんばかりに頭を振って、再び口を開いた。

「ご家族はこのことをご存じなのですか？」

「兄上には伝えてきたぞ」

「……そうですか。兄君にだけ、ね」

フェリシアは引きつった笑みを浮かべ、それから私を見る。

「リーナ、貴女がよく言っていた『幼馴染のアンリ』がベルダン伯爵のことだとは、今回王都に戻るまで知らなかったわ」

「へえ、王都で知ったんだ。誰から聞いたの？」

「私の上にいる方から、ちらりと……なるほど。それでジュリアンは、リーナとシャルルをあんなに気にかけていたわけね」

ジュリアンが私達を気にかけていた？　というか、ジュリアンとも知り合いなの？

私が目を丸くすると、フェリシアは「そのへんの事情はまた今度」と言った。美魔女と童顔貴族はお知り合いだったらしい。

そこでしびれを切らしたアンリが「邪魔するぞ」と言い、いそいそと靴を脱いだ。

部屋の中は土足厳禁！　と私が言ったのを忠実に守ってくれている。

「お、何だこれ。美味しそうだな」

「……！　私とフェリシアの晩ご飯だからね！」

テーブルの上の蕎麦モドキを目にしたアンリが、目を輝かせる。フェリシアは「見たことない色の麺ね」と首を傾げた。

「小麦とホロをまぜて、麺を作ってみたの」

「まあ！　美味しそう」

「リーナ、俺も味見してみたい」

どうぞ座って、と私がフェリシアに言うと、アンリが捨てられた仔犬のような目で見てくるので、仕方なく彼の麺も茹でてあげることにした。

ただし、と付け加える。

「夕飯はおごってあげるけど、一つ貸しだからね？」

「わかってるって。リーナがそう言うと思って、明日の朝ご飯を大量に買ってきたんだ」

アンリは抱えていた紙袋を開けて中身を見せた。パンにハムにチーズ、それに香辛料もろもろが入っている。

お偉い伯爵様になったわりに、ギブアンドテイクがよくわかっているじゃないか！

「わー、美味しそう！」

紙袋の中の美味しそうな品々に、私がちょっと喜んでいると、アンリは片目を器用につぶってみせた。

「領主館の料理人と仲よくなって、美味しいパン屋を教えてもらったんだ。好きだろ？」

「――仕方ないなあ」

胃袋をつかまれると弱い。幼馴染だけあって、よくわかっているなあ。

私達がほのぼのと笑い合っていると、フェリシアが意味ありげに言った。

「仲がいいのね」

その言葉に思わず動揺してしまう。

「お、幼馴染（おさななじみ）だからね」

「へえ？」

フェリシアの目が笑っている。私は咳払（せきばら）いして、とりいそぎアンリの麺も茹（ゆ）でた。

茹（ゆ）で上がったら、硝子（ガラス）の器に盛る。

香りづけに使う葉をのせて、冷やしたスープに刻んだ薬味を浮かべた。

ざる蕎麦（そば）！　といってもモドキだけど、懐かしい日本の味だ。

「どうぞ、簡単なものですけど」

麺をスープにつけて口にしてみせると、「珍しい食べ方だな」と言いつつ、アンリとフェリシアもそれに倣（なら）う。

ざる蕎麦（そば）モドキを試食した二人は「おお」と目を見開いた。

「美味（おい）しい」

「つるつるしていて食べやすいから、ぺろりと食べてお代わりもできちゃいそうね？」

「そうでしょー？　食堂の料理長さんに食べてもらったら、うちでも出したいって言われたんだ。そのうちギルドの定番メニューになるかも」

私はふふん、と胸を張る。

「あ、スープは飲まないでね？　麺につけるだけでいいからね」

「アンリ様が言ったように、珍しい食べ方ね。どこの国の料理なの？」

フェリシアが首を傾げたので、私は東の国で云々……と適当な説明をした。

ホロの原産地である東の島国になら、似た料理が存在するのではないだろうか、多分。

麺を食べ終えた二人が、ごちそうさま、とお礼を言ってくれる。

「そういえば、フェリシアが戻ってきたということは、リーナは正式にダンジョン探索の任を解かれたのか？」

アンリが聞いてきたので、私は深くため息をついた。

「条件付きだけどね。飛竜騎士団の探索に協力すること、って。それとダンジョンの魔物を駆逐できたら、一度挨拶に来なさいって王太子様が仰っているみたいで」

アンリは目を丸くして、フォークを落とした。

「王太子殿下が？」

「アンリは王太子殿下とお知り合いなの？」

「……知り合いというか……。うん、お互いに知っている……」

アンリは目を泳がせた。

それから「あ」と声をあげて立ち上がる。

「食器洗いを手伝うよ。作ってもらった上に、後片付けなんてさせられないだろ？　ゆっくり座っていてくれよ、リーナ」

「そう？　ありがとう。じゃあ任せるね」

そそくさと後片付けを始めたアンリを、フェリシアが驚いた顔で眺めている。

「……ベルダン伯爵が、洗い物をなさるなんて……」

「アンリはねー、昔からお皿洗いが得意だったのよ？　私はそそっかしくて、すぐに割っちゃうから」

私がニコニコしながら言うと、フェリシアは口元に手をあてて、「へーえ」と目を細める。

「伯爵が皿洗いなんて、王宮の侍女達が見たら卒倒するわ、きっと」

「そうなの？」

フェリシアは声を潜めて、私にそっと耳打ちする。

「当然よ。氷の伯爵と名高いお方ですからね。もしくは氷の貴公子だったかしら？」

私は思わず噴き出してしまった。

「氷の伯爵!?　貴公子!?　何それ！　誰それ!!」

確かに青紫の瞳は氷みたいに冷たく見えるけど、ほがらかに笑うアンリを知っている私には、そのあだ名が全然しっくりこなかった。

やんちゃな印象は五年前も今も、全く変わらない。

「私は伯爵と親しいわけではないけれど、あんなににこやかな彼は初めて見るわ。よほど嬉しいのね、貴女との再会が」

「五年ぶりだもの」

「本当に仲がよかったのね、貴女達」

フェリシアの言葉に私は頷く。

「そうだね。私とアンリと、シャルルは……」

思い出さないようにしていた、もう一人の幼馴染。その名前を口にすると、どこか心が痛む。けれど、最後まで口にした。

「どこに行くのも三人一緒で。施設ではあまり贅沢はできなかったけれど、楽しかったな」

「そう」

私はアンリに聞こえないように、声のトーンを落とした。

「シャルルは……大丈夫なのかな」

考えないようにしているけど、どうしたって不安が過る。

「図書館で魔族の学者さんに会ったの。彼が、アンガスのダンジョンの成り立ちについての絵本をくれて」

何百年も前に、ハーティア王国にいたかもしれない魔物のことが、セリムがくれた絵本には書かれていた。私はセリムから渡された絵本の内容をフェリシアにも共有する。

「四つに裂かれても生きているような、強い魔物があのダンジョンにいたとして、それが私を襲った魔物だったら、怖いなって」

「何百年も前の魔物なんでしょう？　さすがに生きてはいないわ」

「そうかな。それに、心配なのは魔物だけじゃなくて――」

シャルルに同行しているカナエが何を考えているのかわからないのも不気味だ。

そもそも、カナエの同行者である国教会の人間が忽然と姿を消したのは何故？　どうしてカナエは同行者がいなくなったことを誰にも伝えなかったの？　彼女が何かしたと考えるのが当然じゃないかな？　そんな人と一緒にいるシャルルだって危険だ。

仲違いして、感情に任せて離れるべきではなかった。

私の後悔に、フェリシアはそうね、と頷く。

「国教会へはシャルルから定期的に連絡があるの」

東の都市のダンジョンに向かっているシャルルは、こう言っているのだという。

――旅程は順調だ。ダンジョンのことはちゃんと処理する。心配しないでくれ。

手に余るようなら戻ってこいという忠告にも、心配しないでと繰り返すだけだとか……

「カナエは怪しい。だから、国教会の使者があとを追っているのだし、今はシャルルのことも、彼らに任せるしかないと思う」

「うん……」

憂い顔をしていた私のところに、洗い物を終えたアンリが戻ってきた。彼は慣れた様子で茶器を用意すると、手ずからお茶を淹れてくれる。

フェリシアが「伯爵が給仕するなんて……」と困惑していた。

うう、さすがに幼馴染とはいえ、伯爵様にお茶を淹れてもらうのはまずいかもしれない。施設では皆が平等に仕事をするのが当たり前だったから気にしていなかったけど、平民の私が伯爵様をこき使っているように見えるぞ。

アンリは私の苦悩など知らず、カップをテーブルに置いて「どうぞ」と微笑む。

フェリシアは無表情だけど、片眉を器用に上げて私達を見比べた。

私はありがとう、とお礼を言ってからアンリに話を切り出した。

「アンリ。さっきも言ったように王太子殿下のご命令で、飛竜騎士団に協力する予定なのだけど、アンリは今、騎士団と一緒に行動しているの？　もしそうなら明日、挨拶に行っても構わない？」

アンリはそれなら、と腰を上げた。

「お茶を飲んだら、腹ごなしがてら、彼らの宿舎に歩いていこう。紹介するよ」

「え、もう夜だよ？」

「昼間会ったときに、明日は早朝からダンジョン視察に出かけると言っていた。彼らにとっても、視察前に得られる情報は多い方が助かるだろう」

「急な訪問を迷惑がられたりしないかな？」

「どうせ向こうもリーナが来るのを待っている。行こうぜ」

私の心を読んだような誘いに、迷ったけれど頷（うなず）いた。ダンジョンに行くなら、私の持っている情報が多少なりとも役に立つはずだ。

「行く」

お茶を飲み終えて私が立ち上がると、アンリは出かける準備をし始めた。

買ってきた食糧を手際よくしまい込んで、靴を履く。

いつの間にかワインを一本空（から）にしていた酒豪（しゅごう）の美魔女も無言で立ち上がった。

「じゃあ、私もお付き合いしようかしら」

「騎士団の宿舎にはジュリアンもいるから喜ぶよ、フェリシア」

アンリがそう言ってフェリシアに微笑む。

けれど、フェリシアは少しだけ困った顔をした。

「それはどうでしょうね、伯爵。できればあまり会わない方が、彼のためにはいいかと思うのですが」

訝（いぶか）しく思う私に、フェリシアは「あとでね」と少し寂しげに目を伏せた。

飛竜騎士団（ドラゴン・ナイツ）の駐屯地（ちゅうとんち）で最初に出迎えてくれたのは、ドラゴン達だった。

トカゲに似ているけれど、それよりずっと知能の高い生き物で、馬より一回り大きく、大人二人をその背中に乗せることができる。

飛竜騎士団（ドラゴン・ナイツ）は今回、十名がアンガスの街に派遣されているらしい。フェリシアは「知人に挨拶をしてくるわ」と姿を消したので、アンリは自分のドラゴンのもとへ私を案内してくれた。

「ご機嫌だな、相棒！」

金色の目をしたドラゴンは、アンリを見つけると喜んで尾を振った。顔を主（あるじ）に擦りつけるようにして甘えた声でキュイ！　と鳴く。

「どうして騎士団のドラゴンと、アンリのドラゴンが一緒にいるの？」

「ん？　こいつは寂しがり屋だから他のドラゴン達と一緒にいさせてもらっているんだ。

ジュリアンのドラゴンもいるぞ」

アンリの示す方に私が視線をやると、アンリのドラゴンより一回り小さなドラゴンが欠伸(あくび)をしているところだった。

目が合うと微笑みかけて（？）くれた。飼い主と違って、ドラゴンは無邪気で可愛いなあ！

「仲間はたくさんいる方が楽しいもんな」

アンリの言葉に、ドラゴンはそうだよ！　と言わんばかりに目をぱしゃぱしゃと瞬(またた)いて、それから私をじっと見る。何か訴えたいことがあるみたいに。

「おまえ、リーナに挨拶したいのか？　この前は慌ただしくて、できなかったもんな」

「触ってもいいの？」

「いいよ」

「噛まない？」

「噛まないよ」

アンリはおどけて言った。

この前、背中に乗せてもらったけど、撫でるのは緊張するな。

私は恐る恐る手を触れた。

『りーな、りーな！　ぼく、ルトだよ!!　おしゃべりするのは初めてだね！』

「え…？」

私はきょろきょろと辺りを見回した。しかし、私達の他には誰もいない。

ドラゴンから手を離して考えていると、隣のアンリがどうかしたか？　と訝しげに聞いてくる。

「う、ううん、何でもない……」

空耳かな？

私は首を傾げながらドラゴンの頭に手をのせた。

ドラゴンはキュイ、と鳴く。

「初めまして、私はリーナよ。この前は乗せてくれてありがとうね」

『しってる！　アンリのともだち！　りーな！　ぼく、ルトだよ！』

「へっ？」

思わず変な声が出た。

目の前のドラゴンは金色の瞳で私を見つめながら、たたみかけるように言う。

『あのね、あのね、ぼくはルトだよ。アンリのいちばんのともだち!!　アンリはね、りーなより、ぼくと、なかよしさんなんだからね!!』

私はぽかんと口を開けた。

「る、ると？」

アンリが「あれ？」と私を見る。

「俺、リーナにこいつの名前を教えてたっけ？」

「う、うん……この前、別れ際に……」

嘘(うそ)です、聞いていません！

そうだったか？　とまだ訝(いぶか)しげな様子のアンリは、それでも改めて紹介してくれた。

「そう、相棒のルトだ。よろしくな。若いからちょっと生意気だけど、可愛いやつなんだ」

アンリはドラゴンの首に抱きつき、よしよし、と撫でる。

ルトと呼ばれたドラゴンは、スンスン、とご機嫌に鼻を鳴らして、またアンリの首筋に顔を擦りつけた。まるでにおいを残すみたいに。

「寂しがり屋で、甘えん坊なんだ。な？　ルト」

『ルトさびしがりやちがう、アンリのほうがさびしがりや、いつもしょんぼりする!!　けど、りーないるから、ちょっとうれしそう！　りーな、りーな、ぼくとも、ともだちになろう!!』

「わ！　っぷ」

ドラゴンは私にも顔を擦りつけてきて、ざらついた舌でなめる。

く、くすぐったいいいいい。

「こら、ルト。お行儀よくしないとリーナが驚くだろ？」

『おぎょうぎよくしないと、ルト、りーなにきらわれちゃう、の？』

金色の瞳がじぃっと私を見る。

何だか悲しげな上目遣（づか）いをされて、私はぶんぶんと首を横に振った。

「ぜんぜん！　そんなことないからね！　大丈夫だよ、ルト」

「そうか？」

『やったあ！』

アンリとルトが同じタイミングで笑い、私はあまりにも似たコンビに笑いそうになってしまった。

いや、しかし、笑っている場合ではない……

私はルトを見つめた。ルトは、なぁに？　と言いたげに視線を合わせてくる。

「ね、ねえアンリ」

「うん？　どうした、リーナ」

「そ、そのぉ……ドラゴンって、人間の言葉を喋ったりする？」

アンリは視線を斜め上に向けて考え込んだ。

「いや？　俺が言っていることは理解できていると思うけど……」

『わかるよ！　ルト、おりこうだから、アンリのことぜんぶわかる!!　アンリわかりやすい!!』

キュイ、キュイッとルトが鳴く。わ、わかりやすいのか～、アンリ！

私はルトから手を離す。

キュイ!!　キュイッ!!

……あ、れ？　手を離した途端に、幻聴らしきものが聞こえなくなった。

ひょっとして、と思って再度ルトの顔を触ると、鳴き声に重なって、別の声が聞こえてくる。

『アンリはねえ、いつもブッチョーヅラだけど、ルトにはきもちがわかるんだあ！　だって、あいぼうだもの！』

ああ、幻聴アゲイン……

こ、これは何なんだろう？　ドラゴンの言葉がわかる。

そんな馬鹿なことって、あるだろうか？

混乱している私に構わず、ルトは歌うように鳴いて、好き勝手に喋(しゃべ)った。

『りーな、りーな！　ちゅしのりーな！　あのね、あのね、ルト、ちょっぴりツメがいたいんだあ！』

ぴぃぴぃ、キュイキュイと甘えるように鳴かれて、私はルトの爪を見た。

暗くて、よくわからない。

「ねぇ、アンリ。魔法で光を作れる？」

「どうした？」

「えっとね、この子の動き方が気になるから、足下を照らして見てあげたいなって……」

アンリは私の要望に応えて、指から拳(こぶし)ほどの光の球体を生み出した。

「灯り(ライティング)よ！」

私がしゃがみ込むと、ルトは足をそっと差し出した。どうしよう、ルトの幻聴と行動が一致しているんですけども！

まさかね、まさかねと思いながらルトの足の爪を見て、私は言葉を失った。

縦にひびが入ってしまっている。

「爪が、割れてしまっているね」

私がその爪にそっと触れると、アンリもしゃがみ込んで目を丸くした。

「ルト！　おまえ、どうしたんだこれ！　気がつかなくてごめんな。いつの間に……」

『あのねぇ！　ルトねぇ、さっきみんなであそんでて、ごっつーん！　ってやっちゃったの！』

「昨日、俺が乗ったときか？」

『んーん？　アンリじゃないよ、さっきだよー』

深刻な表情を浮かべるアンリと対照的にルトは軽くて、ちょっとシュールな光景だ。

『りーな、りーな！　アンリのせいじゃないよっておしえてあげて！　いたいのいたいのとんでけして！』

ドラゴンからのお願い（？）に、私は沈痛な面持ちのアンリを見上げた。

「アンリ。ルトが怪我をしたのはついさっきだと思う。剥（は）がれかけた爪の欠片（かけら）がまだ残っているから」

「そうかな？」

「う、うん！　それに……」

私はルトの爪に手をかざした。

「癒せ（ヒール）」

私の要請に応えて、力がルトに降り注ぐ。すると、爪は瞬く間に癒える。

ルトは尾をぴょん！　と嬉しそうに振った。

「痛いの、痛いの、飛んでった？」

『とんでったあ！　ルト、ごきげん!!　ありがとう、りーな!!』

「ありがとうな、リーナ。気づいてくれて。ドラゴンの爪は頑丈だけど、よく使う場所だから怪我すると厄介なんだ……早めに気づいてくれてよかったよ」

アンリがため息をつきつつ、お礼を言ってくれた。

「治癒師だもの、自分の仕事をしただけだよ」

「いや、恩に着るよ」

アンリは優しい目でルトを見て、そっと抱き寄せた。

本当に大事な相棒なんだろうな。

キュイ、キュイ!!　とルトが再び私に何かを訴えかけてきたので、その体に触れてみた。

「どうしたの？　ルト」

『りーな、りーな、あのねえ、ルトとごっつんこしちゃったジニもね、いたい、いたいしてるの。がまんしちゃってるの』

そうなんだ？　って、ジニって誰？

『りーな、あのね。ジニのいたいのいたいの、とんでけー、してくれないかなあ』

手を離すと、また声は聞こえなくなる……

どういう理屈かわからないけれど、私にはルトの言葉がわかる。というか聞こえてしまう……。どうやら幻聴じゃないみたい。

ため息を拒否と感じたのか、ルトがお願いするみたいに私に顔を寄せた。私が「いいよ」と囁くと、若いドラゴンは嬉しそうにキュキュ!!　と鳴いて耳をぴょん！　と立てた。

『りーな！　こっち！　こっち！』

「わ、ちょっと待って」

ルトは私の袖を咥えて、先程アンリがジュリアンのドラゴンだと紹介した、少し小さめのドラゴンのもとへと引っ張っていく。ジニというらしいそのドラゴンは、私が目の前に立つと、瞳をぱちくりと瞬かせた。

キュー、と不思議そうに鳴くので、私はそっと手を触れる。

『こんにちは、あなただあれ？』

『りーなだよ、ルトのともだちのりーな』

私の肩にルトが顎をのせているからか、ルトの声も聞こえる。ルトがジニと呼んだドラゴンは、ほんわかとした口調で言った。

『こんにちは、りーな。わたしはジニよ』

『ジニ、ジニ、あのね、あのね、りーなが、いたいのいたいの、とんでけしてくれるの！』

まあ、本当に？　と言いたげに、ジニが私を見つめる。

私達三人（？）の行動を見守っていたアンリが首を傾（かし）げた。

「どうしたんだ、ルト？　ジニをリーナに紹介したいのか？」

「ひょっとしたらジニも怪我をしているのかも。ルトが仕草で必死に訴えかけてくるもの」

「だとしたら、大変だ。灯りよ（ライティング）」

アンリがジニの体を小さな灯（あか）りで照らす。

注意深く見つめると、ルトと同じく、爪が少し欠けていた。

「爪、痛むのかな？　ジニ」

『いたいの。ルトと、ごつんとしたの。でも、ジュリアンにいったらだめよ。ジュリアン、とってもしんぱいするの……』

キュイと悲しげに鳴くので、私は思わず微笑んでしまった。

ご主人思い（？）の可愛いドラゴンなんだね、ジニは。

「ルトと同じところを怪我しているから、遊んでいるうちにお互いの爪があたってしまったのかもね。癒せ（ヒール）」

私がジニの爪に向けて唱えると、爪は瞬（またた）く間に修復された。

よし、これでいい。

「これで大丈夫かな？　ジニ」

『りーな、ありがとう！』

ジニは私の額（ひたい）にキスするみたいに、顔をこつんとあてた。どういたしまして！

ドラゴン二頭を治療して気分がいいぞ!!

「どうしたんだ、おまえ達……」

呆れ声のアンリにつられてそちらを見た私は、思わず言葉を失った。

ドラゴン達がジニの後ろに列をなして、私を興味津々（きょうみしんしん）に見つめている……!!

『りーな、りーな！　みんなもおはなししたいって！　いたいの、とんでけとんでけしてあげて！』

「ええっ？」

ルトの無邪気な言葉を皮切りに、ドラゴン達は口々に治療してほしい箇所を訴え始めた。

『ぼくは、めがいたい』

「癒せ（ヒール）」

『わたしはちょっぴり、つばさのつけねがいたいの』

「癒せ（ヒール）」

『よくわからないけど、つかれてるかも！』

「癒（ヒー）……、寝なさい！」

『ぼくは、よしよししてほしい』

「癒（ヒー）……、あ、いらないのね？　よしよし」

『ありがと！　りーな！』

『わたしも、ぎゅっとしてね』

「……か、可愛い」

『すき！』

「私も！」

列をなしたドラゴン達をアイドルの握手会よろしくさばき終え、額（ひたい）の汗を拭（ぬぐ）う。

よし、一仕事終わり、っと。

「そんなに力を使って疲れないか？　しかし、どうして皆リーナのそばに寄ってきたんだ？」

私は不思議だねえ〜と空惚けた。

ルトはぴょんぴょん、と嬉しそうにその場で飛び跳ねていた。そして私に近づいてくると、キュイキュイと鳴きながら頭に顎をのせる。

『アンリ！　みんなとりーな、なかよしさんになったんだよ‼　りーな、なかよし！　ね、りーな』

う、うん、喜んでもらえてよかったよ。ドラゴンって割とお喋りなんだね。

それにしても、何でドラゴンの言葉がわかるんだろう？　これは、昔から？　そんな技能が私にあったということ？　いいや、それはおかしい。

いくらドラゴンが希少だといっても、冒険をしている中で触れる機会はあった。前からこうだったなら、とっくに気づいていただろう。

それに、さっきアンリが「疲れないか？」と気遣ってくれたけど、あんなに力を使ったのに、全く疲労していない。……何か調子がいいのかな？

私が苦悩していると、アンリが何かに気づいたように背後を振り返った。

「お戻りですか、ベルダン伯爵」

「ああ。厩舎に寄っていたら遅くなってしまった。今挨拶に行こうと思っていたんだ」

私も振り返ると、茶色の髪をした三十前後の男性が穏やかに微笑んでいた。彼は胸に手をあてて軽く頭を下げる。

「お初にお目にかかります、ダントンと申します」

「初めまして、ダントン様。私はリーナ・グランと申します」

私も丁寧に頭を下げる。するとアンリが言った。

「リーナ。ダントンは飛竜騎士団（ドラゴン・ナイツ）の副団長だ」

飛竜騎士団（ドラゴン・ナイツ）の！　副団長さん！

肩書に似つかわしくない柔和（にゅうわ）な雰囲気に少しだけ驚く。もっと厳（いか）つい人を想像していたけれど、彼は文官と言っても通じそうだ。

飛竜騎士団（ドラゴン・ナイツ）は国王直属の近衛（このえ）騎士の一団で、五十人ほどの精鋭部隊だと聞いたことがある。

副団長が二人いて、その上に総団長がいるのだという。今回、ダントン副団長は九人の部下を率（ひき）いてアンガスのダンジョンに来たのだとか。

「初めまして、とご挨拶してから言うのも何ですが、私は貴女をお見かけしたことがあるのです」

「王宮で、でしょうか？」

「はい。お仲間と一緒におられる姿を遠目に拝見いたしました」

私も王宮へは何度か行ったことがあるから、そのときだろう。

「しかし、さすがは治癒師だ。ドラゴンを治療してくださるとは」

ダントン副団長は、にこっと笑った。

「途中から拝見していたのですが、邪魔になるかと思ってお声をかけられず……。ありがとうございました、聖女リーナ」

「せ、せ、聖女だなんて！」

私が首を横に振ると、ダントン副団長はまじめくさった顔で褒めてくれる。

「私達にとってドラゴンは家族同然だ。彼らの代わりに礼を言わせてください」

まじめな顔で言われると、ますます照れちゃうな。

「皆様のお役に立てたのなら幸いです。そもそも、そのために訪問したのですよ、ダントン様」

私がそう話すと、アンリは私が任務を解いてもらうにあたって王宮から出された条件を伝えた。飛竜騎士団（ドラゴン・ナイツ）のダンジョン探索をフォローするということ。

それにダントン副団長は、ああ、と頷（うなず）く。

「怪我をして断念しましたが、六階層までは行きました。騎士団の皆様のお役に立てる情報があれば、何なりと提供します」

王太子殿下の命令がなくとも、役に立つなら協力は惜しまない。

「ダンジョンへは明日から行かれるのですか？」

「はい。まずは四階層まで下りてみようと思います。治癒師リーナ。貴女にもご助力いただければ、と」

「ええ、喜んで！」

ダンジョンに頻出（ひんしゅつ）する魔物や危険な場所の共有は、私にもできる。

そう思って返事をしたのだけれど、キュイ、とルトとジニが鳴いた。

「……？」

何だろう。私が振り向くと、ルトが何かを訴えてくる。彼の頭に触れたら、ルトは目をぱしゃぱしゃと瞬（また）きながら、こう言った。

『ねえ、りーな。あそこにいくのよくない、へんなのすんでる！　へんなのすんでるよ！』

あそこって？

『だんじょんいく、よくない!!　あそこにへんなのいる。りーなのなかに、ちょっぴりのこってるけはい！　おんなじこわいの、あそこにいる！』

キュイキュイと鳴いて訴えるドラゴンを、私は呆然と見つめた。

私の中に、残っている気配？

「どうかしたか、リーナ？」

「……ううん、何でもない。ごめんね、行こう」

ルト達を安心させるように微笑んでから、私はその場をあとにする。

ダントン副団長が宿舎へ招き入れてくれた。

私は簡単にだけれど、ダンジョンについて説明する。示された地図にいくつか丸をつけながら、記憶を手繰り寄せて解説した。

魔物の出やすい場所や、出る魔物の種類、休憩ができるところや、ダンジョンで夜を明かす際にベースキャンプにしやすい場所などなど……。すでにフェリシアからも聞いてはいると思うけれど、ダントン副団長はどれも熱心に聞いてくれた。

「最終目標は？」

「第六階層にいる、リーナ殿に怪我を負わせた魔物の駆逐です」

アンリの質問に、ダントン副団長は簡潔に答えた。

私は魔物に襲われたときのことを思い出して、少しばかり陰鬱な気分に陥る。怪我はすぐに癒えたけれど、毒が回ったのかそのあと寝込んでしまい、回復まで随分と辛かった。

「どのような魔物でしたか？」

「よく覚えていないんです。黒い影のような体に、赤い瞳の魔物だと思ったんですが……。

傷自体よりも、毒のようなものが厄介でした」

今さらだけど、自分で解毒をしてしまったことが悔やまれるな。お医者さんとかに、どんな種類の毒なのか調べてもらえばよかったのだ。

黒い影。実体がないような、それでいて私にはしっかりと傷を負わせた魔物。

何故だかその印象はおぼろげなのだけれど、今思えば、幻覚の魔法にかかっていたのかもしれない。

「死霊系の魔物なのかもしれないな」

考え込むような仕草をしたアンリが、ふと顔を上げた。

「っと、もうこんな時間か。リーナ、色々と協力してくれてありがとうな。家まで送るよ」

「いいよ、大丈夫」

「けど、危ないだろう?」

「大丈夫だって。私はこの街には慣れているし、それにフェリシアもいるし！」

そう言って振り返ると、何故かジュリアンと一緒にやってきたフェリシアが頷く。

アンリはフェリシアに向かって頼む、と言うように片手を上げた。

「わかった、気をつけて」

そんな私達を見て、ダントン副団長が少しだけ微笑んだ。

そこで私は、気になっていたことをアンリに聞く。

「ねえ、アンリ。アンリもダンジョンに潜るつもり？」

「そうだな。ダントン達の邪魔にならなければ」

アンリがジュリアンをちらりと見る。するとジュリアンが仕方ないですね、と言わんばかりに頷いた。

「今のところ件の魔物の被害は、第五階層から六階層にかけてのエリアにしか出ていないようだし、まずは上の方の階層から探索して様子を見たいと思っている。王都に戻るにしても、国教会に何かしらの報告はしたいしな」

「しばらくは、四階層までしか行かないっていうこと？」

それに答えたのはダントン副団長だった。

「ええ。慎重を期したいと思っています」

そうか。しばらく四階層までしか行かないのなら、少しは安心できる。私は先程のドラゴン達の心配そうな様子を思い出した。

「皆さん、気をつけてくださいね。怪我した私が言うのも何だけれど、どうか怪我しないように、魔物が出たら逃げてください」

「できれば駆逐したいけどな。アンガスのダンジョンが平穏にならないと、領民達が困るだろうから。そうだよな？　ダントン」

「深追いしないつもりではおりますが、首尾よくやりたいですね」

――あそこにへんなのいる。りーなのなかに、ちょっぴりのこってるけはい！　おんなじこわいの、あそこにいる！

ルトの言葉が気になる。

ドラゴンは強い魔物の気配に敏感だと聞くから、六階層の魔物はやはり、危険なのだろうか。

手練れ（てだ）ればかりの騎士団とはいえ、心配になる。

「気をつけてね、本当に。その、ドラゴン達も警告していた気がして……」

「ドラゴン達が？　どうしてそんなことがわかるんだ？」

私は曖昧（あいまい）に言葉を濁（にご）した。

「その、何となく……ダンジョンの方角を見て、ドラゴン達が怯（おび）えていたから」

「そうだったか？　――でも、心配してくれてありがとう。重々気をつけるよ」

訝（いぶか）しみつつもそう言ってくれるアンリの背後で、ダントン副団長とジュリアンが首を傾（かし）げている。

では、と私はフェリシアと共に、急いで宿舎をあとにした。

フェリシアはギルドで紹介された宿へと向かい、私は一人で部屋に戻る。

一つ確かめたいことがあって、ベランダの扉を開けた。

フェリシアを部屋に招き入れたとき、猫を撫でたら空耳が聞こえたような気がしていたけど、あれはひょっとして……。

深呼吸してからベランダに出る。そこにはいつものように、我が物顔でくつろぐ二匹の猫がいた。すっかりうちの子みたいに馴染んでいるんだけど、もちろん彼らは野良である。いや、ギルドの職員が餌をあげているから、半野良か。

「ねえ、猫ちゃん達、ご飯食べる？」

猫の餌をお皿に盛って彼らを招く。

にゃーにゃー鳴きながら寄ってくる二匹の前で、サッとお皿を取り上げ、私は猫達に触れた。

『下賤（げせん）の者よ！　何をするのだ！　我に晩餐（ばんさん）を貢（みつ）ぐがいい！』

『そうにゃー！　おろかものめ！』

私は呆然とした。

言葉がわかるのもさることながら、何たる言い草！

「げ、げせんのもの!? お、おろかもの？」

『腹が減った！ 我が下僕よ！ はよう、貢ぎ物を寄越せ！』

『そうにゃー、はやくちょうだいなのにゃー』

「み、みーちゃん、ミケちゃん、それはあんまりじゃない!?」

私が嘆くと、黒猫のみーちゃんはニャッと鼻（？）で笑い、厳かに告げた。

『気安く呼ぶでない、我はミルドレッド三世である！』

まさかの、ミルドレッドおおお……!?

みーちゃんではなく、ミルドレッド三世とご大層な名を名乗った黒猫は、ニャ！ と私に猫パンチを食らわせた。くっ、おのれ!! 爪が痛いぞ！

私は猫パンチを華麗にかわしつつ、ミルドレッド殿下のふわふわで可愛いお尻をぽんぽんしてみた。私の反撃に、殿下の動きが止まる。

『にゃ!?』

「はい、ぽんぽんしたげるね、ぽんぽん」

『にゃあ!! だ、だめにゃ！ にゃあああああ』

「猫ちゃんはあ、尻尾の付け根をぽんぽんされると、気持ちよーくなっちゃうよね。はい、ぽんぽん」

『やめ、やめるにゃ～、ふにゃ～ふにゃ～きもちいいにゃー』

「ほらほらー、よいではにゃいかー、よいではにゃいかー」

『ふにゃー。にゃー、にゃー』

ミルドレッド略してみーちゃんは、とうとう、ひっくり返ってゴロゴロと喉を鳴らし始めた。

ふ……幼少の頃より野良猫と慣れ親しんだ私にかかれば、ちょろいものよ！

私が勝ち誇っていると、三毛猫のミケちゃんが私の頭にぴょんぴょん、と駆け上がった。

『やりかたが、ひれつだにゃ～』

……うっ。否定できないぞ……

私はゴロゴロが落ち着いた黒猫の頭を撫でた。

「それでね、みーちゃん」

『我はミルドレッド三世である』

「……めんどくさいな、この猫」

『面倒くさいとか言うな！』

あ、みーちゃん、ちょっと傷ついている……

私は「ごめんって」と言いながら、その喉を撫でた。

再び喉(のど)をゴロゴロと鳴らすみーちゃんは、実に気持ちよさそうである。

「ミルドレッド殿下とミケちゃんに、聞きたいことがあるんだけど……」

『何でも聞くがいい、小娘ぇ！』

「ありがとう。魚あげるね？」

『うむ、小娘いいやつだな！』

『いいやつうう』

猫達はしばしお魚を堪能(たんのう)し、満腹になると、二匹して私の膝(ひざ)に飛び乗ってきた。

「ねえ、お願い。二人とも私の言葉がわかるなら、ベランダの手すりに上って？」

にゃ？　と首を傾げた二匹は、タンタンっと軽やかな身のこなしで手すりに上った。

……ほんとに、やってくれた。

「じゃ、じゃあ、ミルドレッド殿下だけ私の頭にのって、ミケちゃんはそのままでいてくれる？」

二匹はめんどくさそうに、にゃーと鳴きながらも、その通りにしてくれる。

私はそれからも、餌と引き換えにいくつかのお願いをし、その全てを二匹はこなしてくれたのだ。

仮説その一、猫達は私の言葉をわかってくれる。

これは確定だ。けれど、猫は賢いから私の言葉が何となくわかるだけかもしれない。

「ねえ、二人とも。今日のギルドの夜勤は誰か、三階を覗いてきてくれないかな？」

今日の夜勤が誰かなんて、私は知らない。

二匹は顔を見合わせたけれど、私の言った通りに三階の事務所を覗き込んで、再びベランダへとやってきた。

『ヤコブがいたにゃ』

『我が下僕ヤコブと、その部下の髭（ひげ）と、禿頭（はげあたま）が勤務しておったぞ！』

おかしいな。夜勤はいつも二人のはずだ。

私は部屋に戻ってアンリが持ってきてくれたお土産（みやげ）の中から、パンをいくつか紙袋に詰める。そしてベランダの梯子（はしご）を下りて、トントンと事務所の戸を叩いた。

「あれ？　リーナさん、どうかしたかい？」

顔を出してくれたのはヤコブさんだ。私は慌てて首を横に振る。

「あ、大したことじゃないんです！　その、アンリに焼きたてのパンをたくさんもらったから、皆さんのお夜食にいかがかなあって！」

「おお、それはありがたい」

ヤコブさんは微笑んだ。

「今日の夜勤はいつもより一人多いんだよ」

「……！　そうですか」

ヤコブさんの背後に、髭(ひげ)の職員さんと、禿頭(とくとう)の職員さんが見えた。彼らもお礼を言ってくれたので、私は「いえ、とんでもない！」と言ってから、梯子(はしご)を上ってベランダに戻る。

にゃー、と鳴くミルドレッド殿下を抱き上げたら、彼は自慢げに言った。

『下僕が三人いたであろう！』

「い、いました……」

『我らの言葉を信じぬとは、無礼なやつめ！』

「ご、ごめんね。干した小魚あげるから許して？」

『ゆるーす！』

『ゆるしてあげるにゃ！』

二匹は私が出した小魚の干物に、嬉しそうにかじりつく。

仮説その二、私は動物の言葉がわかるらしい。

これも確定した。

な、何でー!?

第四章　再会

「ねえ、貴方達は人間の言葉がわかるの？」

猫達は声を揃えた。

『わかるにゃ』

『猫にわからぬ言葉などない！』

そうなんだ⁉

確かに、猫は人間の顔をじっと見たりするし、言葉がわかっていそうな気がするものね。

私が言葉を理解できるのはドラゴンと猫。犬や馬は……どうだろうか？

「……動物の言葉がわかる人って、他にいるのかな？」

私が聞くと、二匹はにゃーと長く鳴いた。

『いるわけないにゃ』

『そんなもの、人間ではないだろう！』

「人間じゃないって……？」

私は目を丸くした。

猫二匹は顔を見合わせてから、再びこちらを向く。大きく目を見開き、まるで私を観察するみたいに虹彩を縦に細くした。

『りーなは、にんげんだけど、なんかへんだにゃ』

『我らの言葉を理解するヒトはエルフか魔族だけだ！　リーナは何なのだ！』

エルフか、魔族……

そのどちらにも、この国ではめったに会うことがない。三代か四代前の国王様が、エルフや魔族を嫌い、国から追放したからだ。

「私、ひょっとしてエルフか魔族の血がまじっているのかな」

両親は早くに亡くなって、親戚も行方知れず。亜人の血がまじっている可能性がないとは言えない。

けれど二匹は私の言葉に異議あり！　とでも言うかの如く、にゃ‼　と声を揃えた。

『それはないにゃ～』

『身の程知らずな小娘だな！』

「え、何で？」

『エルフと魔族の血を引いた人間はシュッとしておる、小娘のようなちんちく……

にゃっ!!』

みなまで言うでない。

私はミルドレッド三世(サード)を捕まえて、お尻をぽんぽんしてあげた。

「はい、みーちゃん、素直になろうねえ～」

『ふにゃ～～～。きもちいいにゃ～～。にゃ、にゃ、にゃあん』

「気持ちいいですね～。これ、好きでしょ～～」

『にゃ～ん。りーなのおててすきにゃ～、はにゃ～』

私の頭の上に飛び乗ったミケちゃんが呆れたように言う。

『いかがわしいにゃ』

ごめんって。でも、可愛いんだもん！

「それにしても、ドラゴンと猫の言葉がわかるなんて。原因は何だろう？　誰かに相談した方がいいのかな……」

私は過去にエルフと魔族が排斥(はいせき)されたことを思い浮かべて嘆息した。

その血を引いている容疑で国外退去！　とか言われてしまったらどうしよう。私には国外に知り合いなんかいないのだ。行くあてだってないし、アンリに相談してみようか……

そう悩む私に、猫二匹が体を擦りつけて、にゃ！　にゃ！　と鳴いた。

『いろいろがんばったごほうびに、おへやにいれてほしいにゃ』

『我らも涼しいところで眠りたいのである！　そして眠いのである！』

「あ、ごめんね。遅くまで付き合わせて」

私は二匹を抱いて部屋に入る。

空箱を引っ張り出すと、二匹は喜び勇んで箱に入り、その中で丸まった。

とりあえず。

「この物件、ペット可かどうか聞こうかな……」

おやすみ、と私は目を閉じた。

それからの半月ほど、私の生活は忙しくも平穏に過ぎた。

新生活が始まって、もうひと月は経っている。

家具も揃（そろ）い、仕事にも慣れてきて、何となくソワソワしながらも充実していた。

アンリはダンジョン探索をしていて、その合間に顔を見せるんだけど、伯爵がこんなに長く領地を留守にしてもいいものなんだろうか？

そして私はといえば、ギルドのお客さんのペットや、たまに取引先の人が連れてくる動物達と会話ができるか試していた。

「ファンファン、今日も元気だね？」

『ウレシイ！　ウレシイ！　ヨシヨシ！　ウレシイ！』

顔馴染み(かおなじ)の犬をよしよしすると、そんな言葉が返ってきた。

犬の言葉は、あまり複雑な言葉として伝わってこない。

狼の血がまじった子は、みーちゃん達と同じくらい細かな会話が成立するけど。

「この馬は厩舎(きゅうしゃ)に繋いだらいいですか？　ヤコブさん」

「ああ、頼むよリーナさん」

『ヒン……！』

牛馬は全く言葉が通じず。

「とりさ……」

『コケーーーーっココココ！　コケーっっ』

鶏(にわとり)もダメ。

でも、鴉(カラス)は（触るのに苦労してつつかれたけど）話がわかった。

「あのー、ちょっと、お話をー」

『何だよ、めんどっちいなこの人間！　話しかけんな！　来んな！　チッ！　チッ！』

近寄る私をカーカーと威嚇して、鴉は去っていった。

ダメかあと肩を落とすと、ロザリーが大丈夫？　と聞いてくる。

「リーナ、ここ数日、動物とばかりお話をしているみたいだけど、何があったの？」

「え！　何もないよ！」

「……あの……何か悩みがあるなら、聞くからね？　その……人間もここにいるからね？」

心配そうに念押しされてしまった。

……動物と会話する、仲間に捨てられた治癒師……

わあ！　悲しい！

これはまずい。みーちゃん達と会話するときは周囲の視線に気を配ろう……！

そんな感じで日々は過ぎ、私が人材派遣（と勝手に命名した）業務をこなしていたある日、一人の客がフードを目深に被って現れた。私は頭を下げる。

「いらっしゃいませ」

「本当にここにいたんだな、あんた」

聞き覚えのある声とぶっきらぼうな口調に顔を上げると、赤い瞳が私を見ていた。

その人がフードを取れば、サラリとした銀髪が現れる。

「セリム！　どうしてここに？」

ギルドにやってきたのは、図書館で出会ったセリム少年だった。

「あんたのおかげで資料を色々と確認できたし、そろそろ帰国しようと思っている」

「そうなんだ？　あの、たくさんの本は？」

「領主の認可をもらい次第、図書館から国に送ってもらう予定だ。何冊かは持って帰るが、一人じゃさすがに全部は持てないしな。世話になったよ、ありがとう」

「そっかあ、タルキス国までの道中、お気をつけて。ギルドには護衛の依頼に？」

「ああ。できれば魔族に偏見のない冒険者がいい。……というか、私の依頼を受けてリーナは怒られないか？」

「えっ？」

「ハーティアでは魔族は歓迎されないだろう？」

私は規約を引っ張り出して、『登録を拒むべき者』の欄を読み返した。

犯罪者、明らかな傷病のある者、未成年者などの登録は禁止とされているが、人種に関する記述は一切ない。私は首を横に振った。

「魔族の方が駄目という規約はありません。ご心配なく」

なおも不安そうなセリムに、どうしたものかなと思っていると、タイミングよくヤコブさんが現れて、問題ないですよと言ってくれた。

セリムはようやく、安堵したように息をつく。

「アンガスが開放的な街でよかった。王都だと門前払いされることも少なくなかったから」

どうも、王都の方では外見だけで、ひどい目に遭ったらしい。

「王都に近いほど、魔族の人に対する偏見が強いから。嫌な思いをされたでしょう？」

「まあ、な」

セリムに申し訳なさを感じつつ相槌を打っていた私は「あ！」と声をあげた。いきなりの大声に、他の二人がギョッとする。

「セリムに会えたら聞きたいことがあったんです、ヤコブさん、五分だけ、ここにいてください！」

「いいけど……」

「すぐ戻ってきますから！」

私は全速力で部屋に戻ると、にょーん、と床に伸びていたミルドレッド三世をガシッとつかむ。そのまま抱き上げて、再び下にやってきた。

『何なのである！　おのれ！　寝込みを襲うとわー！　やだーねむいにゃあ、いやにゃー』

怒ってじたばたするみーちゃんをセリムに突きつけ、息を切らして尋ねる。

「あのっ！　魔族の方は！　動物の言葉がわかると聞いたんですけど……ッ！」

セリムは「ま、まあ」と頷いた。私の剣幕に若干ではなく、ドン引きである。

「この猫ちゃんが！　何て言っているかわかりますか！」

『この女は痴女である！』

その言葉を聞いてセリムの目が泳いだ。

『いつも我の体をまさぐりよって！　許さぬ！』

「え、えーっと。いつも、よしよししてくれて嬉しい、と言っている……かな」

『言っておらぬううう！　このミルドレッドに、気安く触るな！　許さぬううう！』

「ミルドレッドというのか。ご大層な名前だな」

明らかに戸惑った顔でセリムは言った。

「あ、ありがとう。もういいよ」

私は礼を言い、みーちゃんをそっと下ろす。みーちゃんは尾っぽで私の脛をペシペシ叩くと、部屋へ戻っていった。

「セリムさん、ありがとうございます！　猫の言葉がわかってよかったです。その、不躾（ぶしつけ）ですが、もう一つ教えてください。魔族の方は、どんな動物でも言葉がわかるんですか？」

　セリムは首を傾（かし）げた。

「いや？　猫は元々、魔力を持った動物だからわかるんだ」

　ほぉ！

「魔物や、魔物の末裔（まつえい）である動物のうち、魔力を持ったものとは会話ができる。だが、魔物から血統が離れて魔力が薄れると、言葉での意思疎通は困難になるな」

　私は内心でなるほど、と相槌（あいづち）を打った。そういう違いがあるのか。

「猫の言葉が、そんなに知りたかったのか？」

　感心していたら、聞き慣れた声で呆れたように言われた。

「アンリ！」

　振り返ると、アンリとジュリアンが揃（そろ）って立っている。

　ジュリアンは基本的に飛竜騎士団（ドラゴン・ナイツ）の宿舎を出ないので、久々に顔を見た気がするなと思いつつ、私はアンリの疑問に回答した。

「猫が好きなのよ」

「そんなに好きだったか？」

「う、うん」

猫が好きなのも嘘じゃないけど、魔族の人が猫の言葉をどんな風に聞くのか知りたかったのだ。そして、どういう種類の動物の言葉がわかるのか、についても。

しかし、そうか。

魔物に近い動物の言葉を彼らは……私は理解できるのか。

物思いにふける私の横で、アンリはセリムに微笑みかけた。

「こんばんは。今から食事なのか？　何なら俺達と一緒に食べないか？　もちろんリーナも」

にこにこと笑うアンリの背後のジュリアンが気になるなあ……

が、意外にもジュリアンは嫌な顔をしていなかった。でも念のため、私は遠慮しておく。

「ええっと、ジュリアンと二人でご飯なんでしょう？」

「いや、フェリシアも来るから、にぎやかな方がいい」

「フェリシアも？」

「そもそも私とフェリシアが約束していたんですが、アンリ様がついていらして」

私の疑問に答えてくれたのはジュリアンだった。アンリは肩を竦める。

「そんな言い方するなよ。いいだろう、食事は大人数の方が楽しい」

「だが、私がいたら邪魔だろう」

遠慮するセリム少年を「いいって」とアンリが再び誘う。セリムも「ではありがたく」とその誘いを受けた。

そのとき、ちょうど遅番の職員が出勤してきたので、私は皆をギルドの食堂まで案内した。

食堂の料理人さんとは、このひと月あまりで随分と仲よくなった。

親交を深めるついでに私の『蕎麦(そば)モドキ』を改良してメニューに加えてもらったりして。なかなか好評だ！　と料理人さんは喜んでくれた。

ちなみに、メニューを考案した報酬として、珍しい果物が入荷したら分けてもらえることになっている。

果物はそれなりに高価なので、なかなかいい取引だったと思う。今日も南方産の甘い瓜(うり)をもらったから、冷やして食べる予定なのだ！

……って、その前にお食事だよね。今日は鳥の串焼きなんかどうかなあ～。塩でサッと焼いてもらってさ！　濃いめの赤ワインと鳥の串焼き、それから蒸した野菜なんかはどうだろう～。お腹いっぱいになったら、ほろ酔いで帰ってベッドにダイブしてもいいんじゃないかな？　と私はニヤけた。

ああ、自作じゃない料理を食べられるって最高！　他人の手料理、最高！

私達が席に着くと、間を置かずしてフェリシアが現れた。私達を見つけて「あら」と呟(つぶや)く。

セリムを紹介したら、フェリシアは気さくに挨拶した。アンリが彼女に謝る。

「水入らずのところを邪魔して悪いな、フェリシア」

「全くですよ、アンリ様」

恨みがましく言ったのは、ジュリアンだった。

「ジュリアンとフェリシアは親しいんですよね。ご友人ですか？」

そういえば二人の関係をまだ聞いてないな、と思って尋ねると、ジュリアンは意外そうな顔をした。

「……フェリシアから聞いていませんか？」

「え？」

何をだろう。頭に疑問符が飛ぶ私に、ジュリアンは苦笑する。

「フェリシアは私の叔母です」

サラリと言われて、私は一瞬固まった。それから、思わず声をあげてしまう。

「ええ!?」

「隠していたわけではないんですが、私の生母が、フェリシアの姉なのです」

「ええーっ!」

私は二人をまじまじと見比べた。似て……ない!

「ジュリアンの叔母上……ということは、フェリシアも貴族だったんだ?」

そう聞くと、フェリシアは少しだけ困った顔をした。

「私と姉は平民よ」

何か訳ありなのかな? と思っていたら、ジュリアンがサラリと言った。

「私の母は平民で父と婚姻はしておらず、私は庶子でしたから。母の死後、他に後継ぎのいなかった父に引き取られたんです」

「ジュリアン、別に公言することはないのに」

「別に、事実を言っているだけですよ。隠すことでもない」

貴族然としたジュリアンの意外な背景に、私は少し驚いた。アンリとジュリアンはある意味、同じ立場なんだ。

だから、ジュリアンがアンリの世話役としてアンリの父上に選ばれたのかなあ……

それから、フェリシアとジュリアンを見比べて気づいたことがある。

「そういえば二人とも年齢よりずっと若く見えるものね。そっかあ。血筋だったのか」

私が感心していると、セリムが変な顔をしてこちらを見ていた。

ジュリアンはフェリシアをちらりと見て、再び口を開く。

「私の生母とフェリシアはハーフ・エルフなんですよ」

「ええっ!!」

私はまたもや驚く。

セリムが「私は気づいていたぞ」と小声で主張した。

「魔導士にはエルフや魔族の血を引く人間が多いのよ」

エルフや魔族の寿命は人間の倍以上あり、老化もゆっくりらしい。フェリシアにはエルフの特徴である尖(とが)った耳はないけれど、「ハーフだとそんなものよ」と笑っていた。

「そうか。フェリシアはハーフ・エルフだからそんなに若かったんだ！　羨ましいなあ」

「若者が何を言うのかしら。でも、大して面白くないネタバレでごめんなさいね、リーナ。故意に黙っていたわけじゃないけれど、自分の出生については人に言わない癖がついてしまって」

セリムが神妙に頷(うなず)いた。

「エルフの血筋も苦労するんだな」

「魔族の方ほど大変ではないけどね」

この国では……特に王都では、亜人への風あたりが強い。

「ハーティアへの旅も苦労が多かったんじゃないか？　セリムには申し訳ないな」

アンリが言うと、少年に見える魔族は苦笑した。

「この国の王でもないだろうに、何であんたが謝るんだ？　魔族が歓迎されない国だと知っていたから落胆はない。しかし、王都での風あたりは想像以上だったな。まあ、この街では親切にしてもらったし、今こうして歓迎してもらえているから、帳消しだ」

それならよかった、と笑ってアンリはセリムと乾杯する。

セリムは猫みたいな目を細めてアンリを見た。

「家名に『ド』とつくからには、あんたは貴族なんだろう？　あまり、らしくないな」

セリムの指摘にアンリはあははと笑い、ジュリアンは落胆した様子だった。

教育係の力不足でしょうか、と小声でぼやいている。

「生まれながらの貴族じゃないからな、よく無礼者だと陰口を叩かれる」

「そうか？　王都で会った貴族連中の誰よりも、あんたが一番、感じがよくて礼儀正しいぞ」

「お褒めにあずかり、どうも」

苦笑したアンリに向かって、セリムは微笑みかけた。

そういえば、と私は首を傾げる。

「ジュリアンも貴族なのに、どうしてアンリのお世話係をしているの？」

ジュリアンも男爵だと名乗っていた。爵位をもっている人が成人した伯爵のそばにいるって、何だか違和感。

そういうのは普通、爵位のない騎士階級の人が務めるんじゃないだろうか？

「……」

「……」

おや、二人とも沈黙したぞ。

「私が昔、アンリ様の父君と兄君にお世話になりまして。そのご縁で、今もアンリ様のおそばにいるのです……まあ、成り行きと言いますか」

ジュリアンがもごもごと説明し、アンリも聞かれたくなさそうにワインを口に含む。

「色々あるんだな」

セリムが訳知り顔で相槌を打ったので、私も何だか追及しづらい。

それにしても、セリムの赤くて光彩の細い瞳は珍しいし、とても綺麗だ。

そこでふと、私は考え込む。

赤い瞳、かあ。

「どうした？　リーナ」

「ちょっと思ったんだけど、その……カナエって魔族の血筋だったのかな」

彼女もまた、血赤珊瑚（ちあかさんご）のような赤い瞳をしていた。

何の話かわからない、といった表情のセリムに、ジュリアンがざっくりと説明する。

「行方のわからない女性がいましてね。彼女も赤い瞳をしていたんですよ。以前は黒い瞳をしていたんですが、いつの間にか赤い瞳に変わっていた、と。そういうことはあるものなのでしょうか……」

「異世界人というのも実は偽（いつわ）りで、魔族の血筋だったとか？」

「それは、どうだろうな。異世界人だと嘘（うそ）をつくのは難しいだろうし、異世界人が魔族の血を引いていたという話は聞いたことがない」

「アンリ様の言う通りかと。人間種にも赤い瞳の子供が生まれないわけではないですし……」

「カナエから魔族の気配はしなかったわよ？」

アンリ、ジュリアン、フェリシアの三人に否定されて、私は黙り込んだ。

実はカナエは日本人だけど元々赤い瞳で、トリップしてやってきた王都でその瞳を揶（や）

揄(ゆ)されて、嫌気がさして何らかの方法で隠していた、とか？

駄目だ。こじつけが過ぎるな。

しかし、私はどうしてもカナエの瞳の色がひっかかるのだ。

セリムが難しい顔で顎(あご)に指をあてた。

「どうかしました？」

「瞳の色が変わる？」

「いや、何かの文献にそんな事例があったような気がしてな。確か持ち帰る予定の書物に書かれていたと思う。今度調べておこう」

おお、さすが学者さん。私は「お願いします」とセリムに依頼した。

「図書館で世話になった礼だ」

少年は素(そ)っ気(け)なくも、そう言ってくれた。

「シャルルは、どうしているんだろう」

私の呟(つぶや)きを、フェリシアが拾う。

「国教会への報告によると、まだ四人で行動しているみたいよ。昨日も一度戻ってこいと言ったけれど、頑(がん)として聞かなかったらしくて、国教会も困っているみたいね」

私は自分の石版(タブレット)を見つめた。

実は一度、シャルルに連絡を取ろうと試みたのだ。結局は、繋がらなかったけど……

王都の国教会が定期的に連絡を取り合っているのなら、心配しなくてもいいのかな。

カナエは危険だと告げたら、シャルルはまた『おせっかい』と嫌がるだろうか……

私はカナエを思い出して、またため息をつく。

赤い瞳。

私が遭遇した魔物もそうだった。

「どうして強い魔力を持つと、赤い瞳になるんだろう?」

「何故でしょうね。高位の魔物にも赤い瞳のものが多いといいますが……エルフには赤い瞳の者はほぼいないんです。エルフが持つ力とは源が違うんでしょう」

残念ながら、ハーティアでは魔族やエルフに関する文献の多くが失われてしまった。

二種族を追放してしまったことによる弊害だ。

「魔族の瞳が赤い理由について説明することはできる。朝までかかるけど、聞くか?」

セリムが苦笑したので、私達はまた今度、と遠慮した。

そこへ注文した食事が次々と運ばれてくる。美味しい料理とお酒に舌鼓を打ちつつ、
他愛もない話を楽しんで、その夜はお開きになった。

「シャルルが向かったダンジョンがどんな状況かは、そろそろ飛竜騎士団にも情報が来

るだろう。カナエの同行者の行方も気になるし」

帰り際、アンリは私に告げた。

「状況がわかればリーナにも教えるよ、絶対」

私が色々心配していることに気づいてくれたんだろう。私はありがとう、とお礼を言った。

実は最近、動物の言葉がわかるんだよね……と打ち明けようとしたけれど、少し考えて、結局思いとどまった。……変に心配させても仕方がない。

あとひと月もすればアンリは領地に戻るだろうし。下手に相談して心配をかけるのも、頼るのも気が引ける。

「じゃあ、おやすみなさい」

フェリシアが宿に泊まると言うので、私は彼女を我が家に誘ってみた。

料理人さんからもらった瓜を取り出し、少しの氷とまぜてクラッシュさせる。

シャーベット！　と自分で悦に入り、フェリシアにも渡すと、彼女は喜んでくれた。

「冷たくて美味しい！　それに、相変わらず涼しくて快適だわ！」

ソファに沈み込むフェリシアに、猫達がにゃーにゃーと鳴きながら歓迎の意を示す。

『しゅっとしたびじょがきたにゃ～、なでてほしいにゃー』

『美しき魔女よ、我を膝にのせるのだ!!』

「あら？　可愛いお友達がいるのね。この前はベランダにいたのに」

猫二匹は私の足を踏んで、フェリシアの膝にのった。

言葉は聞こえないけれど、何となく言っていることは想像つくぞ。

『なでてにゃ、なでてにゃ』

『美魔女よ！　我の喉を触るがいい！　早く！』

……人気に嫉妬。

数日後、飛竜騎士団のダントン副団長とアンリが私を訪ねてわざわざギルドまでやってきた。

正確に言えば、私とフェリシアを訪ねて、だ。

「見ていただきたいものがあるのです」

穏やかな騎士は、苦い表情で、私達の前に三つの品を置く。

その品々に、私達は見覚えがあった。

「……これは」

ダントン副団長が示した品々を眺めて、私とフェリシアは、しばらく沈黙する。

一つ目は簡素な短剣。柄の部分にはめ込まれたオニキスは、確か私が贈ったものだ。

二つ目は剣。普通よりやや長めのそれは特注なのだと、その持ち主は言っていた。

三つ目は石版。裏に紋章が刻まれた、薄い長方形のそれを、私はよく覚えている。

「アデルの短剣と、サイオンの長剣。それから……シャルルの」

私は石版を手に取った。指で裏面をなぞる。傷のつき方まで同じだ。

「シャルルの石版ですね……」

「確認をありがとうございます。やはり三人の所有物だったようですね」

ダントン副団長の声は穏やかで、しかし硬い。私はぎこちなく顔を上げた。

「これは、どこにあったんですか？」

アデルやサイオンが自分の相棒のような武器を手放すなんて考えにくい。

石版は起動に魔力が必要で、一般の人が扱えるものではない。それに色々な情報が入っているから、シャルルが手放すなんてありえなかった。

そもそも、この石版で国教会と連絡を取っていたはずなのに、どうしてここにあるんだろう。

「――アンガスのダンジョンにありました」

「シャルル達は東のダンジョンへ向かったのでは？」

私の問いに、ダントン副団長は首を横に振る。

「私の部下がずっと彼らを追いかけていました。ようやく件のダンジョンへ到着したと、先程部下から連絡がありましたが……」

シャルルからは東のダンジョンへ到着したとの連絡があったのに、探索した痕跡がまるでないという。近隣のギルドにも宿屋にも、州ごとに設けられた役所にも、訪問の履歴はないらしい。

「皆の持ち物は、アンガスのダンジョンのどこにあったんですか？」

私の恐る恐るの問いかけに、アンリが答えた。

「アンガスのダンジョンの……、第六階層だ」

「第六階層まで行ったの？　しばらくは上の方の階層を調べるって言っていたのに」

「そのつもりだったんだけどな。今日は何故か、魔物が全く出なかった」

フェリシアが形のよい眉をひそめた。

「魔物が、出ない？」

アンガスはあまり強い魔物がいない上に、石版の材料になる希少な鉱石が産出される。だから冒険者達にとっては有益な場所なのだ。それでも、魔物が全く出ないなんてことは考えにくい。

「そう、全く。だから……俺達は第六階層まで行ってみたんだけどな」

アンリは石版を手に取った。ダントン副団長が再び口を開く。

「六階層には魔物の巣穴がありました」

「巣穴……？　それって危険なんじゃ……」

「残留した魔力は感じられたのですが、本体はいないと判断しましたので」

魔物は、ダンジョンの中に自分の『家』を作ることがある。

その場所には、魔物の気配が残る。そして、巣穴の持ち主が強い魔物であればあるほど、近くに他の魔物はいなくなる。強い魔物は縄張り意識が強く、侵入者を排除するからだ……

「巣穴に、これらの物品がありました」

「……すあなに？」

声が震えてしまう私に、ダントン副団長は言った。

「彼らはいませんでした。けれど、この持ち物があったのです。他にも、冒険者が落としたと見られる武具が――」

……彼らはいませんでした。

その事実が意味するものは何だろうか。

呆然とする私の横で、アンリが自分の胸元から石版（タブレット）を取り出した。

「ベルダン伯爵？」

「……シャルルと連絡を取り合っている神官とは知らない仲じゃない。今から、俺は彼の石版（タブレット）に接続して、それ経由でシャルルに連絡を取る。そうしたらシャルルは応答するかもしれない……連絡してきたのが、その神官だと誤解して」

ただし、とアンリは言った。

「それが、本当にシャルルなのかどうかは疑わしいが」

アンリは国教会の神官らしき人と連絡を取り、少し瞑目（めいもく）してから石版（タブレット）を再び起動させた。私とフェリシアはアンリから少し距離を取る。

アンリの背後にいて、『シャルル』の石版（タブレット）に姿が映ったりしないようにだ。

無機質な石版（タブレット）が仄（ほの）かに光る。ややあって、わずかに震えた。

『何事でしょうか』

シャルル……！

金色の髪に青の瞳。どこまでも優しげな風貌（ふうぼう）の青年。

その上半身がアンリのタブレットに、立体的に映し出されている。

シャルルはアンリの姿を認めると、首を傾（かし）げた。

『どうされたんですか？　本日は、いつもの国教会の方は……？』

私は叫びそうになるのを堪(こら)えた。

ねえ、シャルル。目の前にいるのは……アンリだよ。なのにどうして、そんなに他人行儀なの？

「私はベルダン伯爵という。アンリ・ド・ベルダンだ。君といつも連絡を取り合っている神官とは、友人でね。私自身、国教会の関係者でもある。今日は私が君からの報告を聞きたいと思うんだが、いいかな？」

アンリは、胸元から首飾りを取り出した。

神官や国教会の関係者しか持っていないはずのタグが、そこには吊るされている。

どこか警戒するようだったシャルルの表情が、たちまち緩(ゆる)んだ。

『そうですか。では、定期報告を行(おこな)ってもいいですか？』

「……ああ、そうしてくれ」

私達三人は、アンリと私とシャルルは、幼馴染(おさななじみ)だった。

いつも一緒にいた。たとえ大人になったからって、お互いの姿を忘れるはずはないのだ。

『承知しました、ベルダン伯爵。ああ、自己紹介が遅れました。私はシャルル・ラモットと申します』

上半身しか投影されていない、掌にのりそうな大きさのシャルルは、こう言って微笑んだ。

『はじめましてぃ、ぃ、ぃ』

幕間　カナエ・タカハシ

カナエの名前は、香苗と書く。

平凡な漢字だけれども、香苗は自分の名前が気に入っていた。

「本当はねえ、叶って書きたかったのよ？」

「何それ」

台所で茹でた枝豆をつまみながら残念そうに言われて、香苗はついつい笑ってしまった。夢を叶える子になってほしかったの、と微笑む母に、思わず苦笑してしまう。

香苗自身はそんなことは望んでいない。名前も人生も平凡でいい。

人より少しだけ容姿がよかった香苗は、中学、高校と異性には人気があった。けれど、背が平均身長よりわずかに低いせいか、大人しいと勘違いされることが多くて、それには辟易した。

初めての彼氏はサッカー部の中心選手で、告白されて舞い上がったけれども、「俺が香苗を守ってやる」と呪文のように繰り返すのには、正直うんざりした。

香苗は一人でどこにでも行けるし、ランチもできるし、夏休み中も毎日サッカー部の練習を見に来いなんて、熱中症まっしぐらのバカみたいな命令に従う気にはなれない。

彼と違って香苗は、絵文字だらけのＳＮＳに一時間以内に返信しなければ機嫌が悪くなることもない。

守ってあげると言われても、何から守るのかさっぱりわからなかった。

あんたが枠外に飛ばしたシュートから？　ねえ？

そんな風に思っていたからか、可愛げがない女だと香苗の親友に愚痴っている姿を見て気づいた。

彼は小柄でか弱そうな、学年で指折りの美少女に褒めそやされたかっただけ。香苗も似たようなもので、校内で有名な男子の彼女になりたかっただけ。

お互いに浅はかで、薄っぺらい関係だった。

「別れよう」と直接会って告げて、ＳＮＳのメッセージで送られてきた泣き言にも丁寧に返信をした。筋を通したつもりだったけれど、あまりにさばさばした態度が同性の反感を買い、香苗は親しくしていた女子のグループからはじかれた。

うんざりし、一人でいた香苗に優しくしてくれたのは、教室では目立たない文学少女達だった。クラスの主流派から無視される香苗に、控えめに会話を振って気遣ってくれる。

予想外の助け舟をありがたいと思いつつ、香苗は彼女達と話をするようになった。

二次元の話題になると、少し大声で早口になるのが玉に瑕だったが、彼女達の世界は面白かった。好きなものがたくさんあっていいな、と思い、めったに読まなかった小説も借りた。

その中には、ライトノベルと呼ばれるものもあった。主人公が異世界に転生やトリップをする話は荒唐無稽だったけれど、新鮮で面白い。

元の友人達も時間が経つと香苗を再び受け入れてくれたが、上辺だけの関係だったので卒業と同時に縁が切れた。それとは対照的に、文学少女達とは大学に行ってからも友情が続いた。

「そういえば、私がハブられていたとき、何で助けてくれたの?」

成人式のあとにこっそり聞くと、友人の一人が慣れないカシスオレンジに頬を染めつつ、秘密を告白するように教えてくれた。

「あれはねえ、香苗が先に助けてくれたんだよ。だから恩返し」

「えっ?　そうだったっけ」

「一年生のときかな。私、持っていたライトノベルをね、教室で落としちゃって。それを男子が見つけて、みんなで回し読みしてニヤニヤして……『こんなの読んで、妄想ばっかりしてんのかよ、キモイ』って。私の背中に向かって音読までし始めて……」

馬鹿にされて悔しかったけど、私へタレだから言い返せなくて、と友人は笑った。

そんなことが……そういえば、あったような気がする。

「香苗だけがさ、無言で立ち上がって、本をひったくって取り返してくれたの。そして私に言ってくれたんだよね。『綺麗な表紙だね』って」

さらに香苗は呆気に取られる男子に向かい、きっぱりと言ったそうだ。

『他人の好きなものを笑いものにする、あんたこそ気持ち悪い。やめなよ。小学生でもそんなことしないよ』

教室は静まり返ったけれど、香苗は気にせず女子達の輪に戻ったという。

うっすらとしか記憶にないけれど、過去の自分がしたことに、香苗は冷や汗をかいた。

「そ、そんな啖呵(たんか)を切ったの？　……わ、私かっこいいことするね……」

友人は小さく噴き出した。

「かっこよかったし、嬉しかったよお。香苗ありがと。大好きだよ」

「どど、どういたし、まして。私も……好き」

女の子に告白されたのは初めてで、らしくもなく動揺し、ちょっと照れてしまった。

「香苗の長所は、はきはきして、自分の正義を曲げないところだよね。そういうの、憧れる」

本当はそんなご大層な人物ではないけれど、『正義を曲げない』という友人の評価が嬉しく、そんな自分でいたいなと思った。きっと、いることができる、とも思っていた。

……その頃までは。

就職活動を終え、卒業式を控えたある日。香苗は帰宅途中に突然、立ちくらみのような症状に襲われた。いや、地震だったのかもしれない。地面が揺れているように感じた。激しい揺れに意識を失い、次に目覚めると、まるでお城のような場所にいた。

「……ここは、どこですか……？」

不安で怯(おび)えながら尋ねた香苗に、日本人とは違う容姿の人々は、困ったように告げた。

『ようこそ、客人(ゲスト)よ。ここはハーティア王国。貴女は招かれざる……不幸な旅人だ』

全く、意味がわからなかった。

異世界トリップ。

高校の頃、友人が好んでいた本によく描かれていたその境遇に自分が置かれるなんて、香苗には……いや、カナエには全く想定外のことだった。

人々は淡々とした口調で「ハーティア国にはたまに異世界から客人(ゲスト)が来る」と説明した。

さらに「帰還の手立てはない」とはっきり言われ　カナエは——正義感が強くて、気も強かったはずのカナエは、あっさりと絶望した。

王制、貴族、宗教、魔法、魔物。それに文化も価値観も何もかもが違う。

何故か言葉は話せたけれど、文字は読めないし、生活には全く馴染（なじ）めない。

帰りたいと泣いて、無理だと思い知らされ、自分の無力さに笑う。その、繰り返し。

「就職だって、決まっていたのに」

旅行（トリップ）に関する仕事を選択したことさえ、今では皮肉に感じられる。だって、自分がトリップして帰れなくなるとは、露（つゆ）ほども思わなかったのだから。

小説の中で異世界に行った少年少女達は簡単に現実を受け入れ、その境遇に適応できていたが、カナエには到底無理だ。だって、元の世界に未練が多すぎる。

それでも一年経つと、庇護（ひご）されていた国教会から自立したいという現実的な考えが芽生えてきた。

文字を覚えたいと願い出ると、世話係の男は小馬鹿にした顔で学術書を投げて寄越した。もちろん、そんな難解な文が読めるわけもなく、カナエは頭を下げて子供用の絵本を貸してもらった。

「これも読めないのか？　幼児でさえ読めるのに」

上級貴族の息子だというその世話係は、嫌味な男だった。誰にでもできるくだらない仕事だといつも愚痴を言い、カナエを馬鹿にする。しかし外部への窓口は、その男しかいないから、カナエは黙って従った。

そんな折、国教会の要職に就いているという老神官が、たまたまカナエの様子を見に来てくれて、思わぬことを言った。

「これは驚いた。貴女には治癒師の才能がありますね」

「ちゆし、って何ですか？」

「神からのギフトを持つ方のことです。貴女には魔法と言った方がわかりやすいかなあ」

「魔法？」

「カナエ。貴女の手は、誰かを癒(いや)すことができる」

老神官は、治癒師としての技と仕事を、懇切丁寧に教えてくれた。おかげで半年も経つと、カナエは軽い怪我なら癒せるようになったのだ。

この世界で初めて物事を成したと浮かれるカナエに、世話係は恩着せがましく言った。

「俺が神官様に引き合わせてやったおかげだろう？　感謝しろよ！」

腹立たしいことこの上なかったが、カナエは控えめに笑い、心にもないことを口にした。

「ありがとうございます。いつも、感謝しております」

「そうだろうとも！」

治癒師の仕事ができるようになると、王宮にも出入りするようになった。

そこでカナエは、まだ幼さを残す少年少女を目にした。勇者とその幼馴染だという二人組。

幼馴染の少女は治癒師としての能力の高さから、聖女とさえ呼ばれていた。

「勇者って何のためにいるんですか？」

「カナエの世界にはいなかったかね？」

「そういう職業はないです」

老神官の話では、勇者というのはたまに現れる特異能力者のことらしい。『聖剣』を扱うことができて、いつか世界を闇に陥れるであろう魔物を葬ることができる、唯一の存在だと。

「その魔物って、どこに出るんですか？」

「何百年も出てきてはおらぬ。だから勇者は、今はその剣を使い、王家の命で様々な任務をこなしているのだよ。……魔物は隠れているだけで、今もどこかで生きているとの伝承もあるから、それに備えねばのう……」

「伝承……じゃあ、実際は魔物なんていないんだあ……」

倒すべき魔物がいないのならば、勇者といっても単に聖剣が使えるだけの剣士じゃないか。そう思っていたら、老人は茶を飲みながら、ふふと笑った。

「カナエは時々、失礼なことを考える……」

「……！　顔に出ていましたか⁉」

「ははっ！　儂の前だけにしておきなさい」

「はい、神官様」

勇者の名前はシャルルというらしい。絵に描いたような美少年だが、どこかふわふわとした印象で、ひどく頼りなく見えた。消臭剤の宣伝とかやってそう、とカナエは冷めた目で彼を眺めていた。

その後、シャルルとは王宮で偶然知り合った。確か一昨年のことだ。

何を急いでいたのか、シャルルは勢いよく廊下を走ってきて、カナエにぶつかって転んだ。

「申し訳ありません！　……あ、えっと、僕はシャルル・ラモットといいます……」

少年は謝るついでに、自分の名前を口にした。まるで何かを期待するように。

へえ、それで？　と痛さのあまりしゃがみ込んだカナエは言いたかった。

聖剣を使える勇者様。人にぶつかったら、まずは怪我がないか確認するのが先じゃないの？

頬を引きつらせながらも、カナエは申し訳なさそうに言う。

「すみません、私が前を見ていなくて……」

あんたが十割悪いと心中では毒づきながらも、小芝居をする自分がとてつもなく嫌だ。

「シャルル！　廊下は走らないっ！　って、ごめんなさい、お姉さん！　大丈夫ですか!?」

自己嫌悪に陥るカナエの前に、シャルルを押しのけて現れたのは、シャルルといつも一緒にいる少女だった。治癒師の少女。瀕死の人間でさえ救うといわれる、聖女リーナ。

「……いえ、大丈夫です」

「ああ擦り傷が！　本当にごめんなさい。私の友達がそそっかしくて……」

リーナは丁寧に頭を下げると、カナエの擦り傷を癒してくれた。速くて、丁寧な処置だった。

「あ、自己紹介が遅れましたが、私はリーナ・グランといいます」

「ありがとう、リーナさん」

無礼な勇者よりも、幼馴染の少女の方にカナエは好感を持った。だがリーナは誰かに呼ばれて去り、シャルルだけがカナエの前に残された。

少年はカナエが首から下げている客人の証を見つけて、驚いたように言った。

「その証(あかし)は……！　貴女は異世界からの客人(ゲスト)ですか？」

カナエが戸惑いながらも肯定すると、シャルルはへえ！　と目を輝かせた。

「貴女も僕と同じですね」

「はっ……？　おなじ？」

思わず間抜けな声が出た。そんなカナエの様子に気づかず、シャルルは言う。

「だって、貴女もこの世界の神様に選ばれて、この国に来たんでしょう？　慣れない暮らしは大変でしょうが、神に選ばれた名誉に恥じないよう、お互い頑張りましょうね」

カナエはへたり込んだままだった自分を褒めてやりたくなった。もし立っていたら、目眩(めまい)がして倒れていたに違いない。

神に選ばれた？　名誉？　全てを失くして、絶望して、それでも生きようともがくこの境遇を、ありがたがれと？　どれだけ泣いて、どれだけ苦労しているのか、言葉には尽くせないほどなのに。

それが、この無礼で軽薄な、お飾りの勇者様と同じ？

そう、見えるのか。

そう、言えるのか！

「何か困ったことがあったら言ってください！　僕は勇者だから、皆を守らなくちゃ」

カナエは涙がこぼれないように、ゆっくりと瞬きした。

少年は、これが感動の涙だと思っただろうか？

――あんたは、何から私を守るの。その根拠のない、無礼な自信はどこから来るの。

神に選ばれた勇者。存在しない魔物を倒すための剣を持った、金ぴかの少年。

カナエにはキラキラと輝く少年が、己を襲った理不尽な運命の象徴のように思えた。

心の中に渦巻くやり場のない憎悪を押し殺して、カナエは自室で夜通し泣いた。


老神官が寝付いて逝ったのは、それから一年後のことだった。

彼はカナエが困らないようにと、国教会の部下達に申し送りをしてくれていた。仕事と住居を与えられ、ありがたいと思いつつもカナエは落胆した。

この世界で心を許せる唯一の人を失った。また、一人だ……

言いようのない孤独と、日本への望郷の念は、いつか和らぐのだろうか。

その頃、カナエの周囲に厄介ごとも増えていた。例の世話係が頻繁にカナエのもとにやってきて、あからさまに迫るようになったのだ。

彼は素行の悪さが原因で婚約者に逃げられ、新しい婚約者のあてもない。誰かいないかと考えて、治癒師として腕がよく、国教会の覚えもめでたいカナエを思い出したようだった。

「妻にしてやってもいい」と上から目線で言われて冗談じゃないと断ると、男は恩知らずと罵るだけでなく、亡き老神官まで貶し始めるようになった。

「あんなジジイに操を立てているなんてな、そんなにあのジジイはよかったか！」

憎悪で人が消せたらいいとカナエは思ったが、唇を噛んで耐えた。五男といえど貴族の子弟に逆らえば、カナエは簡単に居場所を失くす。だから耐えるしかなかった。

そんなある日、一つの仕事が舞い込んだ。

「聖女様の治療、ですか？」

王都から離れたアンガスで探索をしていた勇者一行が魔物に襲われ、勇者シャルルをかばい、聖女リーナが怪我をしたのだという。

シャルル少年の言葉を思い出して、カナエは猛烈に腹が立った。「皆を守らなくちゃ」なんて嘘ばっかり！

でも、シャルルのそばにいた、あの少女のことは心配だった。

勇者は嫌いだけれど、あの明るくて、何故か懐かしさを感じる少女が困っているのなら、力になりたい。

カナエが承諾すると、話を持ってきた神官は、ほっと表情を緩めた。

「今は貴女も王都を離れた方がいいでしょう？　あの貴族がしつこいものね」

顔馴染みの女性神官がそっと耳打ちしてくれて、カナエは深々と頭を下げた。

転移魔法でアンガスに飛び、治療する。ただそれだけの楽な任務だったが、当日、同行者の顔を見たカナエは絶句した。

「やあ、カナエ。今回は仲よくやろうぜ」

世話係の男がニヤニヤと笑う。カナエは唇を噛み締めたけれども、大人しく頭を下げた。

「どうぞ、よろしくお願いします」

アンガスの街に着いてからも状況は最悪だった。始終、男の機嫌を取らされ、意味もなく体に触れられる。いっそ逃亡したい。しかし仕事はしなければならない。

だって、治癒師の仕事をこなせないカナエには、全く価値がないのだから……

しかし、性懲りもなく迫ってくる男に、ある晩、カナエの忍耐力はとうとう底をついた。

「――いい加減にして！　結婚なんてしないって言っているでしょう？　大体あんたなんて、何もできないじゃない！　ただ貴族の息子ってだけで！」

「何だと！」

激高する男は、血走った目をしてカナエを殴った。

カナエは壁まで吹っ飛ばされてうずくまり、口内に鉄の味を感じながら、言った。

「本当のことを言われたからってキレないでよ！　悔しかったら、アンガスの魔物でも何でも倒してみなさいよ！　できないくせに！」

男は顔を真っ赤にして——最悪の行動を起こした。国教会から持たされた転移用の魔道具を発動し、こともあろうにアンガスのダンジョンの中に転移したのだ。

暗闇に突如転移させられたカナエは、うんざりしながら松明に火を灯した。灯りが自動的につかないということは、まだ人の手が入っていない六階層の可能性が高い。

男はカナエから松明を奪うと、尊大に言った。

「はっ、いないじゃないか……魔物なんて、どこにも」

「松明、返してください。それから転移魔法をもう一度発動してください。早く聖女様のもとへ行って、怪我を治療しないといけないでしょう？」

苛立ちを隠せずにカナエが言うと、男は薄く笑い、腰に佩いていた長剣をしゃらりと抜く。

「いや、やっぱり魔物がいたな」

カナエは辺りを見回した。男が魔物を倒すために剣を抜いたと思ったからだ。そのせいで、松明にきらりと光った刀身がカナエの腕を切り裂いたとき、悲鳴をあげるのが一瞬遅れた。

暗闇で叫び声をあげながら、カナエは壁際まで追い詰められた。

「な、に……するんですかっ！」

男は松明(たいまつ)を持って笑う。

「異世界から来た女なんて、魔物と一緒だろう？　おい、カナエ。今なら許してやるぞ。跪(ひざまず)いて謝罪すれば許してやる。ほら、謝れよ！」

剣を振りかざされて、カナエは逃げようとする。だが、背後は壁で逃げ場がない。

——謝るなんて嫌だ。だって、私は悪くない。少しも悪くないのに、何でこんな……！

カナエは思った。全部、許せない。

こんなところに連れてきた誰かも、私をこんな目に遭(あ)わせるこの男も、中途半端にしか守ってくれない国教会も。いつか出会った無神経な金ぴかの勇者も。その勇者の尻拭(ぬぐ)いでここにいるかと思うと、腹が立って悔しくて泣きわめいてしまいたかった。

絶望的な思いで、松明(たいまつ)に照らされた背後の壁を見上げる。国教会でよく見るような、複雑な模様……魔法陣が描かれているのをぼんやりと眺めた。

だらだらと血が流れる腕を癒(いや)すのも忘れて、引き寄せられるまま、魔法陣に触れる。

（オイデ、カワイソウニ……ウラギラレタ、カワイソウナコ……）

不思議でまがまがしい、けれど優しい声がした。

男が何かを言った気がしたが、何故か耳に入ってこない。カナエの指から滴る血が、魔法陣の古代文字を伝って円全体に回り、仄かに光る……

「な、何なんだよ！　何だこれは!?」

怪しく光る魔法陣に男は動揺した。反対に、カナエはひどく冷静だった。いつの間にか癒えた傷口を労わるように、壁から黒い手が伸びてきてカナエを慰撫する。

ふわっと。

ここは地下のはずなのに風が吹いた。

(カワイソウニ、ツラカッタネ。タスケテアゲル。……キミガ、ケイヤクスレバ)

子供のようにも老人のようにも聞こえる声が甘く囁き、カナエはぼんやりと頷いた。

黒い触手が叫んで逃げる男を襲う。

「……契約、したら、助けてくれる？　この悪夢から救って、家に帰してくれる？」

ぽろりと涙が頬を伝って落ちた。

(モチロンダヨ。コレハ悪夢だから……おまえはただ、私に従って夢を漂えばいい)

人の声が、はっきりと頭に響く。カナエは「契約する」と頷き、目を閉じた。

たちまち、辺りはぬるりとした暗闇に閉ざされ、誰かの断末魔の叫びが遠くに響いた。

「……大丈夫？　カナエ？　随分うなされていたけど」

悪夢から優しい声に引き戻され、カナエは大きく息をした。

野宿をしている途中、火の番をしながらうたたねをしてしまっていたらしい。

あの後のことをカナエはあまりよく覚えていない。いつの間にかダンジョンの外にいて、頭の中の声が命じるままに勇者達に近づき、行動を共にして……

いいや、深くは考えまい。だって、全ては夢の中のことだから。考えたって仕方ない。

「……何でも、ない。ごめんなさい、寝ていて……」

ぼんやりと答えると、金の髪のシャルルはにっこりと微笑んだ。安心させるようにカナエの髪を撫でる。その動きは、愛玩動物を撫でるのに似ていた。

「そう？　まあ構わないよ。どうせこれは悪夢だから。君は、僕と一緒にいればいい」

子供みたいな口調で聞くと、金の髪に赤い瞳をした勇者はにっこりと微笑んだ。

「そうしたら、うちに帰してくれる？」

「必ず。——カナエ、どうか僕を信じて……」

優しい声になだめられて、カナエはまた微睡(まどろ)むために目を閉じた。

第五章　深部へ

定期連絡は、つつがなく終わろうとしていた。

「シャルル」

『何でしょう、ベルダン伯爵』

アンリの横顔は、冷静だった。知らない人同士が、私の幼馴染（おさななじみ）のフリをして会話をしているような奇妙な感覚に襲われながら、私は彼を見ていた。

「何か、私に言うことはないか？」

アンリが問うと、シャルルは胸元に手をあてた。シャルルの目と同じ色の、コイン大の硝子（ガラス）が光る。首飾りを握るのは、思案するときのシャルルの癖だ。

子供の頃、三人で作った色違いの首飾り。シャルルが青で、私は緑がかった琥珀（こはく）。アンリの青紫色の硝子（ガラス）は見つけるのが難しくて、三人で手分けして探した。

『いいえ？　特に何も。……ああ、そうですね。いつもの神官様にどうぞよろしく』

そう答えたのはシャルルの顔をした、シャルルと同じ癖を持つ人なのに。

彼は、シャルルじゃない。

「わかった、伝えよう」

対話はあっけなく終わり、シャルルは幻のように姿を消す。

しばし沈黙が流れた。

いつの間にかやってきていたジュリアンが、部屋の入り口に立っている。

「今のは、誰なんだろう」

「単にベルダン伯爵のことがおわかりにならなかったのかもしれないわよ、リーナ」

「それはないよフェリシア。たとえ私のことを忘れたって、シャルルがアンリを忘れるなんてことはない」

生まれたときから、ずっと一緒にいた二人なのだ。

首を横に振って否定した私に、ダントン副団長が同情を込めた視線を送る。

私は震える手をもう片方の手で押さえて、大きく息を吸い込んだ。

「……シャルルは生きているのかな。他の皆は？」

私はアデルとサイオンが使っていた武器に触れた。私が込めたはずの守りの力はすっかり薄れてしまっている。いつもなら三か月程度は持つのに。

以前力を込めたのは、このアンガスのダンジョンに潜る直前。あれからまだ、二か月程度しか経っていない。

「……シャルルと離れるべきじゃなかった。何が起きたかわからないけど、シャルルが危ない目に遭(あ)ったのは間違いないよね……私が腹を立てずに、一緒にいれば……」

「別れを選んだのはリーナじゃなくて、シャルル達だ。リーナに責任はない」

アンリはそう言ってくれるけど、私はカナエの横顔を思い出して唇を噛む。

変な意地を張らず話し合うべきだった。私が己の浅はかさを痛感している横で、アンリはダントン副団長とフェリシアを見た。

「……明日、もう一度ダンジョンに潜(もぐ)ろう。消えた三人の手がかりがあるかもしれない。ダントン、国教会に石版(タブレット)で今夜の報告をしてくれるか。フェリシアは、王太子殿下に」

「承知しました。伯爵」

ダントン副団長とフェリシアが頷(うなず)く。

「私の責任だわ、リーナ。お目付け役なのだから、私がいるべきだったのよ……」

フェリシアが肩を落とし、ダントン副団長と共に部屋を出ていく。悄然(しょうぜん)とした叔母の背中を見送るジュリアンに、私は声をかけた。

「あの、ジュリアン……。フェリシアのこと、お願いね」

ジュリアンは「承知しました」と請(う)け負(お)い、苦笑した。

「そういえば……ジニの爪を治療してくださったそうで。ありがとうございました」

「……いいえ、自分にできることをしただけです」

「治癒師の方は、他人の痛みを自分のことのように考えてしまう人が多い。フェリシアの痛みまで、気にかけなくて大丈夫ですから。今夜はちゃんと寝てくださいね」

そう言ってくれたジュリアンに、私は頭を下げた。

扉が閉まって、私とアンリだけが部屋に残される。

彼は静かな声で言った。

「リーナがそばにいれば。フェリシアが最後まで同行すれば。国教会の人間が異変に気づけば。そもそも、シャルルがおかしな判断をしなければ。それらの仮定をもとに論じても、意味はない」

うん、と頷（うなず）いて私はアンリを見上げた。

「アンリは、国教会の関係者なの？」

私が聞くと、アンリは首飾りのタグをつまみ上げた。

「そういうわけじゃない。俺の世話をしてくれた人が、国教会の人でさ。便宜上、くれた」

ふぅん、と私はそのタグを眺めた。

「お互い、話せないことが色々あるね」

「そうだな。……リーナが最近隠していること、聞いてもいいか?」

アンリが綺麗な顔をくしゃりと歪めて笑う。私はつられて笑い、でも笑いきれずに俯く。

そこへやってきた二匹の猫がにゃんと鳴きながら、私の足に顔を擦りつけた。

『ごはんのじかんだから、しんぱいごとはわすれるにゃ』

『へらへらするのである、リーナ!』

しゃがみ込んでミケちゃんとみーちゃんを撫でてから、私はアンリに「うん、白状する」と答えた。

「でも、明日でいいかな。一晩、色々考えたいの」

いいよ、とアンリは優しく言った。また明日と。

「おやすみ、リーナ」

「うん、おやすみ」

施設でいつもしていたみたいに、おでこにおやすみのキスをしてから、アンリも部屋を出ていく。

私は自分の部屋に戻って、寝支度を手早く終わらせた。

ベッドに潜る前に、鏡に向かってにっこり笑ってみる。

泣いたって、笑ったって、やらなきゃいけないことは一緒だ。

みーちゃんが、ぴょん、と私の頭の上にのった。

「いつもみたいに、へらへらできているかな、みーちゃん」

『うむ！　へらっへらである』

それはそれで、微妙なような。


翌朝、私は久しぶりに旅装に袖を通した。

悪夢でも見て眠りが浅かったのか、体は重い気がしたけれど、夢の内容は覚えていない。顔を洗って、鏡の自分と目を合わせて決めた。嘆くのも後悔するのも全部、後回しにしよう。まずは、やるべきことをやるのだ。

ギルドは週三日の連続勤務だから、今日から四日間は休み。その間に問題が解決しなかったら……ギルドは辞めないといけないよなあ。

悩んだ挙句に事務所へ行き、詳細は隠して、数日ダンジョンに潜ることを告げる。

ヤコブさんはふむ、と一言だけ言って話の続きを促した。

「実は厄介ごとがあって。ひょっとしたら、すぐには終わらないかもしれません」

「そうなの？」

「ようやく仕事を覚え始めたところだったのに、長く休んでご迷惑をかけるかも――」

「俺にも下心があってね」

私の言葉を遮り、ヤコブさんが重々しく言った。

「したごころ？」

思わぬ言葉に聞き返すと、心配してあとをつけてきたのか二匹の猫が現れる。

みーちゃんが、にゃっと鳴いて私の頭に飛び乗った。

『下心は危険なのである。リーナ、危ないのである。寄るな、頬をひっかくぞ、下僕よ！』

するとヤコブさんは一転、ニッと笑って軽い口調で言う。

「リーナさんを雇ったのは、優秀な治癒師と繋がりを持っていたい、ってのが一番なんだ。卸してくれている魔道具の売行もいいし、助かっているよ。働きぶりもまじめだしね」

「ありがとうございます」

「ダンジョンでよくないものが見つかったの？」

「……はい」

今は説明できないので、曖昧に頷く。

「ゆっくりやりなよ。ダンジョンが落ち着かないと、アンガスの街も商売あがったりだし。もしベルダン伯爵と一緒に王都へ行くことになったら、そのときは王都のギルドに推薦状を書くよ。だから仕事のことは心配しなくていい。もちろん、この街にしばらくいてくれるのが、一番いいけどね」

私はみーちゃんをのせたまま、頭を下げた。

じゃあ、よい休日をね、とヤコブさんは手を振ってくれた。

私は頭の上にいたみーちゃんを下ろし、両手で抱える。みーちゃんは、にゅー、と伸びながら私の顔を覗き込んだ。

「ねえ、みーちゃん」

『何なのである』

「アンリ達に、みーちゃんの言葉がわかるって証明したいんだけど、一緒にダンジョンまで来てくれる？」

私が喉（のど）を撫でると、みーちゃんことミルドレッド三世（サード）は、にゃにゃ〜と鳴いた。

目を細めて、私の指におでこを擦りつける。

『気持ちいいにゃ。はにゃー。仕方ない、一緒に行ってやろうではないか！　今は恐ろしい魔物はいないようだしな！』

ミケちゃんは『みけは、おるすばんするにゃ〜』と言って、ベランダをタタっと上っていく。

私は石版（タブレット）を取り出し、アンリに連絡を取った。『ダンジョンへ行く』と短文を送信すると、アンリからも『わかった』と簡潔な返事が戻ってくる。

「今から出かけるところか？」

ギルドを出た私の前に現れたのは、セリム少年だった。

人間の街への警戒がだいぶ薄れたのか、今日はフードをしていない。

『我が眷属（けんぞく）よ、何用だ？　我とリーナはダンジョンへ行くので忙しいのだ！』

セリムは私を見て、「ダンジョンへ行くのか？」と尋ねた。

「はい」

「それなら私もついていってもいいか？」

「構いませんが、どうされたんですか？」

「赤い瞳のことで、気になることがあったんだ。伯爵殿の耳にも入れておきたい。とりあえず、行こう」

『我が眷属（けんぞく）よ、我を運ぶのである！』

みーちゃんがセリムの頭にぴょん、と飛び乗る。

「重い……」とぼやいたセリム少年だったが、ご機嫌なみーちゃんの様子に抗議を諦（あきら）めたようで、私達は二人と一匹でダンジョンを目指すことになった。

ダンジョンの入り口ではアンリが待っていてくれた。

「リーナ！　と、セリムも来たのか」

私はアンリの服装に目を留めた。軽装備だけど、黒い革鎧を着ている。

「魔物は急にダンジョンからいなくなったんじゃなかったの？」

先日、アンリはそう言っていた。

「それが、状況が変わった。昨日までは出なかったんだが、今日は五階層に二体いる」

「……二体？」

「しかも、人語を操る妙な魔物なんだ。危険だから飛竜騎士団も退避させた」

人語を操る魔物は稀に存在するけれど、凶悪で力も強いとされている。

「妙なことに、攻撃はしてこない。こちらをずっと窺って、しきりに話しかけてくる。だが、何を言っているかわからないんだ」

話しかけてくる魔物？　そんな魔物は見たことがないけれど、私ならその言葉を理解できるかもしれない。

私はみーちゃんをセリムから受け取って、胸にぎゅっと抱くと、アンリに言った。

「私も潜りたいの、ダンジョンに。……魔物と、話せるかもしれないし」

セリムが観察するように私を眺めた。アンリは目を丸くしている。

「何を言っているんだ？　リーナ？」

「魔物と話せるかもしれないし、私は治癒師だし、きっと役に立つよ」

『その通りである！　若造よ！　リーナは役に立つし、お部屋は居心地がいいのだぞ！』

にゃー、とみーちゃんが援護をしてくれたので、私はぎゅっと抱きしめた。

「リーナ、それは危険だ」

「危険なのはアンリだって一緒じゃない？　私の方がダンジョンに潜った回数は多いし、それにきっと、私には……、魔物達が何を言っているのかも理解できるはず」

そう繰り返した私に、セリムが猫のような目を細める。

「さっきから、ミルドレッドの話を聞いて変だと思っていたんだ。リーナ……あんたは、動物の言葉がわかるのか？」

アンリが怪訝な表情で私を見た。

「動物の言葉だって？」

「うん。猫達の言葉も、ドラゴンの言葉もわかるよ……って言ったら、驚く？」

アンリは困った顔で頭をかいた。

「……いや」

『リーナ！　此奴は信じておらぬぞ！　証明してやるのだ！』

「すぐには信じられないと思うんだけど……一緒に来てほしい」

私はアンリを引っ張って、近くで待機している二頭のドラゴンの前に行った。

アンリとジュリアンのドラゴンだ。彼らが私に気づいて顔を上げる。

キュイ！　とルトがご機嫌に鳴いた。今の立ち位置からだと、二頭に触れるのは難しいので、みーちゃん、と私は頼む。

「通訳してくれる？」

『仕方がない！　感謝するのだ、リーナ！』

ルトとジニが、私に口々に挨拶した。それをみーちゃんがそのまま通訳してくれる。

『こんにちは、りーな！　きょうはアンリといっしょなんだね！　でも、アンリのいちばんのなかよしさんは、ぼくだよ！　ねっ！　アンリ』

「そうだね。アンリの一番の友達はルトだね」

アンリは何とも言えずに私達の会話を見守っている。

『だからね、ルトはアンリがしんぱいなんだぁ』

「心配って？」

『ダンジョンによくないのがいるよ！　このまえどっかにいっちゃってたのに、もどってきたんだぁ』

「それは今もダンジョンにいるの？」

『おおきいのはいないよ！　でも、ちいちゃいのがいるよ！　ね、アンリいっちゃだめだよ！　ちかに、ぼくはもぐれないもの！　それに、きょうはジュリアンがいないしあぶないよ』

そういえば、いつもアンリのそばにいるジュリアンが見当たらない。

私はジュリアンの相棒たるドラゴン、ジニに話を振った。

「ジニ、今日はジュリアンがいないんだね。どこへ行ったの？」

私がジニにそう尋ねると、アンリは少し表情を変えた。

ジニは寂しそうに言う。

『ジュリアンはおでかけなの。わたしをおいて、フェリシアと領主様のところなの』

「二人は、領主の屋敷に行ったんだね？　……ありがとう、ジニ」

二人がどこにいるかなんて、私が知っていたわけがない。

ね？　とみーちゃんを抱きしめたままアンリの方を振り向くと、彼は右手を顎(あご)に添えた。

「……驚いた」

「うん、私も」

アンリは混乱している様子で、眉間に皺を寄せて考え込む。

「いや、しかし。昔はそんな能力なんてなかっただろう？　何でいきなり……？　リーナの両親は魔族かエルフだったのか？　そうは見えないが……」

『うむ、リーナはどう見ても、シュッとしておらぬ！　そこは同意してやるのである』

みーちゃん、アンリの心の声まで通訳しなくていいんだよ……？

「私もよくわからないんだけど、とにかくつい最近、声が聞こえるようになっちゃって。といっても、魔族の人達と違って、触れてないと聞こえないんだけど」

今みたいにみーちゃんがいてくれたら、通訳をしてもらうことはできる。

セリムが「そのことだが」と私達の会話に口を挟んだ。

「私がこれから話すこととも関係しているかもしれない。リーナ、あんたは先日、人間も赤い瞳になることがあるのか、と言っていたな」

「ええ」

異世界から来たカナエ。

おそらく日本人であろう彼女の瞳は、黒から赤へと変わっていた。

調べてみたんだ、とセリムはカバンから古書を取り出す。

「人間の瞳が赤く変わった事例が、過去にもあった」

「カナエのように？」

そう口にしたアンリの視線は鋭い。

「アンガスの魔物についての絵本があっただろう？　あの数え歌を覚えているか？」

私とアンリは顔を見合わせて、同時に頷く。

むかし、黒く大きな魔物がいて
ひとり寂しくあなぐらに住んでいました。
あなぐらのそばには、ひとりぼっちのこどもがいて
ふたりはやがて友達になりました。
魔物のお腹がすいたとき、こどもは自分の血をわけてあげました。
さんねんたって魔物は大きくなりすぎて、こどもは偉くなりすぎて
一緒にいることができなくなりました。
よっつに裂かれた魔物は、東西南北　闇の中
こどもの訪れをまっています。
いつつ、時が巡るころ

また会えることをねがって、きばをとぐ。
ろっかいまがった道の先
さびしい魔物は、こどもをずっとまっています。
ななつの竜の訪れを
きばをといで　まっています。

「アンガスの魔物は、人間と友達になりました。これには別の意味が隠されている。おそらく人間と契約を交わして、魔力を貸していたんだろう」

昔、アンガスにいた魔物は小さな子供と契約を交わした。友達になる代わりに、魔力を与える契約だ。多分、その方法は人間が魔物の血肉を取り入れることだろう、とセリムは言った。

「魔物の血肉を取り入れた人間は、強力な魔力を得ることがあった、と本には書いてある」

だが、子供はいつしか魔物が邪魔になったのだ。だから四つに切り裂きそれぞれを封じた。しかし魔物は切り裂かれたくらいでは消えず、牙を研ぎながら友達を待っている。

そういう意味なんだろうとセリムは推測した。

「契約を交わした人間は、契約の証(あかし)として、瞳の色が赤くなる」

私はカナエの赤い瞳を思い浮かべた。アンリも同様だったらしい。

「カナエが、魔物と契約をしたと？」

「絵本の魔物と似た魔物が今もダンジョンにいるとしたら、そう考えるのが自然だ」

セリムはそこで言葉を区切り、古書を開く。

アンリは数え歌の最後のフレーズを口にした。

「ななつの竜の、訪れを待つ、か……」

「どうかしたの、アンリ？」

「七つ首の竜は王家の紋章だ。この前も気になっていたんだが、関係があるかもしれないな」

私は、アンガスが王家の始祖の出身地だということを思い出す。

人並み外れて強い魔力を持った彼は、やがてこの国を一つにまとめて王になった。

「まさか、考えすぎだよ」

私は一笑に付したけれど、アンリは考え込んだままで、セリムもあっさりと肯定した。

「ありえるんじゃないか？　魔物の力を借りて王になった人間がいるとして……もしその人間から裏切られたなら、魔物はきっと、今も恨んでいるだろう。我々魔族の寿命は長いが、魔物はもっと長く生きる」

セリムの話にアンリが続けた。

「昔、アンガスにまつわる王家の伝承を聞いたことがあるんだ。かつて、手に負えないほど凶暴な魔物がアンガスにいて、王は勇者と共に聖剣で魔物を分割し、王の血をもって封じたと。それがどこなのかは知らないが、妙にかぶるな」

「王の血をもって？」

「古代の術式でよくある。文字通り王の血をもって魔法陣を描いて……封じたんだ」

セリムは説明しつつ古書のページをめくった。難解な古代文字（ルーン）が並ぶそれを私も覗き込む。

あるページで手を止めると、セリムはそれを読み上げつつ、私と視線を合わせた。

「契約を交わした人間は、瞳が赤くなるだけでなく……魔物や動物と、会話ができたという」

つまり――私みたいに。

「動物や魔物の言葉がわかる……ですか？」

領主の屋敷から戻ってきたフェリシアとジュリアンに、私は自分の事情を話した。悪いなと思いつつも、ダントン副団長には黙ったままにしている。

彼は王都の人だから、下手に話せば魔族だと見なされるかもしれない、と危惧したのだ。

私の告白に、フェリシアとジュリアンは顔を見合わせた。俄かには信じ難いようだ。

「魔物の言葉がわかるのかは、まだ確証がないんだけどね。最近、ダンジョンには潜ってなかったし。でもドラゴンと猫達の言葉はわかるの。あと鴉も」

『そうだ、わかるのだぞ！』

みーちゃんがにゃーと鳴く。

「魔力を持つ動物の言葉が理解できる、ということですね？」

ジュリアンは、私が言葉を理解できる生き物の共通項に気づいたらしい。

私は彼をジニのところへ連れていき、その言葉を通訳してみせることにする。

ほぼジュリアンへの恨み言だったので、彼はきまり悪そうにコホン、と咳払いした。

私が慰めるようにジニを撫でると、ジュリアンは視線を外してごにょごにょと口ごもる。

「忙しかったんだ、ジニ。おまえのことは一番大切だよ」

『いつもそういって、そばにいてくれないじゃない！　ジニと、しごと、どっちがだいじ!?』

「難しい質問をしないでくれ、ジニ……」

ジュリアンは真剣に苦悩している……

私はアンリと、コソコソと話した。

「何だか、恋人同士の会話みたいじゃない？　まさか異種族間恋愛？」

「しかも、ジュリアンが責められる側だぞこれ……、ダメ男の典型だな……」

フェリシアが「……私の甥は大丈夫かしら……」と視線を遠くにやり、ジュリアンはまたコホン、と咳払いをした。

私は他の四人の顔を見回して、中断していた説明を続ける。

「私は魔物に襲われて怪我をしたときに、魔物の血肉を体内に取り込んで、この能力を得たのかもしれない。アンリとジュリアンが地下に行くなら、私も一緒に連れていってほしいの。——みーちゃんが言うには、今はダンジョンの中に、怖い魔物はいないそうだし」

それに、セリムが言っていた『魔物と契約した人間の魔力は強くなる』というのにも心あたりがあった。このところ、どれだけ治療をしても全く疲れないのだ。

今だけかもしれないけれど、私は確かに魔物の恩恵らしきものを受けている。

「私はアンリ達よりこのダンジョンに慣れているし、そもそも王太子殿下が『飛竜騎士団に協力するように』って仰っていたんでしょう？　命令には従わなきゃ」

フェリシアも、片方の眉をはね上げて続けた。

「リーナ、それはちょっと違うわ。ダンジョンに慣れているのは『私達』よ」

「まさかフェリシア、貴女まで潜るつもりですか？　止めても無駄でしょうけど……」

「賢明ね、ジュリアン！　私もどうか連れていってちょうだい。きっと役に立つわ」

叔母と甥の力関係が窺える会話だなー。

『ジュリアンは女に弱いのだな、軟弱な騎士なのである！』

みーちゃんがにゃー!!　とジュリアンを前脚でさしつつ長めに鳴き、ジュリアンがそれを訝しむ。私は「みーちゃんが、ジュリアンも頑張れって！」と言って誤魔化した。

私がダンジョンに潜ると聞いて、飛竜騎士団の責任者であるダントン副団長は渋ったけれど、アンリとジュリアンの説得に折れた。

「よし、久々のダンジョンだ！　みーちゃん、一緒に行こうね」

みーちゃんは私の肩にぴょんっと飛び乗る。

『安心するがよい、リーナ！　我のチカラが必要なら貸してやるのであるう！』

「ありがとう、みーちゃん」

『煮干しご飯を毎日おやつに出すのだぞ！』

「生のお魚もつけるよ」

『嬉しいにゃー！』

みーちゃんはお礼がわりに、私を尻尾でぱたぱたと叩いた。

アンリは仕方ないな、とばかりにため息をつく。

「ダメだ、って言ってもついてくるんだろ？」

「そうだね」

私が拳を握っていると、アンリは苦笑する。

「何、気合を入れているんだよ」

いつまでもうじうじしているのは性に合わないんだもん。

心配事は自分で解決するのが私の主義だ。

「伯爵。どうかご無理のないように」

ダントン副団長が言った。付き添うと申し出た彼に、ここで待機してくれとアンリが告げたのだ。

「いざとなればフェリシアがいる。転移して戻ってくるよ」

転移魔法は少数の魔導士しか使えないが、フェリシアは短距離ならば使える。

「くれぐれもお気をつけください。貴方様に何かあれば、兄君に顔向けができません」

「わかっているって」

アンリの兄上様は、ダントン副団長とも親しいみたい。

ダンジョンに潜（もぐ）ろうとする私達に、セリムが気をつけろよ、と声をかけた。

「このダンジョンはさっきドラゴンが言ったように……変だ」

「変ですか？」

セリムは重々しく頷（うなず）く。

「全く魔物の気配がないし、どうも……静かすぎる。私はここで待つが、危険のないように、な。魔物がいたら、どんな魔物だったか教えてくれ」

軽く手を振るセリムに、アンリが応えた。

「ああ、またあとで」

セリム達の不安げな視線に送られて、私達はダンジョンに下りた。


ダンジョンの内部は静まり返り、普段なら聞こえるはずの地下蝙蝠（こうもり）の羽音さえしない。

「本当に今日は、何の気配もないのですね」

ジュリアンが足を踏み入れるなり、気味悪そうに呟（つぶや）いた。

「ジュリアンは、アンガス以外のダンジョンにも行ったことがあるんですか？」

「何度か。ハーティアの主なダンジョンは東西南北に四箇所あります。西のアンガス、東のエチア、今はほぼ稼働していませんが南のルテルア。それから北は、王都にあるダンジョンです。しかし、アンガスのダンジョンのように精巧な造りのものは、他にないのですよ」

彼の視線の先では、フェリシアが呪文を唱えていた。壁に備えつけられた、蝋燭を模した照明器具が次々と灯っていく。

「天然の洞窟に魔物がすみついてダンジョンになったものもありますし、人為的に魔物を放して養殖する『狩場』もちらほらありますが……ここまで大掛かりで立派なダンジョンはない。それにアンガスのダンジョンには、昔は魔族も住んでいたと聞いたことがあります」

「住んでいた？　こんな地下に、か？」

アンリが驚いたように聞く。

「住むには不便ですが、一時期、魔族は地上にいるよりも地下にいる方が安全だった時代がありますからね、避難所として使用していたのでしょう」

どうりで、ダンジョン内に小部屋がいくつもあると思った……

数代前のハーティア国王が魔族達を追い詰めて国外退去させたのは、この国では有名な話だ。その当時は苛烈な迫害もあったと聞く。魔族とは……つまり、セリム達だ。

ジュリアンは肩を竦(すく)めた。

「二百年以上前のこととなると私達には昔話ですが、魔族は長寿ですから、セリムの祖父母世代にはハーティア出身の者もいるかもしれませんね」

『魔族は三百年近く生きるのだ！　確かに生きておるかもしれんな！』

みーちゃんが補足してくれたので、私は「殿下は物知りだね」と耳と耳の間を指で撫でてあげた。

にゃ！　とみーちゃんはくすぐったがって、私の肩に上って逃げる。

アンリが「殿下？」と反応した。

「……殿下って何だ、リーナ」

「ああ、あのね、アンリ。みーちゃんは、本名がミルドレッド三世(サード)っていうんだよ」

私の説明に、幼馴染(おさななじみ)は困惑の色を深めた。

「……猫なのに？」

「猫にも色々あるんだよ、王族とか貴族とか、多分……」

そう言いながらも、私はアンリと同じ角度で首を傾(かし)げた。

猫の王族って何なんだろう？　そもそも、三世(サード)って何なんだ？　初代って誰？

『謎の多い男の方がモテるのである！　細かいことは気にするでない、リーナ！』

みーちゃんは私の頭にしがみつき、操縦するみたいにアッチ！　と階段の方向へ曲げた。

首イタッ！

私達は地下一階から、二階、三階、四階……と無言で足を進めていく。

四階層まで魔物とは遭遇せず、その四階層でしばらく休憩を取ることにした。

シャルルのパーティがよく拠点にしていた小広間だ。フェリシアが部屋中を魔力で明るく照らしてくれたので、私は胸元からチョークを取り出した。

「皆、下がって」

地面に大きな円といくつかの文言を書いて陣を完成させる。そして仲間達を手招いて円の中心に立たせ、両の掌にチカラを込める。

「癒せ（ヒール）」

私が唱えると、下から上へと温かい空気が動き、私達を癒（いや）した。

「疲れがとれるわ。ありがとう」

フェリシアが微笑み、アンリも体の具合を確かめるみたいに、両手の指を曲げ伸ばしする。

どういたしまして。私は治癒師ですからね。皆のお役に立ちますよ？

昼食にしましょうとジュリアンが言う。荷物からさっと敷物を出して、過ごしやすいように場を整え、食事まで手際よく準備してくれた。

優しい花の香りがするお茶まで出てきて、ジュリアン女子力高いなと内心ツッコんでみたりする。

私が描いた陣には魔物除けの意味合いもある。何かいたとしても、魔物はこの小広間には入り込めない。

小一時間休んだところで、それにしても、とフェリシアが辺りを見回した。

「本当に、魔物が全く現れないのね。こんなこと初めてよ」

「リーナ、今までダンジョン探索をしてきて、魔物との遭遇頻度はどのくらいだった？」

「魔物除けの処置をすれば、一階、二階で魔物に襲われることは少なかったけれど、魔物の気配が全くないなんてことはなかった。……襲ってはこなくても、遠くから様子を窺(うかが)っている魔物は必ずいたもの」

それなのに今日は、本当に何の気配もないのだ。

「まさに蛻(もぬけ)の殻、といった風情だな。魔物はどこへ行ったんだ？　下の階層へ潜(もぐ)ったのか？」

アンリは気味悪そうに小広間の入り口部分を見つめた。フェリシアの灯(とも)してくれた光は小広間の中だけなので、通路には闇が広がっている。

階下に行ったのではない、と私は思った。

アンリのドラゴン、ルトの言葉を思い出したのだ。

「……大きな魔物を恐れて、ダンジョンから他の魔物が逃げたんだったら怖いね……」

三人が私の言葉に体を硬直させる。私は慌てて手を振った。

「ごめん！　何も根拠はないからね、忘れて！　本当にごめんね！」

「……何かの気配を感じ取っているわけではないんですね？」

ジュリアンが恐る恐るという感じで尋ねてきたので、私はブンブンと頷いた。

胸を撫で下ろしつつも、彼はぼやく。

「リーナさんの推測が外れていることを祈ります。大きな魔物がいると思うのも恐ろしいですが、ダンジョンの魔物達が何らかの原因で外に出た、なんてことになれば、アンガスの街はパニックになりますからね」

うう、そうだよね。考えなしに口にしてしまった……

後悔している私の膝の上で、みーちゃんが煮干しを食べながらニャッと鳴き、耳と尾をピンと立てた。

全身で警戒を表し、小広間の入り口を睨みつけてシャーと威嚇している。

『妙なのがいるのである……！　リーナ、気をつけるのだ！』

私達はいっせいに腰を上げて身構えた。まさか魔物!?

その予想通り、暗闇から光る目をした二体の魔物が現れた。

「何、あれ……？」

私は首を傾(かし)げた。どちらの魔物も見たことがない種類だ。

一体は茶色の鬣(たてがみ)を持つ、犬とも猫ともつかない大型の魔獣で、大きな牙が特徴的。

牙のせいでうまく口を閉じることができないのか、だらだらとよだれを垂らしている。

もう一体は巨大な蛇。体長はアナコンダと同じくらいではないだろうか。

ぞっとするのは、二体の顔が……どことなく人面に見えることだった。まるで子供を怖がらせる絵本に出てくる合成獣(キメラ)みたいで、そのおぞましさに私は震えた。

「……魔物！」

アンリが私達をかばうように一歩出るのと同時に、魔獣が口を開いた。

『――イーア、ハッヘハ』

「リーナ、あれが俺の言ってた魔物だよ。人語らしきものを操(あやつ)る……といっても、意味不明な言葉だけだけどな」

魔獣は同じ言葉を繰り返す。結界があるから中に入れないのか、ぐるぐると回っている。蛇の魔物も同じように、意味不明な単語を紡いだ。

『ハフへへ、ハフへへ』

奇妙な行動を繰り返す二体の魔物に、どこか見覚えがあるような気がした。

何だろう……この既視感。

私が目を凝らしていると、魔獣が首から下がった何かを私に見せつけた。

私だけでなく、アンリも動きを止める。私達二人は、それに見覚えがあった。

シャルルが常に身につけていた、青い硝子の首飾り。私達三人がお揃いで身につけたそれを、魔獣は持っていたのだ。

「シャルルの首飾り……」

「おまえ、どこでそれを！」

『オッチ、オッチ』

ついてこいと言うように魔獣が走り出し、蛇もそれについていく。私とアンリが思わず小広間を出ると、少し先――闇の中でじっとこちらを窺う二対の瞳がある。

「危険です！　お待ちください！」

「ジュリアン、あの魔物は何か伝えたいことがあるんじゃないのか？　罠かもしれないが、乗ってみたい。フェリシア、何かあったときに備えて、転移魔法だけは準備しておいてくれ」

「わかりました、伯爵」

二体を追いかけることにして、私はみーちゃんを抱き上げた。無言のまま、しばらくついていくけれど、他に魔物は現れない。

みーちゃんが鼻をひくひくとさせる。

『リーナ、変なのである！』

みーちゃんは私の腕の中で唸った。

『あの魔物が何を言っているのか、我にはわからぬのである』

「……それは、どういうこと？」

みーちゃんは、にゃーと鳴いてしきりにヒゲを動かしている。

『あれは、魔物であるか？』

それはどういうこと？　と問おうとした私の前に、新たな階段が現れた。

――五階層。

私達四人は顔を見合わせて頷く。そして二体の得体の知れない魔物に導かれて、五階層へと下りた。

以前の五階層は頻繁に魔物が出る場所だったけれど、今日は全く出てこない。

二体の魔物とつかず離れずの距離を取りながら、私達は歩みを進めた。

『オッチ、オッチ』

『コッハ、コッハ、ヒーハヒへ……』

不気味な声で魔物達がいざなう。

六階層へ続く階段にたどり着いたところで、二体の魔物はその歩みを止めて、私を見る。

そして私達がいざなわれるままに、六階層へ下り立ったとき——忽然と、二体の魔物が姿を消した。

『気配が消えたのである、リーナ』

「……本当だね。みーちゃん」

『リーナ、我のそばにいるのだぞ、危ないからな！』

「うん、ありがとう」

私はみーちゃんを頭にのせたまま、辺りを見回す。

フェリシアが再びいくつもの灯りを生み出して、その空間を明々と照らし——私達は思わず声を失った。

六階層のそこは、たとえるならば……天井の高い大広間。貴族の屋敷の客間のような、平らな石が敷き詰められた床に、重厚な壁。ここに調度品があれば、王宮に戻ってきたのだと錯覚したかもしれない。

私とフェリシアは唖然とする。

六階層には前も来たけれど、こんな場所ではなかった。断じて。

「こんな大広間、前にもあった？」

「いいえ。初めて見るわ。六階層はただの洞窟だったはずよ？　いつの間に、こんな広間ができていたの……？　まるで誰かが作ったみたい」

ジュリアンが何かに気づいたかのように、左側の壁を見た。

「壁が……」

整然とした立派な広間なのに、そこだけ壊れかけている。

まるで修復し忘れたみたいに。

そして、壊れかけた壁の下には、曲線のようなものが描かれているのが見える。

私が近づいて、壊れかけた壁に手を伸ばすと、パラ……と壁が剥がれる音がした。

「リーナ、危ない！」

アンリに手を引かれて、慌てて数歩下がる。するとパラパラと音を立てて、まるで皮がめくれるかのように、壁一面がごっそり剥がれ落ちてくる。

そこには、大きな円陣が描かれていた。

「魔法陣……？」

壁の下に描かれていたのは大きい……魔法陣。そこに書かれていただろう古代文字は、ところどころ途切れて、もはや意味をなさなくなっている。

ジュリアンが一歩壁に近づいた。

アンリも続こうとするのを手で制した彼は、壁の残った部分をコンコンと叩き、目を閉じて何かを探るように触れる。

「この壁は……一面、魔鉱石ですね」

石版に使われる、魔鉱石……この壁一面が？

ジュリアンは考え込むように眼鏡を押し上げた。

「アンガスのダンジョンは奇妙だと言われているんです。普通、魔鉱石は鉱山でしか採掘されない。少なくとも、隣国のタルキスではそうだ。それがダンジョンで大量に採れるのはおかしいと……言われていたんですが」

ジュリアンは一歩、後ろに下がった。そして気味悪そうに部屋全体を眺める。

「……このダンジョンの魔鉱石は人為的に運び込まれたものなのかもしれませんね」

「人為的に？」

「ご存知のように、魔鉱石には不思議な力があります。……呪文を増幅して遠くに力を伝えることもできる。我々が薄く削り取った石を石版（タブレット）に加工し、別の石版（タブレット）に意思を伝達したりするように……。それだけでなく、魔鉱石自体に魔力を込めて、その魔力を持続させることも可能だ」

「魔力が壁に込められていた？」

「おそらく、ダンジョン全体にも」

私はじっと壁を見つめ、一呼吸置いてから意を決して近づく。

アンリが私を守るようにそばに来てくれたので、思い切って壁に手を触れてみた。

微（かす）かに何かの力が込められている……気がする。

（――ココカラ、デタイ）

脳裏に響いた言葉に、私は慌てて手を離す。みーちゃんも総毛立っていた。

「どうした、リーナ」

「今、声がした……壁から」

アンリに話すと、彼も壁に触れる。

「俺には何も聞こえないぞ？」

「……魔物の言葉だからかも……」

ジュリアンが再び壁に触れ、首を傾（かし）げた。

みーちゃんがぴょんとその頭に飛び乗って、前脚でチョイチョイと壁に触れる。

『我にも聞き取れぬが、何やら怒っておるな！』

私はもう一度壁に触れた。

誰かが私に囁(ささや)く……！

（――ココカラ、デタイ。ココカラデタイココカラデタイココカラココカラ）

私の頭に直接、いくつもの声が重なって話しかけてくる。

（ユルサナイユルサナイ。ココカラデテココカラデテ、ミツケテソシテソシテ――）

……殺したい。

「リーナ！」

「っ……！　何？　痛いよ、アンリ!!」

肩を強くつかまれて私は悲鳴をあげた。振り向けば、真剣な青紫の瞳とかち合う。

アンリは私の手をつかむと、壁から引き離した。

「大丈夫か、リーナ？」

「……私、今何か言っていた？」

ジュリアンとフェリシアは私を驚愕(きょうがく)の表情で見つめている。

「言っていた。殺したい、とな。この壁は危険だ。近づかない方がいい。どういう理由かわからないが、リーナは今、魔物の言葉がわかるんだろう？　何かに……壁に残された魔術のようなものにも影響されるのかもしれない」

「う、うん、わかった」

私は握られたままの手を見た。その痛みに私が顔をしかめると、アンリは慌てて手を放す。

「すまない、力を込めすぎた」

「ううん、助けてくれてありがとうね、アンリ」

私は壁から少し距離を取った。

今は何も聞こえないが、先程の強烈な言葉がまだ、脳裏に残っているようながする。

そのとき私の背後で、かち、かち、と何かがぶつかり合うような音がした。

はっとして振り向くと、先程の二体の魔物がいた。

私達と距離を取りながらも、何か言いたそうにぐるぐると回っている。

『ヒーハ、ヒーハ……』

飛び出た牙が邪魔で、魔獣はうまく喋（しゃべ）れず、焦げ茶色の瞳を悲しそうに瞬（また）かせる。

焦げ茶……？　よく似た瞳の色をした人物が急に脳裏に浮かび……ぞっとした。

ひょっとして。いや、まさか、でも……

私はごくりと生唾を呑み込む。

「……わざわざ倒されに来たのか？　魔物」

硬い金属音を立ててアンリが剣を抜くと、魔獣が悲しげに、でも諦めたかのように項垂れる。

「待ってアンリ」

私はアンリの前に出て、止めた。先程のみーちゃんの言葉を思い出す。

『あれは、魔物であるか？』

もし魔物じゃないとしたら……

ダンジョンにやけに詳しい二体の魔物。危害を加えようとするでもなく、不完全な人語を操って、私に何かを伝えたがっている。

私は魔獣を心配そうに見つめる、黒い瞳をした蛇の魔物を見た。

その恋する瞳にも、痛いほど見覚えがある。

私の消えた仲間は三人。それぞれの大切な道具を残して、このダンジョンから姿を消した。

そして見つかったシャルルは……違う誰かになっていた。

じゃあ、他の二人は？　死んだのかもしれないと覚悟していた。でも、違ったとしたら？

ずっと……このダンジョンにいたのだとしたら？

「アンリ、二人に危害を加えないで」

その言葉を聞いて、魔獣が縋るように私を見た。そして、ふごふごと鳴く。

『ヒーハ』

口に指を二本突っ込んで……『リーナ』と呼んだなら、きっとこんな風に聞こえるだろう。

私は恐る恐る、聞いた。

「私の言葉が理解できるのなら、しゃがんでみせて」

魔獣がしゃがみ込んだ。

「まぐれかもしれないから、もう一度言うね？　今度は立ち上がって」

やはり大人しく従う。何度か繰り返したその指示に、全て素直に従った。

「人の言葉がわかるのか」とアンリは呆れ、フェリシアは顔色を失って「まさか」と呟く。

多分、そのまさかだ。私は彼女に一度小さく頷いてみせてから、魔獣にお願いした。

「……これから私が呼ぶ名前が、貴方の名前であるのなら、そこで伏せて。……サイオン」

私は、かつて仲間であった剣士の名前を呼ぶ。魔獣は犬のように伏せて、焦げ茶の瞳から一筋、涙のようなものを流す。

「それから……そっちにいる貴女の名前がアデルなら、サイオンのそばに来て伏せて」

迷う仕草を見せた蛇の魔物は、ぬらりとその体をくねらせ、魔獣の背後にしずしずと伏せる。

しばらくの間、私達の誰もがその場で言葉を失っていた。

二体の魔物は、サイオンとアデルだった……

私は呆然としていたし、フェリシアも同じだ。アデルらしき蛇の魔物は、ゆっくりと後ずさって姿を隠し、サイオンらしき魔獣だけが私と対峙する。

私がためらいながらも「サイオン」と呼びかけてみると、グゥアと魔獣は鳴いた。うまく閉じられない口からは長い牙が覗いている。

「……ひょっとして、牙が邪魔で喋れないの？」

サイオンが肯定するかのように緩く尻尾を振る。何とかならないかな。もっとよく見ようと思い、近づこうとする私をアンリが慌てて止めた。

「リーナ、危ない。魔物に近づくな」

「……え、っと。アンリ、あのね。この魔も……犬と蛇っぽい動物は、どうも、その、何でかわからないんだけど、私とシャルルの仲間の、サイオンとアデルみたいなんだよね」

一応説明したら、アンリは呆れた表情で私を見た。

「そうらしい、というのはわかった。今のやり取りでな。だが、嘘をついていないと、どうして言える？　魔物でないと、どうして言える？」

『リーナ、あれは魔物ではないぞ！　魔物の気配がせぬ!!　人間なのである！』

みーちゃんは私の頭の上で鼻をひくひくさせながら断言した。

アンリはものすごく警戒しているし、ジュリアンも冷たい目で魔物を見下ろしている。

「仮にサイオンとアデルだったとしても、訂正してはどうですか？　リーナさん。『仲間の』ではなく『仲間だった』二人では？　重傷の貴女を置いていった二人でしょう」

「置いて、というか」

「ああ、失礼。見捨てて、の方が適切でしたか？」

眼鏡の奥の瞳が怒っている。声も冷ややかだった。……ジュリアンは、道理に反した事柄が好きじゃないみたいだ。

その隣で、フェリシアはまだ呆然としている。

「どうやって人間が魔物に？　変化の魔法を使われたのかしら……」

サイオンは項垂れたまま、まるで裁きを待つ囚人みたいに座り込んでいた。

いつも傍若無人だった彼とは思えない、殊勝な態度に戸惑う。……困ったな。

しばらく沈黙が続いたあと、アンリは私を見て、大きくため息を吐き出した。

「あーっ、もう！」

そう言って、髪をグシャグシャとかき乱す。

アンリが短剣を持って近づくと、サイオンは驚いたように飛びのいた。

それを見たアンリはチッと舌打ちする。

「おい、そこの！　サイオンだったか？　おまえを傷つける意思はないが、その牙は喋るのに邪魔だろう？　削ぎ取ってやるから来い！　リーナがすぐ癒してくれるだろうから、痛いのは一瞬だ」

「えっ！」

「アンリ様！　その短剣はそんなことに使うものではありません！」

私はジュリアンの嘆きを聞きながら、アンリの持つ刀身の美しい短剣を見た。

透明にさえ思えるくらい透き通った、見たことがないほど綺麗な銀色をしていた。

「特殊な刃だからな、牙を一瞬で断ち切れると思う。本人がいいと言うなら、切ってやろう。言いたいことがあるなら、そのあとで好きなだけ話せ」

「アンリ様！　危険です」

「噛まれるようなヘマはしない」

サイオンはおずおずと歩いてきて、お座りするような体勢をとる。そしてアンリの前で大きく口を開けた。

私はアンリの横に座る。

「リーナ、合図したら切り取るから、傷口を治療してやってくれ」

「うん、わかった」

私が頷(うなず)くと、アンリはサイオンの顎(あご)をがっしりとつかむ。

そして不自然なほど出っ張った牙に、短剣の刃を添えた。

スーっと横に引くと、まるでバターを切るみたいに易々(やすやす)と牙が切断される。私は素早く切断面を癒(いや)した。

「癒せ(ヒール)」

サイオンは立ち上がり、礼を言うかのようにアオンと一声、鳴いた。

そこへゾロゾロと長い体を引きずって、アデルもやってくる。

サイオンは私を見ると、今までよりも随分マシに発音した。

『イーナ、りぃーな』

「……サイオン。本当に、そうなの……?」

『ソウ、オェガ、さいおん』

魔獣に変化した剣士サイオンは、本当に悲しげに言った。茶色の鬣は、よく見れば彼の髪と全く同じ色だ。

衝撃から立ち直ったフェリシアが、いつもの落ち着いた口調で尋ねた。

「貴方達、シャルルと別のダンジョンへ行ったんじゃなかったの？」

サイオンとアデルは顔を見合わせた。

『イッタ。えも、スグニ、モドテキタ。ヒガシのだんじょんで、チイサナイシみつけた。モウ、モドルベキだって、かなえガイッタ』

「カナエが？」

……チイサナイシ、って何だろう。

『しゃるるモ、モドルッテ、イッタ』

サイオン曰く、シャルルはどこからかドラゴンを連れてきて、往路の三分の一の時間でアンガスに戻ってきた。それが、十日ほど前のことなのだという。

『ココニキタラ、マモノがデタ』

「その魔物って、私を襲った赤い瞳の魔物のこと？」

私がカナエの赤い瞳を思い出しながら言うと、アデルとサイオンは小刻みに体を揺らした。

その姿は、怯(おび)えているみたいにも見える。

『……マモノキタラ、しゃるるガへんニナッタ。オレタチハ……コウナッタ』

それ以降は気を失ってよくわからないのだと、サイオンは言った。目覚めた二人は自分達の姿を水面で確認して驚愕(きょうがく)し、ダンジョンをうろついたあと、飛竜騎士団(ドラゴン・ナイツ)に出会ったらしい。

彼らに助けを乞うために近づいたが、追い払われて今に至ると……

『タスケテホシイ、りーな』

「……サイオン」

『タスケテ、モトニモドシテホシイ……』

私だって、元に戻してあげたいけれど……

犬と猫の中間みたいな大型獣になったサイオンと、大蛇みたいなアデルを見た。このままだと辛いだろう。少なくとも、ダンジョン以外では生きていけない。

でも、と考え込む。二人を元に戻すことが、治癒師の私にできるのだろうか。

ギルドの椅子を修復したときに使ったような、少しだけ時間を戻す方法。

あれを行(おこな)うには、修復に必要となるパーツが全部揃(そろ)っていないといけない。そして、生き物には向かないのだ。

さらに、この姿になってから十日も経つという。つまり時間が……経ちすぎている。

「無理よ」

フェリシアはため息をつくように言った。

「こんな変化は見たことがないわ。リーナの治癒魔法を使うにしたって、どれだけ時を戻せばいいの？　膨大な時間を巻き戻していたら、リーナの身が危うくなるわ」

時を戻す魔法には、莫大な魔力を使う。確かに、私の魔力量では全然足りない。

……難しい……

サイオンの縋るような視線から目を逸らすと、魔鉱石の壁が視界に入り……ふと、思い当たった。

魔力量が足りないなら、借りればいいんじゃないだろうか？

「まさか助けるつもりですか……？」

ジュリアンが呆然と呟き、みーちゃんも不満そうにシャーと尻尾を立てる。

『やめた方がいいと思うのである！　リーナ！　裏切者は捨てておくのだ！』

みーちゃんの言葉はわからないだろうけれど、フェリシアも懐疑的な視線を私に向けつつ、提案した。

「二人を国教会に連れていってはどうかしら？　このような事象に詳しい人がいるかもしれないし」

アンリは短剣を胸元にしまい、サイオンの鬣（たてがみ）を撫でる。サイオンはその場に伏せた。

「リーナ、俺にも手伝えるか？」

「アンリは……止めないんだ？」

「止めてもやるんだろ？　だったら初めから協力するよ。リーナを信じる」

彼はにこりと笑った。

冷たくさえ思える硬質な美貌（びぼう）は、笑うと一気に親しみやすくなる。

アンリの笑顔が私を安心させてくれるのは昔から変わらない。

「私と、サイオン達との仲違（なかたが）いは、この際、関係ない」

自分に言い聞かせるみたいに、私は言った。

私は別に聖人君子じゃない。頭にくることもあるし、よく、色んなことに文句を言っている。

けれど私は治癒師で、治癒師になったときに、人を助けて生きていくと決めた。

そしてここには、助けを求める二人がいる。それだけは確かなことだ。

「目の前に困っている人がいて、私にできることがあるのなら、助ける。私は治癒師だもの」

よし、と自分の気持ちを確かめて、壁一面の魔鉱石を見つめた。

サイオンの話によると、この姿になったのは十日ほど前だという。私にはそこまで巻き戻せるだけの魔力はないかもしれないが、壁一面の魔鉱石を使えば、私の力を増幅できるはずだ。

「できる限り時を戻せないかやってみる。私の力だけじゃ足りないと思うから、ここの魔鉱石から力を借りるつもりだけど、アンリの力も……借りていい？」

「俺の力が役に立つなら、いいよ」

「ありがとう、アンリ」

みーちゃんが頭の上で『お人好しめ！』とぶぅたれた。

私は苦笑してみーちゃんを抱きかかえ、正面から見る。

額（ひたい）に口づけると、ニャ！　とみーちゃんは短く鳴いた。

「心配してくれてありがと」

みーちゃんは『心配などしておらぬ！』とぷいっとして、ジュリアンの肩に駆け上った。ジュリアンは困惑した様子だったが、なだめるみたいによしよしとみーちゃんの喉（のど）を撫でる。

私はフェリシアにも協力してもらって、広間の石床にサイオンとアデルが入れる大きさの陣を描く。それから、床に描いたのと同じ陣を壁にも描くことにした。

高いところに自分の手では描けないから、魔力で遠隔操作して描く。そして地面に描いた陣に向かって印を結び、小さく呪文を唱えた。

アンリが私の手に、手を重ねる。

小さい頃、よく繋いでいた柔らかくて小さな手とは違い、成長した男の人の、剣を握るごつごつとした手だ。私達の間に流れた年月を思い知らされるけれど、その温かさは昔と変わらないことに安堵（あんど）を覚える。

アンリの手から伝わる体温と、流れ込んでくる魔力を感じながら、私は目を閉じて……

すっと息を吸い込んで、吐き出す。

「連結（コネクト）せよ！」

私の命令に応じて床に描かれた陣が光る。それに呼応して、壁に描かれた陣と壁自体も、うっすらと光を放ち始めた。

フェリシアがサイオンとアデルを陣の真ん中に誘導する。

私は脳内で、二人の元の姿をイメージした。

髪型、体つき、顔の輪郭（りんかく）、瞳の色、肌の色。

「癒せ（ヒール）」

二人を、白い光が包んでいく。眩（まぶ）しさに目を閉じてしまわないように、睨（にら）むように見つめる。足りない。癒（いや）すだけじゃ、足りない。

また目を閉じて戻す時間を思い浮かべ、床と壁に書いた古代文字（ルーン）の一つ一つに力を込めていく。

イメージし終えて私が目を開けると、陣から浮かび上がった古代文字（ルーン）が魔物姿の二人を取り囲んだ。

彼らを包んで、文字が躍る。

古代文字（ルーン）はやがてぶつかり合って溶けて、キラキラとした光が彼らの周りを舞った。

私は、ゆっくりと口にする。

「復元せよ（リストレーション）」

私の手を通して、魔鉱石の力とアンリの力が、陣に注ぎ込まれていくのがわかる。

白い、白い、白い光が——部屋全体を照らしていく。

周囲を満たす白い熱に負けぬよう顔を上げ、私はもう一度、手に力を込めて唱えた。

「復元せよ（リストレーション）……！」

頭の中で何かが弾け、やがて光が徐々に和（やわ）らいで、二人の姿が露（あら）わになっていく。

成功だろうか、失敗だろうか？　それを確かめる前に、体から力が抜けていくのがわかる。

アンリの青紫色の瞳を見ながら、私は安堵の息を吐いた。

「リーナ……！　おい、リーナ……！」

私を呼ぶアンリの声が心地よくて、私の意識は、そこで途切れた。

第六章　おわりとはじまり

意識が上に飛び、下に落ちる。

ぼんやりとした意識のままで私は、真っ白な空間の中をあてもなく歩いていた。手の中で何かが擦れ合って、シャリッと音を立てる。

手の中には硝子玉が三つ。

琥珀に緑はリーナのもの。青紫はアンリのおめめ。青い海色はシャルルの――

シャルルを探さなくちゃ。そう思った私の耳に、呆れたような声が届いた。

『シャルル？　まだそんなやつを探しているの？』

『え？』

突然の問いかけに振り返ると、そこには金色の髪をした青年――シャルルがいた。

彼らしくなく、行儀悪く地面に座って片膝を立て、膝に顎をのせてくすくすと笑っている。俯いてはいるけれど、シャルルと同じ顔。でも、違う。シャルルじゃない。

私は彼に近づき、見下ろしてまじまじと観察した。

『……貴方は、だぁれ？』

『さあ？　誰だったんだろう。もう忘れてしまったよ、リーナ。ああ、でも、ひょっとしたらシャルルなのかも。だって、君のことが今はよくわかるんだ。君が誰かということも。何をしてくれたのかも』

『私がわかるの？』

『わかるよ！　もちろん！　治癒師のリーナ、聖女リーナ。僕の自慢の幼馴染、大事な家族、無二の友人……』

シャルルと同じ顔をした彼は、そこで顔を上げた。

その瞳は海のようと評される綺麗な青ではなかった。血のような赤、猫のように細い虹彩……

『貴方は、誰』

私はさっきと同じ問いを繰り返した。

『僕は…………』

ゆらり、と彼が立ち上がる。

冷たい指でそっと私の顎に触れた。天使のような顔が口づけされそうなほど近くにある。

『あり………、かい……れて』

耳元でそっと囁かれた瞬間、何故か背中の傷痕が痛む。

ダンジョンの魔物に爪で傷つけられた痕。

そこがじくじくと痛んで、どくりと脈打つ。

傷が開いて、またどくどくと血が流れていく気がする。急速に力が抜けていく私を、彼は優しく抱きしめた。

『……れで……ゆうだ』

囁きは優しいのに、何故かひどく不快で肌が粟立つ。

彼の言葉を、私はとうとう、聞き取ることができなかった。

「リーナ、気がついた？」

「大丈夫か、リーナ」

「……フェリシア？　アンリ？　……あれ、シャルルは？　今そこにいたのに……」

気づけば、私はアンリの腕の中にいた。

私が意識を手放したのは、ほんの十分ほどだったらしい。私は数度瞬きしてから、困惑する二人の表情を見て、シャルルに会ったのは夢だったのだと悟る。

アンリが私の額(ひたい)に手をあてる。熱はないようだな、とほっと息を吐いた。

私は慌てて半身を起こす。

「アンリ……、その……、この度は無茶をいたしまして……」

記憶はないけど、アンリはずっと抱きかかえて介抱してくれたみたいだ。

歯切れの悪い口調で謝る私に、アンリは苦笑した。

「本当にな」

「心配をかけてごめんね。十日前の姿に戻すなんて、私にはまだ、無理だった、みたい」

アンリはふっと笑う。

「まだ無理、か。リーナらしいよ」

「え？」

「いずれもう一度やろうと思っているところが、リーナらしい」

うっ、と私は言葉に詰まり、フェリシアが深くため息をついた。そしてキッと私を睨(にら)む。

「貴女一瞬、呼吸が止まっていたのよ！　二度と無理はしないように！」

美魔女にすごまれながら釘をさされ、私は冷や汗をかきつつコクコクと頷(うなず)いた。

これは気をつけないと、二人にどこかでガツンと怒られそうな予感がするなあ。

私はびくびくとしながらも、上目遣(づか)いで幼馴染(おさななじみ)を見上げた。

「それであの……アンリ……サイオンとアデルはどうなったの……？　大丈夫だった？」

アンリが青紫の瞳を細めて沈黙する。

フェリシアも無言になった。

背中を冷たい汗が伝う……最悪の事態を覚悟したとき、背後から大きな声が聞こえた。

「俺が頼んだわけじゃないからな！」

「サイオン！　やめなって！」

床に座り込んだまま叫ぶサイオンと、それをなだめるアデル、二人を監視するように見下ろすジュリアンがいた。

なんと、サイオンとアデルは元の人間の姿に戻っている。彼らは私が目覚めたことにまだ気づいていないようだ。

ジュリアンの頭の上にはみーちゃんがいて、サイオンに向かってフーッと毛を逆立てていた。何だか、定位置になってないかな、そこ？

「元に戻れたんだね……よかった」

私はほっと息をついたけれど、アンリとフェリシアは苦い顔で沈黙し、ジュリアンは冷え冷えとした空気を醸し出している。

人間に戻ったときに裸だったのか、サイオンはジュリアンのジャケットとマントを羽織り、アデルはフェリシアのローブを器用に巻きつけて体を隠していた。

私はまだ重い体を少し苦労して立ち上がらせ、三人とみーちゃんのもとへ向かう。

「頼んだわけではないだと？　よくも、そんな勝手なことが言えたものだ！」

『ニャーッッ！　フーーッ！』

ジュリアンとみーちゃんが怒りを露わにしている。

「別に勝手なことじゃないだろ！　俺は本当のことを言っているだけだ！　責任なんて負わないからな！　……いてっ！　何だよこの猫！　ひっかくなって！」

目の前の言い争いに困惑していると、アデルがこちらを見た。

ジュリアンとサイオンも私に気づいて口をつぐむ。

「サイオン、アデル……ええっと、久しぶり」

「……久しぶり」

アデルが弱々しい声で言って、サイオンと二人で目を逸らす。そのまま気まずい沈黙が落ち、それを破ったのは、そっぽを向いたままのサイオンだった。

「……人の姿に戻してくれてありがとうよ、聖女サマ」

「え？」

「だけど俺は、魔鉱石を使ってまで戻してくれなんて頼んでないからな」

サイオンが指さしたのは、魔鉱石でできた壁だった。私が力を使ったせいで、ただの壁に戻ってしまっている。元の魔力を取り戻すには、年単位の時間が必要になるかもしれない。

けれどサイオンの発言の意図がわからず、私はぽかんと口を開けてしまった。

「元の姿に戻してくれたのはありがたいけど、自分の力でできなかったのは、あんたの力不足だろう？　魔鉱石は高価だ！　もしも、ダンジョンの石を勝手に使った責任を取れと言われても、俺は知らないからな！」

フェリシアは表情に不快の色を滲ませ、ジュリアンは額に青筋を浮かべている。

アンリは、どうする？　と窺うように私を見た。お、意外にもアンリが一番冷静だ……

アンリは綺麗な顔で、にっこりと微笑み、そして静かに聞いてきた。

「リーナはまだ疲れているだろ？　俺があいつを一発殴って、永遠に黙らせておこうか？」

前言撤回！　全然冷静じゃなかった！

アンリをどうどうといなし、はーっとため息をついて、私は天井を仰いだ。

大柄な体を縮こまらせて、きまり悪そうにしているサイオンを見る。

「……サイオン」

「何だよ」

　びくっと、その肩が震える。

「もう一度、シャルルのことを教えて。何がどうなったの？」

　魔鉱石の件で責任を追及されると思っていたのか、サイオンはあからさまにほっとした顔をした。

　鼻の下を指で擦って、目線を逸らしたまま、ぽつぽつと話し始める。

「……始まりは、リーナが怪我をしたときだったんだよ。あのとき、シャルルも怪我をして」

「え？」

　彼曰く、シャルルも魔物に腕を傷つけられたらしい。

　浅い傷だから自然治癒するよ、とシャルルは言い……

「今思えば、それからシャルルは何か変だったんだ。ダンジョンの暗闇で誰かと話をしていたり、急にリーナを追放しようと言いだしたり、あの女を……カナエを仲間に入れようと言ったり」

　でもサイオンは、私よりもカナエがパーティに加わった方がいいと思って反対しなかったようだ。カナエは優しいいし、大人しいいし、私みたいに、口うるさくないから。

シャルルが私を追放すると聞いたときも、内心、ざまあみろ、と思ったのかもしれない。

「重傷で寝込んでいる仲間を見捨てることに、罪悪感はなかったんですか？」

ジュリアンが冷たく言うと、サイオンはフンと鼻を鳴らす。

「聖女サマなら自分の傷くらい治癒できるだろ。現に、ぴんぴんしてるじゃねえか！」

このままサイオンの愚痴が延々と続きそうだったので、私は話を元に戻した。

「それで？　どうして二人はさっきみたいな姿になっていたの？」

「……リーナと別れて、東のダンジョンに行くことになったのは、カナエの提案だったんだ。東のダンジョンには、アンガスのダンジョンに出た魔物とよく似たものがいる、そこで情報を集めよう、って」

シャルルがそれに賛同したのでサイオンは特に反対しなかったという。

「おかしいわね、貴方達が東のダンジョンに到着した痕跡はなかったはずよ？」

フェリシアが聞くと、沈黙していたアデルがおずおずと口を開く。

「……シャルルとカナエが、言ったの。命じられていないのに、勝手に他のダンジョンに入ったと国教会や王宮に知られたら、何かと面倒だから、こっそり入ろうって。シャルルが転移魔法を使って、中に入ったの」

短距離といえども、転移魔法は難しい。高位の魔導士しか使えない術だ。それをシャルルが使えるようになっていたことを、何故二人は疑問に思わなかったのか。

ともかく、四人はダンジョンに入って、そこで小さな赤い石を手に入れたらしい。

「シャルルはおかしいくらい、喜んでた」

「え？」

「やっと見つけた、って……それで、俺達の目の前で」

サイオンは身震いした。

「石を呑み込んだんだ。力を取り込むためだ、って」

石を、呑み込む……？　……力を取り込む？

それから、とサイオンは続けた。

シャルルの連れてきたドラゴンを使って、アンガスの街へ舞い戻った。さすがにおかしいと思いながらも、サイオンもアデルも何故かシャルルに逆らえなかったのだという。

そしてシャルルにここのダンジョンへ連れてこられて、サイオンとアデルは驚いた。六階層がすっかり姿を変えていたからだ。動揺する二人の前に、あの魔物が現れて、また襲ってきたらしい。

「シャルルは完全におかしくなっていた、魔物相手に苦戦する俺達を笑って眺めて、言ったんだ」

「何て？」

『君達に相応しい姿に変えてやるよ。元に戻りたければ、ここに現れるであろう聖女リーナに頼め。六階層まで呼び寄せて、助けてくれと頼めばいい。お人好しの彼女は、きっと君達を助けてくれる……！』

シャルルの姿をした彼は私の性格を、よく知っていたというわけか。

「……俺が知っていることは、それで全部だよ。十日間、死ぬ思いでダンジョンを這いずり回って、あんたが来るのを待っていた」

ぼそぼそとサイオンが言う。私は「そっか」と頷き、静かな声で言った。

「サイオン、アデル」

「何だよ」

「……何？」

「体調はどう？」

私の問いに、小さな声でアデルが答えてくれる。

「寒い以外は、別に」

「よかった。魔鉱石の件は私が独断でやったことだから、サイオンに責任はないよ。それから、私が貴方達を助けたのも、治癒師としての義務感からだから、気にしないで」

「……そう！　だよな！」

サイオンがあからさまに安堵(あんど)したので、ジュリアンとアンリの機嫌が再び悪化するのがわかった。フェリシアは『やっぱり』と言いたげに腕を組み直している。

「ありがとうよ、リーナ！　やっぱり俺達は仲間だよな」

「それは、違う」

調子よく差し出された手を、私は握らなかった。サイオンをまっすぐに見すえる。

「言ったでしょう。私が貴方を助けたのは義務感からだって。……宿屋で別れてからは、もう、仲間じゃない。そう言ったのは貴方よ。調子のいいときだけ仲間扱いしないで。元気になってよかった。それは嬉しいよ、サイオン。けれど、貴方はもう私の仲間ではない」

お礼を言われたかったわけじゃないけど、サイオンの一連の発言はさすがに礼を失している。彼とこれからもいい関係を続けよう、とは到底思えなかった。

冷たいとも言える私の発言に、剣士はチッと舌打ちした。

「聞きたいことを聞き出したら、俺は用無しかよ、さすが聖女サマはお高くとまっていらっしゃる！　相変わらず可愛げの欠片(かけら)もない女だな」

アンリがジェスチャーで『やっぱり殴っていいか？』と聞いてきたので、私は右手でどうどう、といなした。

「こんな薄気味悪いところ、これ以上いられるかよ！　行くぞ、アデル！」

サイオンの言葉にびくっとして、顔を上げたアデルが……堪えきれなくなったように、泣きだした。

「ご、ごめんなさい、リーナ……」

「ア、アデル……？」

サイオンが驚く。私も目を丸くした。

アデルは子供みたいに大声で泣きじゃくる。

「た、助けてくれて、ありがとう……！　ひどいことを言って、見捨てたのにっ、助けてくれて、ありがとう！　一生、蛇のまんまでいなきゃならないかと……本気で覚悟、してたの……、本当に！　ごめん、なさいっ！」

「お、おい、アデル？」

サイオンがたじろいでいる。アデルはサイオンの意見にずっと従っていたから、ここでこんなことを言いだすなんて彼も予測もしなかったんだろう。

「魔鉱石も！　何年かかっても、あたしが弁償するから！」

「えっ、いや、アデル？　それは本当にいいよ、私が勝手に……」

その言葉にも、アデルはぶんぶんと首を激しく横に振った。

「あたし、馬鹿だけど、そこまで恩知らずじゃない！　リーナがあたしのためにしてくれたって、わかるよ！　一生かかっても返すから！　ごめんなさい、ごめんなさい、うえええええ」

こんな風に子供みたいに泣かれると、調子狂うなあ。

私は頬(ほお)を指でかいた。

「……アデルが無事でよかったよ、ほんと」

私の言葉に、アデルはますます泣き崩れ、フェリシアのローブに顔をうずめた。

涙と鼻水でぐちゃぐちゃになっているなーと恐る恐る美魔女を窺(うかが)うと、彼女は「そのローブ、ものすごく高価なのよね……」と小声で嘆(なげ)き、ジュリアンが「私があとで同じものを贈りますから、叔母上」となだめている。

アンリは、狐につままれたような顔をしているサイオンを、冷たい目で眺めた。

「剣士サイオン、あんた、恥ずかしくないか？」

「……何がだ」

「誰もあんたに何かを求めているわけじゃない。ただ、人として反省すべきことがあれば、認めて謝ればいいだけ。簡単だろう？　申し訳ない、と一言口にすればいいんだ。口にしても、あんたの何かが減るわけじゃない」

「ガキが、生意気に」

サイオンにすごまれても、アンリは軽く笑う。

「そう、俺みたいな子供でもわかる理屈だよ。今ならまだ間に合う。言えないのか？」

冷静な切り返しに、サイオンは唇を噛み締めた。

私も簡単なことだと思うけれど、サイオンにとってはそれは何かが減って、誰かに負けることと等しいのだろう。案の定、彼は鼻で笑っただけだった。

「ふん、アデルが行かないのならそれでいい、俺はさっさと地上へ戻る！　全く、碌な目に遭わなかった。シャルルの野郎、今度会ったらただじゃおかないからな！」

足音高く、この場を去ろうとするサイオンの背中に、ジュリアンが叫んだ。

「先程の獣の姿の方が、君には相応しかったのではないか、剣士サイオン！」

「何だと……？」

「あの姿の方が、よほど君の本質に近い！」

サイオンが怒りの形相で振り向く。――と同時に、ふっと風が吹いた。

突風に灯りを吹き消されたかのように、辺りが暗くなる。

「キャッ」

「何？」

視界が暗闇に転じたのは一瞬で、すぐに明るくなった。

何事かと視線を彷徨わせた私の耳に、ぱちぱちと、場違いに能天気な拍手が聞こえてくる。

誰か、いる？

音がした方を見ると、広間の入り口に二つの人影があった。アンリが私達をかばうように、長剣を抜いて前に立つ。

二つの影のうち、背の高い方の人物はちょっと肩を竦めた。

「――怖い顔しないでよ。アンリ……で合っているかな？　この前は、親友の君のことをわかってあげられなくて、ごめんね。僕、まだ自分のことを、よく思い出せなくて」

そう言ったのは金色の髪をした、天使のような容貌の美青年――シャルルだった。

横には黒髪の美女、カナエが無表情で立っている。

いつものように柔らかく笑うシャルルの瞳は、血のように赤い。

私は思わず一歩後ろに下がった。

「てめえ！　シャルル、このくそ野郎ッ！　よくも俺をあんな目に……うおおおッ！」

サイオンがシャルルに殴りかかる。

シャルルは心底つまらなそうな表情で、右手をかざした。途端にサイオンが顔を歪め、頭を抱えて苦しみだす。

「……うあ、な、何……」

うずくまるサイオンを軽く足で蹴りつつ、にこにことシャルルは笑う。

「二人とも魔物にしたかったけど、アデルは人間らしく反省しちゃったからね、つまらないな」

シャルルはジュリアンに視線を定めて、首を傾げた。

「ジュリアンさん？　の言う通りだね。貴方は昔も今も、嫌なことを言う人だけど、正しいや！　サイオンは獣の姿の方が相応しい。僕もそう思うよ！　アハハッ！」

ジュリアンは剣の柄に手をかけたまま、顔面蒼白になっている。

私達の目の前で、サイオンが頭を抱えたまま叫んだ。

「ああ、ぐああ、ああああああああああああああッ！」

サイオンの足下で何かが動く。

影だ、と私は思った。

サイオンの影がぞろぞろ蠢いて大きく広がっていく。フェリシアの横でアデルが短く叫び、その場で失神した。

「う、あああああああ……」

サイオンが苦しそうに呻く。その影が獣の形をとって、ぱっくりと口を開く。

「……ッ！」

サイオンは声にならない悲鳴をあげた。自分の影に呑み込まれて形を失い、ぐにゃぐにゃとした黒い塊になる。

次第にその形を整え、獣の姿になった。

真っ赤な瞳をした、黒い狼。大きな口から覗く牙は、刃物のように鋭利だ。

黒い狼の姿をした魔物は、私達に向かって唸り声をあげた。

私はその魔物に見覚えがあった。以前、このダンジョンで私を傷つけた魔物だ。

「かーんせい！　ねえ、サイオン。人間のときの姿より、今の方がかっこいいんじゃない？」

熊よりも大きな体を持つ狼の背後で、シャルルは無邪気に手を叩く。すると隣のカナエが眉をひそめた。

「悪趣味な言い方はやめて」

「あは。怒らないでよ。怖いなあ、カナエは！」

シャルルは肩を竦めておどけたように言う。

「……何、なの……」

呆然とする私に向かって、シャルルは恭しく頭を下げた。

「聖女リーナ。お礼を言わせてほしい。君が助ける価値もない二人を助けるために頑張ったおかげで、このダンジョンの魔鉱石は無力化された。忌々しい魔法陣もね！」

「シャルル……」

「お人好しのリーナ！　おかげで僕は全部の目的を果たした！　忌々しいこのダンジョンから解き放たれて、新しい体を手に入れて、大手を振って出ていくことができる！本当は君達をここで殺してもいいけど、今はすごーく気分がいいんだ。だから、その黒狼をけしかけるだけにしてあげる。君達はここでしばらく、僕の一部であるその子と遊んでいてね！」

赤い瞳をまっすぐに見ながら、私はセリムの言葉を思い出していた。

アンガスのかわいそうな魔物。人間と契約した、古の、四つに裂かれた魔物。

その魔物がシャルルの体を乗っ取ったのだ。

その血肉が私の体の中にもわずかにまじっているのだろう。

「待て……！」

踵を返したシャルルを追いかけようとアンリが走る。

『グウウウ』

黒狼が唸りながら行く手を阻むと、アンリは流れるような動作で剣を斜めに払う。

『ぎゃんっ』

斬られた黒狼は高く鳴いたが、その傷は瞬く間に塞がった。黒狼はシャルルに甘えるように駆け寄り、彼は仔犬を愛でるかのように黒狼の首を撫でた。

「ごめんね、アンリ。この子に剣は効かないんだ。魔鉱石の陣で封じるしかない」

けらけらと、シャルルは笑った。

「ああ、でももう駄目だね。魔鉱石は……リーナが無効化してしまったもの！」

「シャルル……」

私が呟くと、シャルルは赤い瞳を細めた。カナエが感情を押し殺した声で言う。

「……魔鉱石がなければ、私達を封じることはできない。もう無理よ。貴方達は黒狼に切り裂かれて死ぬしかない。……王の……、王の血があれば、別だけど……」

アンリが弾かれたようにカナエを見るが、彼女は無表情のままだった。

そしてシャルルと共に去っていこうとする。

「カナエ！」

私が叫ぶと、カナエは不思議そうにこちらを見た。

「貴女、心を操られているのよ！　どうか、正気に戻って」

その言葉に、カナエは自嘲するような笑みを浮かべた。

「私は正気。この世界がおかしいんだわ。異世界なんてあるはずないもの。だからこれは、悪い夢……。だけど、もうすぐ醒めるの。私は夢から醒めて、家に帰る……」

ダメだ、完全に心を閉ざしてしまっている。追いかけようとした私をかばうようにアンリが前に立つと、オオン、と黒狼がいないてアンリに飛びかかった。

「――ッ！」

左肩を鋭い爪で切り裂かれ、アンリは顔をしかめた。

「アンリ様！　……くそっ！」

「アンリ！」

ジュリアンが剣を抜いて黒狼に対峙し、私はアンリに駆け寄る。けれど治癒しようとすると、アンリは「いい」と制止した。血がぽたぽたと流れ落ちて、床に点々と染みを作る。

「でも、出血が……！」

「いいんだ、治癒はあとでする。今は、しなきゃいけないことが別にある」

アンリはそう言うと、シャルルに向かって叫んだ。

「おい、シャルル！」

「何、アンリ？」

立ち止まったシャルルが、幼馴染らしい親しげな口調で聞く。

「おまえは、これからどこに行くつもりなんだ」

「僕？　北へ行くよ。王都へ行くんだ」

「何をしに行くの？」

私が尋ねると、シャルルは明るい口調で言いながら両手を広げた。

「王都の一番高い場所にいる、僕の大切な友達に会いに行くのさ。僕を裏切った友達を、僕と同じ目に遭わせないと……」

その表情が怒りに震え、赤い瞳が妖しく光る。

『――絶対ニ、許セルワケガナイ』

人ならぬ声が、シャルルの声に重なった。

けれど一呼吸する間に、元のシャルルに戻ってしまう。

「……シャルル。その友達は、きっともうこの世にいないわ……人の寿命は短いもの」

私の言葉を、シャルルは大まじめな顔で否定した。

「いないわけがないよ。また会うって僕と約束したもの。僕達の約束は絶対だ」

子供のような口調で彼は言う。

「じゃあね、アンリ、リーナ！　再会できて楽しかったよ」

シャルルはカナエを連れて……今度こそ姿を消した。

音もなく消えた二人に、フェリシアが「転移魔法……」と低い声で呟く。

「アンリ様、止血を！」

ジュリアンが黒狼を牽制しながら勧めるけれど、アンリはそれを断った。

「大丈夫だ。それよりリーナ、すまないがもう一度……復元魔法を使えるか？」

私は曖昧に頷いた。

「魔力はまだあるけど、さっきみたいな魔法陣はもう描けないよ。魔鉱石を、私が……考えなしに無力化したから。フェリシアの言う通り、二人を国教会に連れていくべきだった」

アンリが首を横に振る。

「国教会に行っていたら時間が経ちすぎて、二人は元に戻れなかったさ。魔鉱石の件だって、俺も止めなかったしな」

それからアンリはフェリシアに尋ねた。

「フェリシア、念のため聞くが、転移魔法は使えそうか？」

「先程から術を妨害する力を感じるので、おそらく発動しないでしょう。申し訳ありません、伯爵」

「やっぱり、シャルルが何かしていったな」

アンリはシャルルの去った方向を悔しそうな顔で見た。

「俺は、あの魔物を……シャルルの中にいる魔物を封じないといけない」

アンリの額（ひたい）に汗が浮いている。

黒狼は鋭利な牙を剥き出しにしながら、私達との距離をじりじりと詰めてきていた。

「だけどアンリ。魔鉱石はもうないんだよ」

「セリムが言っていたろ？　それに、カナエも……。カナエはきっと、俺にわざとヒントをくれたんだ。彼女は知っていたけど、シャルルは知らないから」

「何を？」

「――俺が王の血筋だってことを」

私は、え？　と聞き返した。

「魔物は王の血でも封じることができる」

血が流れる左肩を自嘲気味に眺めながら、アンリは呟く。

「――俺にも流れているんだ。半分」

私は息を止め、幼馴染と見つめ合った。

呆けたような私の顔が、アンリの青紫の瞳に映り込んでいる。

アンリは「打ち明けるタイミングが、なかなかつかめなくて、ごめん」と困ったように言った。

フェリシアは動きを止めてこちらを凝視している。ジュリアンは苦々しげな表情で、「殿下……」と呻く。

私は、ぽかんとしながら聞いた。

「……それって、アンリが王子様ってこと?」

「正式には、違う。俺は国王陛下の私生児だから、臣下に下って伯爵の地位にある」

「国王陛下の、私生児……」

「本当は、どこかの貴族に預けられて、よその土地で静かに暮らすはずだった。だけど、兄上のご厚意で、王都の近くの領地を任せていただいている」

私は過去のジュリアンや、アンリの言動を思い返していた。

兄上とは、王太子様のことだったのか。

王太子と繋がりのあるフェリシアや、飛竜騎士団（ドラゴン・ナイツ）のダントン副団長が、アンリに好意的だったことにも頷（うなず）ける。アンリが国教会と繋がっていた理由もようやくわかった。

アンリの青紫の瞳が私を心配そうに窺（うかが）っている。

……王家の人間の特徴は青紫の瞳。有名な話なのに、どうして気づかなかったんだろう。

無意識に考えるのを拒否していただけかな。

みーちゃんが私の足にちょこんと触れて、にゃー、と鳴く。

『小僧は我と同じような立場だったのだな！』

私は「うん……」と頷（うなず）いた。みーちゃんが肩に飛び乗って顔を擦りつけてくる。

私は震える手を、もう片方の手で握り込んで、大きく息を吸った。

「そっか……」

「黙っていて、ごめん」

私はもう一度頷（うなず）いてから、一歩前に出てジュリアンと並ぶ。

赤い瞳の黒狼は、前足で地面をかいて、私達に飛びかかるタイミングを窺（うかが）っていた。

鋭い牙と爪を持つ魔物と「遊ぶ」なんてまっぴらだ。

「――アンリ、魔法陣を描くのを手伝ってくれる？　サイオンを元に戻して、外に出なくちゃ――黒狼を封じるにしても、まずは黒狼とサイオンを分離させなきゃ」

「復元魔法で、時間を戻すつもりか？」

「うん、アンリも協力してくれる？」

私が振り向けば、アンリはこういうときだというのに、憎たらしいほど綺麗に笑った。

「リーナの、そういう前向きで現実的なところが、俺は好きだよ」

「……殿下、今はそんなことを言っている場合ではありません」

ジュリアンが呆れたように眼鏡を押し上げ、アンリがその横に並ぶ。

「しかし、こうなるとダントンをここに連れてくるべきだったな」

「……どうして？」

私が問うような視線を向けると、アンリは肩を竦めた。

「ここで見た色々なことを彼に説明するのが面倒だ。信じてくれないことはないだろうが……」

確かにシャルルが何者かに乗っ取られて、サイオンが黒狼になったなんて、説明しても簡単に信じてもらえそうにないな。

私は、フェリシアにアデルのことを頼んで黒狼に向き合い、魔法陣の中心に立つ。

そして、そばにいるアンリの手を握った。その肩からは、今も血が流れている。

「……全部無事に終わったら、すぐに治療するからね」

長剣を構えて黒狼に対峙しながら、ジュリアンが私に尋ねる。

「魔法陣を描き直して黒狼を分離させるには、どのくらい時間を稼げばいいですか？」

その問いに私が考え込んでいると、アンリがフェリシアに聞いた。

「フェリシア、ここに転移魔法の陣を描くことができるか？」

「……できますが、どうなさるんですか？」

「荒っぽい方法だが……試したいことがあるんだ」

アンリが手早く説明し、それを聞いた私達は一瞬沈黙した。

「無茶なことを……。倒れるよ、アンリ」

「かもな」

「アンリ様、何を馬鹿なことを言っているのです！」

ジュリアンも止めたけれども、アンリはにこにこと微笑むだけだ。

私はアンリの左肩から流れる血を見ながら考えた。親愛なる幼馴染はこうと決めたら、てこでも動かないに決まっている。私は諦めて、アンリの提案に乗ることにした。

フェリシアも仕方ないとばかりに頷き、ジュリアンは「胃が痛い……」とぼやきながら剣を構え直した。

「こちらへ来い、黒狼！」

『グアッ』

黒狼がジュリアンの挑発に乗って大きく跳ぶ。爪をひらりと躱(かわ)したジュリアンは、少しだけ私達から狼を遠ざけてくれた。その間にフェリシアが、魔法陣を手早く完成させていく。

復元魔法の術式ではない。転移魔法の術式だ。

フェリシアが魔法陣を描き終えるのを確認した私は、左手でアンリの左手を握った。

私達の指を伝って、アンリの血がぽたぽたと地面に落ちる。

私は左手に力を込めながら、目を閉じる。意識をアンリと彼の左手に集中させて、唱えた。

「復元せよ(リストレーション)」

復元させるのはサイオンではない。

シャルルの妨害で効力を失った、フェリシアの術だ。

私の呼びかけに応えて、魔法陣が淡く光る。アンリの魔力が宙を舞う古代文字(ルーン)と絡んで銀色に光った。効力を失っていたはずの魔法陣に力が宿るのがわかる。

足下から立ち上がる青い光を浴びながら、私は再度、魔法陣に呼びかけた。

「復元せよ(リストレーション)」

「ジュリアン！」

魔法陣が発動するのを確信したアンリが、私から手を離して叫ぶ。

ジュリアンが黒狼を挑発しつつ、身を翻して魔法陣へと駆けてきた。

「早く！　ジュリアン！」

フェリシアも叫び、ジュリアンが魔法陣に飛び込む。みーちゃんが私の肩に飛び乗った。

『リーナ、危ないのである！　あいつ、飛びかかってこようとしておるぞ！』

そう――それを狙っているんだよ、みーちゃん。

私は気を失ったアデルを背後にかばいつつ、サイオンを見つめた。そして挑発するように微笑む。

「――サイオン！　私に恨みがあるなら、かかってきなさい！」

『グオオオオオオ！』

黒狼が地面を蹴って高く跳び上がる。私達の真上に来るのを見計らって、フェリシアと私が同時に術を発動させた。

「転移せよ！」

「復元せよ！」

私達の声が重なり、眩いばかりの光が私達四人と黒狼、それからみーちゃんを包む。

ぐにゃりと歪んだ視界に一瞬目をつぶり、再び開くと周囲の景色が変わっていた。地上へ戻ってきたのだ。

何かをはじくような金属音に続いて、人々のざわめきが耳に飛び込んできた。

「……な、なんだ！　あの獣は」

「ベルダン伯爵！」

「アンリ様！　ジュリアンッ！」

飛竜騎士団（ドラゴン・ナイツ）の人達が叫んでいる。彼らの視線を追うと、ジュリアンが剣で黒狼と対峙（たいじ）しているところだった。

アンリも短剣を構えている。ジュリアンの剣を爪であっさりはじいた黒狼は、それと同じようにアンリの短剣を払いのけようとし——

『ぎゃんんんッ！』

仔犬のように叫んだ。

「……やはりこの短剣なら、効くんだな」

アンリが独り言を言う。

「ベルダン伯爵！」

駆け寄ろうとする飛竜騎士団（ドラゴン・ナイツ）の面々をアンリは片手で「来るな！」と制した。

私は黒狼が怯（ひる）んだ隙に、アンリの横に並び、再びその手を握る。

出血のせいか、アンリの顔は蒼白になっている。無事に終わらせて、早く止血をしなくちゃいけない。

復元の力を増幅する魔法陣を描いている時間はないので、私は持っていた首飾りを掲（かか）げた。シャルルとアンリと三人お揃（そろ）いで作った硝子（ガラス）製の首飾りは、陽射しをはじいて煌（きら）めき、黒狼が目を背けた。

私は、自分の力を物体に込めることができる。

万が一のためにと日頃から首飾りに込めていた力を解放するべく、声高に宣言した。

「復元（リストレーション）せよ！　そして、全てを癒（ヒール）せ！」

――私の声に応えて、首飾りが強く光る。

黒狼が遠吠えするように鳴き、騎士団の面々がどよめく。

離れた！

サイオンと黒狼が私の復元魔法で分離しているのが見える。アンリが素早く動いて、煌（きら）めく短剣を胸に飛びかかり、黒い獣の喉（のど）を切り裂いた。

黒狼はまたぐにゃりと形を失って、アンリの短剣に吸い込まれた。

「アンリ……！」

爆発するような光が辺りを照らした後——そこには気を失ったサイオンが力なく倒れていた。

……成功した！

アンリが血のついた短剣を一振りすると、刃は嘘のように元の輝きを取り戻す。

重い足取りでやってきた彼が地面に片膝をついたので、私は慌てて傷を癒した。

騎士団の面々が、困惑している。

「……サイオン？　この魔物は……？　これは、どういうことです？　ベルダン伯爵」

アンリは、説明はあとで、と軽く手を振って笑った。

「これで、アンガスのダンジョンを騒がせていた魔物はいなくなった」

アンリは短剣を見つめて、ゆっくりと鞘に戻す。

それを聞いて安堵した様子を見せる人々の中から、「さすが殿下」という声が聞こえて、彼らはアンリの身分を知っているのだとわかる。

私は慌てて手を離そうとしたけれど、その手をつかまれ、アンリと手を繋ぐことになってしまう。

何となくそれを振りほどけないまま、私はアンリが厳しい視線を向けている方を見た。

「魔物はいない。ダンジョンには、な」

彼の視線の先にはシャルルとカナエが向かった王都がある。

私は、地面に光る小さな硝子（ガラス）を見つけてしゃがみ込む。

シャルルの瞳と同じ色の小さな青い硝子（ガラス）。それを拾い上げ、私の胸元の硝子（ガラス）と共に両手で握り込んだ。

エピローグ　王都へ

サイオンを元に戻すことに成功してから五日が経ち、私は旅支度を整えていた。

鏡の中の自分と目を合わせてよし、と気合を入れる。挨拶のためにギルドの事務所に下りると、ヤコブさんとロザリーが別れを惜しんでくれた。

「王都にもギルドはあるからね、リーナさん。何かあったら頼りなよ」

「留守は預かっておきますから、戻ってきてくださいね？」

アンガスのダンジョンは、サイオンから引きはがした魔物をアンリが葬（ほうむ）り去ったことで一応の平安を得ていた。

ヤコブさんとロザリーが私の部屋を管理してくれるというので、私はお願いします！と二人に頼む。

私の目標はあくまでもこの街でスローライフを送ることなのだ。初心は忘れまい。

『マモノたちがもどってきたのよ！　とってもこわいの』

『おおきなわるいの、いなくなった。ひっこしてたマモノたち、かえってきたよ』

とは、ジニとルトの弁だ。

黒狼が消えると、元いた魔物達がダンジョンに戻ってきたらしい。彼らがどこに隠れていたのかは謎だ。セリムに聞けばわかるだろうか。

「準備はできたか、リーナ？」

「うん、アンリは？」

「問題ないよ」

アンガスの魔物はベルダン伯爵と聖女リーナの活躍で退治されて、街には平和が戻りました……ということになっている。

しかし、事実は全く違う。魔物はこともあろうに、聖剣の持ち主であるシャルルの体の中に入り込み、カナエと共に、王都へ向かっているはずなのだ。

私がギルドの外に出ると、ジュリアンとフェリシアも旅の準備を整え待っていた。

「あれ？　フェリシアのローブが新しい！」

目ざとく気づいた私に、美魔女はにっこりと笑みを深くする。

「貴族の甥（おい）を持つのはいいことだわ、衣服に困らなくて済むもの」

「叔母上が望むなら何でも用意しますよ」

ジュリアンがため息をつく。ああ、アデルにローブを取られちゃってたもんね。

そのアデルとは昨日話した。彼女はごめんね、と改めて謝罪してくれて、しばらくはアンガスのギルドで働くと言っていた。

『リーナに吐いた暴言は、魔物の影響もあったかもしれないけど、本音だった、と思う』

『……アデル』

『リーナの治癒魔法はすごいから、それに嫉妬してたの。だから、私はあんな姿になったんだ』

何と答えていいかわからない私に、アデルは『王都へ行くんだね』と確認した。

うん、と答えると、どこかほっとしたように元気でねと言われた。

いつか、心からの笑顔で再会したいけれど、今は素っ気（そっけ）ない別れの方が相応（ふさわ）しいのだろう。

そしてサイオンはといえば、あのあとすぐに目を覚まし、飛竜騎士団（ドラゴン・ナイツ）のダントン副団長の取り調べに不承不承（ふしょうぶしょう）答えつつ、俺は被害者だと何度も繰り返し喚（わめ）いていたみたいだ。

その態度は本当にどうかと思うけど、私から言うことは何もない。アデルとも別れちゃって少し自暴自棄になっているのは可哀想だと思わなくもないけれど。

サイオンはもう、仲間じゃない。これからは、彼が彼の責任で全てをやっていくべきで、私が心配する必要はないのだ。

「転移魔法の準備はできているわ。行きましょう」

フェリシアに促され、私達はアンガスにある国教会の支部へと向かうことにした。

カナエと職員が王都からやってくるときに使ったという長距離の転移魔法は、数か月に一度しか使えないらしくて、ちょうど今日がその日なのだった。

私達は飛竜騎士団に先んじて王都へ向かい、王太子殿下に報告をしなければならない。魔物を取り逃がしたことについて、叱責される覚悟をしておこう。

そしてシャルルは……元に戻せるんだろうか？　色々問題は山積みだけど、行くしかないのだ。

歩き始めた私の耳に、騒々しい声が飛び込んできた。

嫌な予感がした私は、思わず声の方を向く。

「ふざけんな！　何で滞在費なんて払わないといけないんだよ、俺は被害者だぞ！　それに怪我人だ！」

「それとこれとは別です。それに、怪我はもうすっかり回復しているでしょう？　滞在した分の宿泊費はきちんと払ってください！　そういう規定です！」

顔馴染みの職員さんが応対している相手は、サイオンだった。

ギルドの近くの宿に彼も滞在しているとは聞いていたけど……

なおも言い争う声を聞いていると、どうやら滞在費を払いたくないとごねているみたい。数日前、サイオンを完璧に治療した私としては……ちょっと見逃せない場面だな。怪我なんてしてないし、体力も十分回復してるはず。

アンリが、はーっとため息をついた。

「やっぱり最後にあいつを殴って、永遠に黙らせてこようか……」

「やめてください、殿下」

アンリを止めながらも、ジュリアンとフェリシアは苦い顔だ。

「大丈夫だよ、アンリ。やりたくなったら私がやるから」

私もアンリを止める。

サイオンは私達の姿を見つけると、苦々しげな表情を浮かべて睨んできた。

「元気そうじゃないか、聖女サマ」

無視しようかと思ったけど、私はサイオンのそばへと寄った。彼と会うことはもうないだろう。ならば、『別れの挨拶』くらいはしておきたい。

「王都に行くんだってな？」

「ええ」

「はっ！　大した出世だよな。俺とアデルを見捨てて、自分だけ王宮に媚を売るつもりか？　前から思ってたけどよ、立ち回りのうまい、ずるがしこい女だよ！」

吐き捨てられたセリフから、『賢い』って褒め言葉だけを切り取って覚えておこう。

沈黙する私に気をよくしたのか、サイオンは続けた。

「あの甘ちゃん勇者にも、よろしく伝えておいてくれよ。しかし、笑えるぜ。勇者とか名乗ってるくせに、魔物に乗っ取られるなんてな！　もし会えたら、俺の分まで殴っておいてくれよ！　……あいつが生きていたらだけどな！」

醜く表情を歪めたサイオンに、私はにっこりと笑いかけた。

右手を拳（こぶし）の形にして、力を込めてから、小首を傾（かし）げて言う。

「わかったわ。でも、一つだけ教えてもらっていいかな？」

「は？　何を……ふぼぉっ！」

私はサイオンの左頬（ひだりほお）に、渾身（こんしん）の右ストレートをぶち込んだ。

ひっくり返ったサイオンは、そばに置いてあった物にぶつかり、ガラガラガッシャンと派手な音を立てる。

目を白黒させて、すぐには立ち上がれないみたいだ。剣士のくせに情けない！

「シャルルの殴り方って、こんな感じでいいかな？　ごめんね、サイオン。私、治癒師だから、人の殴り方がよくわからなくて」

私は仁王立ちでサイオンを見下ろしながら言った。

「私はもう貴方の仲間じゃないから、怪我の治療は他をあたってね？　それでは、サイオン――」

晴れやかに微笑んで、彼に挨拶をする。

「さようなら、ごきげんよう！」

声を失っているサイオンを置いて、私は踵を返した。

あらまあ、とフェリシアは口元に手をあてて、ジュリアンも呆気に取られている。

しかし、サイオンのほっぺた硬いっ！　手が痛いっ！

物音に驚いて三階から下りてきたらしきヤコブさんが、ヒューと口笛を吹いた。

「本当に自分でやるのかよ、リーナらしいや」

アンリが小さく噴き出し、私の手を引いて歩き出す。

周囲の目を気にして振りほどこうとしたけれど、「今だけ」とアンリが小さく呟くので、私は折れた。

仕方ないか、と思いつつ、そのぬくもりを享受する。

――と。

歩き始めた私の前に、ずさあああっと音を立てて、二つの物体が落ちてきた。

何事⁉　と後ずさりした私の前に現れたのは、二体の魔物……ではなく、黒猫のみーちゃんと三毛猫のミケちゃんだった。

「みーちゃん！　ミケちゃんも？」

『我も王都とやらに行って、リーナを助けるのである！』

『おさんぽに、ついていくにゃ。おいていかれるのはいやにゃ』

二匹が頭と肩に飛び乗ってきたので一気に重くなる。

ええっ？　と思ったけど、しがみつく二匹が可愛いから、私はこのまま行くことにした。

魔物の言葉がわかる二匹の助けが必要になるかもしれないし、仲間は多い方が心強い。

アンリが笑顔で私を促(うなが)した。

「行こうか、リーナ」

「うん！」

私達は王都へ向かって、一歩を踏み出したのだった。

書き下ろし番外編

王都へ

「ここに泊まるの？」

アンガスの街から王都へ向かう旅の途中、ジュリアンが今夜の宿泊場所ですよと案内した宿の前で、私はぽかんと口を開ける。

眼前にそびえたつのは宿というより白亜の城、だった。

大通りに面した宿は白壁に囲まれており、壮麗な門扉はおそらく魔法除けにご丁寧にも白い魔鉱石でできていて、四季の花々が彫られている。

門扉をくぐって木々の間の整備された小道を抜けると現れる小さな建物のロビーには、赤い絨毯（じゅうたん）が敷き詰められており、執事服に身を包んだコンシェルジュまで出てきて、私は目を丸くする。

「王太子様から指定された宿なんですよ。以前は貴族の邸宅でした」

ジュリアンが苦笑しつつ説明してくれる。

「夜はなかなかうまい飯が食えるってさ」

アンリとフェリシアは臆することなく足を踏み入れたけれど、私はびくびくしていた。

靴に土がついていないか、ものすごーく気になるよ。

こんな豪華な宿に宿泊するのは慣れていない。

冒険をしている最中、宿に泊まるときはギルド関連の宿に泊まることがほとんどで、部屋も男女ごとに二部屋しかとらなかったし、野宿で済ませることもあった。

高級ホテルのスイートルームになんか前世でも今世でもご縁がないので、ちょっと居心地が悪いなあ。

「私、ものすごく場違いな気がする」

「あら？　私だって慣れていないわよ！　でも王太子殿下のお心遣いなんだし、めったに泊まれない豪華な宿を楽しみましょう？」

フェリシアの言葉に私はうん、と頷いた。

「結構、美味しいなこれ……」

部屋を整えるまでお待ちください、と出されたウェルカムドリンクとサンドイッチをつまみながら、アンリが感心したように言った。

アンリは伯爵だからこういう場所に慣れているのか、さっそくくつろいでいる。

ジュリアンとフェリシアが、手続きで支配人さんと何やら打ち合わせをしているので、久々に二人きりになった。

サンドイッチは生クリームにカットフルーツを混ぜたもの、カモ肉のローストを葉物野菜とチーズと一緒に挟んだもの、薄く延ばして焼いたタマゴのサンドもある。

舌鼓（したつづみ）を打っていると、私の荷物からひょい、と黒猫が現れた。

『我のごはんはないのにゃー？』

ソファに座っている私に、すりすりと身体を寄せながらみーちゃんがねだる。私が魚で作ったというハムを分けると、黒猫は目をまんまるにして飛びついてきた。

『おいしいにゃ〜』

みーちゃんは、お魚ハムを食べると満足したらしい。

『我は偵察に行くのである！』

さっそく、ミケちゃんを連れて、宿の中の散歩に行ってしまった。

うん！　自由だね。宿の従業員さん達が不安そうに黒猫を見たけれど、アンリが「俺の同行者なんだ」と言うと、それならば、と即座に猫のベッドの準備まで始めてくれた。

「ミルドレッドのやつ、餌をもらったらすぐ逃げたな……ってどうかしたか、リーナ」

「伯爵様は高級宿での振る舞いも、扱いも違うなあって感心していたところ」

私の言葉にアンリが何か言いたげに口を開こうとしたとき、初老のコンシェルジュが現れて恭しくアンリに塗物のトレーを差し出す。

「手紙？」

私が覗き込むと、アンリはちょっとバツの悪い顔をした。

手紙は二通。封蝋には何だか紋章らしきものがある。

たぶん、貴族の家紋だ。見ちゃいけない手紙なのかな？　とソソソと距離をとると、アンリが拗ねたみたいな顔をして、私の服の裾をつまんだ。

「……何でしょう？　伯爵閣下」

やめてよ、と私はアンリの指をするりと抜ける。

「その言い方！　宿に到着してからリーナが、すごく冷たい」

不機嫌に眉根が寄せられて、私はだってなあ、と天井を眺めた。

待合室だというのに、天井には豪奢なシャンデリアが吊るされている。それから横目でちらりとアンリを盗み見た。

飲み物のお代わりを持ってきてくれた従業員さんが一瞬、アンリに見惚れていたけれど、気持ちはすごくわかる。恵まれた体躯を仕立てのいい服で包み、艶やかな黒髪に切れ長の澄んだ青紫の瞳、それに気品ある振る舞い。

場違いな私と比べて、アンリはこの場所に馴染みすぎている。

「正直に言うと、ちょっと気後れしているの。アンリの正体に」

色々あって流しちゃったけど、アンリが王様の息子だ、という事実はすごく衝撃だ。

アンリは肩を竦めた。

「前にも言ったけど、俺の中身は何にも変わっていないからな」

拗ねるアンリの横顔を眺めながら、私はお行儀悪く頬杖をついて、声を潜めて言う。

「変わってないなんて嘘だよ。天使みたいではあったけど、アンリ、いっつも野山を駆け回って子猿みたいだったじゃない。今はどこからどう見ても貴公子だもん」

「子猿……！」

アンリがどうにも居心地の悪そうな顔をしたので、私はさすがに謝った。

「子猿から貴公子へのあまりの変貌具合に、幼馴染としては驚いております、すぐ慣れるとは思うけど、やっぱり、ほんのちょっと気後れするのは許して！」

私の正直な懺悔にアンリは苦笑した。

「いいよ、許すよ。だけどすぐ慣れてくれよ？」

アンリが、はい、あーん、とカットフルーツを取り分けて、私に差し出してくれる。

反射的にかぷりと口に入れてしまい、私はちょっと反省した。こういうところがよくないな！　つい、昔のノリで距離感を間違えてしまう！

　私は話題を変えることにした。

「ええ、っと。貴族社会のことは、誰が教えてくれたの？」

　アンリが引き取られたのは十歳を過ぎてからだし、礼儀作法を覚えるのは大変だったかも。

「家庭教師はつけられたけど、大体はジュリアンが手本だったかなあ。あいつは昔から細かくて、大変だった」

　それは何となく想像がつく。まじめそうだもんね、ジュリアン。

「ジュリアンも、俺が『妾(めかけ)の子』だと罵(ののし)られないように厳しくしてくれたんじゃないかと思うけど……ジュリアン以外なら、兄上かな」

　アンリは封蝋(ふうろう)がしてある二通の手紙を裏返して、差出人を確かめた。

　私の目の前でそれを開くので、慌てて目を逸らすとアンリは人の悪い顔で私を見た。

「何が書いてあるか、興味ある？」

「手紙を盗み見る趣味はありません！　……でも、誰からの手紙なのかは気になるかも」

　アンリは楽しそうに手紙を広げた。

　一通は薄桃色の、明らかに特注らしき便せんだった。

柔らかな筆跡と、微かに手紙から漂う香りからすると、差出人は女性かな。

「こっちは俺の……、王都で初めて友達になった人からの手紙。いつ帰ってくるのか、って怒っている。彼女からの夜会の招きを全部断ってアンガスに来たからな」

「友達？」

「うん、リーナとシャルル以外で初めてできた友人だよ。ちょっとへんじ……変わっているけど、にぎやかでいい人だし、王都に行ったら紹介する」

今、口がすべって変人って言いそうになっていたね？　私は若干の不安を覚えつつ、曖昧な相槌を打つ。

貴族のご令嬢と話が合う自信はないけど……アンリの友達なら仲よくしてみたい。

アンリはもう一通の手紙の封を開けた。こちらは飾り気のない白い便せんが一枚きり。簡潔に用件だけがまとめられているみたいだ。

「こっちの手紙は、兄上から」

アンリの表情が少しまじめになったので、私も姿勢を正した。アンリの兄上と言えば、すなわち王太子様のことだ。

……私の今のところの雇い主にもあたる。

「王都に行った当初はなかなか周囲に馴染めなくて、兄上からも色々教わったよ。——

リーナを連れてこいって書いてあるな」

「うええ、偉い方に会うのは苦手なので、こっそり断っていただけると助かるなあ」

私が妙な声を出すと、アンリが意地悪く口の端を上げた。

「兄上の頼みを断ったら、俺が怒られるだろ！　紹介するよ」

王太子様は実直で、優秀な方だと評判だ。よい国王になるだろう、と皆が噂（うわさ）している。

「どんな方なの？」

「基本的には優しいけど厳しくもあるな。たまに俺がわがままをいうと、ものすごく怒られた」

何か思い出したのか、アンリはぶるりと震えた。

「孤児院のノリで悪さをすると、何故かばれて、兄上が真顔で背後に立っているんだ。一時間説教しても俺が反省しないと、二階から吊るされたり、足腰立たなくなるまで剣の打ち込みに付き合わされたり！　何度吐いたことか」

孤児院のときと同じことやってない？　と私は呆れつつも、何だか安心した。

アンリが悪戯（いたずら）っ子だったところは、王都でも変わらなかったみたいだ。

「王都でも楽しく過ごしていたんだね」

アンリはちょっと考えてから、私の額（ひたい）を指ではじいた。

「痛いっ！　ちょっと、何するのよ！　アンリ！」

抗議しながら見上げると、アンリは拗ねたような顔で私を覗き込む。

「楽しかったけど、寂しかったよ。シャルルもリーナも、俺に手紙ひとつ寄越さないし」

「うっ」

私は口ごもった。

アンリの連絡先を、私達は聞かなかったのだ。貴族に引き取られるアンリに、平民の友達はいない方がいい、とあのときはそう思ったから。

「ええと、――こうして再会できたので、そこは許してもらえると……」

「これからずーっと一緒にいてくれるんなら、許す」

「もう！　そんな約束、軽々しくできるわけがないでしょ？」

アンリは聞こえなーい、と耳をわざとらしく塞いでから、手紙をまとめて大事そうにしまう。

「王都で会った人達も大事だけど、リーナとシャルルが俺にとっては一番だよ。それは絶対変わらないんだ。リーナに再会できて嬉しい。だけど、ここにシャルルがいないのが、すっごく寂しい」

「アンリ」

私は幼馴染（おさななじみ）の言葉に、そうだね、と頷（うなず）いた。

立場は変わってしまったけど、お互いが大事なことは変わらない。

それだけは、今もこれからも、ずっと、きっと、だ。

「だからシャルルを取り返しに行こうぜ。三人揃（そろ）わなきゃ、つまらないだろ？」

にこ、っと微笑まれて、私も微笑み返す。

こういう、強気な笑顔も子供の頃のまま変わらないなあ。私たちは微笑み合ってから、「えい」と小さく声をかけ合い、拳（こぶし）と拳（こぶし）をぶつけ合った。

子供の頃、他愛もない冒険の前に、いつもそうしていたみたいに。


「王都へ」

「行きましょうか！」

王都へ。

会うべき人達の待つ場所へ——

RC
Regina
COMICS
大好評
発売中!!

本書は、2018年12月当社より単行本として刊行されたものに書き下ろしを加えて文庫化したものです。


この作品に対する皆様のご意見・ご感想をお待ちしております。

おハガキ・お手紙は以下の宛先にお送りください。

【宛先】

〒150-6008 東京都渋谷区恵比寿4-20-3 恵比寿ｶﾞｰﾃﾞﾝﾌﾟﾚｲｽﾀﾜｰ 8F
(株) アルファポリス　書籍感想係

メールフォームでのご意見・ご感想は右のQRコードから、
あるいは以下のワードで検索をかけてください。

ご感想はこちらから

レジーナ文庫

追放(ついほう)された最強聖女(さいきょうせいじょ)は、街(まち)でスローライフを送(おく)りたい！ 1

やしろ慧(けい)

2020年9月20日初版発行

文庫編集－斧木悠子・宮田可南子
編集長－太田鉄平
発行者－梶本雄介
発行所－株式会社アルファポリス
〒150-6008 東京都渋谷区恵比寿4-20-3 恵比寿ｶﾞｰﾃﾞﾝﾌﾟﾚｲｽﾀﾜｰ8階
TEL 03-6277-1601（営業）　03-6277-1602（編集）
URL https://www.alphapolis.co.jp/
発売元－株式会社星雲社（共同出版社・流通責任出版社）
〒112-0005 東京都文京区水道1-3-30
TEL 03-3868-3275
装丁・本文イラスト－おの秋人
装丁デザイン－ansyyqdesign
印刷－中央精版印刷株式会社

価格はカバーに表示されてあります。

落丁乱丁の場合はアルファポリスまでご連絡ください。

送料は小社負担でお取り替えします。


ISBN978-4-434-27869-3 C0193

転生薬師は異世界を巡る 4

A L P H A　L I G H T

山川イブキ
Ibuki Yamakawa

アルファライト文庫

登場
人物紹介
シン
前世は日本のサラリーマン。
異世界に転生後は、
放浪の旅をしながら薬師として
生計を立てている。
ラスティ
森エルフの
卓越した戦士で、
ルーケンヌの次期族長。

ナティス

森エルフの氏族、
ルーケンヌの族長。
ラスティとセルフィの母。

フィーリア

アナンキア氏族の
族長の娘で、
ラスティの婚約者。

セルフィ

ラスティの弟。
天才的な弓職人。

目次

プロローグ

　グラウ＝ベリア大森林、それは南大陸の中央部から南西にかけて広がる最大の森林地帯だ。南北に最大で一四〇〇キロ、東西に二六〇〇キロの広さを誇り、サザント大陸のじつに二〇パーセント弱の面積を占める。

　亜熱帯と熱帯地域をまたぐように広がるこの森は、貴重な植物素材の宝庫であり、そして同時に凶悪な魔物たちの棲処でもある。

　森の奥へと探索の手を伸ばすためには、高ランク冒険者のパーティが数個単位で臨まねばならない——そんな危険な場所に、その男はいた。

　比較的上質な麻布で作られた平服の上に、たくさんのポケットがついた、見る人が見れば『ハンティングベスト』と言いそうな上着を身につけ、フード付きのマントを羽織っている。

　胸元にある〝ショットシェルポケット〟に筒状の各種薬瓶を弾薬よろしく差し込み、自分の身長よりも長い棒を杖のように扱う男は、その場に悠然と立っていた。

「シャアアアッ!!」

そんな彼に向かって、大口を開けた大蛇──フォレストバイパーが襲いかかる。森の悪魔とも称されるBランクモンスターは、不快感と恐怖心を煽る音を奏でながら、自らの長大な胴体を伸ばしてマント姿の男──シン目がけて頭を突き出した。

頭から食われる！　そう思われた瞬間──

「はい、残念」

緊迫した場面にそぐわない、軽やかな口ぶりでシンが呟く。すると、フォレストバイパーの頭は彼の眼前で急停止する。その姿はまるでピンと張った竪琴の弦のようで、弾けば音が出るかもしれない。

襲撃に失敗したフォレストバイパーは、その後も二度三度とシンに向かって頭を突き出すが、やはり彼の目の前で急停止してしまい、彼の体を口に収めることは叶わなかった。

「ったく、腹に重しを入れた暴れ鹿を食べさせてやったのに、まだ足りないってか？　やれやれ、繁殖期のメスに遭遇するってのは、悪夢以外の何ものでもないな」

シンの言葉が示す通り、フォレストバイパーの腹は不自然に膨らんでいる。そして言葉通りだというのなら、それは彼の仕掛けた罠なのだろう。腹を支点に動きを制限された魔物は、なおも食欲に支配され、目の前の獲物に向かって無謀な突撃を繰り返す。

シンは慌てることなく、腰の異空間バッグから二〇センチほどの壺を取り出すと、それを目の前で大きく広げられた大蛇の口に投げ込んだ！

蛇の口が閉じて壺が喉を通るとき、くぐもったパリンという音と同時に喉の膨らみが消える。すると間を置かず、フォレストバイパーの体はビクンと一度、大きく跳ねた。

シンの放った壺の中には冷却剤が詰まっており、体内にぶちまけられたそれは、周囲の水分と反応し、フォレストバイパーを内側から瞬間的に冷却する。体から熱を奪われた魔物は、派手な音を立てて地面に崩れ落ち、そのまま動かなくなった。

「さて、頭を切り落とせばおしまいなんだが……さっきより腹の膨らみが小さいな」

頭が冬眠したままでも元気に活動するフォレストバイパーの胃袋に、シンは手に持ったナイフを腰の異空間バッグに仕舞い込む。

もし仮に目の前の獲物をすぐに仕留めた場合、解体時に消化途中の暴れ鹿を見る羽目になるだろう。シンはそう判断すると、後ろの大木にもたれかかり、空を見上げた。

「せめて、メシくらいは美味いもん食べねえとなあ……」

――グラウ＝ベリア大森林へ入るため、ファンダルマ山脈を越えたシンが道なき道を踏破する間に、異世界はひっそりと新年を迎えていた。

二つの世界――シンをはじめ人間たちが住む世界と魔族が住む世界が衝突し、やがて両者の間で大規模な戦争が起きた。しかしその戦争も、繋がった世界を遮るように大結界が張られて終焉を迎え、今年で九八七年。一三年後に大結界の消失を控えた世界は、いまだ予兆すら感じさせず、それゆえ人々の顔に、不安の色は見られない。

シンにとって一人寂しい年末年始ではあったが、バラガの街で新年を迎えたとしても、あれだけ色々あった後では、盛大に祝い事をすることもないだろう。

などと、無理矢理納得していた彼に向かって――

『バラガの街も昨年は色々ありましたからね。「せめて来年は！」ということで、今年は例年以上に盛大に祝いましたよ♪』

以前立ち寄った街で仲良くなった、普段は『森エルフ』の姿に扮し、冒険者ギルドでギルドマスターをしている魔竜の言葉が、シンの心を深く抉る。さらには――

『シン、減らした分の人口については、増やす努力もしてくださいね』

『ああシン、残念なお知らせだけど「巨乳の森エルフ」なんかその森にはいないから。期待しても無駄だから』

胸元の神器から聞こえてくる女神と暇神の声が、シンの心に止めを刺した……

そんなこともあって、現在地味に傷心中のシンは、五〇年に一度と言われるフォレストバイパーの大繁殖期に立ち会うことだけを目標に、グラウ＝ベリア大森林を探索中というわけだ。

フォレストバイパーの胃袋が中身を消化し終えるのを、大木にもたれかかりのんびり待っていたシンだったが――

「――――――‼」

「……ん？」

不意の音に耳を叩かれ、シンは首を巡らせる。

硬い金属音だった。魔物が跋扈する森の中、取り立てて不思議というほどでもない。なにせ、目の前で動けなくなっているフォレストバイパーも、その体は鉄よりも硬い鱗で覆われているのだから。

「…………………」

そんな日常の風景に、しかしシンは眉を顰めると、音のした方向をジッと見つめる。

「鳴った音が一度だけ、てのがなあ……仕方ない」

シュッ――‼

半日は眠ったままのフォレストバイパーをその場に捨て置き、シンは森の中を駆け出した。

■

「ブフゥゥ……」

「くっ……まさか私がオークごときに」

——油断した。

否、油断と表現することすらおこがましい。フォレストバイパーを捜すことにこだわるあまり、背後に迫る危険に気付かないなど、戦士としてあるまじき失態！

不意討ちで右肩を砕かれ、とっさに左へ持ち替えた剣はヤツの棍棒で折られた。片手では弓を扱えるはずもなく、肩の鈍痛は魔法を行使するための集中力を奪っていく。なにより、目の前の『女』が逃走することを、オークが許すはずもない。

これは詰んだか——いや、アナンキアの戦士が軽々しく諦めてなるものか！　私の命も、純潔も、こんなブタ野郎などには絶対くれてやらん!!

「……ブ、ブフ？」

そんな私に臆したのか、こちらに向かってにじり寄ってきたオークが急に立ち止まると、困惑したように身じろぎする。

——チャンスだ！

私は今のうちに呼吸を整える。これで魔法が使える程度に肩の痛みを抑えられれば、相手はたかだかオーク一体、切り抜けることはそう難しくない。

「すぅ……ふぅううう——む？」

トクン――

気取られぬよう静かに深呼吸をした私は、そこで自身の異変に気付く。

顔が熱い……いや、それだけではない。気がつけば呼吸は荒くなっており、心臓が早鐘を打っている。剣を握る手にも力は入らず、足元がおぼつかない。

「これ、は……？」

感覚が麻痺してきたのか、次第に右肩の痛みは消え失せ、オークに向かって構えていた左手が下がる。やがて、半ばから剣身を失っている剣は、カランと音を立てて地面に落ちた。

えっと、私は今、何をしているんだっけ……

「ブッフゥウゥウゥ！」

「きゃああっ⁉」

眼前のオークは、持っていた棍棒をポトリと落とすと、歓喜に震える咆哮を上げながら私を押し倒す。

コラ、強引すぎるぞ！　こっちにも心の準備というものが……せめて手順くらい踏まないか、馬鹿者！

そんな思いも込めて、キッと睨みつけてやったのだが――

「ブヒィイィイィ‼」

残念ながら彼は、微妙(びみょう)な女心というものを理解してくれない。まったく……

……ん？

「さっきから私は何を――」

私は――そう、確か私は今まで、彼と戦闘を……チョット待て。オークに向かって彼だと⁉

……そう、彼だ……彼は私を押し倒すと、情熱的な眼差(まなざ)しをこちらに向け……じゃなくて‼

……ダメだ。考えがまとまらない。というよりも、少しでも気を緩(ゆる)めたら、目の前の彼がとても魅力(みりょく)的な存在に思えて……だからしっかりしろ、私‼

「やめろ……来るな……」

必死に正気(しょうき)を保ちながら、その場を離(はな)れようと後ずさりした私だったが、足首を掴(つか)まれ引き戻されてしまう。そして、興奮(こうふん)が頂点に達してしまったオークは、その昂(たかぶ)りのまま私の胸元に腕を伸ばし、革をなめして作られた鎧(よろい)の胸当てを、内側の服ごと力ずくでむしり取った！

「ブヒイイイ‼」

「キャアア‼　ひあっ⁉　や、やめ――！」

露(あら)わになった私の胸を、オークはその太い舌でベロンと舐(な)める。この期(ご)に及(およ)んで、恐怖(きょうふ)

や嫌悪感よりも羞恥心が先に立つのが腹立たしい。本当に、私はどうなってしまったのか。

しかしてオークの方はといえば、貧相とはいえ私の裸体によほど興奮したのか、まるで遠吠えする狼のように、その体をのけぞらせて天を仰ぎ見る。

……いや、違う。なんだか様子がおかしい。

「ブフンッ！　ブ、ブギ……ブ……」

「――――？」

動かずに何やら呟くように鼻を鳴らしている隙をつき、私は這い出るようにオークの下から抜け出す。だが、それでもオークは何も反応を見せなかった。

やがて――

オークはそのまま後ろに倒れ込み、大きなイビキを立て眠りはじめた。

「は――え？　どういう……んっ⁉」

グワンと目の前の光景が歪んだかと思うと、私の体もその場に倒れ込み、猛烈な睡魔に襲われる。一体何が？

次から次へと予測不能な事態に見舞われる中、意識が完全に失われる前に私が聞いたのは、ドサリと何かが地面に落ちてきた音と――

「はああ、これが〝森エルフ〟かあ……」

何やら不満を訴えるかのような、盛大なため息だった――

「……ん、うぅん……」

……パチ……パチン！

乾燥（かんそう）した枯（か）れ枝が、火にあぶられて爆（は）ぜる音が耳に届く――

ゆっくりと目を開ける。

どうやら既（すで）に夜になっているらしい。木々の間から陽（ひ）の光は届かず、代わりに焚（た）き火の明かりが私の目に映る。はて、この状態は一体……？

確か、フォレストバイパーを捜しに森に入って――

「ああ、起きましたか？」

「――!?」

バッ!!

半開きだった目を大きく見開いた私は、焚（た）き火の揺（ゆ）らめく炎の向こう側に人影を見つけると、すぐに体を起こして、人影とは逆の方向に飛び退（の）く。そして――

「あ、そっちは！」

ズボォッ!!

……盛大に落とし穴に落ちた。

ない。

「やれやれ、落とし穴の中にそれ以上の罠を仕掛けておかなくてよかったですよ」

落とし穴から私を引き上げつつ、ヒト種の男が暢気な声で話しかけてくる。一応このあたりは森の中でも特に危険地帯のはずなのだが……男からは緊張感というものが感じられない。

「なんでこんな近いところに落とし穴なんかを……？」

「別に大した理由ではありませんよ。魔物避けは一応していますけど、それでも来るとすれば、木々が密集しているそっちかなあ、と。後は、ついでにコイツを埋めるためです。そういえば自己紹介がまだでしたね。私はシンと申します」

シンと名乗った男は、丁寧な口調で話しながら、自分の後ろを指差した。そこには、解体途中の魔物の肉が吊るされている。うん、まあ起き抜けに見るものではないな……

――ん？　アレは……

「……と、すまない。助けられたこちらから名乗るべきだったな。私はフィーリア、アナンキア氏族の戦士が一人にして、族長ナハトの娘である」

「げっ……んんっ、エフン！　これはとんだご無礼を」

「いや、お気になさるな。族長と言っても、氏族のまとめ役というだけのこと、貴殿ら只人の領主や王家とは似て非なるものだ」

「痛っ……」

頭を垂れようとする彼を手で制すと、そのまま謝意を示すように自分の胸に手を当て……そこで自分の状態に気が付いた。

革鎧をオークに剥ぎ取られ、露わになった胸元には、薄手の布が巻かれていた。

顔を上げると、シンは死んだ魚のような目をしたまま横を向く。ふむ、確かに気まずくはあるが、言うなれば緊急事態だったわけだから、私も責めるつもりはないぞ？

「シン殿――」

気にすることはないと言おうとする私の声を遮るように、彼が盛大なため息をつく。なぜだろう、そこはかとなく不愉快な気持ちになった。

「……どうか、したのか？」

「いえ、大したことではありませんよ。ただ、普段はくだらない嘘ばかりつく知人が、今回は珍しくも本当のことを語っていたのが口惜しいというか、なんというか……はあ」

……ヒト種はよく分からないな。

「――おかわりだ‼」

「……構いませんが、これで四杯目ですよ？　一体、その細い体のどこに収まっているので？」

うるさいな、別にいいではないか。アナンキアの戦士にとってこのくらいは普通だぞ？

狩りともなれば、時には飲まず食わずで長期の活動を強いられることもあるんだ。『食い溜め』は、戦士にとって必要な技能と言ってもいい。

さっきも、私の話し方がどうのと言っていた。まったく、些細なことを気にする男だ。

「それにしても、この『とんこつラーメン』と言ったか、実に美味い。オークの骨だけを煮出すとこのようなスープができるとは、ヒト種の料理人は天才だな!!」

「ははは、気に入っていただけたようで幸いです。ただ、手持ちがないため平麺にしましたが、欲を言えば細麺で作りたかったですねえ。その方がスープが麺によく絡んで美味しいんですよ」

「里に戻れば用意できる。ぜひ里の者に作り方を伝授してくれ」

「……別に否やはありませんが、『森エルフ』がそんなに簡単によそ者を招き入れてもいいんですか？」

本当に些細なことを気にする男だな。

「いいに決まっているだろう。シンは私の命の恩人で、おまけにフォレストバイパーの毒袋を四体分も譲ってもらうのだからな。賓客として招待するぞ……なんだ、その顔は？」

「いえ、Bランクの魔物であるフォレストバイパーを単身で狩りに来たフィーリアさんが、なぜオークごときに後れを取ったのかと思いまして。どこか体調でも悪いようでしたら言ってくださいね。私は薬師ですから、よく効く薬をご用意しますよ」

「た、体調は悪くなどない！　用を足して気が緩んでたところに不意討ちを食らっただけだ!!」

戦場に赴く戦士が体調管理を怠るはずがないだろう！　……なんだ、その残念な生き物を見るような目は？　いや、それよりも！

「チョット待て、シン。キミが薬師？　てっきり高ランク冒険者とばかり思っていたぞ」

「このナリを見て、どうしてその結論になりますかね……」

シンは羽織っているマントを指でつまむと、前を広げて私に見せつける。

マントの中に鎧や防具の類はなく、変わった形のベストに薬瓶が差し込まれていた。

確かに、前衛で戦うようには見えない。仮に魔道士だとしても、呪文の詠唱が必要な彼らが、一人で危険地帯をうろつくわけがない。とはいえ、落とし穴から引き上げられたときに握った手は、明らかに強者のそれだった。薬師だと言われても、到底納得などできない。

「あのな、私が言うのもおかしな話だが、ここはサザント大陸最大の森にして、周辺諸国から魔境と恐れられる〝ゾマの森〟だぞ」

ゾマの森――森の外ではグラウ＝ベリア大森林の名で呼ばれているここは、冒険者たちの間では踏破不能の自然迷宮として知られている。

危険な魔物は当然のことながら、なにより森の広さそのものが冒険者にとっては脅威と言っていい。どんなに腕に覚えのある冒険者でも、単独パーティで潜るのは二の足を踏むほどだ。

それを、冒険者でもない薬師がたった一人で……一人だと⁉

イヤイヤイヤイヤ。無理だ。絶対に無理だ！　アナンキア氏族をはじめとする私たちが、この森を単身でも自在に移動できるのは、聖樹の加護があってのこと。それを持たないシンが、これほど森の奥に来られるはずがない。彼は一体何者なのだ？

「シン……キミは命の恩人だ。だから疑いたくはないし、危険視したくもない。正直に答えてくれ。キミは何者で、何が目的だ？」

「いえ、ですから薬師ですよ？　ホラホラ」

そう言ってシンは、腰に提げた鞄から薬瓶を次々と取り出す。いや、いくら薬を大量に持ち歩いているからといって……って、多すぎはしないか？　到底鞄に収まる量ではないぞ？

……あ。

まさか異空間バッグか！

「シン、そんなモノの存在を軽々に明かすなど」

「これぐらいの秘密がある人間だと知っていただいたほうが、フィーリアさんも納得できるでしょう？　それから……ハイ、これです」

「大きな鱗だな……ドラゴンのものか？」

「その言葉を聞いたら、きっと怒るでしょうねえ。コイツは大地の魔竜の鱗ですよ。実は最近友達になりまして」

「なっっっ‼」

　魔竜の鱗……いや、それよりも、魔竜と友達だと？　そんな荒唐無稽な話が⁉

　シンがどうぞと差し出す一枚の大きな鱗を受け取ると、私はそれを丹念に調べた。

　鑑定スキルを持たず、素材の識別や良し悪しなど分からない私だが、それでもコレがとんでもないものだというのは分かる。本体から剥がれ落ち、ただの素材となった鱗一枚に、アナンキアの戦士が気圧される。確かにこんなもの、魔竜以外に考えられない。

「こんなもの、一体どうやって……」

「まあ、友情の証？　ということで。代わりに、なかなかの金銀財宝や希少な素材を強請られましたよ」

　そういう問題ではないだろう。そもそも売ってもらえるようなものではないぞ？

　ハハハと笑うシンに目眩を覚えたが、魔竜と友達だというならまあ納得も行く。おそらく、魔竜の背に乗せてもらい、森の奥まで入ってきたのだろう。かの魔竜は、相手が明らかな敵対行為を取らない限り、いたって温厚だと聞いたことがある。

　とはいえ、なんとも非常識な話だ。

「まあ、事情は理解した。したくはないが納得もしよう。それで、目的は？」

「実は、フォレストバイパーが繁殖期に入ると聞きましたので、見物でもしようかと思いまして。なんでも、今年は五〇年に一度の大繁殖期というじゃありませんか。そんな大イベント、見ないわけにはいきませんよ♪」

……彼は、非常識を通り越してバカなのだろうか？

「はあ、深くは考えない方がいいのだろうな……フォレストバイパーといえば、シン、今さら聞くのもなんだが、あの高ランクの魔物をどうやって倒したのだ？　まさか、その棒で倒したなどと言うなよ？」

綺麗な状態でフォレストバイパーの毒袋を手に入れるには、頭部への攻撃は御法度だ。だからといって、あの硬い胴体に対して棒による打撃は相性が悪すぎる。

「ああ、それなら簡単ですよ。まずは低ランクの魔物を生け捕りにしてですね。そいつの腹に重しを詰め込んで放します。しばらくしてエサに本命が食らいついたら――」

本当に非常識なヤツだな、コイツは！　どうやったらそんな悪辣な手段を考えつくんだ？　いい加減、命の恩人に対する敬意が薄れてきたぞ。

「いやあ、それにしても――」

……まだ続きがあるのか？

「――オークからフィーリアさんを救出するときは大変でしたよ。在庫切れのせいで、いつもより数段強力な媚薬を使ったり、そのせいで興奮しすぎたオークの行動を抑えるため、今度は意識を混濁させる薬を撒いたりと。いやはや、苦労させられました」

――なんだと？

第一章　聖樹の森の戦士たち

早朝の、木々の間から日が差し込みはじめた頃、森の大樹はユサユサと枝を揺らし、葉っぱが数枚ハラハラと落ちていく。

もし、その場に誰かいたのなら、二つの人影が枝から枝へと飛び移っているのが見えただろう。

「一晩経ったのに、まだ頭が痛いのですが……」

「自業自得だ。私をオークにときめかせた罪は重いからな」

後ろから聞こえるシンの怨み節を、先導するフィーリアは振り返ることもせず切って捨てる。

魔物の遭遇を避けるためか、樹上をヒョイヒョイ移動する二人はやがて、周囲の木々とは明らかにサイズの違う、幹の太さが五メートル近くもある、スギ科の大木の前に到着した。

「ここが？」

「ああ、〝精霊回廊〟の入り口だ」

精霊回廊――世界樹や聖樹によって護られている森に点在する空間の歪み。
転移魔法のように、一瞬で別の場所への移動が可能だが、移動できる場所は限られており、また、回廊を開くことができるのは、祝福を受けた森エルフのみ。

「回廊を開く前に改めて確認するが、シンの目的はフォレストバイパーの繁殖に立ち会う、ということでいいのだな？」

「ええ、それ以上何かを要求などしませんよ。繁殖場所も自分で探しますので」

「その必要はないぞ。場所なら私たちが知っているから、案内くらいしよう」

「本当ですか⁉　いやあ、今年は幸先のいい滑り出しですねえ」

そう言って喜ぶシンは、〝精霊回廊〟の入り口と説明された大木を、ペタペタと触りながら周囲をグルグルと回り、時折り真面目な表情でブツブツと呟いている。

「それにしても、大繁殖期なら私も一度体験しているが、そんなに楽しみなものだろうか」

「フィーリアさん、ヒト種がそれに立ち会えるのは一生に一度あるかないかですよ？　しかもその際には、上位種が生まれるっていうじゃありませんか」

「上位種？　なんの話だ？」

上位種、その言葉にフィーリアは首を傾げた。それを見たシンもまた首を傾げると、異空間バッグからあるモノを取り出す。

「なんのと言われましても、この鎧って、そいつの素材が使われているんじゃないんですか？」

それは、修復不可能にまでズタズタにされたフィーリアの鎧だ。

叩けば金属鎧のようにカンカンと音を響かせ、衝撃を弾き返すその胸当てはしかし、徐々に力を込めると固いゴムのごとくグニャリと形を変えて、手を放せば元の形に戻る。

そんな不思議な特性を持つコレは、素材に『グランディヌスの皮』なるものが使われている。己の持つ異能【組成解析】によってそれを知ったシンは、グランディヌスと呼ばれるモノこそ、フォレストバイパーの上位種だろうと見当をつけていた。

「確かにアレは、希少種と言っても問題はないと思うが……いや、どうなのだろうな」

しかし、フィーリアの態度は些か微妙だ。

「ん？　よく分かりませんが、実物を見ればはっきりしますよ」

「それもそうだな。まあ、そのためにもフォレストバイパーの毒袋が必要だったのだが、シンのおかげで四体分を手に入れることができた。全部で五体分必要なのだが、残りは別の者がなんとかしてくれるだろう。そういった意味でもシンは歓迎されるだろうから、里の滞在と待遇は心配しないでくれ」

「それはありがたい。このところ、トラブル続きで気の休まる暇もありませんでしたからね。お言葉に甘えて、里ではのんびり過ごさせていただきますよ」

「ははは。シン、誰が言い出したのかは知らないが、そういうのを『フラグ』と言うらしいぞ……どうした、変な顔をして？　いいから私の手を握れ、精霊回廊を通るぞ」

差し出した手をシンが握るのを確認したフィーリアは、もう片方の手を大木に翳し、何事かを呟く。すると二人の目の前に、緑色の空間の歪みが浮かび上がった。

声も出ず、ただ目を見開くシン。フィーリアはそれを面白そうに眺めた後、シンを引っ張るように精霊回廊の中へ飛び込んだ。

――――――――!!

視界が光で埋め尽くされると、自身の使う転移魔法とは異なる感覚と、重力から解放されたかのような浮遊感に、シンは一瞬意識が飛びかける。

そんな違和感に耐えること数秒、光が消えた二人の前には、先程とはまったく別の風景が広がっていた。

目の前には、一本の太さが一メートルを越える丸太、それがズラリと隙間なく打ち込まれた柵が延々と続く。柵の高さはゆうに三〇メートルはあるだろう。

そしてその光景以上にシンが驚いたのは、周囲を漂う濃密な植物の香りだ。香り自体に不快さはないものの、いつまでも嗅いでいると嗅覚が破壊されそうなほどである。

この強い芳香こそが、魔物を寄せつけない結界の役目をしていると、後にシンは聞いて知った。

「んがっ！」

「どうだ、シン。ここが我らの住む〝アナンキア〟だ。なかなかのもの――どうした？」

振り向いたフィーリアは、いるべきはずの場所にシンがいないことに気付くと、あたりを見回し、やがて、足元で潰れた蛙のような無様を晒す物体を目にする。

「何かの遊びか？」

「……そんなわけないでしょう。初めての体験で平衡感覚が狂っただけですよ」

「かろうじてキミに常識が通用することが分かって安心したよ。さて、よっこい、せっ！」

フィーリアは、フードを被った状態のシンの首根っこを掴むと、一気に吊り上げた。

「うおうっ⁉」

「ははは っ！　そういえば、昔はちょこまかと逃げ回る弟をこんな風に捕まえたものだ」

「さいですか。弟さんには同情しますよ……」

ジト目で返すシンを見て、フィーリアは再度高笑いする。結果として、それがよくなかった。

フィーリアが住まうというアナンキア。柵で囲われているのは当然、外敵の侵入を防ぐためで、ならばそこには門兵のような見張りがいるのもまた当然である。

微かな笑い声を耳に捉えたその男は、視界の先、精霊回廊の出入り口となっている大木の前に二つの人影を確認すると、胸に下げた小さな笛を思い切り吹いた。

笛がピイィと甲高い音を響かせると、それがやむ頃にはすでに、柵の上には十人近くの森エルフが弓を構え、二人の門兵が槍を携えてフィーリアたちの前に接近していた。

「姫様、よくぞご無事で!! 連絡もなしに出て行かれた挙句、一向に戻る気配もなし、今まさに捜索隊を出そうと準備をしていたところですぞ!」

「姫様はよせ。多少のトラブルはあったものの、こうして無事に戻ってきた」

そう言うとフィーリアは、力強く胸元をドンと叩く。ただ、その肝心の胸元には、戦士の鎧ではなく布切れがサラシのように巻かれている。どこから見ても多少のトラブルで済むものではない。

加えて目の前のシンである。

「トラブル……ですと?」

「ああ、実は森の中でこの男に――」

ジャキ!!

フィーリアを姫様と呼んだ二人は槍を構えると、その穂先をシンに向けて固定する。それと同時に、柵の上の弓兵からは殺気が漏れ出し、開いた門からは武器を構えた戦士たちが殺到した。

「……『フラグ』がなんでしたっけ？」

「あ、いや……」

予想外の展開に、フィーリアはあわわと口をパクパクさせるだけで言葉にならない。

それをどのように捉えたのか。槍を構えた男は、諦観の表情を浮かべるシンに向かって、感情を押し殺した声で話しかける。

「――下郎、末期の言葉くらいは聞いてやろう」

「……弁明の機会がいただけるのでしたら、ぜひその席で」

「お前たちヤメロ！　シンは――」

制止の声は間に合わず、槍の石突がシンの鳩尾に深々と突き刺さった。

「ぐっ――んっ!!」

くの字に折れ曲がる動きで、シンの体を掴んでいたフィーリアの手が離れる。すると今度はその首目がけて、槍の太刀打――金属で覆われた柄の部分――が振り下ろされ、シンの意識は刈り取られた。

シンの意識が途切れる直前に聞いた声は、フィーリアの絶叫だった。

■

「この度はお詫びのしようもない!!」

二〇人ほどの森エルフから頭を下げられたシンは、ズキズキと痛む後頭部をさすりながら、困惑の表情を浮かべていた。

各辺一〇メートルほどの板張りの部屋。そこでシンは一人だけ、草で編まれた畳のようなものの上に座らされている。おそらく上座ということなのだろう。

そんな彼の前には、一際強いオーラをかもし出している男を筆頭に、全員が胡坐をかいて床に両手をつき、頭を擦りつけている。その姿はさながら武士の出陣式か、はたまた謝罪の体勢か。

気分は武家屋敷である。

（どうしてこの氏族は、誰も彼もが武人スタイルの生き様なのか……）

眉をハの字にしたシンが懊悩していると、彼以外でただ一人、頭を下げていないフィーリアが口を開いた。

「シン殿、勘違いとはいえ貴殿に無礼を働いたのは事実であり、怒りが収まらぬのはごもっとも。しかしながら、ここはなにとぞ矛を収めてはもらえないだろうか?」

「え? ああ、少し考え事をしていただけで、怒ってなどいませんよ。大切な同胞、ましてや貴人に何かあったやもしれぬとあれば、先程の行動も理解できます。幸い大事には至ってはおりませんので、大事にするつもりは毛頭ありませんよ」

にこやかに、そして穏やかに話すシンに、男たちはさらに頭を床につける。

事態が終息すると思われた直後、先頭で頭を下げ、先程シンに対して謝罪の言葉を述べた男性が、再度口を開く。

「もったいなきお言葉。なれど、娘の恩人に狼藉を働きながらお咎めなし、それでは我らの気が済みませぬ。許されるならこのナハト、我が右腕をこの場にて切り落とし、以て贖罪とさせていただきたく――」

「父上⁉」

どうやら先頭で頭を下げていた男は、フィーリアの父親で族長らしい。言葉遣いもそうなら、行動も実に武人的だ。

「許されませんから‼　そんな謝罪の仕方は要りませんから！」

スタイリッシュな謝罪からのエキセントリックな贖罪のコンボに、シンの方が悲鳴を上げる。

（もうヤメテ！　なに、この森のエルフってなんなの⁉　中身完全に戦国武将じゃん！　しかも一際ヤバイ地方の‼）

とはいえ、相手もハイそうですかと納得するはずはない。

「しかしそれでは我らの気が！」

「そんなことされても嬉しくありません！　どうしても気が済まない、そう仰るのでしたら二つ、私の要望を叶えていただきたく存じます」

「要望を二つ？」

　なおも抗弁する族長の意識が別のものに移ったところで、シンは一気に捲し立てる。

「ええ。まず一つ目。私は世界を旅して回る薬師です。そのため、各地で薬の材料や貴重な素材を購入し、作った薬をまた売って――そうして生計を立てております。ですので、もしよろしければ、この森で採れる植物や様々な素材、それらを買わせていただければと思っております」

「そのようなこと。買うなどと言わず、好きなだけ持っていっていただいて構いませんぞ」

「いえ、それは私の方が心苦しいので勘弁願います。もしどうしてもというのであれば、市価の半値で譲っていただければありがたい。そして二つ目のお願いですが、フォレストバイパーの産卵時期が過ぎるまで、ここに滞在する許可をいただきたいのですが……」

「……は？」

「父上、彼――シンは元々、それが目的でこんなところまでやって来た変わり者でして」

　呆ける父親に、フィーリアが事情を説明する。

　はじめは神妙に聞いていた族長だったが、顔からは徐々に緊張感が失せ、しまいには若干呆れ顔になる。ちなみに後ろの連中は、頭を床につけたまま首を傾げるという、器用な芸当を見せていた。

「決して迷惑をかけるような真似はしませんので、どうぞお願いいたします」

「シン殿は変わった御仁ですな……無論、こちらに異論はございませぬ。どうぞごゆるりと、この里に滞在してくだされ」

それからシンは、後ろで頭を下げていた男たちからも、順繰りに謝罪の言葉をかけられる。そしてその都度、エルフの若く秀麗な相貌から繰り出される武士のような言葉遣いに、苦笑いを抑えるのに必死だった。

そして――

「……ふう」

あてがわれた部屋の中、ようやく安堵のため息をついたシンは、大の字に寝転ぶ。

『シンにしては、えらく穏便に済ませたものですね？』

そこへ、シンの体内にある竜宝珠を介して、大地の魔竜メタリオンの思念が、彼の頭の中に響いた。何の前触れもなしに話しかけてくるリオンに、しかしシンは欠片も動じず、冷静に返す。

「……リオン、とりあえずお前が俺のことをどう評価してるのか知りたいので、チョットここに来て座りなさい」

巨乳美女の姿で——とはあえて言わなかったものの、相手(リオン)には充分伝わったようで、当然のように無視された。

お願いを聞いてくれない無慈悲(むじひ)な友人に、シンは心の中で悪態(あくたい)をつきながら話し出す。

「暴(あば)れるメリットが一つもないからな。まあおかげで相手は俺に対して、感謝と負(お)い目で強気には出られない。大概(たいがい)の要求は無条件で通るし、多少無茶なことも押し通せる。万々歳(ばんばんざい)だな」

『さすが外道(シン)ですねえ……』

「酷(ひど)くない？」

呆(あき)れる声に突(つ)っ込(こ)みを入れつつ、グラウ＝ベリア大森林の森エルフ(フォルディア)について、シンはリオンからあれこれ聞き出した。

——グラウ＝ベリア大森林には、シンが出会ったアナンキア氏族をはじめ、ミラヨルド、ルーケンヌ、パラマシル、サンノイドと、合計五つの氏族が存在する。この呼び名は、彼らが護(まも)り、また護(まも)られている五本の聖樹の名前でもある。

森の中心には世界樹があると言われているが、通常の手段では近付くことも、それどころか姿を見ることすら難しい。

そんな世界樹から、北の位置にあるアナンキアを筆頭に、前述の順番で右回りに五本の聖樹が点在し、各々の里には二万人ほどの森エルフが住んでいる。

一番東に位置するミラヨルド。彼らは五氏族の中で最も開放的であり、大森林の東にあるハルト王国と、活発に交流している。

パラマシルとサンノイド。こちらは、数十年前から険悪な仲とのこと。聖樹同士の距離が近く、そのせいで狩りや希少な植物など、縄張り問題で揉めていることが理由だ。

シンが滞在するアナンキア、そしてルーケンヌは特にこれといった特徴はなく、ごく一般的なエルフの営みが見られるだろう、とはリオンの言である——

「一般的とは……?」

リオンの言葉に、首を傾げる以外の反応ができないシンだった。

その後、森を抜ける間に採取した、様々な植物や魔物の素材。これらを整理、整頓しているとあっというまに時間は過ぎ、気がつけば日は傾いている。

(食事はどうしよう?)

シンがそんなことを考えていたところへ、実にタイミングよくフィーリアがやってきた。

食事の準備ができたと告げる彼女についていけば——なぜか宴会場に案内される。

「何か、祝い事でもあるのですか?」

「……本当に些細なことを気にする男だな。疑問など、酒が飲めるというだけで全て呑み込め。それがいい男というものだ」

「はあ、そういうもんですか。フィーリアさんは男前ですね」

お互い、相手に呆れたような目線を送っていると、先程、実に男前な責任の取り方をしようとした男から声をかけられた。

「来られたか、シン殿！　ささ、こちらへ」

宴会場全体に届くような声で自分の名を呼ばれ、場の注目を一身に浴びたシンは、促されるままに上座に座る。

空気の読めるジャパニーズサラリーマンの前世を有するシンに、断るという選択肢はなかった。

シンの両隣に族長のナハト、その娘のフィーリアが着座し、皆の視線が三人に集まる中、ナハトがおもむろに口を開く。

「此度は、大事な客人を迎えての祝いの席である。客人の名はシン、我が娘の恩人にして、行き違いから生じた我らの無礼を水に流してくださった徳量寛大の徒である。また、この時期必要になるフォレストバイパーの毒袋を四体分も提供してくれた、まさに豊穣の使い。皆、今宵は大いに飲むがいい」

『おーーーー!!』

族長の宣言ののち、次々に杯を酌み交わし、盛り上がる武闘派の森エルフたち。そんな中でシンはというと、挨拶に来る森エルフたちに営業スマイルで応対していた。

彼らの列が途切れた頃、タイミングを見計らっていたのだろうか。フィーリアの逆隣に座っている二〇歳（ヒト種換算で一〇歳）くらいの年若い少年が、シンに話しかけてくる。

「シン様、この度は本当にありがとうございました」

周囲とは一線を画す、大人しい雰囲気のエルフの少年は、そう言ってシンに頭を下げた。

「感謝なら充分にいただきましたよ。あー、ええと」

「カイトと申します、シン様」

「様付けはよしてください。カイト君は、フィーリアさんの息子さんで？」

ゴン――!!

「痛う……イキナリなにを？」

「バカモノ！　カイトは私の弟だ。私が子持ちに見えるのか!?」

顔を真っ赤にして怒るフィーリアを見て、周囲がどっと笑う。

シンは頭をさすりながら不満顔で――

「見えるも何も、エルフの外見から、どうやって年齢を見分けろと言うんですか？」

「そ、それは！　……雰囲気というか、佇まいというか、色々だ！」

「んな無茶な……ああなるほど。つまりフィーリアさんは、大人の女性らしい佇まいもなければ、妻にと望まれる雰囲気もかもし出していないということですね！」

ゴン――!!

「ぬおっ！」

「喧嘩を売っているのか？　いや、売っているのだな。いいだろう、泣きたくなるほど買い叩いてやる！」

二人のやり取りに、すでに酒が回りはじめた周囲はやいのやいのとはやし立てる。

あたふたするカイトの前で、やる気満々で二人が唸り声を上げていると――

ゴスンッ!!

フィーリアの脳天に、シンが食らったものとは明らかに違う、質の高いゲンコツが落とされた。

「っ～～～～～～!!」

「ハーッハッハ！　フィーリア、そなたの負けよな。というかそなた、恩人の頭をそうポンポンと叩くでない」

叩くどころか殴るなのだが、その辺は気にしないらしい。というか、父親の基準からすれば、娘のそれは確かに叩く程度なのだろう。

頭を押さえ、涙目で何か言いたそうなフィーリアではあったが、さすがに自重したようで大人しく座る。耳まで赤くした顔で、シンを睨むのをやめる気はなさそうだが……

「……で、フィーリアさんは一体何歳なんですか？」

「我が娘(フィーリア)なら五〇は越えておりましたかな。まあ、腕(うで)っ節(ぶし)ばかり鍛(きた)えたがる、まだまだ子供にござるよ」

「族長、姫様は今年で九〇歳ですぞ」

「む、そうであったか？　まあ、一〇〇にも届かぬのだ、大した違いはなかろう」

大(おお)ざっぱすぎる認識と、赤ら顔でヌハハと笑う姿。そこに里を統(す)べる者の威厳(いげん)はなく、ただの酒飲みオヤジがいるだけだった。

その後も宴会は続いていたが、不意にナハトがポツリと呟(つぶや)く。

「……娘も、せめてもう少し落ち着きが出てくれれば、安心して嫁ぎ先へ送り出してやれるのだがな」

「え、フィーリアさん、結婚するのですか？」

「うむ、ルーケンヌの次期族長のもとへな」

ルーケンヌとは、北にあるアナンキアに対し、グラウ＝ベリア大森林の南に位置する聖樹の里である。

離れた土地に嫁(とつ)ぐ娘を思ってか、ナハトの表情はどこか寂(さび)しげであった。

なんとなく言葉をかけづらくなったシンは、ふとフィーリアを見ると――

「…………」

キュッと唇(くちびる)を引き結(むす)び、どこか思いつめたような表情を浮かべている。それを見たシンは、心の中だけで盛大なため息をついた……

■

――アナンキアの朝は遅い。

グラウ＝ベリア大森林の中にある集落では、陽の光がまともに差すのは早くとも七時を過ぎる。

にもかかわらず、森エルフの戦士たちは朝の四時から完全装備で柵の外を走り、木の枝に飛び移り、さらに当番の者は、朝の食材の調達に森へと入るのだ。

シンが目を覚ました六時には、いまだ薄暗い広場で模擬戦闘をしている戦士たちの姿があった。

「武士かとも思ったが、中身は海兵隊だったか……」

昨夜あれだけ宴会で騒いだ次の日にこれである。アナンキアの戦士たちの質の高さが透けて見えるようだった。

ちなみに、現在シンがあてがわれている部屋は、彼らが訓練施設として使っている建物の一室で、族長のナハトや、その親族などが滞在時に使用する部屋である。

顔を洗って意識をハッキリさせたシンは、食堂で適当に朝食を摘んだ後、そのまま集落の中を散策しようと宿舎を後にした。

そこへ――

「あ、シン様！」

外へ出たとたんに声をかけられる。声の方を向くと、そこには森エルフの少年の姿が。

昨日紹介してもらった、フィーリアの弟のカイトだ。

「おはようございます、カイト君。それから様はよしてくださいよ、恥ずかしいですから」

「そうですか？　ではシンさんで。それでシンさんはどこへ？」

「ええ、滞在許可を貰ったものですから、街中でも散策しようかと」

「でしたら僕がアナンキアを案内しますよ！」

シンは道案内を手に入れた。

森エルフの多くは、自分たちの故郷を、村、街などとは呼称せず、聖樹の名前で呼ぶのが通例らしい。ただ、対外的には○○の街――もしくは里――で通しているとのこと。

訪れたときに見た、大きな柵で覆われた空間の広さは、直径が二キロの円形になっており、その中に約二万人が住む。

住居や各施設は、外観はログハウスなどの木造建築で、商店以外の建物内は原則土足禁止。どこぞの別荘地のようである。

全ての住人が森エルフ（フォルディア）というわけではなく、わずかではあるがヒト種やドワーフなども住んでいる。彼らの大半は、鍛冶師（かじし）や職人、交易商人とのこと。

森エルフ（フォルディア）ということもあり、種族特性として全員が風属性の魔法の使い手だ。また、軽い身のこなしに加え、弓の腕前はヒト種であれば熟練（じゅくれん）の弓兵並み。

その中でも『戦士』として訓練を受けている一〇〇〇人ほどの精鋭（せいえい）が、森の外で魔物を狩ったり、悪意を持った襲撃者への対処をしている。

里の中心には、幹の太さが三〇、高さが二〇〇メートルになる聖樹アナンキアがそびえ、街のどこからでも見ることができる。

シンは、カイト少年の案内で朝市にやってきた。

店頭には様々な果実や木の実、野菜などが並んでいるが、やはりというべきなのだろうか、肉や魚の類（たぐい）は多くなかった。

「森エルフ（フォルディア）の皆さんは、肉はあまり食べないのですか？」

「好みもありますが、どうしても肉が食べたい！　という人は少ないですね。『戦士団』の方々が『肉を食べないと力が出ない』と言って、狩った獲物の大半を自分たちで消費しているのが、市場で肉を見かけない一番の原因ですけど」

あははと笑うカイトに、妙に納得したシンも乾いた笑いを返す。

店を回りながら買い食いをしていると、シンはふと、周りの森エルフたちの会話に違和感を覚える。いや、それはカイトと話をしているときから感じていたものだが、ここにきてはっきりと自覚してしまった。

彼らの喋り方が、カイトが言うところの『戦士団』とはまるで違う。シンにとって馴染みの、『ごく普通』の喋り方なのである。

「カイト君、店先で会話している方々と、ナハト様やフィーリアさんたちの話し方が、まるで違うのはなぜなんですか？」

「アレは戦士団独特の喋り方です。腕や素質を見込まれ戦士団に入団した方たちは、訓練を終えると皆、ああいう喋り方になってしまうんです」

どうやら、あの喋り方は彼ら特有のものらしい。好奇心旺盛なシンとしては、どのようなプロセスを踏めば、あんな喋り方になるのか気にはなったが、藪蛇になるのが怖くてそれ以上つっこむ気になれなかった。

「僕も二〇歳です。まだまだ未熟ではありますが、父が族長ということもあって、今年から戦士団への入団が決まっていまして」

「――――!?」

聞き捨てならないセリフに、彼の背筋に戦慄が走った。

シンは隣（となり）を歩く少年に目を向ける。

線の細い子である。種族がエルフということを差し引いても、美少年という表現がしっくりくるだろう。もし『外』の街を歩こうものなら、すれ違う十人が十人、思わず振り返るはずだ。

言葉遣いも丁寧で、物腰（ものごし）も柔（やわ）らかいこの少年が、ああなる。シンは、立場が生み出す境遇（きょうぐう）の残酷（ざんこく）さを嘆（なげ）いた。

「それは、その、なんというか……」

「ハイ、今からとても楽しみなんです！　カッコイイですよね、あの喋（しゃべ）り方！」

「あ、ハイ……ソウデスネ」

アナンキアの闇は深そうだ……いや、業（ごう）だろうか。

食べ物や日用品を扱う店を一通り回り、次は武具や素材を扱う店を見て回る。

店頭に多く並ぶのは、バラガの街でも見た鎧ヤモリの素材を使った装備。他にも甲虫類（こうちゅうるい）の鎧や盾などもあるが、フィーリアの鎧のような『グランディヌス』の素材を使ったものはない。

カイトが話すには、グランディヌスを使った装備は、希少で市場には出回っておらず、戦士団でも一部の上位者にしか支給されないものだとか。またフォレストバイパーのものですら、市場にはあっても高額で、新人や一般団員では手が届かないとのことだった。

そんなカイトが「ここは凄いですよ」とシンを連れてきたのは、今までの店舗とは見るからに規模の違う、これはもう問屋と呼んだ方が相応しい、そんな大店である。

「ここは『タラスト商会』と言って、『外』の取引相手と交易品を扱う卸問屋です。取り扱うのは、高価な工芸品、それに、この森でしか採れない貴重な素材です」

「ビンゴ！」

シンは思わず大声を出す。

先程までとは違い、感情を隠そうともしないシンの喜びっぷりに、案内役としての務めを果たせたことをカイトは密かに喜んだ。

開いた木の扉がキィと鳴ると、まるでそれが呼び鈴だったかのように、店の奥で人影が動く。

「いらっしゃいませ。これはカイト様、今日はどのような用向きで？」

「おはようございます。父から連絡は行っていると思うのですが」

「ああ、ではそちらの方が！　はじめまして、シン様。そしてようこそ、我がタラスト商会へ。私はタラスト＝アナンキア、商会の会長を務めております」

カイトの言葉を聞き、その顔に喜色を湛えたエルフの男性は、シンの前で優雅に頭を垂れる。

男に倣うようにシンも頭を下げ、お互い自己紹介をするのだが――

「ああ、五二〇歳……そうですか」

エルフの年齢を当てるのは。自分には不可能だ。そう改めて認識するシンだった。

「話はナハト様から伺っております。では、どうぞウチの品揃えをご堪能ください」

「それはもう、遠慮なく……おお、このエルダートレントの枝はいいですねえ」

シンは、壁にかけてあった、二メートルほどの太くて長い丸材を手に取る。そしてそれを、軽く振り回して重心の位置を確認すると、今度は指で弾いて反響音を聞いたり、魔力を流して伝達量、速度などを、丹念に調べ上げた。

一通り素材の状態を確認し、満足げに目を細めるシンに向かって、タラストはこれまた満面の笑みを浮かべて話しかける。

「さすが、コレの良さが分かりますか。トレント系の魔物というのは、その樹齢もさることながら、下処理の作業精度によって、その後の効果や能力に大きな差が生じるものですからね。おや、よく見ればシン様のその杖も、エルダートレントの枝が使われているご様子……処理の手際は及第点ですが、時間をかけなさすぎですね。下処理はあせらず日数を惜しまず、これは鉄則です」

「ハハハ……やはり専門家の目は誤魔化せませんねえ。耳の痛い話です」

どうやらどちらも素材マニアらしく、一瞬で意気投合した二人は、その後も案内役のカイトそっちのけで、店内の素材を手にとってはいちいち丁寧に素材談義に花を咲かせる。

徐々に熱を帯びていく会話の内容に、カイトは引きつった笑みを浮かべながら、ゆっくりと後ずさり……二人に同時に肩をつかまれた。

「カイト君、戦士団に入れば、道具の手入れは必須ですよ。正しい手入れの仕方に、使われている素材の特性。戦闘技術だけ覚えれば良いというものではないですからね」

「シン様の言うとおりですよ。ささ、カイト様、私たちと一緒に、道具への愛情を育みましょう」

「ええ……」

逃げ道を失い、味方もいない。涙目になったカイト少年は、戦場で孤立することの危険性を学んだ。

いたいけな少年を、数寄者の沼に引きずり込もうとする悪魔だったが、店内をぐるりと見回し、疑問を口にする。

「この店、確かに品揃えは豊富なのですが、フォレストバイパーをはじめ、爬虫類系の魔物の素材が多いわりに、オーガなど、二本足の素材が見当たりませんね？」

「これは耳の痛い。実は、ゾマの森はオーガ種の数が極端に少なく、見つけるのが困難なのです。それ故、素材の確保はかなり難しいのですよ」

「なるほど……タラストさん。ここだけの話、オーガの素材でしたら、私の手持ちに――」

ギン――!!

シンが話し終わる前に、タラストは彼の正面に回り込む。そして、猛禽類のごとき鋭い眼差しをシンに浴びせると同時に、両肩をガッシと掴む。この間、わずか〇・一秒。

「……今の話、本当ですか？」

「ものによっては二体分ほどありますよ。ただ、少しかさばるのでここではちょっと」

「それではこちらの保管庫まで……おお!!」

店のカウンターから奥へ進むと、売り場よりも広い空間が、シンの目の前に現れる。

タラストに先導され、一際大きなテーブルの前まで来たシンは、そこでオーガの素材を異空間バッグから取り出す。同時にタラストの歓喜の声が、部屋中に響き渡った。

ブルーオーガの素材が一体分、それにレッドオーガの内臓が一通り。これらがテーブルに並べられる度に、彼の口からはため息が漏れる。

「これは凄い！　魔力を纏ったブルーオーガの皮膚に、レッドオーガのものと合わせて二体分の内臓。しかも鮮度がまったく落ちていないとは。この容器を満たしている銀色の液体、これに秘密がありそうですが……」

「東大陸を旅していたときに教わった保存液です。よろしければ製法もお教えしますよ」

中央、そして東大陸は、はっきりした四季があり、特に東大陸は湿気も多い。この保存液は、東大陸の一部で用いられている薬品で、長距離輸送と環境変化による素材の劣化、腐敗を防ぐために開発されたものだ。

シンのように、頻繁に各地を飛び回りでもしない限り、熱帯、亜熱帯の南大陸では特段必要にならないものの、在庫を大量にストックする大店にはありがたい液体とも言える。

オーガの素材を全て買い取り、保存液の製法まで教わったタラストは終始ご満悦だ。

「いやあ、これではもてなすこちら側の方が得が多いではないですか。はて、これは困った……」

まったく困っていない顔でウンウンと唸りながら、何やらブツブツと独り言を呟いていたタラストだったが、ウンと一つ頷くと、含みを持たせた笑顔でシンを手招く。

タラストの先導に従い地下の保管庫に下りたシンたちは、そこからさらに下へ、幾重も魔法で施錠された扉を抜け、ここが最後であろう、巨大な扉の前までやってきた。

「タ、タラストさん。商店の地下、というかアナンキアにこんなものがあるなんて聞いたことがありませんよ?」

「族長は知っておいでですよ、カイト様。貴方はいずれその座を継ぐお方、お見せしても問題はないでしょう」

「――――!!」

タラストはサラリと言ってのけるが、その言葉が意味するところは、ここが、里の秘事に関わるということである。カイトは思わず振り返り、シンとタラストの顔を交互に見やった。

「大丈夫。シン様はこの扉の奥に進む資格のあるお方だと、わたくしは確信しております。さあ、入りますよ――」

ギイィ――

「おお……」

扉の隙間から流れ出る冷気に頬を撫でられ、そして、扉の先から感じる魔力の波動に、シンは思わず声を上げた。

扉の向こうに足を踏み入れた三人は、部屋全体を覆う濃密な魔力と、地上にいるときよりも濃い緑の香りに包み込まれる。

「まいったな。ここは宝物庫かよ……」

あまりの出来事に、シンは思わず言葉遣いが素に戻る。

「え？　シンさん、ここにあるのは素材ばかりですけど？」

「カイト様。シン様はこれらが何であるのか、それを踏まえた上でそう評したのですよ。ええ、その通りですよ、シン様。ここにあるのは全て聖樹、そして――世界樹の素材でございます」

「っしゃあ!!」

シンは本日二度目のガッツポーズをした。

タラスト商会の地下にある秘密の保管庫。そこに秘蔵されているお宝素材を前に、シンは生唾を呑み込み目を輝かせ、それらを一点一点慎重に調べる。

そこには大小様々な枝、若葉に朽ち葉、木肌に根。果ては、一口食べれば寿命が延びると言われる伝説の『生命の木の実』まで置いてあった。

しかし、シンが最も注目したのはそのどれでもない。この宝物庫の隅に置かれた、密封された大きなガラス瓶に入った液体。彼の視線はそれに釘付けになる。

そんな彼の様子に、タラストは満足げな表情を浮かべ、ウンウンと頷いた。

「さすがシン様、私の目に狂いはありませんでしたね」

「タラストさん。シンさんがずっと見ている瓶ですけど、中身は何なのですか？」

「『世界樹の樹液』――カイト様は聞いたことは？」

「父から聞いたことがあります。大変貴重な品だと」

「その通り。アレを用いることで、ある秘薬を作ることが可能になります。しかし同時に、その秘薬を作ることにしか、アレは使い道がないのですよ！」

顔を紅潮させつつ、やや興奮気味にタラストは語る。その秘薬が何なのか、言いたくてたまらないという表情で。

続きが気になるカイトは黙って待つのだが、タラストはそれから口をつぐんで、一向に喋(しゃべ)ろうとしない。カイトが焦(じ)れるのを楽しんでいるようにも見える。

「タラストさん、もったいぶらずに教えてください！　一体あれは、何の材料なんですか？」

痺(しび)れを切らしたカイトが、拗(す)ねたように大声で問いただす。するとタラストは、待ってましたとばかりに答えを口にした。

「霊薬(エリクサー)ですよ」

「!?」

霊薬(エリクサー)。それは、およそありとあらゆる怪我(けが)、病気を治(なお)し、果ては過去に失われた肉体すら、在(あ)りし日の状態に戻すことを可能とする万能の秘薬。しかし現在、錬金術(れんきんじゅつ)ギルドには、この伝説の秘薬を作れる錬金術師は登録されていない。

ガシッ!!

「ひゃっ!!」

興奮を抑えきれないタラストは、カイトの両肩を前後に揺(ゆ)すりながら、熱に浮かされた表情で訴える。

「いいですか、カイト様……あの樹液は、霊薬(エリクサー)を作る以外の使い道はないんです。しかし！　世界中の錬金術師が登録しているはずの錬金術ギルド。そこには、霊薬(エリクサー)を作ることのできる錬金術師など、登録されてはいないのですよ!!　これがどういうことか分かりますか⁉」

　そこまで聞けばカイトも理解した。たとえそれがどんなに貴重な品であれ、使えないものに興味を示す者はいない。もしここで、シンが世界樹の樹液を手に入れたとしても、作り手の存在しない薬の材料など、ギルドがわざわざ高値(たかね)で買い取ってくれるはずもない。いつか現れるであろう伝説の錬金術師のためとはいえ、劣化(れっか)して使い物にならなくなる確率の方が高いわけで、安く買い叩(たた)かれるのが関の山である。

　にもかかわらずシンは、興奮する二人には目もくれず、ガラス瓶を凝視(ぎょうし)したままだ。そして時折、「他の素材が確か……」とか「この量だと……」などと呟(つぶや)いている。

　そして――

　考えがまとまったのか、パンと手を合わせたシンは顔を上げた。

「タラストさん、この大瓶一本、大金貨五〇〇枚で足りますか？」

「ごっ！　シンさんっ⁉」

　横に控えるカイトが、額の大きさに思わず驚きの声を上げる。しかし、驚く少年とは対照的に、言った方(シン)も言われた方(タラスト)も、大金貨五〇〇枚（五億円）という金額にまったく動揺(どうよう)しない。これの価値を知っているからだ。

タラストは告げる。

「『世界樹の樹液』、確かに金額としては充分ですが、シン様、これは他とは一線を画す貴重な品。金を出せば手に入るものではないと、あなた様ならご理解いただけるかと」

タラストの大仰な言い回しに、シンもまた大きく肩をすくめると、芝居がかった仕草で腰の異空間バッグから薬瓶を数本、大事そうに取り出して、テーブルに並べる。

薬瓶に入った黄金色の液体。強い魔力を感じさせるそれは、大瓶に入れられた『世界樹の樹液』によく似ていた。

「おおぉ――」

「とりあえず六本。物々交換なら受けてもらえますか?」

「もちろんです、どうぞお持ち帰りください。もしよろしければ、先程の大金貨五〇〇枚で、もう一瓶買っていかれますか?」

「いえ、他の材料を考えると、一瓶で充分です。他の素材の代金に使わせてもらいますよ」

大口の顧客を前に、商人は深々とお辞儀をする。そして霊薬の瓶を手に取ると、まるで射貫かんばかりに凝視し、やがて怪訝な表情を浮かべる。

「ん?」

「シン様、コレはいけません。シン様の名前が製作者として記されているではありませんかか。コレはマズイ、大変マズイです」

　タラストの言うとおり、大変にまずい。もしもこれが流通した場合、シンの名は確実に世界中に知れ渡るだろう。気分は指名手配犯だ。

　貴重なお宝を前に、大事なことを忘れていたシンは、しまったという顔をして頭をかく。

　そんなシンの表情を見たタラストは、口の端をわずかに上げると、囁くように言葉を紡いだ。

「ですがご安心ください。私は、この製作者の登録を空白にする裏技を知っております」

ですので、他では流せない秘薬や道具などありましたら、どうぞよしなに――恭しく下げたタラストの頭には、そんな見えない張り紙がしてあった。

　相手の意図を正しく理解したシンは、こちらも口の端をニヤリと上げる。

「ほう、それはありがたい。これほど気配りの行き届いたお店とでしたら、私も末永くお付き合いしたいものですねえ」

「これは嬉しいことを仰る……フッフッフ」

「フッフッフ……」

　第三者から見れば、片や伝説級の秘薬の製作者、片やそれを安全に市場に流せる有能な商人――のはずなのに、なぜか二人とも、悪巧み感を前面に押し出して不敵に笑う。

　単にノリが近いだけなのだろうが、そのノリについていけない純朴な少年は「あ、この人たちダメな大人だ」と思いながら、逃げることも許されず、ただただ不幸だった――

「……なんだか、とても疲れました」

「そうですか？　私は元気になりましたよ♪」

最敬礼でお見送りをするタラストを背中に感じながら、重い口調でカイトが呟く。

そんな少年とは対照的に、緩む頬を抑えきれず、終始ニヤけ顔で足取りも軽いシンは、貴重な素材を大量に買い込んでご満悦だった。

次はどこへ、などと思っていたが、シンの買い物は予想以上に時間がかかっていたらしく、いつの間にかお日様が真上に昇っている。近くの食堂に入って昼食を済ませると、食後のお茶が出てくる頃には、カイトにもようやく落ち着きが戻っていた。

「二人とも無茶苦茶ですよ、いくら伝説の……」

「ははは、カイト君は次期族長ですからね。大きくなればああいう機会も増えますよ。それと、こんなところでそういう話を、軽々しく口にしてはいけませんよ」

人差し指を口元にあてるシンの仕草に、カイトはハッとした顔をすると、すぐに背筋を伸ばして居住まいを正す。ここは人の出入りが激しい食堂の中、誰が聞き耳を立てているか分からない。こんな場所で話す内容ではなかったと、彼は口を引き結ぶ。

そんなカイトの様子を見て、シンはしまったと眉を顰める。

いずれは族長の地位を引き継ぐ身ではあるが、少年は今はまだ大人の庇護下にあるべき年齢だ。秘密だの責任だの、厄介事を背負わせるにはまだ早かろう。些か大人げなかったかなと、店内での行動を少しばかり反省した。

シンは話題を変える。

「そうだ、カイト君。話は変わりますが、フィーリアさんは近いうちに結婚するのですか？」

「はい！　姉さんなら三ヵ月後、ルーケンヌの次期族長であるラスティ兄さんのもとへの輿入れが決まっています」

「兄さん？」

「ああ、いえ、お互い親が族長ということもあり、昔から家族ぐるみの付き合いなんです。とても立派な方ですよ」

カイト少年はそう言うと話し出した。

ルーケンヌ――森の北に位置するアナンキアとは、世界樹をはさんで反対側の南に存在する聖樹。同時に、そこに集う森エルフの氏族名であり、集落の名でもある。

戦闘に秀でたアナンキアとは違い、木工製品や武具など、製造業に優れた氏族だ。

ここで各氏族のことを簡単に説明すると――

近接戦闘に秀でたサンノイド。

魔法技術に秀でたパラマシル。

武芸全般に秀でたアナンキア。

生産技術に秀でたルーケンヌ。

そして、目立った特徴はないものの、一本だけ世界樹と離れた場所にあるため、結果としてグラウ＝ベリア大森林の三分の一を縄張りとし、ハルト王国との交流が盛んなミラヨルド。

現在、サンノイドとパラマシルは、氏族間で睨み合っており、何かの拍子に、本格的な衝突が起きるかもしれない。また、その争いが、他の三氏族に飛び火しない保証はない。

例えば、相手の里を攻めるため、他の氏族の協力を要請することも考えられるだろう。

もし、その要請を断った場合、果たして彼らは納得し、大人しく引き下がるだろうか？

既に相手方に取りこまれているのではないか？　などと疑ったりはしないだろうか……

彼らの矛先が別の里に向いたとして、アナンキアはともかく、ルーケンヌは非常に深刻な被害に見舞われることだろう。

そんな悲劇を事前に防ぐべく、アナンキアとルーケンヌの族長はヒト種の国王や領主に倣い、互いの子供らを結婚させ、対外的には同盟を結んだと思わせることを考えたのである。

幸い、両家族は昔から交流があり、子供たちの仲も良かったため、さしたる問題はなかった。

両者の話し合いはトントン拍子に進み、結婚の時期は、フォレストバイパー大繁殖期の終了に合わせて行なうことに決まる。

ただ、シンはあのとき見たフィーリアの表情が気になった。とはいえ、それを口に出せば騒動の引き金になるのは目に見えていたので、口をつぐむしかなかった。

「ラスティ兄さんはルーケンヌ一の戦士で、姉さんも敵わないんですよ！」

「ほう、それは凄いですね」

（それは強い、のか？）

正直、戦いが不得手のルーケンヌで一番と言われてもピンと来ない。それに、オークに押し倒されるフィーリアしか見ていない身としては、彼女を引き合いに出されても、今一つ判断のつかないシンだった。

食事を終え、里の中を一通り回るとやることがなくなる。どうしようかとシンが悩んでいると、意を決したようにカイトが話しかけてきた。

「あの、シンさん。姉さんから聞いたんですけど、なんでもオークの肉を使って、とても美味しい料理を作ったとか」

「正確には、使ったのは肉ではなく骨ですね」

「オークの骨ですか？　実は、姉さんがアレは絶品だったと、それはもう嬉しそうに話すものですから、僕も父も気になってしまいまして、ですから……」

氏族の特徴か、それとも血筋か。ともあれ胃袋さえ掴んでおけば、アナンキア氏族はシンに対して不義を起こす心配はなさそうである。加えて先程の件もあり、目の前の少年のお願いを叶えることに吝かではないシンだった。

「いいですよ、材料さえあればご馳走いたしましょう。ただ、仕込みに数時間かかるので、すぐにとはいきませんが」

「でしたら今すぐ！　オークなら、里の戦士が朝の間に何体か狩ってありますので!!」

「うわぁ……」

どうやら、ふるまうのは一家族、ではなさそうである。

■

――現在、俺の前には合計七つの大きな寸胴が並び、そのどれもがグツグツと煮えたぎり、ゴポゴポとねばっこい泡を立てている。

肉を削ぎ落としたオークの大腿骨――いわゆるげんこつ――を真ん中からへし折り、鍋で二〇分ほど茹でたら一旦その煮汁を捨てる。その後、再度寸胴に水と、臭い消しのため、ネギやショウガに似た野菜をぶっこんだ。

本来は八時間くらい煮込みたいところだが、今回は時間短縮するべくげんこつを細かく砕き、ついでに圧力鍋よろしく、厳重に密封して一気に煮込む。

二時間ほどで封を開けると、大量の蒸気とともに猛烈なスープの匂いが周囲に充満する――ここで戦士団の料理当番のエルフたちが一度逃げた。まったく、戦士が敵前逃亡とは何事か！

無茶な方法だったが運良く失敗はしなかったようで、その後は水のつぎ足しとアク取りを丁寧に行う。やがて、乳白色のドロッとしたスープができた。

ラーメン自体は、醤油や味噌ベースのものが既に広く流通している。おかげで、麺の種類もいくつかあった。彼らはとんこつラーメンをご所望だったので、細麺を人数分用意させる。

最初は涙目だった料理当番も、匂いに慣れてきたのか、いつの間にかとんこつスープに興味津々だ。

乾物を戻した出汁と塩ダレにスープを合わせ、味見をさせる。フィーリアのときと同じく、耳をピンと立ててしばらく固まっていた。氏族共通の反応なのだろうか？

どこから聞きつけたのか、宿舎の食堂には非番の者まで集まっており、すでに満席になっている。さらに、座れなかった連中が列をつくり、それが建物の外にまで延びていた。

まあ、期待されているということなのだろう。嬉しさ半分、面倒臭さ半分だな。

独特の匂いに、はじめはおっかなびっくりの彼らだったが、一人の勇者が歓喜の声を上げると、その後は麺をすする音が食堂内を支配した。

とはいえ、苦手な者もやはり中にはいるようで、おおむね五人に一人くらいが微妙な表情を浮かべている。そんな彼らのラーメンは、近くにいた連中によって争奪戦が起きていた。仲が良くて結構だな、オマエラ。

寸胴の前で腕組みをしていた俺の前に、テンションの高いカイト君がやってきた。

「シンさん、ご馳走様でした！　姉さんが言ってたとおり、本当に美味しかったです‼」

うん、バラガの街でも思ったが、きちんと感謝を伝えることができる子には、きっと輝く未来が待っているぞ。……そして一人で三杯も食ってる族長よ、口いっぱいに頬張ったままモゴモゴ喋っても通じねえからな？

スープのレシピは、料理当番に口頭とメモ書きで教えておいた。今後、アナンキアにもとんこつラーメンブームの流れが押し寄せるだろう。ちなみに俺はとんこつしょうゆ派だ。

労働の汗、そして、とんこつラーメンを美味しそうに食す森エルフたちの顔を見て、俺はなんとも言えない達成感に包まれる。

彼らの笑顔を背に宿舎を出ると、すでに夜だった。体に当たる冷たい風は、汗をかいた顔に心地よい。

そして、思い出したかのように疲労を感じながら、俺は呟かずにはいられなかった。

「おかしい、俺は本来おもてなしを受ける側のはずだ……」

■

翌日、目を覚ましたシンが食堂へ足を運ぶと、本日の料理当番がとんこつスープの仕込みに汗を流している。おそらく、外回りや任務で食べられなかったメンバーの分だろう。

どうやら一日でとんこつラーメンは市民権を獲得したようだ。

森の中で生活する彼らが、この強烈な匂いを体に纏わせても平気なのか。魔物や獣たちに気付かれるのでは？　とは、シンの疑問だったが、体臭や口臭を完全シャットアウトする薬草やら木の実やらがあるそうだ。森エルフの消臭対策に抜かりはない。

そんなことに感心しながらシンが朝食を食べ終えると、外がなにやら騒がしい。

「なにかあったのですか？」

「おお、シン殿。昨日は素晴らしいラーメンをふるまっていただきありがとうございます！　実は今朝、外に出ていた者たちがフォレストバイパーを狩って戻ってきたのですよ。これで大繁殖期に向けての準備ができます。おお、そういえばコチラも、シン殿の功績が多分に含まれておりますな！　いやまったく、シン殿には足を向けて寝られませんな」

　饒舌に話す戦士に愛想笑いを返したシンは、その場にいたフィーリアにも声をかける。

「ん？　おお、シン。昨日は――」

「フィーリアさん、おはようございます、なんでもフォレストバイパーを狩られたとか」

「うむ、必要なものはこれで揃った。そうだ、ついでだからシンも一緒に来い！」

「は？　いや、えっ――？」

　シンが考えていた今日の予定は、全てキャンセルになった。

　換気の悪い地下室を、甘ったるい香りが支配する。

　ここはとある薬師の家。そこでシンは、なぜか族長父娘と一緒に、薬師の作業を見学していた。

　作業台に並べられた主な材料は、聖樹アナンキアの樹液に、里の果樹園で栽培されているヤシの実のような木の実。『リキュドの実』というらしく、熟したら、ココナッツのように中の実から油を採ったり、実を包む繊維状の皮をほぐして日用品などに使うそうだ。

　畳のようなアレは、コイツが原料なのだとか。

そんなリキュドの実だが、未成熟の実をもいだ後、一ヵ月ほど放置しておくと、発酵して中身がアルコールに変わり、天然の果実酒『リキュド』ができ上がる。作業台の上では、殻を割られたリキュドの実が、酒の香りを周囲に撒き散らしていた。

その他にも、粉末状の魔石や錬金術に用いられそうな薬剤の数々、最後に、フォレストバイパーの毒袋が一〇体分。

「……………？」

首を傾げるシンをよそに、アナンキアの薬師——正確には錬金術師——は、酒に変化したリキュドの汁を甕に注ぎ、薬剤を投入する。

「フィーリアさん、毒袋の数が多い気がするのですが？」

「ああ、あれはルーケンヌに渡す分だ」

グラウ＝ベリア大森林に住む五氏族の中で、ルーケンヌは最も戦闘が苦手な氏族だ。もちろん上位の戦士であれば、フォレストバイパーを狩ることくらいわけない。

ただ、この時期のヤツらは活動範囲が広く、また凶暴化もしている。短期間で定数を揃えるのは難しいため、毎回アナンキアが提供しているとのこと。

その見返りとして、アナンキアはルーケンヌの美しい工芸品や優秀な武具の取り引きに便宜を図ってもらう。つまりは持ちつ持たれつの関係だ。

そうこうしている内に甕を火にかけ、弱火でゆっくりと中の液体をかき混ぜながら、フォレストバイパーの毒袋から搾り出した中身を投入した。

すると、甕の中の液体が一気に黄色く染まり、香りの蒸散が一旦止まる。その状態から魔石粉を少量ずつ振り入れると、黄色い半透明の液体は内側からキラキラと光を放つ。

火から離して熱を冷まし、仕上げに聖樹の樹液を小瓶で二本ほど入れてしばらく放置。

すると最後は液体が琥珀色に変化、蜂蜜にも似た濃厚で甘い香りと、脳天にガツンと来る酒の匂いを漂わせる液体が完成した。

これを二つの小さな甕に分け、厳重に封をする。

「森のいくらか広い空間にコレを撒けば、匂いに釣られた雄のフォレストバイパーが大量の餌を持って集まり、そこへ餌目当ての雌が群がるというわけだ」

「へえ、フォレストバイパーものんべえとは知りませんでしたよ」

「ハハハ、そうかのんべえか！　確かに確かに」

シンの言葉に、楽しそうに笑うフィーリアと族長のナハトだった。

「それではシン殿、これがルーケンヌへの紹介状にございます。これを入り口の番兵に見せれば、向こうでも行動の自由は保証されましょう」

「……ありがとうございます」

シンにとってはありがたい話だが、書状一つで余所者がそこまでの待遇を確約される。

果たして一体どんなことが書かれているのか？　彼の頭に不安がよぎった。

そして不安要素がもう一つ。

「フィーリアよ、シン殿の護衛はまかせたぞ」

「お任せください父上。いえ、族長！」

「うむ、それから婿殿に会ったら、義父がよろしくと言っておったと伝えてくれ」

「……はい、承知いたしました」

またあの表情を浮かべるフィーリアに、シンの不安は募るばかりだった……

■

アナンキアの街から離れること三〇分。他とは違う雰囲気をかもす大木の前で、シンとフィーリアが立ち止まる。

「なんだか回廊となっている木と他の木の区別がつくようになってきましたよ」

「シンは良い目をしてるな。まあ、資格がなければ回廊を開くことはできないからな。誰に知られたところで問題はない」

そう笑うフィーリアだったが、シンは同意できない。

（待ち伏せにここまで都合の良い場所もないだろう。それに、もし切り倒した場合、出入り口としての機能は失われるのか？）

精霊回廊のことは、ヒト種の間では広まっていない。とはいえ、まったくの秘匿情報でもないだろう。ミラヨルド経由で、ハルト王国に情報が流れている可能性は低くない。

今は良くても、将来のことまで考えると、何かしらの対策は考えておくべきだ。シンはそう考えるが、しょせん部外者であり、口を挟むことではない。それに、フィーリアが知らないだけで、族長のナハトがちゃんと対策を講じているかもしれなかった。

回廊を何度か越えると、第一印象で砦を連想させるアナンキアとはまた違った、温かみを感じさせる門構えがシンたちを迎える。

「――ん、何者か？　っと、これはフィーリア様、ようこそおいでくださいました」

「ああ、役目ご苦労。今日は例のものができたので届けに来た。それと、我らアナンキアの客人を紹介にな」

「はあ……客人、ですか？」

フィーリアの後ろに立っているヒト種の男を、門番は不思議そうに眺める。ヒト種の男――シンは、戸惑う門番に向かって笑顔で挨拶をした。

「はじめまして、私は旅の薬師でシンと申します。この度は不思議な縁により、アナンキア氏族との繋がりができました。そして今日、族長であるナハト様の計らいにより、こちらへ足を運ぶ機会をいただいた次第です」

そう言って、ナハトから渡された紹介状を渡す。

書状を受け取った門番は、裏の封を確認すると即座に態度を改めた。

「シン殿でしたな。ようこそルーケンヌへ。われら聖樹の民は貴方を歓迎いたします」

深々と頭を下げる森エルフの男から書状を返してもらったシンは、今度は彼の方が、鳩が豆鉄砲を食ったような表情を浮かべ、首を傾げる。

シンの疑問は、フィーリアによって解決した。

「その書状に施されている封蝋の紋はな、それを持つ者が、自分たちの氏族にとって重要な人物だということを表す印なのだ」

「なるほど」

やがて二人は街の中央、巨大な樹の近くに建てられた建物の前までやってくる。

「ここがルーケンヌの族長の住まいだ」

ルーケンヌ――アナンキア同様、聖樹ルーケンヌを中心に柵で囲まれた円形の街。

住人二万人のうち、職人として働く人数は五〇〇〇人。その腕前は、生活用品から武具に至るまで、他の四氏族より頭一つ抜けた技術を有する。

代わりに、アナンキアのように一〇〇〇人ほどが選任戦士として訓練、活動してはいるが、総合的な戦闘能力は他氏族に劣る。

建物の中に通されたシンとフィーリアは、森エルフ（フォルディア）の男女二人と向かい合って座っていた。

職人揃いの氏族とはいえ、さすがは一族を束（たば）ねる長（おさ）と言うべきか。男性の方は、ナハトにも劣（おと）らぬ空気を放っている。アナンキアの戦士に交じっても、かなり上位に位置するだろう。

それとは対照的に、女性の方は線が細く、およそ荒事（あらごと）に向くタイプには見えない。しかし、ただ座っているだけで優雅さを感じさせる物腰と所作は、なるほどフィーリアとは年季が違う。これこそ成熟した森エルフ（フォルディア）の女性というものなのだろう。また、彼女の着ているものが、南大陸でお目にかかることはまずないであろう、いわゆる着物であることも、前世が日本人のシンが、女性らしさを感じる要因かもしれない。

そんなことをシンが考えていると、男性が力強い、よく通る声で話しはじめる。

「よく来たな、フィーリア、それにお客人のシン殿。まずは自己紹介を、私はラスティ、ルーケンヌの戦士団を束ねる団長で、次の族長を務める予定だ。そしてこちらがナティス、現ルーケンヌの族長で、私の母でもある」

「え？」

「ん？」

「あ、いえ。てっきり貴方が族長で、そちらは奥方だと思っておりましたもので」

「……私はそんなに老けて見えるか？」

怒ってはいないが、悲しげな顔を浮かべるラスティに、フォローしようとシンが腰を浮かしたところ――

「ラスティ、そこは『母はそんなに若々しく見えるか？』と喜ぶべきところでしょう？」

「っ!!　いいえ母上！　はい、失言でした……」

ラスティ、そしてシンの周囲の気温が三度ほど下がった気がした――

シンの危機管理能力は、この場を早く収めよと激しく訴える。

「申し訳ありません！　外見から森エルフの年齢を推測するのは、ヒト種である私には困難でありまして。むろん言うまでもないことではありますが、ナティス様はとても若くお美しい、そしてたおやかな女性だと、私は理解しております!!」

「ホホホ、シン殿と申しましたか？　お世辞とは分かっていても、面と向かって褒めていただくのは嬉しいものですね――ラスティ、貴方も少しは見習いなさい」

「ハッ!!」

「それでフィーリア、今日はこちらのシン殿を伴って、一体どのような用向きですか？」

軽いお説教が終わると、ナティスはフィーリアに向き直り、来訪の理由を問うてきた。

「はい、本日は『蛇寄せの蜜酒』ができ上がりましたので、それをお届けにあがりました。

それと、こちらに座っておりますシン殿を、お二方に引き合わせるためです」

フィーリアの言葉を受け、シンはナハトから預かった書状を取り出す。

ナティスはそれを受け取ると、手紙に目を通す。そして一度深く頷いた後、シンに向き直って頭を下げる。

「シン殿、この度はフィーリアの危機を救っていただき、感謝にたえません」

「いえいえ！　謝意ならナハト様より、過分なまでの厚情を賜っております。この上ルーケンヌの族長にまで頭を下げられては、どうして良いか困ってしまいます！」

「そうですか？　……いえ、恩人をあまり困らせるものではありませんね。ともかくシン殿、貴方はアナンキアのみならず、ルーケンヌにとっても大切な友人です。今後、何か困ったことがあれば、我らを頼ってくださって構いません。ルーケンヌが族長、ナティスの名において宣言します」

「はあ……ありがたく存じます」

なんだか大事になってしまい、シンは戸惑う。

元々、ルーケンヌが職人だらけの街だというからついてきたというのに、あまりVIP扱いをされては気軽に、そして気楽に動き回れなくなりそうで困る。

シンとしては、珍客程度に思ってもらったほうが良かった、というのが本音だった。

「それにしても、シン殿。顔つきから察するに、二〇も数えておらぬ年だろう。それなのに、フィーリアでも手こずる相手を倒すとは、なかなかの腕前なのだな」

「いえ、私は薬師ですので、腕っ節の方は……」

シンは、フィーリアと出会ったときのことを二人に語った。自分は戦ってすらおらず、背後から薬を撒いてだまし討ちをしたのだと。ちなみに、フィーリアの名誉のため、なぜそのような状況に至ったかについては話さなかった。

「むぅ……」

「フフフ、シン殿は面白い方ですね」

ラスティはやはり武人肌なようで、フィーリアと似たような反応を示し、対照的にナティスは楽しそうに笑っている。

他にも滞在中の出来事をシンが話していると――

「シン殿、少しよろしいかしら?」

ナティスはシンを伴い、部屋を後にした。ラスティとフィーリアには、その場に残るように言い含めて。

無言のままシンの前を歩くナティスだったが、後ろで何か言いたげなシンに気付くと、艶やかな笑顔でシンに微笑みかけた。

「あの二人も会うのは久しぶりですから、きっと積もる話もあるでしょう。それとも、こんなオバサンと一緒はお嫌かしら?」

「あいにく、この森に入ってから今まで、そのようなエルフに会ったことはありませんよ？　よもや、目の前に咲く一輪の花に向かって、そういった暴言を吐く不届き者がいるとは思えませんが」

「アナンキアのカイト君にはよく、『ナティスおばさん』と呼ばれているのですけどねえ」

「少年……」

とんだ怖いもの知らずの存在に、シンは眉間にシワを寄せ、強めに揉み上げる。面白そうにそれを眺めるナティスはやがて、屋敷の隣に付設してある建物にシンをつれてきた。

ルーケンヌの建物は、アナンキアのものと比べて明確な違いが見られる。

どちらも木造建築だが、宿舎など一部の例外を除いて、ほとんどの建物が平屋造りのアナンキアに対し、ルーケンヌには二階建てや三階建ての屋敷がそこかしこに存在していた。

この両氏族の建築様式の違いは、ルーケンヌという街の特徴に起因する。

ルーケンヌは職人の街という事もあり、家族に一人は職人がいる。そのため、いつでも作業ができるようにと、職人たちが集まる工房とは別に、個人宅にも作業場が併設されているのだ。

そのため、街の規模や人口が同じにもかかわらず、居住用に使える土地は明らかに少ない。結果、居住スペースを『上』に求めるのは必然と言えた。

「ナティス様、この作業場は貴女の？」

ラスティのものとは微塵も思わないシンだった。

「そうですね、私もたまに使うこともありますけど、今はもっぱら私の子が使っております——そんなに驚いた顔をしないでくださいな。ラスティではありません、あれの下にもう一人おりますの」

「あ……ですよねー」

「フフフ、案外シン殿は、ラスティよりこっちの子の方が話が合うかもしれませんね。セルフィ、入りますよ」

ギィ——

建物の中に入ると、加工したての若々しい木材や、宙を舞う〝おが粉〟の香りが鼻に届く。

そしてその中で、ブカブカの、まるでツナギのような作業着に身を包んだ小柄な森エルフが、腕組みをしてウンウンと唸っていた。

後ろ姿で顔は見えないが、ナティスやラスティと同じ輝くような金髪には、おが屑がまとわりつき、実に残念なことになっている。

だがシンはむしろ、その後ろ姿に大いに共感と好印象を抱く。ただひたすらに自分の世界に集中している。職人とはかくあるべし！　とはシンの偏ったこだわりだ。とはいえ、誰かが部屋に入ったことにすら気付かないのは、さすがに問題かもしれないが。

「セルフィ‼」

「ひあああぁ‼　……あ、お母様。何か御用ですか？」

イキナリ大声で名を呼ばれ、可愛らしい悲鳴を上げた若い森エルフは、耳を押さえながら振り返るが、相手が母親だと分かると、何事もなかったかのように用向きを聞いてくる。

どうやら日常風景のようだ。

「まったくアナタは……いい加減、集中すると周りが見えなくなるクセを直しなさいと言ってるでしょう？　今日はお客様もいらっしゃるのですよ。ほら、ご挨拶なさい」

セルフィと呼ばれたその森エルフは、そこでようやく母親以外の来訪者の存在に気がつく。

ダボダボのツナギに身を包み、シンの顔をまじまじと見つめる姿はあざとくも可愛らしい。しかし、ツナギの上からでも分かる胸の膨らまなさ具合は、彼に現実を突きつける。

期待からの失望が絶望に変わり、いい加減、悟りの境地に到達していたシンは、そんな内心をおくびにも出さず、笑顔で自己紹介をした。

「はじめまして、セルフィ様。私の名はシン、旅の薬師として各地を放浪しております。どうぞお見知りおきを」

「あ、あのっ、はじめまして、セルフィと申します！　ルーケンヌ族長の次男で、ラスティ兄さんの弟です――あれ、どうかしましたか？」

「いえ、なんでもありません……くっそ」

絶望には底がなかった。

何かを察したのか、着物美人(ナティス)が扇子(せんす)で口元を隠してコロコロと笑い出す。それに比べて察しの悪そうな男の娘(セルフィ)はというと、はたと気付いたように、作業台のモノをシンの前に持ってくる。

「ボクはこの里で弓職人をしているんですが、いま悩んでることがありまして。シン様は森の外、いえ、各地を旅しているんですよね？　ちょっとこれを見ていただけますか？」

「……私は薬師ですが？」

「悩んだときは、別の角度からアプローチするのが良いと言います。ですが、熟練の職人ならまだしも、生まれてせいぜい七〇年、見習いを脱したばかりの若輩者(じゃくはいもの)には、その別の角度という視点がありません。むしろ別の分野で独り立ち(ひとだ)しているシン様の、率直(そっちょく)な意見が欲しいんです」

「はあ、まあそういうことなら……うあ」

森エルフ(フォルディア)の美人にグイグイ来られるのは慣れているが、それとは別個の、職人の情熱のようなものに気圧(けお)されたシンは、促されるままにそれを受け取り……絶句(ぜっく)した。

連弩(れんど)――連射機構を組み込まれたクロスボウ。

投射間隔を短くするのが基本コンセプトのため、弓を引く弦の力はそれほど強くない。また、矢を装填する手間を省くために、弾倉が連弩本体上部にある。おかげでバランスが悪く、またわずかではあるが、一射ごとに重量が変化するため命中精度も良くない。

単独での使用より、集団で運用する方が望ましい。

想像の斜め上をいく代物を前に、シンはなんとも言えない表情になる。

まだ試作段階なのだろう。魔法効果の付与などはされておらず、材料もさほど良質なものは使われていない。とはいえ、シンにとって重要なのは、こんな凶悪な武器を思いつくセルフィの才能の方だった。

もっとも、当の本人はというと、そんな、自分の作品を熱心に検分するシンを見て、どんな話が聞けるか、楽しみで仕方がないといった顔だ。

「なんでも良いので、気が付いたことがあれば遠慮なく言ってくださいね」

「なんでもと言われましても……射程と命中精度を犠牲にして、連射という特性を手に入れる。それがこの武器の特徴だと思いますが、そもそもこれは、どこで使うためのものですか？」

連弩なる武器は、魔法が使え、かつレベルによって個人の身体能力差が大きいこの異世界では、使いどころがないに等しい。冒険者が武器を使う相手は、硬い鱗や皮膚、獣毛に

覆われた魔物なのだ。よほど強力な能力の付与を行えば別であろうが、それならわざわざコレにこだわる理由がない。

そもそもが、使用者の能力に依存しない汎用道具なのだ、連弩という武器は。

「どこで、というか、これはボクが使うために考案した連射型クロスボウです」

「セルフィ様が？」

「様付けはよしてください、セルフィと呼び捨てで構いませんよ。見ての通り、ボクは小柄で非力で、剣の腕も褒められたものではありません。風属性の魔法なら少しは使えますが、他人より優れているわけでもない。ならせめて弓で、そこに連射という能力があれば、戦士として認めてもらえるんじゃないかと思ったんです」

なるほど、一六〇センチと小柄な体型に加え、ツナギの襟元から覗く細い首は、お世辞にも荒事に向いているようには見えない。

自覚はあるのだろう、セルフィの笑顔に混じる、諦めの感情が見て取れる。それでもなんとかしたい、非力なままでも戦士になりたい。そんな思いがコレを作らせたのだろう。

「分かりました、では私のこともシンと呼び捨てで……セルフィ、私はこれと似たようなものを見たことがあります。名前もそのまま『連弩』と言われていました」

連弩は、一〇〇〇年前の勇者が考案した武器だと伝えられている。戦闘経験のない素人でも容易に扱え、集団で運用することで命中率の悪さをカバーする。魔族との戦争において、序盤は有効な武器として用いられていたが、防御力の強い魔物の投入や、遠距離魔法攻撃による対抗策が取られると、あっという間に廃れてしまった。

今では、攻城戦のとき、徴用した民兵たちに持たせる武器として使われるくらいである。

「私はセルフィの弓の腕前を知りませんが、それでもこれを使うよりは上だと、自信を持って言えますよ」

「そう、ですか……」

「これに魔法付与を施せば、性能の向上もある程度は図れますが、なにも連射に拘る必要はないでしょう？　威力の高い強弓を、魔法付与によって小さい力で引き絞るという方法もある」

一瞬、化合弓の存在がシンの頭をよぎった。あの武器であれば、セルフィが求める性能を満たしている。しかし、ここでアレの作り方を教えて、それが広まりでもしたら色々とヤバイ。化合弓はそれこそ、連弩以上に誰でも簡単に扱えるチート武器だからだ。

素人が弓兵並みの戦力になるうえ、錬度の高い使い手の攻撃力まで向上するヤバイ代物。言わば、魔法付与不要の魔道具のようなものである。

そのため、誰かが自力で作り出すのを邪魔するつもりはないが、率先して誰かに教えるつもりもない。見られるだけでも危険なので、作ってすらいなかった。

強力な武器は、それに相応しい使い手が持つべき――それがシンの持論であり、彼の作る魔法の武具が、どれもこれも結構な魔力消費を伴うのは、誰にでも手軽に使えなくする意味もある。

「………」

ダメ出しを受け、セルフィは露骨に落ち込む。これまで試行錯誤を繰り返してきたのだろう。可哀想だとは思うが、だからといってこれ以上、連弩の開発に情熱を傾けてもらっても困るのだ。

会話から察するに、セルフィは自力で連弩を開発した。この天才は、エルフという長い寿命を持つ種族なのである。そんな彼が、さらに長い歳月をかければきっと、『誰にでも扱え、かつ強力な攻撃力を誇る連弩』なるものを作り出せるだろう。

そんなことは絶対に阻止したかった。

「セルフィ、この棚に並んでいる弓を見せてもらっても？」

「え？　あ、ハイ、構いませんよ。まだまだ未熟で恥ずかしいですけど」

「ご謙遜を」

作業場の棚には、短弓、長弓、そして単弓、複合弓と、様々なタイプの弓が並べられている。

その一つをシンは手に取り、弦を巻いて引き絞った。

ビヨン――!!

大きくしなった弓は、指を離すと同時に鋭い音を響かせて元の形に戻る。その予想外の出来に、シンは素直に驚きの表情を浮かべると、セルフィに賞賛の言葉を贈った。

「凄いじゃないですか！　リムのしなりが均等だから、戻るときの反動やブレは最小限に抑えられている。さらに弾性は、同じ力で引いた同型のものよりも二段階は高い。魔法付与もなしにこれほどの出来とは……セルフィ、貴方は素晴らしい職人だ!!」

　シンの作った数々の武具とは根本的に違う。彼が自分専用に作った装備は、素材そのものが高品質かつ高性能で、それを独自の魔法付与によって思い描いた能力に仕上げている。

　しかしてセルフィが作った弓は、厳選された素材なのはシンと同様だが、細部にまで拘った職人技によって感触、バランス、そして基本性能がまるで違う。おそらくシンが同じ材料で同じ工程の作業をしたとしても、このようになることはないだろう。

　セルフィ＝ルーケンヌ、彼は確かに『弓職人』だった。

「そんな、里にいる他の熟練の職人に比べたら、ボクなんかまだまだですよ」

「セルフィはまだ七〇歳なのでしょう？　それで比べる相手が熟練の職人という時点で、貴方の腕が非凡だという確かな証拠ですよ」

　シンから発せられる掛け値なしの賛辞に、セルフィは顔を真っ赤にすると、ニヤけそうになる顔を必死に堪え、両手をモジモジさせている。

　いちいち可愛らしい仕草だ。シンは思わずその頭を撫でやりたいという衝動に駆られるが、相手は七〇歳越えの成人男子である。そんなことをすれば最後、確実にヤツらに笑われ囃したてられ、精神をガリガリ削られることだろう。

「先程の『連弩』は、あれ以上の伸び代はありませんが、これほどのものが作れるのなら、施す魔法付与に工夫を入れる方が、セルフィの理想に近付くと思いますよ。ええ、私が保証します！」

「そうか、それは確かに。だとすると、一度基本に立ち戻ってそこから……」

シンの言葉を受けセルフィは、そのまま顎に手を当ててブツブツと独り言を呟き出した。

いきなりのことにシンの方が戸惑っていると、ナティスの手が彼の肩に添えられる。そしてそのまま、作業場の外に連れ出された。

「申し訳ありません、シン殿。ああなってしまうと止まらないものですから」

「いえ、お気遣いなく。私もプロの技を見せていただき、大変満足しておりますので」

「まあ、あの子が聞いたらまた喜びますわ」

我が子を褒められ、喜びの感情を爆発させるナティスだったが、しばらくして落ち着くと一転、初めて見せる鋭い眼差しでシンを見つめる。

「連弩、でしたか。感謝いたしますわ、シン殿――」

「人間相手にしか使えない戦争の道具。そんなくだらないもんの開発、改良なんぞに、溢れる才能を使って欲しくはありませんからね」

「ホホホ……改めてシン殿、ルーケンヌを代表して貴方(あなた)の来訪を歓迎いたします。どうぞゆるりと、この里に滞在くださいましね」

「ありがとうございます。ただで居候(いそうろう)になるつもりはありませんので、何か私で力になれることがありましたら、なんなりとお言いつけください」

屋敷の廊下(ろうか)で頭を下げあう二人は、その後ナティスの私室でお茶を飲みながら、ルーケンヌの街について話をする。

そして――

「そういえばシン殿、ナハト殿の手紙に書いてあったのですが『とんこつラーメン』とはどんな食べものですか？」

「おおう……」

さっそく力になれることができて、シンはたいそう喜んだ……かは分からない。

「――ウフフ、大変美味(おい)しゅうございました」

「シン殿、これはいいな！　作り方を教えてくれないか？」

「シン、とても美味(おい)しいですよ！」

「シン、お代わりだ」

「……どうしてフィーリアさんが一番食べてるんですかね」

族長一家と食卓を囲むシンは、食いしん坊にお代わりをよそいながら、アナンキアのようにならなくて済んだと胸をなでおろす。

族長一家は現在三人、二人の父でナティスの夫はすでに鬼籍に入っている。そして、いずれその中に、フィーリアが加わるのだそうだ。

その後、〝おさんどん〟を終えたシンは、客人用の部屋に通され寛いでいる。

これといって何もない、平和な一日があってもいいじゃないか——そんなシンの心情を無視するように、胸元にある虹色のクリスタルが明滅を繰り返す。

「……はい、こちら留守番電話サービス——」

『シン！　そんなボケはいらないから！　それより大変なんだ、一大事なんだよ‼』

「——エルダー、何があった？」

エルダーの切迫した様子が、クリスタルを介して伝わってくる。ここまでエルダーが慌てる、いや焦るのも珍しい。

『いいから、誰にも気付かれないようにその部屋を出て、気配を殺して作業場まで急ぐんだ‼』

「分かった——」

言われるままに部屋を出たシンは、足音を立てずに作業場の前までやってくる。

（セルフィに何かあったのか？）

食事の後、セルフィは作業場に戻っていった。何があったのだろうか？　まさか、昼間の会話からコンパウンドボウの滑車システムを閃いたというわけでもあるまい。

『考えるのは後で！　中の様子を覗いてみなよ！』

急かされたシンは、音が立たないよう静かに扉を開け、わずかな隙間から中の様子を窺う。そこには――

（あれは――）

仲睦まじく寄り添う二人――セルフィとフィーリアの姿があった。

『やったね！　ドロ沼の恋愛模様だよ!!』

（黙れや、暇神!!）

シンは時間を巻き戻したくなった……

■

『族長の長子として強くあれ』

アナンキア最強の戦士である父と、同じくアナンキア一の弓の名手である母を持つ私は、幼い頃からそう教えられてきた。

教えを疑ったことはないし、その通り研鑽を積んだおかげで、今の私がある。

六〇年前、ラスティ兄さんがルーケンヌの名代としてアナンキアに来たときは、アナンキア以外にもこれほどの使い手がいるのかと衝撃が走ったものだ。

当時は何度も挑んだけど、結局一本も取れなかった。今でも、五本に一本取れれば良い方で、あの頃から差はそんなに縮んでいない気がする。

父の付き添いでルーケンヌの族長、ラスティ兄さんの母であるナティス様に会いに行き、そこでセルフィに会ったときは、ラスティ兄さんとはまた違う衝撃を受けたっけ。

線の細い子だった。背丈も小さく、ナティス様が横にいなければラスティ兄さんの血縁とは露ほども思わなかった。とても可愛らしい子だった。

それが男の子だと聞いたときはさらに驚いた！　私よりずっとずっと可愛らしく、もしドレスを着ていれば、少女と疑いもしなかったと断言できる……いや、それは今も変わらないかな。

初めて会ったとき、セルフィは職人を目指してると言っていた。

確かに、どんなに頑張ってもあの体では、ラスティ兄さんのようにはなれないだろう。そもそも戦士が務まるかも怪しいほどだ。どんなに頑張っても兄と比べられ、憐れみの目を向けられるくらいなら、別の道に進んだ方が幸せになれるだろう。なにより、ルーケンヌは職人の街なのだから。

でも違った。

セルフィの頭にそんな後ろ向きな考えはこれっぽっちもなく、ただ木工が好きで、楽しいからやっているのだと、屈託のない笑顔で私にそう言ったことを覚えている。

眩しかった。

両親の教えに従い強さを求めてきた私と、周りの言葉に流されずに自分の生き方を決めたセルフィ。その間には、越えられない壁があるような気がした。

負けたと思った。

そんな自分の器の小ささを、年下のセルフィに泣きながらぶつけてしまったこともあった。

「誰かに勧められた道だとしても、フィーリア姉さんが強いのは、親に言われたからじゃないでしょう？　姉さんは間違いなく自分の道を歩いてる。そこには疑う余地すらなかったんだよ」

嬉しかった。その頃からだろうか、ラスティ兄さんはライバルでもあり目標に、そしてセルフィは、いろんなことを相談する話し相手になったのは。

思えば、あの頃からセルフィのことが好きだったのかもしれない……

弟が生まれた頃、セルフィは職人として独り立ちできるほどの腕前になっていた。選んだ仕事は弓職人の道だった。

「ボクは族長の息子だから皆を守らないとね。たとえ直接でないにしても」

そう話すセルフィは、男の顔をしていた。

私たちの関係が大きく動き出したのは昨年のことだ。

サンノイドとパラマシル、両氏族を取りまく空気がいよいよ危(あや)ういらしい。族長である父の予想では最悪、彼らが手を組んで他の氏族を攻める選択もありうるとのこと。意味が分からない、いがみ合う両者が手を組んで他の氏族を襲う?

父の話では、お互いの不利益を別で補填(ほてん)するとか、どちらがより大きい戦果をあげられるか競争をするとか言っていたが、私には理解できない話だ。

ただ、それを回避(かいひ)するための策として挙(あ)がったのが、私とラスティ兄さんとの結婚による氏族間同盟の話だった。

ヒト種の王族、貴族と呼ばれる者たちは、自分たちの領地や国を守るために、互いの子を結婚させる。それを友好、領土不可侵(ふかしん)の証(あかし)としたり、他者への牽制(けんせい)に使うのだと教えてもらった。森エルフ(フォルディア)の私たちにはよく分からない仕組みだ。

ただ、アナンキアはともかく、ルーケンヌは荒事(あらごと)が得意でない。いくらラスティ兄さんが強かろうと、一人で氏族全体を守りきることなんかできない。

ナティス様やセルフィ、ルーケンヌを守るためにはそれが一番良い方法だと思った……そのときは。

ラスティ兄さんとの婚約(こんやく)が決まったときは、なんとも思わなかった。

ラスティ兄さんはもちろん好きだ。戦士として私より強く部下の面倒見も良い、いずれ族長として立派にルーケンヌを引っ張っていくだろう。疑う余地なんかどこにもなかった。だから、両親とナティス様、そしてラスティ兄さんが揃った席でその話になり、ラスティ兄さんに「本当にいいのか？」と聞かれたときも、疑問に思うこともなく頷いていた。それをセルフィに話して……私の言葉に衝撃を受けた彼の顔を見たとき、初めて自分の胸を締めつけられる感覚があり、目の前が真っ暗になった。

私はセルフィ以外の男に抱かれることになる——

ラスティ兄さんと結婚する。この言葉が意味するものに、そのとき初めて思い至った。森エルフはあまり結婚をしない。長寿であることと、氏族全体が家族という意識があるため、伴侶を定めることにこだわりがない。

それは性に奔放という意味ではない。むしろ過ぎるくらいに関心がないため、経験のないまま寿命を迎える者が半数以上おり、婚姻率も一割程度しかない。

ただ、結婚するとなれば当然、子供を期待される。そうなれば私は、ラスティ兄さんと子供を作ることになるのだろう。

彼のことはあくまで兄のような存在、そして良きライバルだと一方的に思っている。そして、ショックを受けたセルフィの、あの顔を見た瞬間、私は彼のことが男として好きだったのだと、遅まきながら気付いた。気付いてしまった。

泣いた――セルフィの胸にすがり「ごめんなさい」と何度も謝った。

そんな私の背中を優しくさすってくれるセルフィが愛おしく、彼を押し倒し唇を重ねた。

私の気持ちにセルフィも応え、強く抱きしめてくれた。

稽古と実戦に明け暮れた私の唇より、セルフィのそれは柔らかで、頭の中が蕩けるほどに甘美だった。そうかと思えば、私の体を掻き抱くセルフィの腕は意外なほどに力強く、そこに男を感じた私の中の女が、悦びに打ち震える。

このままセルフィと最後まで突き進んでしまえば……そして二人の関係がばれ、周りから責められ森を追われることになってしまえば……。私はそれでも構わない、むしろそうなりたい！

でも、そんな私の覚悟を感じ取ったのか、セルフィはそれ以上の関係になることを拒んだ。「誰かを一方的に傷つけて、幸せにはなれない」――そう言って。

だからせめて、こうして会うことが叶ったときだけは、二人で寄り添い、お互いの存在を近くに感じるようにしている。

――いつか諦められる日が来るようにと。

……なのに、セルフィを想う気持ちは一向に消えてくれない、むしろ大きくなるばかりだ。

どうすればこの気持ちに決着が付くんだろう――

■

『ドロドロの愛憎劇の主役のはずなのに、なんだか初々しい二人だねえ。いや、これは百合々々しい？』

……俺のアタマん中で薄汚い毒を撒き散らすのはやめてもらえませんかね、（一応）神様。

それにしても――

（進むも地獄、退くも地獄……いったい運命は俺にどうしろと？）

彼らのことを頭に思い浮かべる。

武人肌のナハトに、まっすぐな性格だけど色々と迂闊なフィーリア、将来有望なカイトにまだ会ったことのない族長夫人。

そして、ナティス、ラスティ、セルフィ……

「…………」

こりゃ無理だわ、全員が幸せな未来が見えない。むしろ全員が不幸になる未来しか見えない！

バラせば氏族間の一大スキャンダル。仮に黙っていたところで、いずれ破綻するのは目に見えている。そしてそのとき、フィーリアが子供でも生んでいようものなら……

――――パタン。

よし、とりあえず離れよう。

『シン!!　敵前逃亡は重罪だよ!?』

（敵もいねえし、逃亡でもねえよ！　戦略的撤退（てったい）だ！）

『現実から目を逸（そ）らしても物事は解決しないって、シンなら知ってるでしょ？』

（コレは俺の関わるべき現実じゃねえよ、アイツらが解決するべき問題だ！）

『……それじゃつまんないよ。シンならこの状況を引っ掻（か）き回してくれる。そう信じてる僕の気持ちはどうなるのさ!?』

本音が出るのがはえーよ、この暇神（ひまじん）が！

（俺ならって……お前が普段から俺をどんな目で見てるのか心配になるわ）

『ん？　シンギュラリティ（特異点）かな？』

（うるせーよ!!）

ったく、今日はもう寝る！

――――ガシッ!!

部屋への帰り道、不意に右肩を誰かに掴まれた。

マズイ!!　エルダーとの交信に気を取られて、周囲への注意が疎（おろそ）かになっていたと

は……誰だ？　誰に見つかった⁉

ゆっくりと振り返った俺の目に入ってきたのは……ラスティだった。俺は全てを諦めた。

しかし――

「シン……少し話がしたい。そのまま声を出さず、一緒に来てくれないか？」

俺の予想に反してラスティの態度は落ち着いており、不穏な気配は感じない。そういえば、肩を掴む手にも力は篭っていないな。

――コクン。

俺は頷くと、ラスティに促されてこの場を離れた。

とりあえず、ラスティは二人の関係に気付いている。なのに、それを責めるどころか、なぜか黙認しているようだ。なぜ？　何のために？

黙認するくらいなら、婚約そのものを解消してしまえば、誰も傷付かないだろうに。

……さっぱり分からんな。

『――シン』

（……なんですか、ティアさん。お久しぶりですね、その後ご機嫌いかが？）

『シン……貴方は一応私の使徒なんですからね。お父様と仲良くお話をする暇があるのなら、もう少し私のことも気にかけるべきですよ？』

仲良くなんかありません、むしろ精神攻撃が激しいです。

（分かった、次に神域（しんいき）に行ったときは親愛と敬愛（けいあい）の証（あかし）として、ティアを強く抱きしめさせてもらうから楽しみに待っててくれ。それで何の話だっけ？）

『ひゃああああ!!』

相変（あいか）わらず初心（うぶ）だな、女神様よ。

『シン殿、ティアリーゼ様をからかうのもほどほどにお願いします』

（全然気持ちの篭（こも）らない口調で言われてもなあ……なあ、何で毎回アンタ（ジュリエッタ）なんだよ？）

『ただの偶然（ぐうぜん）ですよ、それより先程のシン殿の疑問ですが』

疑問？　ああ、黙認してるってヤツか？

『可能性の一つとして、偽装（ぎそう）結婚、という線もアリですよ？』

（偽装？　何のために？）

『例えばそう、そこのラスティなる森エルフ（フォルディア）には特殊な性癖（せいへき）があり、それを周囲に隠すためにあえて、好いてもいない女性と婚姻関係を結ぶ、とか』

イキナリぶっとんだ展開で来たな。なんだよ、特殊性癖って？

『彼はルーケンヌ最強の戦士。そう、戦士と言えば男所帯（おとこじょたい）！　つまり――』

（やめてくださいお願いします!!）

その先は言わないで！　勝手に認定して俺の精神をこれ以上削（けず）らないで!!

『月が綺麗（きれい）ですね』

マジでやめろや!

■

「まあ楽にしてくれ、何か飲み物でも持ってくる」

シンにそう告げたラスティは、家の中へ入っていく。

作業場から離れた二人は、ログハウス調の母屋に作られたウッドデッキにやってきた。

ここなら作業小屋からは目に付かないし、夜空の明かりで足元が見えないということもない。

柵に寄りかかりながら、シンはラスティの真意をあれこれと予想する。

(ラスティは二人の関係に気付いている、いや、知りながら黙認している。なぜ、何のために?)

分からないからといって、思考を放棄するようなことをシンはしない。それは主導権を他者に渡すことだと思っているから。

邪念を送ってくるクリスタルの通信を切ると、シンは可能性をいくつか挙げた。

一・恋愛そのものに興味がないのだが、族長がそれでは後継者問題が浮上する。そのため、形だけはフィーリアと婚姻関係を結ぶが、裏で二人の関係を認め、二人の子を次期族長として育てる。

二．一案に付随して、考えたくはないが、神域の希望通り、ラスティが同性愛者という可能性。

三．あまり考えたくはないが、ラスティが〝寝取られ〟属性を持った特殊性癖の持ち主。

四．もっと考えたくないが、惹かれ合う二人の仲を引き裂いて、人の心を踏み躙ることに喜びを覚える特殊性癖の持ち主。

五．自分でもどうしていいか分からない。

六．その他。

「できれば一でありますように……」

「――待たせてすまない。ん、どうしたシン殿、深刻な顔をして？」

「いえ、少し考え事を……というか、深刻な顔にならないわけがないと思うのですが」

戻ってきたラスティは、至って落ち着いた雰囲気を漂わせている。これでは、あれこれと悩んでいるシンの方が当事者のようだ。

「それもそうだな……まあコレでも飲んでリラックスするといい。『リキュド』の上物だ」

リキュド、名前からシンはいわゆる果実酒を連想していたのだが、リキュールはリキュールでも、果物系ではなく種子系だった。ココナッツに似た果実の影響で、飲み口はカルーア・ミルクのように、甘ったるくも飲みやすい。

「いいですね、酒精は強そうですけど甘く、とても飲みやすい。なによりとても美味しい」

「そうか、リキュドの樹はゾマの森の固有種らしく、この酒もここでしか作られていない。気に入ったのなら喜ばしいことだ……それにしても、綺麗な月だ」

ブボワッ――!!

口に含んだ酒が、シンの鼻から豪快に噴き出した。

「どうしたシン殿っ⁉」

「ゲホッ、エフッ……い、いえご心配なく。少し咽ただけですので」

こちらの世界に日本の文豪はいない。シンは自分にそう言い聞かせた。

「そうか、ならいいのだが……それで、あの二人を見てどう思った？」

「どう、と言われましても……ただ」

「ただ？」

「悩ましい事態だとは思いますね。しかしそれ以前に、この件に関して落ち着いているラスティ様の方が不思議ですよ。なぜそうも落ち着いていられるのですか？」

シンから見れば、ラスティの態度は困ってはいるが焦ってはいない。痴情のもつれなど、いわゆる修羅場に見られる焦燥感のようなものが感じられない。

つまり、当事者意識があまりにも薄い。

「そうだな、何から話そうか……」

ラスティは静かに語りだした。

ラスティ＝ルーケンヌ、多くの森エルフが職人を目指す中、才に溢れた彼は早くから戦士として頭角を現し、齢八〇にしてルーケンヌ最強の戦士となる。

一方で、職人としての才は両親から全く受け継いでおらず、椅子やテーブルすら碌に作れなかった。なぜこうもチグハグなのかと、自身のありように悩むこともあったらしい。

もともとルーケンヌは職人の街である。アナンキアでは最強の戦士が代々族長に選ばれるように、ルーケンヌでは職人の技能が高く評価される。ゆえに彼の頭の中には、自分は族長に相応しくないと、早い段階から諦めてもいた。

やがて弟が生まれると、幼いうちから職人として才能の片鱗を見せたことに安堵する。セルフィを次期族長と見据え、ラスティ自身は戦士として研鑽を積むことに専念した。

そんな折、たまたまアナンキアへ族長の名代として赴いたときに出会ったのが、族長の娘にして、アナンキア戦士団の中で力をつけはじめていたフィーリアである。

何度負けても挑んでくるフィーリアは、ラスティにとってもう一人の弟だった。戦士の資質を持たない弟の代わりに、兄として色々なことを叩き込んでやった。実は弟分ではなく妹分だと知り、ナハトに土下座して笑い飛ばされたことは、当時の笑い話である。

いつの間にか、本当の兄妹のように接していた二人だったが、その関係は突如として崩れた。

『フィーリアをラスティに嫁がせ、両氏族の結束を内外に示してはどうか？』

ラスティは、フィーリアとセルフィが惹かれあっていることに気付いていた。ましてや、森エルフの社会には、ヒト種が行う政略結婚という概念は存在しない。だから、ラスティはフィーリアに確認した。「本当に良いのか？」と。もしかしたら、二人が前に進む良いきっかけになるかもしれない、そんな思惑が彼の頭にはあった可能性もある。

しかし、意外にもフィーリアはその話を受け入れた。こうなっては、ラスティに拒否する選択肢はない。妹が自分の気持ちを押し殺し、族長の娘として責任を果たそうというのだ。ならば兄として応えてやらなければならない。

……だが実態は違った。

子供の頃から稽古一辺倒だったフィーリアは、ラスティに向ける好意と、セルフィに向ける思慕の違いに気付いていないだけだった。

セルフィの胸で泣き崩れるフィーリアを見たとき、ラスティは激しく後悔した。自分はなぜあのとき、たとえ己の立場が悪くなろうとも強硬に反対しなかったのかと悔やんだ。

それ以来ラスティは、二人の関係に気付かないふりを続け、今に至る。

セルフィとフィーリア、二人がいつか、答えを出すのを待ちながら――

「誰も彼も不器用なことですねえ……」

「そうだな、実際俺も何が正解か分からんのだ。シン殿、ヒト種はこんなときどうするのだ？」

誰にも話せなかった悩みを聞いてもらい、幾分かすっきりした表情のラスティは、シンに問うてくる。もしかして、ヒト種のシンならば、解決策を知っているのではないかと。

「どう、と言われましてもね。ヒト種の王族や貴族にとって、結婚とは家と家、国と国を結びつける儀式のようなもので、恋愛感情は切り離して考えるのが基本なのですよ」

だから場合によっては、跡継ぎさえ作ってしまえば後は双方、好きに愛人を囲ってやりたい放題だと、シンもよく知らないくせに聞きかじっただけの偏った情報を植えつける。

シンの言葉を鵜呑みにしたラスティは頭を抱えた……

「ラスティ様は二人が結ばれることに反対ではないのですか？　でしたら――」

「俺一人が納得するのであればな……」

「というと？」

「ヒト種ほどではないが、我らの中にもやはり、立場や格を気にする者はいるということだ」

フィーリアは、アナンキアの族長の娘であると同時に、自身も優れた戦士である。そんな彼女が、いくら他氏族の族長の子とはいえ次男坊に嫁ぐ。ましてや兄は、ルーケンヌにいるのが惜しいほどの戦士にして、代々最高の職人が族長を継いできたルーケンヌで、初めて武人として族長になるのではと囁かれているラスティである。

このままセルフィと結婚させれば、同盟を謳いながら、族長の娘を族長になれない者に嫁がせるのか？　と、アナンキアから不満が出る。同格にするためセルフィを族長にすれば、ルーケンヌでは、どれほど優れた戦士であっても族長になれないのか、ルーケンヌにおいて戦士の立場はその程度なのか、などと思われかねない。

「つくづく俺は厄介者らしい……」

力なく呟くラスティのグラスにシンがリキュドを注ぐと、ラスティはそれを一気にあおる。

「ご自分をそう卑下するものではないと思いますが。貴方はルーケンヌ最強の戦士にして、家族思いのお兄さんではありませんか」

「どうかな。今までの話も、自分の内に秘めた欲望を覆い隠すための方便なのかもしれん」

「…………え？」

シンの心臓がドクンと一際（ひときわ）大きく脈打つ。

彼は今、なんと言ったのか？　シンの首はギギギと、潤滑油（じゅんかつゆ）が切れた歯車のような不快な音を立ててラスティに向き直る。

「ラスティ様、あの……その、欲望、と、いう……のは？」

「そうだな、この際だから何もかもぶちまけてしまおうか。シン殿、俺はな……同族の、森エルフ（フォルディア）の女性に、欠片（かけら）も性的な魅力を感じぬのだ！」

「ほ、ほう……」

シンの心臓が早鐘（はやがね）を打つ。そして、胸ポケットにある虹色のクリスタルはなぜか輝きを増す。

「ま、まあ、恋愛にまったく興味がない方も中にはおりますよ。性に疎（うと）いと言われがちな森エルフ（フォルディア）ならばなおのこと」

「俺とて性欲がないわけではない。ただ、俺が興奮を覚えるのはもっと別の対象なんだ」

――シンは覚悟を決めた。

「ラスティ様、貴方（あなた）が性的に興奮する相手とは……その……」

「シン、俺はな……お」

「お？」

「その、おっぱいが、大きい女性が……好きなのだ。森エルフ（フォルディア）のくせに何を言っているのかと笑われる、いや、呆れられるかもしれないがな」

ガシッ!!

シンはラスティの手をとり、両手で包み込むように強く握る！

「何もおかしいことはございません！　ラスティ様、いや、同志ラスティよ!!」

シンの顔には安堵と歓喜が浮かび、胸元のクリスタルは光を失っていた——

たとえ立場が違えども、ともに笑いともに泣く、感情を分かち合うのが友ならば、己が苦境に追い込まれることになろうとも、手を差し伸べ、助け合い支えあうのが仲間。

友でもなければ仲間でもなく、されど同じ志を胸に道を歩む者。人はそれを同志と呼ぶ。

種族の違いなど関係ない。過ごした時間の長さなど意味を成さない。ただ一言——

「おっぱいが好き」

それだけで男たちは相手を理解することができる。

そしてシンは、滔々とラスティに語って聞かせた。

「——ヒト種もエルフも、いや、この世に生きる者は誰しも己にないものを求めるものなのです。貧しい者は豊かさを、富める者は全てを捨てた果てにある自由を、そして男はおっぱいを！　これは女神が定めた摂理と言ってもいい！」

使徒の分際でとんでもない邪教を広めるシンであった。

ただ、女神自身がグラビアアイドルも白旗を上げるプロポーションの持ち主であることを考えれば、シンの言葉はある意味正しいと言えなくもない……かもしれない……もしかしたら。

とはいえ、男たちのおっぱい好き嫌い問題はともかく、目の前の男を巨乳好きのカテゴリに引きずり込もうとしているシンは、確実に背教者と言えよう。

「そうか。いや、気が楽になったよ。こんなこと、他の森エルフには言えなくてな」

「なぜです？」

「実はな……」

ラスティは五〇歳の頃、戦士団の任務でミラヨルドに赴いたことがある。そこでラスティは、巨乳のヒト種の女性を見たのだそうだ。

歩く度に上下に揺れる、柔らかそうな胸元の二つの膨らみ。フィーリアに負けず劣らず武芸一辺倒だったラスティに、衝撃が走った。

しかし、そんなラスティとは対照的に、同僚たちは——

「なんだアレ、重くないのか？」

「ゆっさゆっさ揺れて歩きにくそうだな」

「俺知ってる、ヒト種の女は胸に脂肪を蓄えてるらしいぜ。冬眠でもすんのかな？」

彼らには、女性の豊かな胸は余計なものとしか映らなかった。ラスティは、自分はもしかして、とんでもないマニアックな性癖の持ち主なのでは？　と思い悩んでしまう。

　そのせいでラスティは、巨乳に心を奪われるような自分が、胸のボリュームに乏しい森エルフの女性に惹かれるはずはない！　などと思い込む悪循環に陥った。

　——巨乳好きが、巨乳しか愛せなくなった瞬間だった。

「まったく……両親からは職人の才を受け継がず、性癖も森エルフの範疇からはみ出す始末。もういっそのこと、故郷を捨てて〝はぐれ〟になってしまった方がいいのかもしれんな」

　はぐれ——いわゆる、氏族の名を捨て自由に生きる根なし草の森エルフである。

「同志ラスティ、そんな後ろ向きの考えでは……あ」

「ん？　どうした、呆けたような声をあげて？」

「いえ……ラスティ様が出奔なさるのであれば、問題は解決しそうな気がしなくもないですが……んー、それでもしこりは残るか。でもなー」

　ラスティが何らかの理由で森を捨て、夫となるはずだった男に捨てられ傷付くフィーリア。それを慰めるセルフィ。やがて二人は惹かれあい——

「問題は、セルフィが里を捨てた男の弟だというところですね。それを両氏族がどう思うか……いっそのことラスティ様が『俺は貧乳の女などゴメンだ！』と捨て台詞を吐いて、全ての森エルフの女性を敵に回して出奔すれば、セルフィとの結婚を後押ししてくれるかも……」

短期的にルーケンヌの族長家の地位が失墜しそうな話ではあるが、時が経てば笑い話になる気がしなくもない。

「シン殿、わざわざ自分から憎しみを煽るのはどうかと思うが」

「捨てた故郷での評判など、笑い飛ばしてしまえばいい。どうせだから、南大陸からも離れておしまいなさい。中央大陸の帝国などは人種の坩堝です、おっぱいが選り取り見取りですよ？」

選り取り見取りのおっぱい。この言葉にラスティは胸を鷲掴みにされたのか、黙りこくる。

やがて、グラスに残ったリキュドを一気に飲み干すと、吹っ切れた表情でシンを見た。

「そうだな、結論はまだ出せないが、有力な選択肢の一つとして考えておこう。ありがとうシン殿、今後は俺のことはラスティと呼び捨てにしてくれ。キミは俺の友だ」

「ならばラスティ、私のこともただシン、と。それにただの友ではありませんよ、友であると同時に、豊かなおっぱいを愛でる同志、魂の朋友です！」

「うむ、年若き同志よ、これからもよろしく頼む！」

「喜んで！」

人間、何から何まで折り目正しく生きるより、多少は馬鹿になり羽目を外す方が魅力的である。人に感動を与えるのはユークリッド幾何学にのっとった図形ではなく、画家の魂が込められた筆から生まれる落書きなのだ。

――バカをするにも言いようはあるらしい。

■

ラスティが家の中に入り、ウッドデッキに一人残った俺は星空を見上げる。

夜空に輝く光は正確には星ではない。星のように輝く何かだ。

異世界ガルデニア――名付けたのはエルダーかそれともティアか。庭園とは言いえて妙な箱庭世界は、世界の内から外を見ることはできない。

遥か上空に輝くモノは、この世界に生きる人間（亜人、獣人含む）が生まれると同時に、生誕の地の上に現れる。

星の大きさは本人の成長と連動しており、基本レベルやスキルレベルが上がるごとに大きくなるそうだ。

また、何らかの加護を受けて生まれた者の星は、他者のそれよりも輝き方が激しい。そのため、星を見て生まれた子供の才能を見極める、ひよこの選別士のような存在もいる。

月が示すのは女神ティアリーゼ。月の光はいつも優しく夜空を照らすが、稀に赤くなったり、時には見えなくなることもあるらしい。

そんなときは、たいてい世界に変動が起きる前触れで、遠くは魔族の世界と繋がったときや大勇者が召喚（しょうかん）されたとき。近くであれば十七年ほど前……

あれ？　ってことは、二つの世界がぶつかったのは予定調和なんじゃないのか？

……アイツ（エルダー）が何を思ってそんなことをしたのか、考えても仕方がないか。それこそ今さらだ。

ここから北東の方向にはアトワルド王国。タンギルの街があった場所を俺は見た。

故郷の上空と思われる場所、そこに星の光は数えるほどしかない。それでも完全に闇ではないことが、どこかに生き残りがいることを教えてくれる。住む場所を変えても、星の位置が変わることはないからだ。

ちなみに俺の星はない。昔、ティアとエルダーに頼んで消してもらった。

もう一度夜空を見上げる。

隣り合い、激しく輝く二つの星。ひとつはとても大きく、ひとつは小さい。

あれがラスティとセルフィの星なのだろう。戦士として既に大成している兄に圧（お）されているように見えるが、セルフィの星の輝きもそれに劣（おと）るものではない。

ただ、確かにあれなら、戦士のラスティをルーケンヌの次期族長にと、誰もが思わずにはいられないだろうとは思う。

「……なんだよ？」

『べっつにー？　シンが上手く立ち回ったせいで、良い方向に進んだのかなーってさ』

俺のおかげとなぜ言えないんだお前は……

「知り合った人間がドロドロした愛憎劇を繰り広げるのは見たくないんでね」

『ま、僕はどっちでも良いかな。腕利きの戦士が族長として森の中に篭るよりは、外で暴れまわってもらう方が僕好みだからね。ただ……』

でしょうね暇神。んで、ただなんだよ？

『後ろでジュリエッタが突っ伏して力の限り床を叩いてるよ。ティアが今それを宥めてる』

「聞くんじゃなかったよ！」

ブツンッ!!

ったく、アイツら本気でエンジョイしてやがるな。

つまり、今までよっぽど退屈してたのか？

……どうか、暴走することだけはありませんように。

将来、勇者〝たち〟を転生させるときは特に！　マジで！　お願いします――!!

■

「えっ？　エルダートレントの枝って、蒸留水に浸すだけじゃダメなのか？」

ルーケンヌの族長ナティス邸に併設された、主にセルフィが使用する作業場に、シンの声が響く。

「ダメとは言わないけど、それだと特性のない平凡な枝になっちゃうよ。基本は蒸留水だけど、そこに混ぜる追加素材によって、硬度や剛性、魔力増幅の効果などが色々変わってくるのが、エルダートレントをはじめ、上位の植物系魔物の素材の面白いところかな」

タラスト商会で買った、下処理済みのエルダートレントの枝を取り出したシンは、セルフィに加工についてのアドバイスを受けているところだった。

衝撃的な夜から三週間、シンはセルフィの作業場に入り浸り、木工職人としての講義を受けている。

もっとも、修業や弟子入りなどと呼ぶのもおこがましい、ルーケンヌで行われている、加工や下処理のいろはを教えてもらう程度の、言わば木工教室にすぎない。

シンも子供の頃は、近所の職人の仕事を見ながら、たまには手ほどきを受けつつ木工のスキルを上げていた。しかし、これはあくまで一般的な家具や弓矢に大工、造船など、魔法効果の乗らない道具類の加工技術に留まる。魔法付与の技術については、昔知り合った老人から条件付きで譲り受けた文献での独学だ。そのため、素材の下処理や加工法などで、知らないこともたくさんある。

シンとしてはこの機会に、木工に関するスキルを上げようとの算段だった。

「植物系魔物(プランタリアン)の素材は、意思はないけど生きているからね。素材を浸すための蒸留水に、魔法付与(エンチャント)の基本である魔石粉を混ぜることで、素体を活性化させる。その次に混ぜる液体によって、素材の特性は大きく変化するんだ。水銀を混ぜれば硬度や剛性、物理的な強度が、魔物の血液なら魔力の変換効率や増幅効果がそれぞれ。そして、最後に入れるモノによって最終的な調整が入る」

物理的な強度を上げたければ、粉末状にした金属や鉱物を入れて素材の内部に浸透(しんとう)させる。魔法効果に重点を置くのであれば、液体に手を入れ付与者の魔力を注ぎ込む。その際に、特定の属性に効果を偏(かたよ)らせることもできるそうだ。

つまりこの方法であれば、金属素材として使い道に困るタングステンや金剛石(ダイヤモンド)で能力を高めることもできるのである。

無論、木の枝が金剛石(ダイヤモンド)の硬さになるわけではないが。

「…………」

「どうしたのシン、難しい顔して？　もしかして分かりにくかった？」

相変わらず可愛(かわい)らしいボーイソプラノの声が、シンの耳をくすぐる。この頃になると、彼らの会話はタメ口で行われるようになっていた。

　セルフィに気遣われたシンは、首を横に振りながらも、難しい顔のまま口を開く。

「……セルフィ。これって、もしかしなくても森エルフ工房の秘儀なんじゃないのか？」

「うん、だから秘密にしてね。お願いだよ？」

　あっけらかんと話すセルフィに、シンは自分のこめかみを押さえて渋い顔になる。

「はあ、教えてもらってなんだけど、警戒心がなさすぎじゃないか？」

「そこはシンを信用しているから」

　あっけらかんと答えるセルフィを見て、シンは呆れたようにため息をつく。そして、しばし考えるような仕草をした後、異空間バッグから一つのアイテムを取り出す。

「シン、これは？」

「一方的に利益を得るのは俺の主義に反するんでね。手にとって見れば分かるよ」

　そう言ってシンは、セルフィに一張りの魔弓、『パイルハンマー』を渡した。

「この弓、材料は魔物だよね……え、ドラゴン!?　いや、それよりもこの魔法効果、これって」

　パイルハンマーは、魔力の伝導によって弓の性質を変化させる。弓と弦を持って魔力を循環させれば、リムが柔らかくなり大きくしなる。弦から手を放して魔力の循環を断てば、元の剛性を取り戻した弓が、強力な力で矢を射出するという仕組みだ。

　シンが先日セルフィに送ったアドバイスの一例、その実物がここにあった。

食い入るように魔弓を調べていたセルフィは、何かを思いついたのか、テーブルに紙を敷いて設計図を書きはじめる。図面を引くということは、単弓やシンプルな構造のものではない、おそらくクロスボウの類だろう。

今日の講義はおしまいかなとシンは、作業に没頭するセルフィをその場に残し、作業場を後にする。外は既に日が傾きはじめていた。

「シン殿、もうよろしいのですか？　明日にはアナンキアへ戻るとのことでしたが」

「ナティス様、この度は貴重な技術に触れる機会を与えていただき、感謝にたえません」

シンはナティスに向かい深々とお辞儀をする。そして同時に、セルフィから秘匿技術を教わったことを謝罪する。たとえ当人が許可したとしても、さすがに族長へ黙っていて良い話ではなかった。

「ふう、あの子は色々と迂闊ですから……ご心配には及びません。わざわざ打ち明けてくださったシン殿が、この技術を他所に広めるとは思っておりません。ただしあの子には、キツく言っておかないといけませんね」

「ハハハ……」

ホホホと笑うナティスに対し、シンは乾いた笑いで追従する。ナティスの目が、欠片も笑っていなかったがゆえに……

シンからすれば、後からバレるよりも正直に話して、誠実さをアピールした方が良いだろうという判断だった。どのみち、一度手に入れた技術は、忘れさせることも使わせないこともできはしない。それを分かった上での発言である。実に小狡い。

しかし、その代償としてセルフィは、七〇にもなってママからお仕置きを受ける羽目になった。合掌――

「ところでシン殿、最近ラスティの様子がおかしいのですが、何かご存知ありませんか？」

「っ!!　……ラスティの様子が？」

「ええ、以前より一人で考え事をする回数が増えたり、そうかと思えば、やけに晴ればれとした表情で、戦士団の皆と訓練に励んだりと。なんだか情緒不安定みたいで……」

子供がいくつになろうと母は母、ということか。息子の微妙な心境の変化に気付いているようだ。

「結婚式が近いからナーバスになっているのでは？　ヒト種の間では俗に『マリッジブルー』などと呼んでおりますよ」

「あらあら、図体ばかり大きくなってもまだまだ子供ねえ」

「ははは、女性はどうか知りませんが、男には、小さな男の子と大きな男の子しかおりませんよ。大人の男性などは希少種です」

それを聞いたナティスはまた面白そうに、そして納得するように何度も頷いた。

「私からも一つ伺ってよろしいでしょうか？」

「何か？」

「ここ数日、ラスティたちと何度か人通りの多い場所を歩いたりしたのですが、誰も二人の婚姻について、話題にする者がいなかったものですから。少し不思議に思いまして」

族長の子供同士が結婚する。誰が聞いても一大イベントのはずなのだが、街では結婚にかこつけたイベントや準備に奔走する者はおろか、日常の話題にも挙がらない。そういえば、アナンキアに滞在中の間も、その類の話をシンは聞かなかった。

なぜそれほどに隠そうとしているのだろうか。

「もしかして、他の三氏族の反発を懸念して、緘口令でも敷いているのですか？」

眉を顰めるシンに対し、目を丸くしたナティスは、首を傾げながら逆に聞き返す。

「あの、シン殿。結婚って、わざわざ事前に知らせるようなものですの？」

「……ハイ？」

まるでナティスの真似をするかのように、シンは目を大きく見開くと、同様に首を傾げた。

森エルフには、結婚という制度はあっても、ヒト種のように結婚式を大々的に祝うという風習はない。両家で集まり、聖樹の前で愛を誓ったら、その後に祝いの席を設けるくらいである。

なので二人の結婚も、終わった後でサンノイドとパラマシルに通達すれば良い程度だと、ナハトもナティスも考えていたらしい。

思いがけない種族間ギャップにシンはショックを受けるが、しかしそれならばと、脳みそをフル回転させ、一瞬で悪巧みを思いつく。

「やはり形だけ真似(まね)ても、上手くいかないものですね」

「でしたらナティス様、この件に関しては私にお任せください」

「まあ！　よろしいのですか？」

「ええ、〝上手く事が運べば〟最高の結果が得られるかと。明日アナンキアに戻った際にはその旨(むね)、ナハト様にも伝えておきますので」

「ありがとうございます。やはりこういうことは、詳(くわ)しい方にお任せするのが一番ですわね。シン殿がいてくれて本当に助かりました」

「あははは、そう言っていただけると、こちらとしても嬉しい限りですよ」

思わぬ展開から、シン主導で結婚式が執(と)り行われることになった。

各人の事情を知っているシンは、自分が上手く立ち回ることで悲劇、あるいは喜劇(きげき)的な結果を回避できると内心喜んでいる。しかし、無関係なはずの自分が一番苦労する事実に、シンが最後まで気付くことはなかった。

時にひねくれた態度をとったり卑怯(ひきょう)な手練手管(てれんてくだ)で相手を陥(おとし)れるシンだが、根っこの部分は世話焼きでお人好(ひとよ)しだった——

第二章　災厄(さいやく)の足音

アナンキアの里から南東へ一五〇キロ、精霊回廊を三度経由して着いた場所に、直径五〇メートルほどの、草木の生(は)えないラウンドエリアが存在する。

付近に小川も流れるこの場所は、普段は森エルフ(フォルディア)の戦士団が郊外にて活動するとき、ベースキャンプに利用するそうだ。踏み固められた地面は固く、オークやオーガ、四つ足の蹄(ひづめ)でも凹(へこ)むようなことはないらしい。

そんな戦士団ご自慢の野営地が今、日光を浴びて鱗を輝かせるフォレストバイパーの群(む)れによって、まるでスープ皿のように中心部を窪(くぼ)ませていた。

ギャリン――!!　ギャリィインン――!!

平地の中心には直径二、三〇メートルほどの、こんもりと盛り上がった黒光りする物体が鎮座(ちんざ)し、不快な金属音を絶(た)えず周囲に響かせている。

黒く巨大な肉まんの正体(しょうたい)は、密集して絡み合うフォレストバイパーの群れ、いわゆる『ヘビ玉』だ。おそらく三〇〇体ほどの集団交尾が今、シンやフィーリア他、アナンキアの戦士たちの目の前で行われていた。

「絶景かな絶景かな……しかしまあ、なんてそそらない乱交現場だ」

ゴスン!!

ヘビ玉から少し離れた場所で大木の枝に座っているシンは、並んで座るフィーリアに脳天をはたかれた。拳骨だった。

「大きな声を出すな、そしてハレンチなことを言うな！」

「今のゲンコツ音だってなかなかの音量だったよ！　それよりバランスを崩して地面に落ちたらどうするつもりだよ？」

「そのときは素直に謝罪してやる」

「謝罪を受けようにも、その頃には怒り狂ったアイツらに八つ裂きにされてて命がないから!!」

睦事の最中に部外者の乱入にあい、羞恥と怒りで乱入者に襲いかかる恋人たちというシュールな光景を想像し、周りの森エルフたちは肩を震わせて顔を逸らす。どうやらツボに入ったらしい。

毒気の抜かれたフィーリアはなおもブチブチと文句を言っていたが、シンは気にせずヘビ玉に視線を戻す。

金属音を響かせながら蠢く物体は、時にその隙間から頭を突き出し、表面を滑りながら別の隙間に潜り込む。その度に彼らの鱗が悲鳴をあげ、バキンと破壊音を響かせつつ周囲に飛び散る。また、擦れた鱗の摩擦熱がヘビ玉を蒸しあげるため、時折中から漏れ聞こえるフォレストバイパーの鳴き声は、断末魔の叫びのようでもあった。

集団交尾の開始から数日、事を終えて解けたヘビ玉の跡には、無数の雄が交尾によって力尽き、もしくはヘビ玉の中心部で圧死という最期を迎えていた。そんな中、雌はそれが最後の役目であるかのように、雄たちを自分たちの腹に収め、産卵のための栄養にする。

フォレストバイパーが産卵準備に入ったのを見届けたシンたちは、静かにその場を後にした。

「貴重な体験をさせていただきました。この度は本当にありがとうございます」

シンは族長に向かって感謝の言葉を述べると、深々と頭を下げる。

「シン殿が満足できたようでなにより。して、楽しめましたかな?」

「ええ、ちっこいヘビがウネウネ絡み合うのは怖気が走りますが、あそこまで大きいと逆に壮観でしたよ。ただ、ギャリギャリと煩かったですね」

シンは耳を押さえながらおどけると、ナハトだけでなく、周囲の家族からも笑いが起きる。

フォレストバイパーの集団交尾を確認し、仕事が一段落したということで、族長の屋敷に招かれたシンは、一緒に食卓を囲んでいた。

初対面の族長夫人はフィーリアによく似ており、彼女をもっとお淑やかにすれば将来はこうなるのでは？　と思わせる女性だった。もっとも、そんな未来は来ないだろう。

「うむ、めでたいついでに、フィーリアの嫁入りも発表すれば皆も盛り上がるかのう？」

「ナハト様！　その件は大繁殖期が終わってからということになったはずですよ」

酒が回って迂闊なことを言い出すナハトに、シンは話を逸らすように今後の予定を尋ねる。

フォレストバイパーの大繁殖期は、交尾からおよそ二週間後に産卵。そこからさらに二週間後に産卵場所に戻って、そこで生まれる『グランディヌス』を狩るとのこと。

「そのときついでに、卵を産み終えたフォレストバイパーを狩り、産み落とされた卵の半数を持ち帰って氏族全員で食べるわけだな」

「……食べる、ので？　フォレストバイパーの卵を？」

「うむ、フォレストバイパーの卵は深い味わいとコクがあってそれはもう美味でな。しかも一〇年に一度しか手に入らないため、それこそお祭り騒ぎ……どうなされた？」

渋い顔をするシンを心配そうに覗き込むナハトに、シンは困ったように笑う。

「いえ、思い返せば爬虫類の卵は亀しか食べたことがないなあ、と思いまして」

「亀とはあの、甲羅を背負った短い四本足のアレのことか？」

「ええ、その亀です」

今度はナハトの方が渋い顔になる。

「亀の卵か……小さすぎぬか？」

「ああ、いえいえ。私が申しているのは、海に生息する三～四メートルサイズの海亀の話です。卵の大きさもこれくらいですよ」

そう言ってシンは、テニスボールを持っているかのように手の指を折り曲げた。

「ほう、それくらいのサイズであれば食べるのに不都合はないな。食べてみたいものだ」

「海辺の町で運良く見つけたらお届けしますよ」

その後も和やかな雰囲気で食事は進み、今日は泊まることを勧められたシンは、用意された部屋でただひたすらにボーッとする。そして、深夜に差しかかろうとした頃――

コンコン。

「すまない、シン。少し話がしたいのだが、構わないだろうか？」

「……それは構わないけど、さすがに嫁入り前の女性を部屋に招くわけにはいかないぞ」

「あ、ああ、そうだな。すまない……」

庭に出たシンとフィーリアは、屋敷のすぐ側に鎮座する聖樹を見上げ、しばし見入る。

昼間は気付かない、聖樹が発する微かな光がその姿を夜のアナンキアに浮かび上がらせ、降り注ぐ星の光と相まって、幻想的な光景が映し出された。

後ろ手に手を組み、目を細めるシンの前に、リキュドの入ったグラスが差し出される。この季節、夜はまだ寒い。気を利（き）かせてくれたフィーリアに謝意を伝え、グラスを傾けた。

「それで、話とは？」

「シン、君はその……気付いているのだろう？」

「何を？　と聞くのは意地悪なんだろうな。セルフィとのことなら、ルーケンヌを訪れたその日の晩に、ね」

シンの言葉にフィーリアは、顔を耳まで真っ赤して俯（うつむ）く。おそらく、シンがそばにいたことにまったく気付いていなかったのだろう。羞恥（しゅうち）とともに戦士としても衝撃を受けているようだ。

「……そうか。シン、私はどうするべきなのだろうな……？」

「さあ？　しいて言うならお好きなように」

「っ！　……冷たいな、何も言ってはくれぬということか？」

苦く笑うフィーリアは、その瞳と表情に複雑な色を宿（やど）し、またも俯（うつむ）いてしまう。

偶然にも秘密を知った男は、それとなく事情も知ってくれていた。

もしかすると、どうしようもない自分たちの現状を、彼ならなんとかしてくれるかもしれない。そう考え、思い切って話をしたフィーリアだったが、返ってきたのは突き放すような一言。唐突（とうとつ）に梯子（はしご）を外され、どうして良いのか分からない。そんな思いがありありと見て取れる。

「誰かの意見に従ってきたのが今の状況だろ？　今またここで俺の提案に乗って、それが上手くいかなかったときは、今度は俺のせいにして生きるつもりか？」

「…………」

「……ふう。フィーリア、俺の顔を見てみな」

「いきなりどうし――ヒッ⁉」

顔を上げたフィーリアは、シンの顔を見て小さく悲鳴を上げる。そこには、一切の感情が消え、死んだ魚の目をしたシンが立っていた。

絶望を知り、希望を嘲笑う。まるで、木彫りのお面にヘドロで作った泥団子を埋め込んだ相貌。それは、世界に背を向けた人間だけが作り出せる顔だった。

思わず後ずさるフィーリアを見て、いつものとぼけた表情に戻ったシンは、子供に絵本を読み聞かせるように優しく話し出す。

「あるところにとても愚かな少年がいました。その少年は、天より授かった力で様々な助言を与え、たくさんの人々の生活を豊かにしました。しかし次第に人々は、自分たちで考えることをやめ、事あるごとに少年を頼りはじめます。それでも少年は、頼られることに幸せを感じ、助言を与え続けました。その結果――彼らは、手にした恩恵以上の代償を支払うことになりました……無論、その愚かな少年も」

「っ⁉　シン、それは――‼」

「少年は泣きました。そして全てを失った少年は、自分を責め続けながら今もどこかを彷徨っているそうです……面白くもない寓話だよな」

フィーリアは黙っている。シンは、今度は優しい表情を浮かべると、諭すように話しかけた。

「人を頼ってもいい。助けを求めてもいい。でも、他人に責任を被せるのはやめた方がいい。それで幸せになった人を俺は知らない。まあセルフィには、木工の技術や知識を授けてもらった恩があるからな。だから時間は作ってやった。付け加えるなら、今回の結婚の話は家族以外は知らないそうだ。誰と誰が結婚するのかもな。そんじゃ、リキュドご馳走さん」

そう言うとシンは、黙って立っているフィーリアを残して部屋に戻る。

――三日後、左目に青タンを作りながらも、晴れやかな表情をするフィーリアと、終日機嫌の悪いナハトの姿が見られたが、事情を知る者はいなかった。

さらにそれから二日後、ナハトに酒に付き合わされたシンは、延々と愚痴を聞かされる。

彼らの裏事情をシンが暴露すると、ナハトはウジウジ悩んでいた若者たちに怒り、それを引き起こした自分の浅慮を嘆く。そして、最終的には丸く収まりそうなことに笑い、安堵した。

悩みの解決したナハトが今度は別方向に暴走し、シンを名誉氏族にしようだとか、年頃の森エルフ(フォルディア)の女性（貧乳）を紹介しようとか言い出し、シンの頭を悩ます事態になったのはお慰みである。

むしろ――

『どうしてシンはおっさんの好感度ばかり上げるのさ⁉』

「知るか‼」

愚痴をこぼすエルダーと、鼻息の荒い腐女子(ジュリエッタ)に激しく悩まされたシンだった。

残念ながら『飲みニケーション』で鍛えられたジャパニーズビジネスマンの話術は女性には通じない。あれは男性、それもご年配(オッサン)相手に特化した対人スキルなのだ。

――準備万端、全て丸く収まるはずと、不安な要素はどこにもなかった。

■

ヘビ玉観察から二週間、シンはあのときと同じ枝に腰を下ろし、下の様子を眺めていた。

現場にはフォレストバイパーの卵が積みあがり、産卵を終えた雌たちは、弱りきった体をくねらせながら、三々五々(さんさんごご)森へと姿を消していく。卵が孵化(ふか)するまで護(まも)るという習性は彼らにはないとのこと。新しい縄張りを作るため、産んだらさっさと離れるのだそうだ。

そんな、放射状に散っていくやつらを、アナンキアの戦士団が三人一組（スリーマンセル）で次々と狩っていく。精も魂も尽きた状態では、いくらBランクモンスターといえども抵抗のしようがない。実戦訓練の的（まと）のような扱いに、シンはこっそり手を合わせた。

全てのフォレストバイパーを狩り終えると、今度は、地面に落ちた鱗と擦れあってできた鱗の粉、そして卵の回収である。これにはシンも参加した。

産卵に全てを注いだフォレストバイパーは、鱗も肉も、中身がスカスカらしい。だから素材としては二、三級品にしかならず、新人訓練用の消耗（しょうもう）部材にしかならないという。その点、地面に散らばっている鱗は、雄のものは二級品に分類されるものの、雌の鱗であれば特級品扱いで、多少傷があっても問題ないそうだ。さらに、粉末は研磨剤（けんまざい）として重宝（ちょうほう）しているのだとか。

そんな中、シンはやつらの産み落とした卵に悪戦苦闘していた。

サイズが三〇×七〇センチもある楕円形（だえんけい）の卵は、柔（やわ）らかい殻に覆われてブヨブヨしており、両手で優しく抱きかかえなければ上手く持てない。そのせいで、産みたての卵の妙な生温（なまあたた）かさを感じてしまう。

シンをはじめ、収穫初体験の新人戦士たちが卵相手にもたついているのを、ベテラン勢がニヤニヤと笑っている。どうやら恒例（こうれい）行事らしいが、完全に身内扱いされている件については、シンも喜んで良いのか判断に迷うところだった。

作業はつつがなく終わり、親の素材とともに、産み落とされた卵の半数、四〇〇個を持ち帰る。

卵一つが鶏卵二〇〇個分に相当するため、単純計算で八万個分、里の全員に十分に行き渡る量だ。つまり、シンに逃げ場はなかった。

覚悟を決め一口食べた瞬間、シンは目を見張る。そして、ゆっくりゆっくり噛み締めた後、ゴクンと呑み込み、フウとため息をついた。

「なぜだ、どうしてただのプレーンオムレツがこれほどに美味い？　濃厚な卵の旨味が舌をガツンと殴りつけ、その奥から優しく微笑みかける……」

唐突に食リポを始めるシンに、面白がった周りの戦士たちがあれやこれやと料理を味見させる。そしてその度に詳細な味の報告をするシンを見ては、また楽しそうに笑っていた。

そんな中、シンの発した『カステラ』や『カスタードクリーム』の言葉に興味を持った連中のせいで、後日パティシエに転職させられるシンであった……

そして数日後、『グランディヌス』に思いを馳せ、いつもの現場にシンがやってくる。

そこには――

「なん……だと……？」

シンは膝から崩れ落ちた。

「どうしたシン、お主が見たいと言っていたグランディヌスが生まれようとしているのだ。

もっと喜んだらどうだ？」

あれ以来、色々スッキリして元気いっぱいのフィーリアが、地面に手をつくシンを不思議そうに見下ろす。顔を上げたシンは、フィーリアに視線を向けると、悲鳴にも似た声で不満を訴える。

「グランディヌスも何も、『メガリウムワーム』じゃねえかアレ!!」

メガリウムワーム　Fランクモンスター

全長二〇メートルほどの巨大ミミズ。地下一〇～一〇〇メートルに生息し、その生態はミミズそのもので、周囲の土を食べては良質な土を排泄する。

戦闘能力はなく、土壌を浄化、肥沃化してくれるため、地域によっては〝畑のお父さん〟などと呼ばれて親しまれている。

Fランクモンスターに設定されてはいるが、もし討伐しようものなら討伐者の首に賞金がかかる益獣。

口元はヤツメウナギのようにギザギザの歯の集合体、グロい。

ガリアラ鉱山の地下空洞を作ったのはこれの別種『メガリウム・ロックワーム』。

そんな畑のお父さんが、シンたちの目の前でフォレストバイパーの卵を次々と呑み込んでいく。

せめてキュポン！　とでも効果音が付けばコミカルにもなろうが、卵を呑み込むたびにズビュッ、とかグジュ、などと聞こえてくる光景は、慣れていない者には苦痛だろう。

「『グランディヌス』って、フォレストバイパーの上位種なんじゃないのかよ⁉」

「誰だ、そんな戯言を流したのは？　……ああなるほど、だからあのとき『上位種』などと言っていたのか。シン、私は希少種だとは言ったが、フォレストバイパーとも、その上位種とも言ってないぞ。それに、卵がたかだか一ヵ所に集まるだけで上位種に変異するはずもなかろう。一体どんな魔術儀式だ？」

「そりゃそうだけど、そうだけどさぁ……」

とんでもなくコレジャナイ感に襲われ、地面にのの字を書くシンをよそに、卵を食らい続けたメガリウムワームは四〇〇個全てを平らげる。

「ほらシン、メガリウムワームが変異するぞ、よく見ていろ」

「んぁ？　……うそぉん‼」

卵を食べ終えたそれは、もそもそと這い出ると、全身を地上に横たえた。そうしてしばらく待っていると、メガリウムワームの全身が震え出し、その体に変化、いや変異が起きる。

ブヨブヨとした土色だった皮膚は、白銀の光沢に包まれた外皮に変化し、日の光を反射して鮮（あざ）やかに輝く。そして、綺麗（きれい）に並んだ無数の牙は、その一本一本が太く長いものへと変化した。

グランディヌス　ランク不明（情報不足の希少種のため未設定）
メガリウムワームの変異種。フォレストバイパーの卵を大量摂取（せっしゅ）することで誕生（たんじょう）する。
フォレストバイパーの頑丈（がんじょう）な鱗の特性を引き継いでおり、白銀に輝く外皮は対斬撃（ざんげき）、対衝撃に優（すぐ）れる。比較的軽いうえに元がワームの外皮のため、自在に変形する金属のような扱いで、防具の素材として重宝（ちょうほう）する。
肉は食用に適さない。

「もう笑うしかねえ……」

森エルフ（フォルディア）たちは変異、いや進化したグランディヌスに向かって、風属性の魔法を乗せた、貫通力の上がった矢を射（い）る。そうやって尻尾（しっぽ）の先と口元を地面に縫（ぬ）いつけ、その後ロープと杭（くい）を使って全身を固定した。

戦士の一人が大きな鉞（まさかり）でグランディヌスの体を、何かを調べるようにポンポンと頭から叩（たた）いていき、やがて場所を定めると、大きく振りかぶって鉞（まさかり）を振り下ろす！

ガギャン――!!

激しい金属音を響かせ、輪切り（わぎ）にされたグランディヌスは、大きく全身を震わせると、そのまま動きを止める。鉞（まさかり）は正確にグランディヌスの心臓を破壊しており、森エルフ（フォルディア）のグランディヌス狩りはさしたる見せ場もなく終わった。

グランディヌスを持ち帰ると、街の皆が戦士団を歓声で迎（むか）える。大繁殖期の終了と、戦士団を労（ねぎら）うために住人の多くが集まっているのだ。

「それで、どうだったシン、大繁殖期の感想は？」

「まあ、多少の計算違いはあったけど、それ以上に満足したよ。ありがとな」

「そうか」

笑顔で答えるシンを見て、フィーリアも嬉しそうに笑顔で頷（うなず）く。

そこへ――

「――フィーリア」

「っ!! ラ、ラスティ兄さん？」

「あれ、ラスティ。久しぶ、り……？」

振り返った二人の前には、自分たちのよく知った人物が立っていた。

前衛仕様の、黒く染め上げた革鎧に身を包んだラスティは、およそ一ヵ月ぶりの再会だというのにニコリともしない。まるで、悲惨（ひさん）な戦場から戻ってきた兵士のような表情を浮かべている。

「悪いが、急いでナハト様に会わせてくれ。詳しい事情はそこで話す」

人々がお祭りムードで賑(にぎ)わう中、三人の周りだけが重苦しい空気を漂わせていた——

■

フォレストバイパーの大繁殖期、これに自分(ラスティ)が立ち会うのはもう三度目か。そう思うと、漠然(ばくぜん)とした不安が胸をよぎる。

ゾマの森とともに生き、そして果てる。聖樹の民である森エルフ(フォルディア)にとっては当然のことだ。この生き方に、誰一人として疑問を持つ者はいない……自分以外は。

〝森エルフ(フォルディア)としての自分〟に違和感を覚えたのは、果たしていつからだろうか——

族長の子として生を受けながら、職人の才をまったく受け継がず、代わりに戦士としての才能に恵まれた自分を嘆(なげ)いたときだろうか。

それとも、森エルフ(フォルディア)の身でありながら、ミラヨルドでヒト種の女性の大きな胸に心を揺(ゆ)さぶられたときか。

何が原因ということではないのかもしれない。だが、少なくとも今のように悩むようになった理由は、はっきりしている。

フィーリアとの結婚話——そして、セルフィとフィーリアの関係だ。

セルフィとフィーリアは惹(ひ)かれ合っている。いや、今回の結婚話が原因で、お互いをより強く意識するようになってしまった。悩ましいことだ。

同盟を見据えた政略結婚である以上、族長の娘であるフィーリアを娶(めと)るのは、次期族長の自分でなければならない。次男であるセルフィとでは、同盟どころか逆に軋轢(あつれき)を生みかねない。

ならば、ルーケンヌ次期族長の座をセルフィにくれてやれば解決、という話でもない。

いくらルーケンヌの歴代(れきだい)族長が職人から選ばれてきたとはいえ、ルーケンヌ最強の戦士である自分をさし置いて、弟(セルフィ)が次期族長として指名されるのは望ましくない。この里においては、たとえ族長の血筋であり最強の戦士だとしても、決して族長になれないのか。ルーケンヌの戦士というのはその程度の存在なのだと言われかねない。

まったく、俺はここにいるだけで不和(ふわ)をもたらすというのか……いっそあの男――シンの言葉通り、出奔(しゅっぽん)した方がいいのかもしれないな。

しかし、いざ一族を捨て〝はぐれ〟になってしまおうかと思っても、躊躇(ちゅうちょ)する自分がいる。どうしても一歩踏み出せない。

きっかけが欲しい。里を捨てるためではなく、自分の人生を掴み取るための一押しが――

■

「やれやれ、ルーケンヌ最強の男が情けない限りだな……なんだ？」

最初に異変に気付いたのはラスティだった。

……ズ……ズズ……

ラスティは、耳に手を当てると頭を左右に振る。

「どうかしましたか、団長？」

「いや、何か聞こえないか？」

「さあ、私には何も。それより、コイツを早いとこ持って帰りましょう、今夜は宴会ですよ。そういえば、先日みんなにふるまっていただいた『とんこつラーメン』、あれは美味(うま)かったですなあ。是非(ぜひ)今夜はアレを作りましょう」

これからの予定を楽しそうに話す森エルフ(フォルディア)の戦士をよそに、ラスティは耳をすませる。

彼の戦士の勘(かん)は、何やら良くないモノを感じ取っていた。

そして――

「……！　全員飛べ！　下だっ!!」

ゴバァッ!!

「っ!!」

怒号に近い声で指示を出したラスティは、自身も急いで跳躍する。その直後、ラスティが立っていた場所の土が急激に盛り上がり、爆ぜた！

土くれを撒き散らしながら現れたそれは、直径五〇センチを超える白銀の円柱。先端には無数の凶悪な牙がズラリと並び、おぞましく蠢いている。

「あの形、それにあの色。まさか、グランディヌスか？」

「う、うあああああぁぁぁぁ!!」

白銀の円柱は、天に向かってまっすぐ伸びていた体をグニャリと曲げると、目の前にいた森エルフに飛びかかり、一瞬大きく開いたその口で、男の頭から胸までを呑み込んだ。

「ファルス!!」

ファルスと呼ばれた男は、いまだ外にある手足をバタつかせ、脱出を試みる。しかし、グランディヌスの口の中からバツンと何かが割れる音がした途端、手足をダランと下げて動かなくなった。

「お、おい。ファルスが！」

「どういうことだ、グランディヌスが襲ってきたぞ！　アイツはおとなしいワームの変異種じゃなかったのかよ!?」

「狼狽えるな！　総員散開、とにかく距離を保て！」

戸惑う部下たちに向かってラスティが指示を飛ばす。声を聞いた戦士団員たちは、一時の混乱から立ち直ると、全員樹上に避難する。

ギイイィ、ギイイィ――

ラスティたちが退避する中、ファルスの全身を呑み込んだグランディヌスは、彼を絶命せしめた牙を擦り上げ、まるで鳴き声のような音を出す。

金属が擦れる不快なその音は、巨体をうねらせる姿と相まって、まるで歓喜の声のようにも聞こえた。戦士たちの心には、激しい憎悪と殺意が宿る。

そんな中、一人の森エルフが同僚の仇に向かって弓を引く。矢は見事にグランディヌスの丸太のような胴体に突き刺さり、矢尻が外皮の奥までめり込んだ。

「団長！　いけますよ。あのヤロウ、多少凶暴になっちゃあいるけど、グランディヌスなことには変わりない。十分やれます!!」

「勝手なことを……分かった。攻撃を許可する、ただし弓による攻撃のみだ。接近戦は十分弱るまで禁止する。撃え!!」

ラスティの号令のもと、一斉に矢が放たれる。さすがは森エルフの戦士団と言ったところであろうか、全ての矢は命中し、外皮に押し返されることなく刺さる。

その後、それを都合五度繰り返し、気付けばグランディヌスはハリネズミのようになっていた。

ラスティは弓による攻撃をやめさせると、相手の様子を観察する。

（弓では致命傷にならんか。確かに矢は大量に刺さっているが、そこまで弱ってはいない）

「仕方ない……」

ラスティは、矢筒から一本、他とは形状の違う矢を取り出すと、弓を引き絞り狙いを定める。

「穿て――ぬっ⁉　バカ、早まるな‼」

制止の声を上げるラスティの視線の先には、団員が二人、剣を逆手に構えて木の上から飛び降りていた。

自由落下する二人の体は、剣を突き立てるべくグランディヌスに急接近する。そして、その固い外皮に刃を突き入れんとした瞬間――

「殺ったぁ！　――なぁっ⁉」

グランディヌスの体は一瞬で横にスライドし、目標を失った二本の剣はそのまま地面に突き刺さる。

彼らは忘れていた、やつがファルスを一瞬で捕らえたときのあの速度を。

矢の攻撃を全て受けたのは、動きが鈍いからではなく、避ける必要がないのだと。その答えに彼らが辿り着いたのは、グランディヌスの無数の牙が、己の視界を埋め尽くしたときだった。

二人を体に収めたグランディヌスは、今度は自分の尾を振り回すと、彼らが足場にしている大木を思い切り叩く！

「うわあああああ!!」

とんでもない衝撃に、樹上にいた数人がグランディヌスが待ち構えている地上に落ちていく。当のグランディヌスは、大木を叩いた反動で、体に刺さっていた矢が全て抜け落ちた。

「ぎゃああああああ――!!」

「たす、け……」

「いかん！　穿て、〝流れ星〟!!」

ビィン!!

スキルによって放たれたその矢は、昔セルフィが兄のためにと作ってくれた特別製で、彼はそれをお守り代わりにずっと持っていた。エルダートレントの細い枝を削り、加工を施し、射出速度と貫通力を高めた逸品は、グランディヌスの外皮を易々と貫通し、地面に縫いつける。ものすごい威力だったが、代償としてラスティの弓は、弦が切れてしまった。スキルを併用した弊害だろう。

「ちっ、今行くぞ！」

尾を地面に固定されたグランディヌスは、思うように動けず、獲物を確実に捕らえることができない。せいぜい手足や腹を齧る程度だ。もっとも、彼らにとっては十分致命傷たりえるのだが。

その彼らを救うため、ラスティは背中の曲刀を抜いて、大木の上を一直線に駆け下りた。

どんな感覚器官を備えているのか、グランディヌスは強敵の接近を感知すると、敵に向かって襲いかかる。

ラスティは慌てず木肌をトンと蹴り、グランディヌスの突進をかわす。そしてすれちがいざま、手にしたシミターで斬りつけた。

ブシュッ。

「ギィイイイイ！」

ラスティの斬撃は、浅くではあるが、確かにグランディヌスの外皮を斬り裂く。

「浅いか」

傷口から体液を滲ませるグランディヌスは、己を傷つけた相手を最重要の獲物と認識したのか、そばで呻き声を上げる戦士たちには目もくれず、ラスティに襲いかかった。

「来るか――ぐあっ！」

胴体目がけて突進してくるグランディヌスの頭を、ラスティは咄嗟にシミターで受ける。

金属同士のぶつかる音が周囲に響いた次の瞬間、ラスティの体は後方に吹き飛ばされた。

大木に背中から打ちつけられ、吐血するラスティだったが、強敵を前に意識を飛ばすような愚は犯さず、すぐに立ち上がり剣を構える。グランディヌスの追撃はなかった。しかし、地面に縫いつけられたことが不服らしく、巨体をくねらせて威嚇行動を取っている。

　今度はラスティがグランディヌス目がけて走り出す。今いる場所は相手の射程外のため、ここにいれば攻撃される心配はない。その代わり、部下たちの危険度はぐんと跳ね上がるのだ。

　接近するラスティを感知したのか、グランディヌスも彼に向かって再度、大口で襲いかかった。

　ラスティは体を捻ると、戻す反動を利用してシミターを勢いよく振り下ろす。互いの距離がまだある状態で剣は空を切るが、斜めになった彼の体はそのまま一回転、二回転と、まるで独楽のように回転する。

「渦巻け、〝旋風斬〟！」

　裂帛の気合とともに放たれたラスティの剣技は、グランディヌスの口に深く食い込んだ。

　しかし、無数の牙が刃を受け止める形となり、これも致命傷には至らない。ラスティも、正面からの打ち合いは分が悪いと判断し、一旦離れようと足に力を入れる。だが——

「な⁉　ぐうぅっ‼」

　グランディヌスは、地面に縫いつけられた尾を矢ごと引っこ抜くと、鞭のようにしならせ、ラスティの首をへし折りにかかる。

とっさに左腕でガードしたラスティだったが、威力を殺すまではいかず、一〇メートル以上吹き飛ばされ、地面に打ちつけられた後もゴロゴロと転がり続けた。

日頃の訓練の賜物か、それとも戦士の本能か、脳を揺らされふらつきながらも、ラスティは吹き飛ばされても手放さなかったシミターを杖代わりにして立ち上がる。

「痛ぅ……左腕はヒビが入ったか。まさか、これほど凶暴な相手だったとはな」

これまで、流れ作業のように狩っていたグランディヌスが、実は野に放てばこれほどまでに危険な魔物だったなど、果たして知っている者はいるのだろうか。

「勝てれば御の字、せめて相打ちにはせんとなあ……さて」

今は餌を求めて地上に出ているが、本来は地中を自在に移動する魔物だ。神出鬼没の捕食者によって、里の平穏が脅かされるわけにはいかない。

覚悟を決めたラスティは、シミターを右手一本で左脇構えをとり、ゆっくりと前に進む。

その口をラスティに斬られ、体液を垂れ流すグランディヌスは、他の餌には興味を示さず、最優先目標と定めた彼に襲いかかった。

直径五〇センチを超える『槍』は、正確にラスティの心臓を目指すが、その牙が獲物に届こうとした瞬間、彼の体が掻き消える！

「フン！　どんなに牙が鋭かろうが、しょせんはミミズだったか」

瞬時に腰を落とし、グランディヌスの下に潜り込んだラスティは、シミターを振りかざ

すと、左手をその背に添え、高速で通過する胴体に刃を押し当てた。

ズバシュウウウウ――――!!

「おおおおおおお!!」

硬い牙のない胴体をシミターの刃が斬り裂き、どんどん開きにされていくグランディヌスは、体液を盛大にぶちまける。

両者が交錯した後、ラスティの背後では、体液を撒き散らすグランディヌスが、しばらく体をのた打ち回らせ、そして痙攣を起こし、最後には動かなくなった。

「なんとか勝てたか……しかし、一か八かの勝負などするものではないな」

その場にへたり込んだラスティは、天を見上げながらそう呟いた――

■

ラスティから事の顛末を聞いたシンたちは今、パラマシルの里に来ている。

今回のような事態が起きたということは、どこかの里がグランディヌスを取り逃がしたということだ。どれほど偶然が重なったとしても、アレが自然に発生するのはありえない。

また、グランディヌスを狩りそこなうなど、何者かの妨害でもない限り起きようがない。

おのずと候補は絞られる。

何年も没交渉だった里に行くため、人数は最低限、そして、怪我人が多数出ている可能性も考えて、シン、フィーリア、ラスティの三人がナハトに随行していた。

「これは……」

「あら」

アナンキアから近いという理由でこちらに足を運んだ一行だったが、生気の感じられない街並みを見て、いきなり当たりを引いたと誰もが思った。

「――久しいな。何年振りであろうか」

「さてな。それにしてもオスロよ、しばらく見ない間に随分とやつれたのう」

オスロと呼ばれた男は、ナハトの言葉に自嘲の笑みを浮かべ、ため息を漏らす。

オスロ＝パラマシル。族長にして一族最強の魔道士である彼は、生気のない顔に落ち窪んだ目をしており、魔道士ではなく不死者だと言われても頷いてしまいそうだ。

ナハトは、挨拶もそこそこに話を切り出す。

「先日、凶暴化したグランディヌスにルーケンヌが襲われた。どこかの里が取り逃がした個体だと思われるが、心当たりはないか？」

「ああ、それなら我らのことだな」

「一体何があった？」

「分からぬ。いや、理由なら分かっているが、原因が分からん」

「もったいぶるな、貴様と言葉遊びに興じるほど暇ではない」

「まったく、相変わらずだな。まあよい、教えてやろう……聖樹様の加護が消えた」

「なんだと⁉」

ナハトは思わず立ち上がると、信じられないといった表情でオスロの顔を見る。フィーリアとラスティもそれは同様で、その顔には戸惑（とまど）い、そして恐怖の感情が浮かんでいた。

聖樹の加護が消える――それは、この森で生きる森エルフ（フォルディア）たちにとって、死の宣告を受けるに等しい。

里に住む森エルフ（フォルディア）と聖樹は、生まれたときから魔術的に繋がっている。

聖樹が存在するためには大量の魔素（まそ）が必要なのだが、魔素が大量に存在する土地ならば当然、そこに棲（す）む魔物も凶悪なものが多い。

そのため聖樹は、森エルフ（フォルディア）たちに様々な恩恵を与えた。ともに生きるために、そして己の身を護（まも）ってもらうために。

それは魔力の供給であったり、肉体や五感の強化等であったりと、言わば支援魔法を常時かけられているようなものだ。

そんな加護が失われる――生まれたときからそばにあったものがなくなるのは、当人たちにしてみれば、自分の世界が狭（せば）まったと感じてしまうだろう。

そして前述のように、グラウ＝ベリア大森林は高ランクの魔物が跋扈する魔境でもある。加護を失った状態の彼らでは、里の外での活動もままならないに違いない。

「年が改まるまでは、まだ動けておったのだがな。今年になってから急に力が衰え出した。おかげでグランディヌスにも逃げられる始末よ。もしかしたら、我らは聖樹パラマシルに見捨てられたのかもしれぬ」

「フン！　そう思うのなら、サンノイドに使いを出して『仲直り』でもすればよかろう。まだ戦をしたわけでもないのだ、それで聖樹様も許してくれようて」

「弱みを見せれば攻め込まれる。どのみち死ぬのであれば、聖樹様のもとでの緩やかな死を、我らは選びたい」

「頭の中まで弱りきりおって。何もする気がないと言うのなら、我らも勝手にさせてもらうぞ」

「……何をする気だ？」

「知れたこと、聖樹様に何が起きたか調べるのよ」

パラマシルの族長オスロに背を向けたナハトは、シンたちを伴い屋敷を出る。そしてそのまま、聖樹パラマシルの前までやってきた。

「――申し訳ありませんな。勢いよく啖呵を切っておきながら、結局人任せとは……」

「ははは、構いませんよ。聖樹をこの手で調べる大義名分をいただけて、むしろ喜んでおります」

詫びるナハトに笑顔を返し、シンは手袋を外すと指をワキワキとさせながら、素手で聖樹に触れる。すると――

「うをわっ！」

奇妙な声を上げながら、聖樹に触れた手を引き剥がした。

「シン、どうした⁉」

「聖樹様が何かなさりましたか？」

「い、いいえ、少し驚いただけです。ではもう一度……くうっ！」

再度触診を試みたシンは、今度はさっきよりも長い時間聖樹に触れると、やはり苦しげな声を上げて手を引き剥がす。

痺れた手の感覚を戻すように、右手をグーパーさせるシン。額には、玉のような汗がビッシリと浮かんでおり、三人はただ事ではないのを理解する。

「ふう……ふう。よし！」

「シン殿、本当に大丈夫なのですか？」

「大丈夫です。ただ、大量に魔力を吸い取られました……聖樹に寄生しているナニカに」

「なんと⁉」

「寄生？　聖樹様に？」

「この聖樹本体もかなり弱っています。急ぎましょう――」

顎に手を当てるシンの表情は、いつになく真剣なものだった。

二日後、シンは再び聖樹の前にやってきた、巨大な注射器を抱えて。

「シン、それが聖樹様を治すための薬なのか？」

「薬というか劇薬？　むしろ毒かも」

「「はあ⁉」」

素っ頓狂な声をあげるフィーリアとラスティを見て、シンは悪戯が成功した悪ガキのような表情を浮かべた。すぐに詰め寄って説明を求める二人だったが、シンはそれをのらりくらりとかわすばかりだ。

そんな三人の背後で、ナハトは何も言わず立っている。問題の解決をシンに丸投げした自分には、その権利がないと考えているのかもしれない。あるいは、次代を担う若人が、さらに若いヒト種一人に振り回されて、忸怩たる思いなのかもしれない……

「本当に大丈夫なのだろうな？　問題はないんだな？」

「もっと信用してくれてもいいと思うんですけどねえ。特にお二人は」

「「ぐぬっ――」」

「言っとくけど、二人がここにいてもできることなんかないからな。この際だから話でもしてくれれば？　ナハト様、ちょっとこちらに来てください！」

名を呼ばれ、歩み寄るナハトは、バツが悪そうな顔で左右に避ける二人を見て、小さくため息をつく。そして、すれ違いざまに二人の背中を後方へ押し退ける。

「「うわっ！」」

「小鳥どもは怖い猛禽のおらぬところで元気にさえずってこい」

怖～い鷹にギロリと睨まれ、二羽の小鳥は一目散にその場を逃げ出す。いい年をしたオトナの情けない後ろ姿を見送るナハトが、今度は大きなため息をついた。

「さすがの貫禄ですねえ」

「なんの、アレらが未熟なだけのこと。願わくは、外の世界で揉まれてきた切れ者に、一人前になるまで彼奴らを指導してほしい、などと思うておりますよ」

「藪蛇でしたねえ……」

「里の娘の中に、シン殿のお眼鏡に適う者はおりませなんだかな？　エルフの容姿はヒト種の好みに、見事に合致すると聞いておるのですが」

「ハハハ、まあその話はまた今度」

まさか、合致しないのは『顔』ではなく『胸』だなどと、シンは口が裂けても言えない。

エルフという種族全体に喧嘩を売るほど愚かでもない彼は、愛想笑いでお茶を濁す。

そんな、中身がオッサンの二人が中身のない話をしていた頃、ラスティとフィーリアは人気(ひとけ)のない街並みを歩いていた。

「ラスティ兄さん、その……」

「先日ナハト様から詫(わ)び状が届いたよ、結婚の話は白紙にしてくれとな。それとフィーリア、すまなかった」

ラスティはフィーリアに頭を下げ、そして詫(わ)びる。セルフィとの仲を知っているのを黙っていたこと、知っていて何も行動しなかったこと、その結果、二人に苦しい時間を過ごさせたことを。

「ナハト様が話を持ちかけてきたとき、俺がハッキリと断ればよかったんだ、フィーリアのことは妹としか見ていないと。だが俺は逃げた、族長の家に生まれた者の責任だと自分に言い訳をして。お前の意思を尊重(そんちょう)したつもりが、それは責任を押しつける行為だと気付かなかった。まったく、ダメな兄貴だな、俺は」

「そんなことはない！　ラスティ兄さんはいつだって私たちの味方だった。私もセルフィも、兄さんの背中に隠れて護(まも)ってもらうばかりだった。私たちこそ、苦しいことも辛(つら)いことも全て！　兄さんに押しつけてきたんだ」

「そうでもないさ、ホラ」

そう言って、ラスティは一本の矢をフィーリアに見せる。それは、グランディヌスを地面に縫(ぬ)いつけた、セルフィが作った特製の矢だった。

フィーリアはそれを見ると、あっ、と声を上げる。

「その矢はもしかして」

「ああ、フィーリアが材料を集めてセルフィが加工した、二人が俺のために作ってくれた特別製の矢だよ。こいつはずっと俺のお守りだった。今回のことだって、この矢がなければ俺は今頃、グランディヌスの腹の中で消化されていたはずだ」

そう語るラスティの顔はとても誇らしげで、フィーリアは思わず涙ぐむ。自分たちの贈り物が尊敬する兄の命を救ったことが喜ばしく、そしてそれを、兄が心の底から喜んでいるのが堪らなく嬉しかった。

そんな彼女の頭を優しく撫でるラスティは、諭すように語りかける。

「セルフィは、危なっかしいところもあるが、俺たちとは違う強さを持っている。だけどな、他人には見えない強さってのは、自分ではもっと見つけにくいんだ。だからフィーリア、お前はアイツのそばでそれを教えて、そして支えになってやってくれ。まだまだ未熟な弟だが、どうか頼む」

「――!!」

その言葉を聞いたフィーリアがハッと顔をあげると、そこにはラスティの、優しくもどこか寂しげな笑顔があった。彼女は気付く、彼が何を考えているのかを。

出会いは突然やってくると言うのなら、別れもそうだと言えるだろう。目の前の頼もしい兄がいなくなる。そう考えただけで、彼女の足元はおぼつかなくなる。

ああそうかと、フィーリアは今更ながらに気づく。ラスティに恋をしたことはないし、異性として彼を意識したこともない。それでも彼女は、確かに兄を愛していたのだと。

涙を流しながらも、フィーリアは大好きな〝兄〟のために誓いの言葉を紡ぐ。

「ラスティ兄さん、私はもっと強くなるから！　セルフィを支えられるように、そして兄さんが安心して……安心して……うぅぅ」

「ああ、頼むぞ妹よ――むっ？」

何かを察知したのか、ラスティは聖樹のある方向へ顔を向けると、厳しい表情になる。

すると次の瞬間――

ゴゴゴゴゴゴゴゴ――

地響きがパラマシルの里を襲った。

「ラスティ兄さん⁉」

「分からん！　だが急ぐぞ‼」

ラスティはそれだけ告げると、来た道を急いで戻る。涙を拭いたフィーリアも、小さくなっていくその影を追いかけた。

二人の距離は一向に縮まらない。それどころか少しずつ離れている。しかしフィーリアは、なぜかそれが嬉しかった。

気を使って速度を落とすことも、後ろにいる自分を気にかける様子もない。

フィーリアは、ようやく兄に一人前の戦士として認められた気がした――

二人が戻ってくる少し前――

「して、それは結局どのような薬なのですかな？」

「これは、植物系魔物との戦闘に使う魔法薬、その改良版です。コイツが彼らの体に入ると、樹液が周囲の魔素を取り込めなくなり、一時的な仮死状態に陥るんですよ」

討伐するにしても、まずは寄生体の姿を拝まないことには始まらない。これは、宿主は死んだと勘違いさせ、寄生体を聖樹から引き剥がす、そのための薬だとシンは説明する。

「とはいえ、コイツを調合するのに、タラスト商会で買った『世界樹の樹液』、あれを少なくない量使う羽目になりました……。いや、別にいいんですよ、おかげでアレの新しい使い方が発見できたんですから。ええ、たとえそれがどんなにニッチな使い道だとしても、発見それ自体が物凄い快挙なわけでして。そしてそれは、お金と比べるようなものじゃないんです……ハァ」

そう言うとシンはしゃがみ込み、大きく肩を落として地面にのの字を書く。そして、あからさまに何かを期待する目で、チラチラとナハトの顔を覗き見る。

言いたいことは分かるし、そもそも彼らの窮状をなんとかしようとシンは動いているのだ。高級素材の代金を要求したところで、ナハトが断ることなどない。

だとしても、勝手に作った薬の代金を支払えと言えるほど、シンの面の皮は厚くなかった。

その辺の微妙な心情を正確に理解したナハトは、笑いながらシンに話しかける。

「シン殿、そう気を落としめさるな。素材の代金なら我らの方で補償いたしましょうぞ」

「そうですか⁉　いやあ、本当に助かります！」

「なに、我らも婚姻の話が白紙になった以上、オスロに対して新しい脅は……交渉材料が必要ですからな！」

「わぁお……」

シンは快活に笑いながら物騒な発言をするナハトの姿を見て、将来コレと比べられることになるのであろう、族長候補の少年に対し、心の中でエールを送った。

話がついたところで、シンは注射器を聖樹にさし、中の魔法薬を注入する。しばらくその場に立っていた二人は、やがて変化に気付く。

青々とした葉が一度に何十枚と落ちはじめると、聖樹が発する荘厳な気配は徐々に弱まり、ついには活動を完全に停止させた。

異変は間もなく起きた。

ゴゴゴゴゴゴゴゴ――

聖樹を中心に地面が激しく鳴動する。

「ぬ？　これは……」

「こりゃあかなりの大物だ。一体どんなヤツが聖樹に寄生していたのやら」

地面の揺れなど意に介さず、周囲に気を配る二人だったが、何かを察知したのか、同時にその場から飛び退く。直後――

ドボオオオオオオオ!!

地面が爆発し、そこから何か巨大なモノが姿を現す。

それはまるで、ゴツゴツした煙突のようにも見えた。

「シン！　ナハト様！　――っ、これは⁉」

聖樹の広間に急いで戻ったラスティは、目の前の光景に一瞬言葉を失う。

地面から生える藍鉄色のそれは、蛇腹構造の円筒を歪によじらせ、まるで煙突の失敗作のようにも見えた。

しかし、筒は大きくゆっくりと蠕動しており、それが生命であることを訴えている。さらに筒の先、つまりてっぺんには、人の足よりも太い触手がウネウネと蠢いていた。

「なんだコイツは⁉」

遅れて到着したフィーリアが、目の前の物体に対して至極当然の疑問を投げかけるが、答えられる者はここにはいない。最年長のナハトでさえ、初めて見たといった表情だ。

そんな中、シンは人知れず胸元のクリスタルに思念で呼びかける。

（リオン、アレが何か知ってる？）

『私の記憶には該当する魔物はいませんねえ。というか、魔物の知識に関しては冒険者ギルドに出回ってる程度の知識しかありませんよ、私？』

敵対するのであれば、誰であろうと問答無用で叩き潰す、相手が何者であるかなど大した意味はない――と、とても分かりやすい大地の魔竜からの回答だった。

（もう少し色んなことに興味を持とうよ……）

『イヤですよ、面倒くさい。ですがそういう話でしたら、ティアリーゼ様やエルディアス様に聞いたほうが、正確なことが分かるのでは？』

（アイツらに聞いたら、なんとなくズルした気分になるじゃんか）

『私ならいいのですか？』

（友達だろう？）

『おや、嬉しいことを言ってくれますね。とはいえ私ではどうにもできません……なので、アチラに繋げますね』

（なっ、ちょ、リオン、おまっ――!!）

シンが止める間もなく、リオンは神域との交信を始める。そして――

『ヤッホー！　見てるよ、何やら大事（おおごと）になってるみたいだね？』

（だからなんで楽しそうに……ああそうね、お前ら的には喜ばしい展開なんだろうな）

『そゆことー！　だから詳しく教えてあげても良いんだけど、シンの言い分ももっともだから、手がかりだけ教えてア・ゲ・ル♪』

（……ありがとうよ）

ゲンナリしながらも、最低限の礼儀とばかりに謝意を示すシンに、気をよくしたエルダーが言葉を継ごうとする。しかし、そこに横槍（よこやり）が入った。

『あれ――』

『シン、アレはグランディヌスの成体です！』

『――ちょ、ティア⁉』

（……マジか）

グランディヌスの成体――現状を打開するための有益な情報が舞い込む。

些（いささ）かありがたみに欠けるシチュエーションではあったが……

『いい加減にしてください、お父様！　シンは私の使徒だと何度も言ってるじゃありませんか！』

『何を言ってるんだティア、彼（シン）は僕のオモチャ（ブラザー）だよ！』

（……本当に、コイツらときたら）

二柱の神が繰り広げる頭の痛くなる言い合いに、シンはこめかみを押さえる。

（あの、もう切るから……それと、有益な情報に感謝。お礼は今度、貴女(あなた)の使徒が熱烈なハグをしに参ります）

『ひゃああああ⁉』

『あ、こらシン！　僕からの情報がまだ――』

ブツン！

通信を強制的に切断したシンは、三人に向かって言い放つ。

「みんな気をつけろ。コイツは、あのグランディヌスの『成体』だ！」

「成体？　シン、どういうことだ？」

「そのまんまの意味だよ。おそらくコイツは五〇年前に生まれた個体で、姿や大きさがまったく違うのは、これが成長した本来の姿ってことだ」

シンの言葉に、ラスティたち三人は改めて目の前の異形(いぎょう)を見上げる。

メガリウムワーム及びグランディヌスは、直径五〇センチ、体長二〇メートル前後の環(かん)形(けい)動物の姿をした魔物だ。だが目の前のそれは、体の太さが二メートル弱、地上に出ている分だけでも長さは三〇メートルある。

白銀色の外皮は藍鉄色(あいてついろ)に変色し、チューブのようだった胴体も、ゴツゴツした蛇腹構造に変化している。柔軟性(じゅうなんせい)はなさそうだが、耐久力、防御力は相当なものだろう。

口の周りには、人の足より太い触手がイソギンチャクのように無数に生え、ウネウネと蠢く。考えにくいことではあるが、アレは牙が変化したものと思われる。

さらにこの怪物は聖樹に寄生するため、地中深くに潜んでいた。それはつまり、あの触手まみれの口で地中を自在に移動できるということだ。もしかしたら、硬度を自在に変化させることもできるのかもしれない。

自信を持って告げられた彼の言葉は、おそらく正しいのだろう。だとすれば、彼らは今まで、グランディヌスの本当の姿を知らずに生きてきたことになる。

その上でラスティは戦慄を覚える。彼が先日襲われ、辛くも撃退したグランディヌスは、生まれて間もない『幼生体』でしかなかったということだ。五〇年の時を経て成長したこの『成体』は、果たしてどれほどの脅威になるのだろう。

やがてグランディヌスは、その巨体をグラリと揺らしたかと思うと、勢いよく地面に叩きつける！

ズウウゥウゥウン――

「やば――がはっ!!」

地面が大きく揺れ、反動によってシンとナハトの体は一瞬宙に浮く。すると間髪をいれずにグランディヌスの上体がうねり、二人の体を横薙ぎに払う。

「シン！」

「父上！」

柔軟性に乏しい肉体構造のおかげで、攻撃が届くまでに二人の防御姿勢が間に合う。おかげで致命傷となるのは避けられたが、それでも大型トラックにはねられる程度の衝撃が二人を襲った。

緩い放物線を描きながら、ラスティたちの頭上を越えた肉体は、地面を数回バウンドしてようやく止まる。

眼前の敵を排除したグランディヌスは、今度は自らの巨体を地面に横たえると、再度体をくねらし、地中に潜ったままだった体の残り半分を引っ張り出した。

地上に現れた全長六〇メートルを超える巨体を前に、ラスティたちは思わず生唾を呑み込む。

グランディヌスの触手まみれの口が持ち上がり、まるでヘビが鎌首をもたげるような姿勢をとる。シンたちが食らった攻撃を見ていた二人は、その初動を見逃さないよう、敵の動きに細心の注意を払う。すると背後から、シンの切迫した声が届いた。

「バカ、尻尾‼」

「‼」

咄嗟に後方へ飛び退いた二人は間一髪、死角から迫る一撃を回避する。

「すまない、シン、助かった」

フィーリアの謝意に片手を上げて返したシンは、厳しい表情でグランディヌスを睨みつける。

今の攻撃もそうだが、シンたちを薙ぎ払った一撃といい、たまたまとは考えにくい。知能とまではいかないものの、本能が最適な行動を選んでいるのかもしれない。相当に厄介な相手だ。

「経験者に質問、幼生体と比べてアレはどうだ？」

「俺のときは、受けた腕にヒビが入ったな」

「だとすると、幼生体の攻撃の方が生身にはキツそうだな。まあ、質量は成体の方が格段にデカいから、避けるか力を逃がすしか手はないか」

「アレの硬さはどれほどだった？　俺のときはコイツで斬り裂けたぞ」

ラスティが背中に担いだシミターを指差すと、肩をすくめたシンは首を横に振る。

「完全に別モンだな。ドラゴンの鱗とまではいかないが、強力な魔剣の斬撃か、槍や弓の貫通力に期待するしかない」

「笑えないな」

「つらいときこそ笑おうぜ、魂の朋友……っと、だけどこっちは笑えないな」

外の騒ぎに気付いたパラマシルの住人たちが、建物から出て、あるいは中から様子を窺い、当然のようにパニックになった。

特に付近の住人は、半数が建物から飛び出して少しでもバケモノから離れようと逃げ、残りの半数は扉や窓を閉めて建物内に篭る。

果たして、どちらが正解だったのかは分からない。グランディヌスは、逃げ惑う森エルフに襲いかかると、それを触手で搦め捕り、頭から一呑みにする。さらに、その余波によって建物は破壊され、中に隠れていた者は瓦礫の下敷きとなった。

「ラスティとワシでアレを引きつける！　二人は住人の救助と避難を頼む」

三人にそれぞれ指示を出すと、ナハトは返事も聞かずに駆け出す。それを聞いた面々も、自分たちの役割を果たすため、その場を速やかに離れる。

「さて、ご大層なその鎧がどれほどのものか、ワシの『鎧通し』で測ってくれようぞ！」

ナハトは背中のエストックを右手に持つと、グランディヌスの側面に回り込む。そして蛇腹の装甲に向かって、体ごと叩きつけるように剣を突き入れた！

確かな手応えとともに、一メートルもある剣身の約半分が体に入り込む。

──しかし、痛覚がないのか、それとも巨体に対して傷が小さいからか、相手はまったく意に介した様子はない。

「ちっ、攻撃が通っただけか。うおっと！」

体に刺さった『針』を振りほどこうと、魔物が体を揺らす。その胴体にナハトは足をかけると、振り回された反動を利用して剣を引っこ抜き、そのまま宙を舞う。

活きのいい獲物を捕食せんと、グランディヌスは落ちてくるナハトを、鎌首をもたげて待ち構える。そこへ、シンから〝剛力剤〟を受け取ったラスティが襲いかかった。

ズブシュッ‼

薬の効果で筋力が倍化された斬撃が、蛇腹の鎧を斬り裂く！　しかし、薬の力を借りても、やっと深さ数センチ程度の傷しか与えられない。

それでも相手の注意は逸らせたようで、グランディヌスの口がラスティに向く。

そこに、ナハトが自由落下に任せて襲いかかると、両手で逆手に構えたエストックを背中に突き立てた！

「……やはり駄目か。ワシのコレとは相性が悪いようだの」

剣身が根元まで深々と突き刺さっているにもかかわらず、グランディヌスはのたうつそぶりも見せない。そして再度振るわれたラスティの斬撃も、致命傷を与えるほどの深さには達しなかった。

一旦距離を取ったナハトが思案をめぐらせていると、そこへパラマシル氏族の族長、オスロが血相を変えてやってくる。

「ナハト！　キサマ、これは一体何の真似だ⁉」

「……今ごろ悠長にやってきて、第一声がそれか。見てわからぬか、アレこそがお前たちの不幸の元凶グランディヌス、その成体よ」

「な⁉　グラン……ディヌス？　あれが？」

「応とも。それでオスロよ、キサマ、五〇年前の大繁殖期に、グランディヌスを狩り損ねなんだか？」

呆けるオスロに、ナハトは当時のことを尋ねた。

――五〇年前、グランディヌスを狩るパラマシルのもとへ、サンノイドの戦士たちがやってきた。

「それは我らの獲物だ！」

一方的にそう告げる彼らに対し、パラマシルの戦士たちは当然反発し、戦闘になる。

近接戦闘主体のサンノイドに対し、守勢に回りつつ魔法による遠隔、範囲攻撃で対抗したパラマシルが、消耗戦の末、辛くも勝利を収めた。

双方、奇跡的に死者は出なかったものの、重軽傷者は多数。互いに遺恨の残る出来事だったという――

「やつら、我らのせいでグランディヌスを取り逃がしたと、当時から訳の分からぬことを言っておったが、まさかコレのことだったというのか⁉」

獲物の横取りを目論み、パラマシルとの戦いに戦力を割いた結果、当の自分たちは狩りに失敗したということなのだろうか？　だとしたら、なんとも迷惑な話だ。

「ともあれ、加護を失った原因は、あやつが聖樹様に取りつき、力を吸い続けていたからだ。大切な『親』を害され、それでも何もせぬというのなら、その辺で大人しく震えておれ」

「ぬかせ！　親の仇（かたき）を前にして、黙っていることなどできようか！　加護を失ったとはいえ、戦い方まで忘れてはおらぬ。キサマこそその辺で見物でもしておれ」

鼻息も荒くオスロはナハトを押しやると、グランディヌスに向かって歩いていく。彼を見送るナハトは苦笑（くしょう）しながら――

「おお、それは助かる。なにせあの図体のせいで、コイツでいくら突き刺そうが、若いのが剣で斬ろうが意に介さぬでな。おぬしの魔法に期待させてもらうぞ」

「っ!!　相変わらずの狸（たぬき）よな、キサマは」

「腹など出とらんが？」

「そういうところがだ！　いいから下がっておれ。それと……住人の避難を頼む」

最後に出た族長としての言葉にナハトは肩をすくめると、風のようにその場から消え去る。フンと鼻を鳴らすパラマシル最強の魔道士は、加護を失い弱体化しながら、それでも力強い足取りで戦場に赴（おもむ）いた。

ナハトが前線にいない間、現場では、救助を終えたシンがラスティと合流し、見事な連係でグランディヌスを民家から引き離していた。

柔軟性を失った成体相手なら、接近している方がむしろ安全とばかりに、二人は羽虫のように巨体の周りを纏わりついている。

「ところでシン、アイツに効きそうな毒は持ってないのか？」

「あー無理、コイツら基本的に毒物が効かない体質なんだわ。なんで、一撃で仕留めるか、もしくは高火力で焼き尽くすのが一番なんだけど……」

「却下だな」

「だよなあ」

焚き火程度ならまだしも、家より大きな魔物相手に森の中で火を使うなど、考えるだに恐ろしい。ヘタをすれば二次被害の方が大きくなる。

しかし、アレを本気で討伐するつもりなら、躊躇している場合ではないのかもしれないが。

「毒ダメ、炎ダメ、幻惑の類もダメ……ああ、あれがあったな。ラスティ、囮役頼んだ！」

「任された！」

言うが早いか飛び出したシンは、攻撃態勢のグランディヌスの懐深くをすり抜け、素早く側面に回り込む。そして、蛇腹の胴体に指と足をかけると、勢いよく乗り上げ、背中へ飛び移った。

「物理特化型の魔物相手ならコイツが一番だよなあ」

と、意地の悪い笑みを浮かべたシンは、異空間バッグから一抱えもする大瓶を取り出し、中に入っていた粘液をグランディヌスの背中にぶちまける。

瓶の中身は強力な酸だった。それは粘液ゆえに流れ落ちることもせず、背中の一つところに留まり続け、硬質化した蛇腹の外皮を溶かし出す。

やがて、藍鉄色の外皮を溶かした奥から、茶色とピンクを混ぜた色をした内皮が姿を覗かせる。酸による溶解はさらに続き、やがてグランディヌスの体に穴が開いた。

ギイイイイイイ!!

それはあるいは悲鳴なのか、グランディヌスの触手が激しく蠢き、金属が擦れあうような不快な音が周囲に響く。事ここに至って、ようやく自らの危機を理解したらしい。

「あれは……なるほど酸か？　確かに薬師らしいといえばらしいが……ヤレヤレ、あれは薬師の身のこなしではないな」

ラスティが呟く先には、暴れる巨体の上を器用に移動し、酸の効果を観察し続けるシンの姿があった。

「さて、シンの言うところの魂の朋友としては負けていられんな。抉り裂け、〝剛爪斬〟！」

大地を踏み締め、全体重を乗せたラスティの剣術スキルは、グランディヌスの胴体を見事に斬り裂き、抉り取られたような傷口からは、体液がドボドボと流れ落ちる。

前後から致命的な攻撃を受け、本能が不利だと訴えたのか、グランディヌスは逃走を図る。

無論、それを許す二人ではない。地中に潜らないように、口が地面に近付くのを阻止し、体力の消耗を促しながら、徐々に持久戦に持ち込んでいった。

勝てる――！

二人の心が勝利を確信し、攻撃の手が緩む。それを、魔物の本能は見逃さなかった。

不意に方向転換したグランディヌスは、二人の追撃の網をすり抜ける。そしてそのまま全速力で街路をすり抜け、そこで偶然見つけた。幼い森エルフを抱えて避難する強い個体を。

後ろの追跡者よりは明らかに弱い個体、コレを食べれば逃走の、そして傷を癒す力を補充できると判断したグランディヌスは、彼女を食らおうと躊躇なく襲いかかる。

「そう簡単にやられてたまるものか！　――がっ！」

間一髪、フィーリアはグランディヌスの突進を回避する。だが、その触手の姿をした牙が、彼女の太腿を深く切り裂く！

転倒する瞬間、子供をかばうように体勢を入れ替え、背中から地面に激突する彼女は、衝撃で一瞬立ち上がるのが遅れた。そこに再度、触手が襲いかかる。

「くっ！」

己の最後を覚悟し、子供を護（まも）るように体を丸める彼女はしかし、頭上ではなく横からの衝撃に突き飛ばされた。

「うっ！　いったい何、が……なっ！　ラスティ兄さん!!」

フィーリアが目を開けると、今まで彼女がいた場所には、ラスティが横たわっていた。

——胴体から真（ま）っ二（ぷた）つに切断されて。

はじめはただ寝転がっているだけだと思っていた彼女は、徐々に状況を理解すると、悲鳴のような絶叫（ぜっきょう）を上げる。

「え……!?　やだ……やだ……にいさあああぁぁん!!」

しかし悲劇は終わらない。

横たわる乱入者（ラスティ）の体を、グランディヌスは触手を使って搦（から）め捕り、そのまま持ち上げる。

そしてゆっくりと口元に近づけていく。

目の前で何が起きようとしているか、フィーリアは理解した——してしまった。

「いや、やめて……やめてえええぇ!!」

「このクソミミズがあああ!!」

シンは懐（ふところ）から小瓶を何本も取り出し、狙いもそこそこに全てを投げつけた。硬い外皮にぶつかり、または地面に落ちて容器が砕けると、中に入っていた液体爆薬が、周囲の魔素と反応して爆発を起こす。

砂埃（すなぼこり）が舞い、視界が奪われる。そんな中、グランディヌスは、全方位から襲いかかる衝撃から逃げるようにその場から離れた。

逃走を続けたグランディヌスは、たまたまか、それとも本能がそれを選んだのか、自分の開けた穴のある、聖樹のもとへ戻ってくる。

「――待っておったぞ、我が氏族の怨敵（おんてき）よ」

しかしてそこには、パラマシルの族長であるオスロと、そして数人の魔道士が立っていた。

魔道士たちはオスロの後ろで印を組み、何やら呪文を唱（とな）える。もしここに魔力の流れが見える者がいれば、彼らの魔力がオスロに集まっているのが見えたことだろう。

魔力供給を受けた族長（オスロ）は、何かを抱えるかのように両手を広げると、呪文を唱えはじめた。

「舞い上がれ風塵（ふうじん）、荒れ狂え旋風（せんぷう）、敵を切り裂く刃（やいば）となりて汝（なんじ）が大敵滅（たいてきほろ）ぼしませり、〝風刃狂嵐圏（ブレードストーム）〟」

ゴウッ!!

族長の魔法により発生した竜巻が、グランディヌスの巨体を包み込む。

荒れ狂う暴風は巨木のような体を宙に浮かせ、さらに、風を圧縮した無数の刃が、全方位から襲いかかる。

刃の一つ一つは威力が小さく、その大半は、硬い外皮の表面をなぞることしかできない。しかしながら、シンの強酸によって開けられた穴と、ラスティのスキルによって抉られた傷口。この二ヵ所に群がる風の刃は、傷口を徐々に大きく広げていく。

このまま続ければ倒せる。そんな考えが頭をよぎったとき——急激に竜巻の威力が弱まり、やがて消失する。いくら仲間から魔力供給を受けたとしても、加護を失った状態では、上位魔法の継続は負担が大きすぎたようだ。

地面に落下したグランディヌスは、二ヵ所の傷口から体液を流しながらも、自分が最初に開けた穴に素早く潜り込み、逃走に成功する。

それを見たオスロたち、パラマシルの住人からは歓声が上がった。討伐には至らなかったが、聖なる大樹に寄生し、自分たちを苛んでいた憎い相手を撃退できたのだ。喜ばないはずがない。

しかし、ナハトの表情は、対照的に厳しいものだった。

撃退したのではない、逃げられたのだ。いずれ傷が癒えたら再度襲ってくるだろう。もしかしたら他の聖樹に取りつき、力を吸い取るかもしれない。

問題を先送りにしただけだと、ナハトは一時の勝利を喜ぶことはできなかった。

そして、彼の顔はこの後さらに、暗く沈むことになる。

グランディヌスが去った街路の端で、瓦礫にもたれかかるようにフィーリアが座っている。

「兄さん……ラスティ兄さん……」

兄の名を呼び続ける彼女の瞳に光はなく、ただ一点を見つめ続けていた。

あれからフィーリアはラスティの体を捜した。シンの攻撃によって食べられるのを阻止できたであろう、大切な家族の体を。

現実が見えないほど彼女も愚かではない。あの状態で兄が生きているとは思っていなかった。

それでも、せめて亡骸だけでも手厚く葬ってやらねば、彼の最期を知る自分が、彼の家に連れ帰ってやらねば。流れる涙を拭う手間も惜しみ、彼の遺体を彼女は捜した。

ラスティの遺体は、下半分しか見つからなかった――

■

カンッ！　カンカカン――!!

夜空を月が照らす中、木と木のぶつかり合う音が響く。

セルフィの振るう木剣が、地面に突き立てられた丸木に打ち込まれる度に、いささか調子外れな音が生まれる。指導にあたる者がそばにいれば「なっとらん」と叱責するところだろうが、ここにはセルフィ以外誰もいない。彼の間違いを正してくれる者はいない。

以前であれば、もしこの場に兄がいたなら、手取り足取り丁寧に教えてくれたかもしれない。あるいは徹底的にしごかれたであろうか。

全ては仮定の話にすぎない。

——ゴッ‼

「痛うっ！」

つい踏み込みすぎ、打点のずれた木剣を、丸木が弾き返す。衝撃は手首を襲い、得物を飛ばされたセルフィは、片膝をついて乱れた息を整える。

「フゥ……フゥ……フンッ！」

気合を入れて立ち上がり、再度剣を振るうために木剣を拾いに行った彼は、木剣の飛ばされた先に人が立っていることに、ようやく気がついた。

「兄さん！　あっ……？」

拾った木剣を片手で振るったその姿に、セルフィは思わず兄の名を呼ぶ。

「セルフィ、こんな夜中に剣の練習かい？」

「……うん、チョット、ね」

木剣を持って歩いてきたのはシンだった。

見られたくない姿を見られたセルフィが、少しばかりバツの悪い表情を浮かべていると、それを見たシンから、非情な現実を突きつけられる。

「セルフィじゃあ、ラスティの代わりは務まらないぞ？」

「――!!」

図星をさされ、羞恥で顔を真っ赤に染めるセルフィは、普段では考えられないくらいに乱暴な足取りでシンに近付くと、そのまま木剣を毟り取るように奪い、叫ぶ！

「そんなの！　やってみないと分からないじゃないか!!」

怒気をはらんだセルフィの言葉を受け、しかしシンはどこ吹く風とばかりに言い返した。

「やらなくても分かるさ。なんなら俺が分からせてやろうか？」

そう言うとシンは、右手に持ち替えた木剣を、目線の高さに持ち上げる。セルフィはそこではじめて、シンが木剣をもう一振り手にしていたことに気がついた。

あわてて剣を構えようとするセルフィだったが、シンから受ける圧力で体が動かない。喉は渇きを覚え、視線は徐々に下を向く。先程までの威勢が鳴りを潜めていくのを肌で感じる。

勝てない――

頭はその冷たい現実を一瞬で理解するが、彼の心の方は認めるのを拒んだ。

「負け……ないっ！」

萎む気持ちを奮い立たせたセルフィは、シンの顔を真正面から見据え、木剣を構える。

正眼に構えるセルフィに対し、シンは突っ立ったままの状態から、右手で片手上段に木剣を構える。常に左手をプラプラと揺らすさまは、挑発のためか、終始ニヤついた顔と相まって、セルフィの心を激しく揺さぶった。

――それはまるで、身のほど知らずを嘲るようで――

「馬鹿にして‼」

萎縮する体を怒りで無理矢理ねじ伏せ、シンに向かってセルフィは突進する。そして大きく振りかぶると、袈裟斬りに木剣を振り下ろす！

木剣が肩口に当たる！　セルフィがそう思った瞬間――！

ガカンッ！

「あうっ！」

なぜか上体が跳ね上がったセルフィは、勢いあまってその体勢のまま前方に突っ込み、いつの間にか半身に構えているシンに、左手一本で抱きとめられた。

「あ、あれっ？」

「ああ、これが巨乳美女、いや、せめて女の子なら……セルフィ、やっぱり剣はやめとけって」

「え？　え？」

いまだ混乱するセルフィを引き剥がすと、シンは地面に転がる木剣を拾い、彼に投げて寄越す。

木剣は、剣身が半分のところで断ち切られていた。

「俺が今使った剣技は〝剛剣〟と言ってな。ご大層な名前が付いちゃいるが、相手の武器を叩き落とすだけの地味な技さ。なのにコイツは、当たった部分が切断されてる。お互い木剣を使ってるのにだ。なぜだか分かるか？」

シンの質問にセルフィは首を横に振る。

「いいか、武器ってのは、攻撃が当たるまでは少し緩めに握るもんだ。それをセルフィは、攻撃する前からガッチガチに強く握り込んでいた。そのせいで俺の初撃は、勢いあまって木剣を切断し、セルフィの体は、威力に圧されてつんのめる。さらに下からの二撃目で、残った剣ごと今度は跳ね上げられたのさ。一瞬で上下に揺さぶられ、バランスを崩したセルフィの体は、勢いも失って俺に熱烈な抱擁を……ゴメン、そこで顔を赤くしないで」

「ち、ちがっ！　……ただ、ボクはあのとき無我夢中だったのに、シンはあの一瞬にそれだけ考えていたんだと思ったら、なんだか恥ずかしくて」

「まあ、こういうのは経験さ。ちなみに今の地味な技は、レベル四の剣術スキルなわけだが、どうだ?」

　どうだと聞かれても、彼には答えることができない。非戦闘職だと思っていたシンの意外な強さに、しかも先の言を信じるならば、彼は剣術においてスキルレベルが四以上ということだ。

　セルフィはつい今しがた、シンのことを兄(ラスティ)と間違えたことを思い出す。体の芯(しん)がぶれない彼の歩き方は、ルーケンヌ最強の戦士のものとよく似ていた。

「シン、君は――」

「セルフィ、今の俺の動きができるようになるまで何年かかる? 五〇年? 一〇〇年? それまで弓職人としての仕事を放り出すのか? 最高の職人になれるその手をマメだらけにして」

「………」

「誰にだって向き不向きはあるんだ。ラスティも、自分に職人の才能がないことを嘆(なげ)いてたしな……なあ、フィーリアを幸せにしたけりゃ、目指すのは兄貴じゃなくて最高の自分だろ?」

「っ‼」

　二人だけの秘密がバレていたことを知り、セルフィは思わずシンを見る。そしてすぐに羞恥(しゅうち)に顔を染めると、また俯(うつむ)く。シンは続けた。

「ラスティは『フィーリアは妹としか見たことはない。周囲の状況、次期族長の立場なんてものがなければ、セルフィと結ばれて欲しいんだ』って悩んでた。結婚の話はなくなったわけだし、二人の間に障害はないはずだが、それでも剣を振るうのか？　それがいなくなった兄への弔いになるとでも？」

俯いたままセルフィは動かない。強く握った両手を見つめ、唇をキュッと引き結んだその顔には、迷いではなく、確かな意志の強さが見て取れた。

やがて決意が固まったのか、一度天を仰ぎ見たセルフィは、強い意志を宿した瞳でシンと向き合う。

「シン、僕は酷いヤツなのかな？　兄さんを殺したアイツを僕が倒すことで、次期族長の資格も、フィーリアも、全てを手に入れようと考えてるんだ」

「何かを欲しがることが悪いなんて、誰も言わないさ。それにセルフィは、兄にはできなかったことが自分はできるんだって証明したいんじゃなく、ラスティのできなかったことを、代わりに果たしたいんだろ？　根っこの部分が違うさ」

「ありがとう。もっと色んな言葉で感謝を伝えたいんだけど、これしか言えないよ……ありがとう」

そう呟きながら差し出すセルフィの手を、シンは握り返す。そしてニヤッと笑うと――

「いいって、礼ならいずれ、形のあるもので返してもらうからさ。なに、ちょうど腕のいい木工職人とお近づきになりたかったんだ。この森の立派な木材や遠方の珍しい材料を使って、家具やら道具やらを格安で作ってくれればそれでいい」

「アハハッ！　シンはちゃっかりしてるね」

セルフィは笑った。兄が死んでからはじめての、心からの笑顔だった。

ひとしきり笑い、彼の顔が今度は真剣なものに変わると、シンの手を引き、自分の工房に招きいれる。

「シン、剣の方は諦めるとして、新しい弓に関しては考えてることがあるんだ。設計図は出来てるから、キミの意見を聞かせて欲しいな」

「ああ、そういうことなら喜んで」

「ありがとう、実はコレなんだけど」

「ええと、コイツは……ん？」

設計図を見たシンは、徐々にその表情を曇らせ、ついにその場にヒザをつく。そして、苦しそうに顔を歪め、声を絞り出した。

「だから作るなって言ったじゃん!!」

シンの慟哭を聞いても、セルフィは何が問題なのか分からず、可愛らしく小首をかしげていた――

その後、残念な天才にお説教を試みるシンだったが、問題点を挙げるたびに的確に反論してくるセルフィに、次第に分が悪くなっていく。

そもそも相手は、武器の強化に魔法付与が使用できる世界で、仕組みの方に手を加えようと発想する天才だ。せいぜいが秀才どまりのシンに、はなから勝ち目があろうはずもない。

「ホラ、ここの魔法付与なんて普通の職人には無理だし、できてもコスト的に合わない。側だけ真似てもガラクタにしかならないから、他所で大量生産なんてそもそも不可能だよ」

「まあ、そう言われればそうだけど、可能性はゼロではないわけでな。それに人道的な観点から見ても……」

「もともと道具ってのは、人が楽をするために生み出されたものだよ？　しかも武器に道徳を求めるとか、シンの言ってることこそ道理に合ってないと思うなあ」

「あ、ハイ……ソウデスネ」

シンは白旗を上げた。

(ヤダこの子、可愛い顔して思考がドライすぎる。というか武闘派すぎてコワイ)

しかし、セルフィの天才ぶりはこれで終わらない。

「それでシン、実はこんなのも考えてるんだけどさ。ココにこういう感じの魔法付与ってできる？」

天才に正論で言いくるめられ、わずかに落ち込むシン（詐術レベル六）は、セルフィが取り出したもう一枚の設計図を見て、再度頭を抱える。

「天才の頭ン中は分かんねえな……」

非常識を呆れさせるほど、天才は常識外だった。

「どうかな、シンに見せてもらった弓を拡大解釈してみたんだけど。これなら魔力の無駄使いを解消できて、威力も向上できると思うんだよね」

「あー、これは思いつかなかったわ、なるほどなあ……うん、この効果なら俺の方で付与できるぜ。ただしコイツは……」

「うん、残念だけど、グランディヌス討伐には使えないかな。でもまあ、できるんだったら作ってみたいよね」

「当然だ。設計図があって、作れる算段も付いている。もしこれで作らないなんていう職人がいたら、そいつはもう職人なんかじゃないぜ」

さっきまでセルフィに「作るな」と言っていた男の発言とはとても思えない。

しかし二人はそんなことなどさっさと忘れて、設計図の前で詳細を詰めている。その顔はまるで、修学旅行の自由行動でどこに行くかを計画する高校生のようだった。

やがて開発計画の話し合いが終わり、日付も変わろうかという時間に、シンは再度、一枚目の設計図に目を通すと思案顔になる。

「……なあセルフィ、コレって、もっと強度が上げられると思うんだが。ルーケンヌがアナンキアに及ばないにしても、戦士団が使う以上、基準はもっと高いところに置くべきじゃないか？」

「え？　でも、それだと僕が使えないよ。今でも結構かつかつなんだから」

「それは筋力？　それとも魔力？」

「あの……両方、かな？」

恥ずかしそうにセルフィが答えると、顎に手を当てていたシンは小さくウンと頷く。そして、目の前でモジモジする男の娘の襟首をヒョイと掴んで持ち上げ、そのまま作業場の外へ連れ出した。

「あ、あの、シン？」

「ここは一つ、問題点の改善といこう」

「もんだいてんのかいぜん？」

「ああ、そうだ。集団というのは本来、下の水準に合わせるべきなんだが、今回はそのセオリーをあえて無視する！」

セルフィが考案した設計図の一枚目は、対グランディヌス戦の主要武器として、きわめて有効なものだった。ゆえに、シンとしては、武器の威力はできるだけ上げておきたい。

そして、それを行なうのに障害となっているのは、セルフィの能力不足だという。ならば、シンが取るべき方法は一つだった。

「レベル上げ……？　でも、さっきは無駄なことはするなって」

「それは、手を荒れさせる剣を握っての訓練。これからやるのは、基本レベルのアップだよ。なに、心配は要らない。効果のほどは先日実証済みだから♪」

口角を吊り上げて笑いながら話すシンの顔は楽しげで、それを見たセルフィは、なぜか言い知れない不安に襲われる。

……セルフィも、生命に関する危機感知能力だけは高いようだ。

そして――

「いやーーーー!!」

それから毎日、ルーケンヌを囲う柵の外から、絹を切り裂くような男の娘の悲鳴が響き渡るようになったとか――合掌。

■

グランディヌスの成体がパラマシルで暴れてから数週間、一つの事件が起こった。

――サンノイドの聖樹が、正体不明の巨大な魔物によって、食い倒されたのである。

直ちにナハトとナティスが、お互いの戦士団を率いてサンノイドに向かう。そこには、里の中心にあるべき聖樹の姿はなく、直径三〇メートルの巨大な根株を残すのみとなっていた。

詳しい事情を聞くため、ナハトがサンノイドの族長と話をしている間、両氏族の戦士団員は、侵入路と見られる巨大な穴の周りに集まり、何やら調査を始めている。

残ったシンとナティスは、聖樹の状態を確かめるために、根株のもとへとやってきた。

「これがあのサンノイド……ああ、なんて姿に」

族長として、同じ聖樹がこのような姿に成り果てたことが悲しいのか、ナティスの目には光るものがある。両手を根株に這わせた彼女は、まるで聖樹の声を聞こうとするかのようにそっと寄り添い、耳を木肌に当てた。

シンも、周囲を歩きながら、時折聖樹に手を当てて何かを調べている。パラマシルに次いで二度目の調査ということもあって、実に手際よく彼の触診は済む。

「なるほどね……」

得心した様子のシンは、今度は侵入路である巨大な穴に向かうと、戦士団員に話を聞く。

「どうです、何か分かりましたか？」

「イヤ、穴の底まで下りはしたのだが、どちらの穴も途中で崩れて埋まっていたよ」

「どちらの穴も、ということは、穴は二手に分かれていたのですか？　方角は？」

「穴は緩いカーブになっていたから、方角は特定できそうにないな」

「そうですか、ありがとうございます。それにしても、コイツは……」

「──シン殿、何か分かったのですか？」

いつの間にか、シンの背後にナティスが立っていた。

愁いを帯びた彼女の顔は儚げで、近くで調査をしていた戦士団の面々は、目の周りと鼻頭を赤くした彼女を見て、苦しそうに表情を歪める。慕われているのが一瞬で理解できたが、チョット行きすぎではないかと思うシンだった。

「まあ、予想の域を出ませんが、少し気になることがありまして」

「それは？」

「確定事項ではありませんので、ココではちょっと……まあそれよりも、今重要なのは聖樹サンノイドのことでしょうか」

仮定の話を、不特定多数に聞かせるわけにはいかない。シンは別の話題をナティスに振るが、聖樹と聞いた彼女の顔がまた曇る。

背後に複数の殺気を感じたシンは慌ててナティスをなだめると、耳元に口を寄せ、小声で囁く。

「ご安心を。聖樹でしたら死んではおりませんので、元の状態に戻すことは可能です」

その言葉にナティスは目を見開くと、シンの手を引いて聖樹のもとまで走った。

無残な姿を晒しているサンノイドを前に、ナティスは縋るような目をしてシンに問いかける。

「本当に聖樹は元の姿に戻るのですか、このような状態からでも⁉」

「大丈夫です。霊薬さえ使えばこの程度、なんということはありませんよ」

「あの伝説の⁉　ですが、いかに霊薬とはいえ、聖樹はこの大きさです。本当に、治すことができるのですか？」

信じたいのに信じられない。二つの感情がナティスを支配するが、シンはそんな彼女の誤解を解くため、話しはじめた。

「そもそも霊薬は、回復薬ではありません――」

回復薬には、上級、中級、下級とあり、その等級によって、傷の修復度合や治癒効果に違いがある。霊薬の効果をそれに当てはめるとしたら、それら三つのさらに上の等級、さしずめ完全回復薬、万能回復薬と言ったところか。

しかし、霊薬を回復薬とは呼ばない、なぜか。

それは、霊薬は傷を癒しているのではなく、『傷のない状態の自分』に戻しているからだ。

人間――いや、人間にとどまらず全ての生物は、物質と霊質の結合体として、この世界に存在している。

そして、物質である肉体がいくら傷付き破損しようとも、霊質たる魂は元の状態を保持し続け、存在が損なわれることはない。

霊薬とは、その霊質である魂、そこに刻まれた肉体の記憶を物質に転写することで、肉体を復元する薬なのだ。

魂の転写薬、ゆえにその薬は霊薬と呼ばれる――

「対象の大きさに薬の効果は影響されません。肉体の再構成には周囲の魔素が使われますから」

「まあ、そのような……」

「ちなみに、タラスト商会が霊薬を何本か在庫として持っております。この状態でも聖樹が枯れるには数ヵ月必要でしょうから、十分間に合いますよ」

加護はしばらく与えられそうにありませんけど――そう言ってシンは、聖樹の木肌をパンパンと軽く叩く。

ナティスの顔にようやく笑みが浮かぶと、シンに向かって深々とお辞儀をする。

照れくささを誤魔化すように、シンが頬をポリポリと掻いているところへ、族長の屋敷からナハトが肩を怒らせながら出てきて、シンたちと合流した。

「おや、どうされました、ナハト様？」

「どうもこうも、話にならん！　こやつらのことなど放っておいて、グランディヌスの討伐に全力を尽くしましょうぞ」

「ナハト殿、ここの族長と何をお話ししたんですの？」

「重要なことは何も。やつら、五〇年前にグランディヌスを取り逃がしたのも、聖樹が襲われたのも、全てパラマシルが悪いの一点張り。聖樹が回復し、自分たちも加護が戻ったら、絶対にパラマシルを攻めるとかぬかしております」

取りつく島もないとはこのことだと、ナハトは吐き捨て、話を聞いていたナティスも、口元を扇子で隠しながら目を細めて、族長の屋敷を睨みつける。

美人は不快そうに歪める顔も美人――などと、ひとり場違いなことを考えていたシンは、いまだ怒りの覚めやらぬナハトに声をかける。

「ナハト様、サンノイドは、今回の大繁殖期は滞りなく済んだのでしょうか？」

「うむ、『今年は取り逃がすようなヘマはしなかった』と言っておりましたぞ」

「そうですか……」

その言葉を聞いたシンは、サンノイドの族長が住まう屋敷に一瞥をくれると、嘲りを込めた笑みを浮かべた。

「お二人とも、心配せずとも、威勢が良いのは今だけです。そもそも、本気で攻めるつもりがあるのなら、外部の者に話すはずがありませんよ。そういうことは静かに進めるものです」

「確かに、それはそうだが」

「ええ、そうですよ……それに」

「それに？」

「いえ、どうもサンノイドの族長は、頭の巡りがよろしくないらしいので。『嘘や隠し事はいずれバレる』――それだけのことも理解できないようでは……と思いまして」

「「嘘？」」

肩をすくめ、呆れた表情を浮かべるシンに、二人の疑問の声がハモる。

サンノイドの族長の言葉の、一体何が嘘だというのだろうか？

「全てが嘘ですよ。パラマシルを攻めるというのも、グランディヌスを取り逃がしたというのも。そして、危険な隠し事についても……」

シンは手招きをすると、近くにいた二人をさらに近くに呼び寄せる。そして、たとえエルフの耳でも二人にしか聞こえないであろう、小さな小さな声で囁いた。

「これは未確認の情報ですが――」

「「っ⁉」」

驚く二人に向かってシンは、口に人差し指を当てる。

「証拠が向こうからやってくるまでは、秘密厳守(げんしゅ)でお願いしますよ」

彼の申し出に、二人は厳しい表情のまま頷(うなず)いた――

■

ルーケンヌの夜空を星の輝きが照らす。

族長宅に拵(こしら)えられたウッドデッキ。そこに置かれたデッキチェアに腰掛け、果実酒(リキュード)をチビチビと舐(な)めながら、シンは誰に聞かせるともなく呟(つぶや)く。

「諸々(もろもろ)の準備を終えるのに一ヵ月か。まあ、終わってみれば早いと言えなくもない、か？」

誰にも届かない声は、そのまま夜の肌寒い世界に吸い込まれていく。

以前は二人でここにいた。今は一人で夜空を見上げている。

「人数が一人減っただけで寂(さび)しいもんだな」

酒杯を傾けつつ、シンはここ一ヵ月の出来事に思いを巡らす。

朝からセルフィのレベル上げに付き合い、終わったら新型武器の開発を手伝う。タラスト商会に顔を出し、材料の手配を依頼したら、今度はそれを別の工房に持っていく。

そんなことを繰り返していたシンは、たまたま足を運んだアナンキアの訓練場に、鬼気(きき)迫る表情で剣を振るうフィーリアの姿を見つける。

目の前で絶望を目にした彼女は、三日間自室に引きこもった。しかし四日目に外へ出ると、その後は毎日、父(ナハト)を相手に腕を磨(みが)いているという。

「私も当然戦う。仇(かたき)を討つ」

シンたちの行動は、カイト少年からフィーリアの耳に届いていたという。彼女にとって、戦いに参加しない理由はどこにもなく、むしろオーバーワークにならないよう調整するのがワシの仕事だ、と苦笑するナハトであった。

戦(いくさ)の準備とはいえ、始める前には活気というものが多少はある。しかし二つの里にはそんなモノは微塵(みじん)も感じられなかった。

災厄は地中からやってくる。いつ襲ってくるのか、どちらを狙うのか。その不安が付き纏(まと)う中、森エルフ(フォルディア)の住人たちは、恐怖から逃れるかのように、目の前の作業に没頭した。

そのため、全ての準備が一ヵ月足らずで整う。怪我(けが)の功名(こうみょう)とはよく言ったものである。

「しっかしセルフィも、俺の訓練に喘(あえ)ぎながらよく三〇挺(ちょう)も作ったもんだ」

試作を重ね、一応の完成を見たセルフィの考案武器を、シンは手にとって眺める。

バレットボウガン　製作者：シン、セルフィ＝ルーケンヌ
弾倉(マガジン)装填(そうてん)式の連射型クロスボウ。
サイズは全長七〇、全幅(ぜんぷく)八〇センチほどの、銃床(じゅうしょう)を持たない所謂(いわゆる)ピストルクロスボウ。

クロスボウ本体の前部に握りがついており、マシンガンのように構える。

弓部分は聖樹を使った合板製で、非常に固く素手では引けない。魔力を通すことでしなりが生まれ、引けるように変化する。

トリガー側のグリップは可動式になっており、魔力を通すとロックが外れて前後させることができ、前にスライドさせた際に、フックで弦を引っかけて弓を引き絞る。

矢はクロスボウ上部に取りつける弾倉に複数本入っており、グリップを前後させることで次弾を装填する仕組み。この構造のために射出部分の形状は溝ではなく円筒形——すなわち銃身、そして矢も特殊形状の金属製。

魔法付与による命中補正あり。

有効射程は短く一〇メートル程度。


シンもビックリの面白武器だ。

「……同郷じゃ、ねえよな?」

シンは、むしろそうであって欲しいと思う。魔法という超常の力が存在し、彼ら自身も遥かに強靭な肉体を手に入れうるこの世界に、向こうと同様の発想力を持つ職人がポンポンいられては堪ったものではない。

「こりゃあ、化合弓も近いかなあ……」

「こんぱうん……なんですの、それ？」

「――‼」

バッ――！

反動もなしにウッドチェアから飛び退いたシンは、そのまま声のした方へ向き直りながら、デッキの柵に着地する。

そこには、この屋敷の女主が、艶やかな微笑を浮かべて立っていた。驚いた猫のような反応をするシンを見て、扇子で口元を隠しつつ楽しそうに笑っている。

「あらあら、驚かせてしまったようで申し訳ありません」

「あ、いえ……こちらこそ過敏に反応してしまい、申し訳ありません。それよりナティス様、このような時間にどうして？」

「いえ、少し夜風に当たりたくなりまして。ついでに星空でも眺めようかと」

そう言った彼女は、テーブルに置かれたバレットボウガンを手に取る。

「使ってみても？」

「どうぞ」

シンに使い方を教わったナティスは、テスト用の標的に向けて全弾打ち込む。

バキャン！

金属製の矢は、作業場の外に立てられた合板製の的を貫通し、いまだ水分の多く残っている生木を一撃ごとに深く抉った。

魔力を消費するとはいえ、ショートボウを引く程度の力で弩砲並みの破壊力。言葉にすると冗談にしか聞こえないが、事実を目の当たりにすると人は黙る。それが荒唐無稽であればあるほど。

「……果たして、息子の才能を喜んで良いのか悩むところですね」

「一応、使いづらくなるよう調整はしましたよ」

強力な弓から放たれる矢は、射出速度に比例して受ける空気抵抗が大きい。また、特殊形状の矢は通常のものよりも短いため、射出時の安定性も良くない。そのため、有効射程距離は一〇～二〇メートルと、極端に短い。

加えて、まるでサブマシンガンのように腰だめに構えるため、従来の弓術スキルは使えない。せいぜい、命中補正くらいである。

言ってみれば、森エルフの作った、森エルフの戦士には使えない武器だ。

人間相手には過剰戦力で、魔力を消費するため一般人が使うには厳しい。劣化性能のものではコストに見合わない。しかし、今回のグランディヌス討伐に限っては、この携行型バリスタとも言うべきシロモノは、かなり有効な武器であった。

バレットボウガンをテーブルに置いたナティスは、衣服の着崩れを直すとシンに向き直り、深々とお辞儀をする。

「この度のこと、何から何までご助力いただき感謝いたします。貴方は私たち森エルフよりも遥かに短命でありながら、あの子たちの良き相談相手にもなっていただき、族長として、そして母として感謝にたえません」

「……報酬目当てに上手いこと立ち回ったとは、思ってもらえませんかねえ」

「ホホホ、これでも長命種の森エルフですのよ。ヒト種が嘘や隠し事など、できると思っていただいては困りますわ」

「うへぇ」

得意の口八丁が通用しそうにない相手を前に、シン（詐術レベル六）は頭をポリポリと掻いてため息をつく。

（これでも、ねえ……一体何歳なんだか）

「……シン殿」

ゾクリ――

シンは、まるでうなじに氷を押し当てられたかのような、そんな強烈な寒気を覚える。

「ひゅおわっ⁉」

「あら、どうかされましたか、シン殿？」

「いえ、あの、何も？」

「そうですか……なにやら不穏当な気配を感じたのですけど」

そう言ってホホホと笑うナティスだったが、目を細めた奥の瞳はまるで笑っていない。
酔っていたとはいえ背後を簡単に取り、震え上がるほどの強烈な殺気を放つ。果たして何者なのか？　シンは疑問を抱かずにはいられなかった。

「あらあら、こんな子持ちのオバサンをじっと見て、飲みすぎて酔ってらっしゃるのかしら？」

「たいして飲んでなどいませんよ。酔っているのだとすればそれは、夜の静寂の中、星たちの光を浴びたナティス様の、その幻想的な美しさに酔っているのかもしれません。ナティス様こそ、酔いが回っているのではないでしょうか。ご自身の美しさを正しく評価できておりませんよ？」

「あらあらお上手ですこと……あの子も、そのくらいしなやかであれば良かったのに……どこまでも真面目で、愚直で、まっすぐで……」

「ナティス様……」

ナティスの顔に今夜、初めて憂いの表情が浮かんだ。よく見れば頬も少し赤い。もしかしたら、部屋で飲んでいて、酔い覚ましに外に出てきたのかもしれない。

そしてこの時期、彼女が酒を飲む理由など数えるほどしかありはしない。

シンは彼女に向かって静かに頭を下げる。

「明日、でしたか？」

「ええ、戦士団の方々が三日前にヤツの姿を捕捉しております。幸いと言って良いか、アナンキアではなく、ルーケンヌに向かって移動しているようです」

これで、ルーケンヌの戦士団主導でグランディヌス討伐ができる。ラスティの仇討ちをアナンキアに譲らなくてすむ。

「シン殿も行かれるのですか？」

「ハイ、友人の弔い合戦に、参加しない理由がありませんので」

そう言ってシンは、ナティスに向かって微笑んだ。

ナティスも微笑みを返すと、シンの顔を細い手で優しく挟み込む。

細くて長い指は、儚げな顔からは想像もつかないほどに硬い。そのことにシンは驚きはしたが、意外だとは思わなかった。

族長として、母として、寡婦として。決して順風満帆な人生ではなかったはずだ。そんな彼女の人生を肌で感じ、シンは胸の奥に痛みを覚える。

そういったシンの態度に、彼女はもう一度微笑むと、額に軽く口付けをした。

「ナティス様？」

「森エルフのおまじないです。どうか、セルフィと貴方は帰ってきますように……」

「ありがとうございます……もしかして、このために？」

家の中へ入ろうとするナティスに、シンは声をかける。すると、彼女は振り返らず、独り言のように呟(つぶや)いた。

「今日はいつもより星が輝いておりましたので……」

「…………」

一人その場に残ったシンは、果実酒(リキュード)の残りを一気に飲み干すと、もう一度夜空を見上げ、独りごちる。

「明日か……覚悟しとけよ、大ミミズ——」

第三章　暴食の王

そこはルーケンヌの里から北に一キロ、森の中にときおりできる空白地帯。

直径五〇メートルほどの小草原に、グランディヌスの討伐隊はいた。

ルーケンヌの戦士団に加え、アナンキアからは族長父娘と戦士団員一〇名が合流し、五〇人ほどの大所帯となっている。そこに、ミラヨルドから『見届け人』として、三名の戦士が派遣されていた。

草原を囲むように生える大樹、その枝の上に彼らは展開し、獲物がやってくるのを今か今かと待っている。

「シン殿、なにゆえミラヨルドと連絡をとり、『監視役』の参陣など許したので？」

大樹の枝の上で仁王立ちになるナハトは、同じ樹の反対側の枝に座るシンに、疑問を投げる。

確かに今回の件は、今後のことも考えれば、五氏族全てが共有しておくべきことなのは確かだ。五〇年ごとのフォレストバイパーの大繁殖期、それを利用したグランディヌスの狩猟。そこに存在する危険性について、グラウ＝ベリア大森林に住む全ての森エルフは知る必要があった。

とはいえ、ここには見られたくないものがあるのも事実だ。部外者にはいて欲しくないのが、彼らの正直な意見である。

「とはいえ、仲間ハズレにするわけにもいきません。それに、できれば彼らには証人になっていただきたいので」

「証人、ですと？」

「ええ……『悪いことは重なる』、それが私の人生訓でして。それよりいいのですか？　ナハト様は戦いに参加しないとのことですが」

「残念ながら、ワシのエストックは彼奴めと相性がすこぶる悪いものでして。それに、いつまでも上が出しゃばっておっては、下が育ちませぬ——む？」

「来ましたね」

ズズ……ズズズ……

くぐもった重低音が周囲に響く。

それは一定の周期で静寂と喧騒を繰り返し、音が鳴る度に大地を微かに揺らす。

シンは液体爆薬の入った小瓶をいくつか取り出し、ナハトと一緒に草原の中心部に投げ込んだ。

小瓶は地面に落ちた瞬間に、激しい爆発を起こし、轟音を響かせるとともに大地を叩く。
その直後、シンはさらに小瓶を数本、爆発のあった地点に投げ込む。

「今のは？」

「中級の魔力回復薬ですよ」

魔力回復薬、名前が指す通り、短時間の内に消費した魔力を瞬時に回復させる薬だ。

中身は液体に封じ込めた魔素であり、経口摂取、あるいは回復量は減るが、体に直接振りかけることで、体内に魔素を吸収できるように調合されている。

その小瓶の封が解け、中身の液体が地面に染み込んでいく。すると、地面の揺れと音量は徐々に大きくなり、草原の中心の大地が爆ぜた。

「地上から届く振動と、集約された大量の魔素で見事に大物が釣れました、と。魚を釣る方がよっぽど難しいな」

美味しい餌がいるとでも思ったか、地中から飛び出すグランディヌス。それを樹上から眺めるシンは、つまらなそうにボソリと呟く。

一方、周囲の森エルフたちは、目の前に現れた異形のバケモノを見てどよめき、動揺を隠せないでいる。

さもあろう、彼らにとってグランディヌスとは、定期的に開催する祭りの目玉のような獲物だった。しかしその正体は、巨大で、聖樹の結界を破って害をなすほどに危険な存在なのだ。彼らは今まで、そんな危険な魔物の幼生体を狩っていたにすぎない。

土砂を撒き散らし、地上に躍り出たその魔物は、大木のように直立したまま触手のごとき牙をうねらせ、魔力回復薬の染み込んだ土を咀嚼する。

やがて食事を終え、次の獲物を求めて首を旋回するのを見たシンは、さらに追加として魔力回復薬を二、三本放り投げる。割れた瓶から漂う高濃度の魔素を感知し、グランディヌスは薬の落下地点に向かって頭を伸ばす。

ザサッ――――！

その瞬間、周囲に生える大木の枝からフィーリアが躍り出た！

驚きのあまり動けないでいる戦士たちと違い、すでに一度遭遇している彼女は、逡巡することなくグランディヌスに襲いかかる。手には、シンから借りた魔剣が握られていた。

「ラスティ兄さんの技、その身に食らうがいい！　渦巻け、〝旋風斬〟！」

彼女の放った技は、魔剣の付与効果によって倍加された身体能力強化により、威力も倍加される。なおかつ、魔剣の切れ味も加わって、グランディヌスの堅固な外皮を深々と斬り裂いた！

着地したフィーリアは、体を仰け反らせる魔物の正面に回り込むと、シンから貰った液体爆薬を口中に投げ込み、さらにダメージを与える。

グランディヌスがフィーリアに向き直り、触手が激しく蠢く。第一目標に据えられたのを確認した彼女の口から号令がかかる。

「者ども、かかれぇ!!」

『応――!!』

掛け声とともに、森エルフ(フォルディア)が樹上から一斉に飛び降りた。彼らは着地すると、そのまま目の前のバケモノに向かって走り出す。

フィーリアを追って全身を地上に出したグランディヌスを、左右から三〇人の戦士が挟み込み、三〇挺の新型魔弓(バレットボウガン)で矢を撃ち込んでいく。

バスバスバスッ――!!

金属杭を削(けず)り出した特注品の矢は、従来のクロスボウよりも遥(はる)かに高速で撃ち出された。それは、弩砲(バリスタ)に匹敵(ひってき)する貫通力を見せて、魔物の硬い外皮に突き刺さる。さらに、この魔弓が持つもう一つの特徴、連射機構によって、弾倉(マガジン)に込められた矢が次々と放たれた。

矢が何本撃ち込まれようと、グランディヌスにさほどダメージはない。ただし、ところどころシミのように攻撃が集中した場所は、アコーディオンのように伸び縮みする蠕動(ぜんどう)運動を阻害(そがい)し、自由な活動を妨(さまた)げる。

気付いたときにはもう遅く、周囲のうるさい敵を追い払おうとしたが、魔物の巨体は数百本と撃ち込まれた矢によって、迅速(じんそく)に、そして自由に動くことができなくなっていた。もっとも、グランディヌスにそんな知能があるかは、議論を呼びそうではあるが。

そして、後ろに控えていた森エルフの戦士たちが、入れ替わるように前線に立つと、手にした武器を振るいはじめる。

大剣や戦斧といった、破壊力重視で選ばれた戦士たち。それが、動きも儘ならぬグランディヌスに向かって、その刃を振り下ろした。

ギィンッ！

魔剣による強化や、落下時のエネルギーも利用したフィーリアの会心の斬撃と違い、反撃を避けながらの彼らの攻撃は、魔物の外皮を浅く斬り裂くに留まる。それでも、アタックごとに一〇ヵ所以上キズが増え、徐々にではあるが、反撃のために振り回す胴体の勢いは弱まっていった。

一方、フィーリアが相対するグランディヌスの頭部は、いまだに元気と言っていい。鎌首をもたげ、常に頭上から襲いかかってくる丸太のような巨体には、開戦の合図となった〝旋風斬〟以外には、大きな傷はない。せいぜい、囮役の彼女をサポートするセルフィによって放たれた、バレットボウガンの矢が刺さっているだけだ。

しかし、二人に悲壮感といったものは見られない。

「フンッ！　どうした、所詮は図体がデカイだけのミミズか⁉」

フィーリアは、魔剣の付与効果である身体能力強化により、いつもより高速かつ力強く動く。挑発の言葉を発しながら『口撃』をかわす彼女を、ただでさえ動きを制限されたグランディヌスが、捕らえられるはずもない。蝕手を斬られつつ、右へ左へと飛び回る彼女に翻弄され続けるしかなかった。

また、グランディヌスの気勢をそぐように、バレットボウガンの矢がセルフィから撃ち込まれ、その度にどちらを襲うか、魔物の口は宙をさまよう。

二人が囮役となって、グランディヌスを引きつける——作戦立案時にそう提案されたとき、それに反対する者はいなかった。

戦士であるフィーリアはともかく、弓職人のセルフィの参陣など、本来は認められるはずもない。しかし彼は、ラスティの死によって、次期族長の未来が濃厚になる。

ラスティは、戦士でありながら、職人の氏族初の族長と目されて来た男だった。

セルフィは今後、兄に代わって次期族長として見られることになる。そのため武に関しても、周囲にアピールする必要があるのだった。

そんな彼らの戦闘を、大樹の上から眺めていたシンとナハトは、静かに呟く。

「——勝負あったな」

「のようですね。では私も少し行ってきます。確認しておきたいことがありますので」

そう言うとシンは、大樹を蹴って戦闘のただなかへ降りていく。

重さを感じさせないジャンプで、鎌首をもたげるグランディヌスの背に乗ったシンは、強酸を染み込ませたスライムの粘液を異空間バッグから取り出し、その場にぶちまけた。

ジュウジュウと、グランディヌスの外皮を溶かす音が聞こえるものの、速度はあきらかに前回よりも遅い。

「やっぱり耐性がついてたか。ワームの類はこれだから……おっと、もう一つ重要なことを調べないと、【必要条件】発動、〝グランディヌスの繁殖〟――繁殖は不可、一代限りの突然変異ってことか。なら大丈夫だな」

シンは、気にかけていたことが的中し、顔を顰めるも、危惧していたことにはならないようで、胸をなでおろす。ヘタをすれば、数十年後、数百年後にコレが森を埋め尽くしている可能性もあったのだから。

戦場から離れ、元いた木の枝にシンが戻ると、グランディヌスの巨体が轟音とともに大地に倒れ込む。

無数の傷と、そこから流れ出る体液は、確実に魔物から体力を奪っていったようで、死んでこそいないが、すでにその巨体を維持することはできなくなっている。

「これで……終わりだ‼」

フィーリアは両手で握ったバスタードソードを大上段に構え――全力で振り下ろす！

グランディヌスは、頭部であろう先端部分を輪切りにされ、しばらくは全身を痙攣させていたが、やがて完全に沈黙した。

「勝った……勝ったぞ――――‼」

戦士たちが歓喜の渦に包まれる中、何かを成し遂げた表情のフィーリアとセルフィは、抱き合っている。互いの目には薄らと光るものがあり、表情には喜びと、そしてわずかな悔恨の色があった。

その様子を眺めていたナハトは、優しい眼差しを抱き合って喜ぶ二人に向ける。

「仇はとれたようだの。良かったなフィーリア、そして婿殿よ」

「出る幕がなくて寂しいですか？」

「はっはぁ！　確かにそうですな。ですが同時に、次の世代が着実に育っている。族長としては喜ばしいとだけ言っておきましょうぞ。それにしても、終始作戦通りに事が運んでくれましたな……なればこそ、惜しい男を失くした」

「相手の情報はなし。しかも少人数で当たらなければならなかったのですから、どうしようもありませんでしたよ。今回は事前に作戦が立てられ、人員も確保できていた。むしろこちらの方が稀なケースでしょう。それに……」

二人の視線は、眼下で互いの健闘を称える彼らの手にある、バレットボウガンに注がれる。

作戦前には、携行型バリスタなどと嘯いていたが、効果のほどは見ての通りだ。予想以上の成果をあげた新兵器に、シンの表情は硬い。

「あれがセルフィの考案した魔道具ですか……恐ろしい威力ですな」

「ナティス様も似たようなことを仰(おっしゃ)っていましたよ。しかし、矢も含めて製作コストが高いのと、有効射程が短く、使用には魔力を必要とします。数を揃えたとしても、対人戦闘には過剰(オーバーキル)な破壊力ですし、今回のような特殊なケースはともかく、使いどころに困る武器ですよ」

　新しく考案され、実践で通用する武器に注目するのは、一つの氏族を率いる者として当然と言えよう。実際、二人の近くで戦況を見守っていた『監視役』も、バレットボウガンの威力(いりょく)を見て、驚きで声も出ない。

　だからこそシンは、あえてネガティブな意見を述べた。彼らにも聞こえるくらいの小さな声で。

「なるほど確かに……心配には及びませぬ、道具はあくまで使う者の手の延長。道具の性能に寄りかかるような性根の座らぬ未熟者は、森エルフ(フォルディア)には一人としておりませぬ」

「これは失礼を。森エルフ(フォルディア)の誇りを軽(かろ)んじたことをお許しください」

　頭を下げるシンにむかって、ナハトは「なんのなんの」と笑って返す。

「それはそうと、シン殿。そんな将来のことよりも――」

「ええ、分かっております。エルフほど耳は良くありませんが、探知能力には自信がありますので……とはいえ、やはり『悪いことは重なる』ものですねえ」

「なんの、凶事(きょうじ)をまとめて処理できるのなら、むしろ運が良いと言えましょうぞ。なにより今は、頼りになる『相談役』もおりますでな」

指をポキポキと鳴らし、獰猛な笑みを浮かべていたナハトは、スゥと大きく息を吸い込むと、いまだ勝利に沸く戦士たちに向かって、大声で号令をかけた。

「総員、ただちに樹上に退避いぃ‼　さっさと上がれえぇぇぇい‼」

周囲の木々がビリビリと震えるほどの大音声に、地上で騒いでいた戦士たちは、一言目でビクンと硬直し、二言目で慌てて樹上に駆け上がる。特に、アナンキアから参陣していた連中の行動は早かった。

ゴゴ……ゴゴゴ……

その違和感に、最初に気付いた者は誰だっただろう――

「何の音だ？」

……ゴゴゴゴゴゴゴゴ！

「まさか……もう一匹？」

「は？　嘘だろ⁉」

戦士団に動揺が走る中、樹の幹に耳を当てていたシンは、厳しい表情でポツリと呟く。

「振動の間隔が長い、マズイな……」

「シン殿、どういうことですかな？」

「間隔が長いってことは、一回の蠕動運動の距離が長いってことですよ。つまり――」

ドボオオオオオ――!!

シンの言葉を遮るように、先程までグランディヌスと戦闘を繰り広げていた大地が爆発し、土塊が大量に撒き散らされる！

土塊は、彼ら森エルフが退避する枝の高さまで舞い上がり、今し方倒したグランディヌスとは、爆発の規模が違うことを如実に表す。

そしてそれはつまり――

「――さっきのヤツよりも、でかいってことでしょうね」

シンの言葉に、ナハトは正面の異変に目を向ける。

草原中央に現れた、三メートルはあるだろう藍鉄色の胴体は、今し方討伐したグランディヌスのものよりも遥かに太い。蛇腹状の外皮も、より鋭角に節くれ立っており、これはもう、鱗と呼んでも良いだろう。

その巨体の先頭は、戦士たちが足場にする木々よりも高い位置に存在しており、みな呆けたように、口を開けて見上げていた。

「悪夢だ……」

誰かがそう呟く。呟きは伝播し、やがてそれはざわめきに変わる。

『ブウウウオオオオオオ――!!』

不意に、広場の中心で尖塔のようにそびえ立つ、新たなグランディヌスから、船の汽笛のような重低音が響いた。

「うあっ！」

大音量に皆が耳を塞ぐ中、グランディヌスは先端の口元を下に向けると、地面に横たわる同族の死体に向かって急降下し、そして——食べた。

鉄の箱をプレス機で潰すかのごとき音を奏でながら、フィーリアたちに倒された巨大な魔物は、さらに巨大な魔物に丸呑みにされていく。

やがて、五〇メートルはあったはずのグランディヌスの死体は、触手状の牙を生やした先端を残し、新手の腹の中に収まった。

「シン殿、まさかあれが」

「ええ、アレが、サンノイドを襲ったもう一体のグランディヌスです」

シンは、ナハトの問いに淡々と答えた。

——これは未確認の情報ですが、パラマシルとサンノイドを襲ったグランディヌスは、別の個体ですよ——

数週間前、シンが聖樹サンノイドの前で、二人の族長に言った言葉である。

「はじめに違和感を覚えたのは、ヤツが地面に開けた穴です。サンノイドで見た穴は、パラマシルのものより明らかに大きく、短期間でそこまで成長するのはちょっと考えにくかった……」

もう一つ、サンノイドの族長は、グランディヌスを「取り逃がした」と言ったという。

実におかしな話だ。

パラマシル、サンノイド両氏族はどちらも、五〇年前に揉めた件について共通の認識がある。それは、戦闘の果てにパラマシルが手に入れたグランディヌスは、元は、あるいは元から「自分たちの獲物」だったという主張だ。

なのにサンノイドの族長は「取り逃がした」と言った。奪われたではなく。

――つまり彼らには、パラマシルと奪い合ったグランディヌスの他に、取り逃がした別の個体が存在したのである。

サンノイドは、グランディヌスを二体、狩るつもりだったのだろう。そして、二つ目のヘビ玉をおそらく、パラマシルのそれと近い場所に作ってしまったのだ。

結果、どちらが間違えたのかは分からないが、一つのヘビ玉に対し、お互い自分たちの獲物だと信じて戦い、パラマシルが勝利した。しかしそのとき、近くで生まれたグランディヌスは、誰に気付かれることもなく地中に潜み、聖樹パラマシルに寄生することとなったのである。

一方サンノイドも、予期せぬパラマシルとの戦闘のせいで、主要な戦力はそっちに持っていかれたのだろうか。あるいは、争いが気になって、目の前の狩りに集中できなかったのかもしれない。そのせいでサンノイドは、自分たちが用意していた、もう一体のグランディヌスにも逃げられた。つまり「取り逃がす」ことになったのだ。

「一体目のグランディヌスは、戦闘後、強酸に対して耐性がつきました。二体目のコイツはおそらく、幼生体のときに、サンノイドの戦士たちからかなりの手傷を負わされたのでしょう。それに対抗するため、より巨大な肉体を手に入れ、物理攻撃に対する耐性を手に入れたのだと思われます」

「欲をかいた結果、自ら災厄を呼び込むとは。あの阿呆どもめ……」

そう毒突いたナハトは、ギリリと歯軋りをしながら、片手で顔を覆う。そして、近くでシンの話に耳をそば立てていたミラヨルドの『見届け人』に目を向けると、強い口調で話しかける。

「しかと見届けてもらうぞ？」

「もちろんです。そのときには証人として立ち会いましょう」

「……ともあれ、まずはアレをなんとかしないと、どうしようもありませんねえ。ほら、動きはじめましたよ」

割り込んでくるシンの言葉に、彼らは視線を広場に移した。

グランディヌスの強化体とも言うべきソイツは、今し方食べた仲間の消化が終わったのか、巨体をウネウネと捩(よじ)らせる。その動きは実に滑(なめ)らかで、先ほど倒した個体よりも可動域が広く、遥(はる)かに柔軟(じゅうなん)に見えた。

「マズイな、さっきのヤツよりもデカくて柔軟に動けるとか、どんなインチキだよ……」

シンたちが手を出しあぐねる中、グランディヌスは自らの巨体を縮めると、一気に体を伸ばして、地面を抉(えぐ)る。そして、触手を動かしながら土を食らい、驚愕(きょうがく)の速さで地中に潜っていった。

「なっ!!」

「逃げるだと？　いや違う……イカン！　向こうにはルーケンヌが!!」

ナハトの叫(さけ)びに、周囲の森エルフ(フォルディア)たちに動揺が走る。事情を完全には把握(はあく)できていない彼らだったが、それでも里の危機だということは理解できた。みな一斉に飛び降り、各々(おのおの)武器を構えて逃げようとするグランディヌスに襲いかかる。

ビスッ！　ビスッ！

「っ!!　そんな!?」

バレットボウガンの矢は、先端だけが浅く刺さり、鱗のような外皮を貫くことができない。先ほどまでとは目に見えて違うグランディヌスの凶悪ぶりに、戦士の数人から悲鳴のような声があがる。

大剣や戦斧も同様で、表面を浅く傷つけることはできても、その鎧を越えて中にダメージを与えることができないでいた。

そうこうする間にも、魔物の巨体は地中へ潜り続ける。やがて、地上に残るのが、二〇メートルほどになったとき、グランディヌスは尾を横薙ぎに振るった！

「「ぐあっ!!」」

一体目の緩慢な攻撃と違い、柔らかく、そして鋭いそれは、森エルフの戦士たちをまとめて薙ぎ払う。

咄嗟に防御姿勢を取った彼らは、吹き飛ばされ、倒れ込む者多数だったが、手足の骨を砕かれる程度で済み、幸いにも死者は出なかった。

行きがけの駄賃のように一〇人以上の負傷者を出し、グランディヌスは地中へと姿を消す。

「くっ、まさかこれほどとは」

「ナハト様！」

「分かっております。総員！　負傷者は救護班に任せ、動ける者は精霊回廊を使い、直ちにルーケンヌへ帰還せよ。急いで住人の避難と迎撃準備にあたれ!!」

「「はっ！」」

号令一下、全員があわただしく動く中、ナハトとともに精霊回廊を通ろうとしたシンを呼び止める声があった。

「どうした、セルフィ？」

「シン、アレを使うから僕と一緒に来て！」

セルフィの言葉に、ハトが豆鉄砲を食ったような顔になるシン。しかし、バレットボウガンが通用しない現実を前に、彼の提案をシンは渋々、首を縦に振る。

「分かった。ナハト様！」

「うむ、ワシはアナンキアから待機中の団員を連れてくる。そちらは頼んだぞ、セルフィ」

「えっ？　は、はい、お任せください！　それじゃ行くよ」

アナンキアの族長の言葉に、ルーケンヌ次期族長は力強く答えると、シンとフィーリアを伴って精霊回廊を抜け、新たな戦場へと向かっていった——

■

シンたちがルーケンヌに帰還して一〇分足らず、里は喧騒に包まれていた。

族長であるナティスが陣頭に立ち、戦士団員や一般兵が住人の避難を行う中、討伐メンバーは聖樹の周囲に集結して、迎撃態勢を整えている。

そんな中でシンは、聖樹の前に設置されたあるものの前で、何かに集中していた。

「こういう役回りは大変不本意だ……」

前言撤回。

集中するどころか、目の前の『兵器』に両手を押し当てながら、愚痴をこぼしていた。


グラムシューター　製作者：シン、セルフィ＝ルーケンヌ
固定型の大型弩砲、バリスタ。

射出するのは矢ではなく、ミスリルを使用した合金と聖樹の枝で作った専用の槍。

バレットボウガンや、シンの持つパイルハンマー同様、魔力を通すことで、固い弦を引き絞ることが可能。

引き絞る際に流した魔力は槍に集約され、射出時の反動に耐えるための強化に流用される。また、槍に直接魔力を充填することが可能で、込めた魔力の属性によって、槍の命中時に追加ダメージを与えることができる。


セットした状態の槍に魔力を送りながらも、シンの愚痴は続く。

「いやまあ、確かに作るのには協力しましたよ？　一応俺だって腕には自信があるし、セルフィの方も、バレットボウガンの出来を見れば明らかですとも。……でもさあ、とりあえず作っただけの試作品を、試射もせずにイキナリ実戦投入はナシだと思うんだよねえ」

「ブツブツとうるさいぞ、黙って魔力を込めろ」

シンの右に立っているフィーリアが、バスタードソード(ニルヴァーナ)を肩に担(かつ)いだまま、にべもなく言い捨てる。

「……セルフィ、キミもよく考えたまえ。兵器開発において開発者とテストパイロットは、いつの時代であれ別の人間が担当するものだ。開発者に何かあってからでは遅いのだよ？」

「ぱいろっと……何それ？　しょうがないよ、火属性の魔法が得意な森エルフ(フォルディア)なんて、ここにはいないんだもの。大丈夫、僕とシンが作った特別な代物(しろもの)だよ、もっと自信を持って！」

シンの左で、大型弩砲(グラムシューター)の各部のチェックを行うセルフィは、彼の説得を特に根拠(こんきょ)もなく却下(きゃっか)した。

味方がいないと嘆(なげ)くシンは、背後に膨大(ぼうだい)な魔力を感じ、振り返る。

そこには、二〇人ほどの森エルフ(フォルディア)の戦士を引き連れたナハトの姿があった。

「遅参(ちさん)申し訳ない。連れてくる戦士の選別に時間がかかりましてな」

いざというときのため、五本の聖樹は互いに行き来できる回廊を設けているそうだ。ただし、族長にしか開くことができない上、一度に送ることができるのは二〇人程度らしい。

今回のような緊急事態でもない限り、こんな大量に魔力を消費する手段など使いたくなかったと、ナハトは笑っていた。

魔力回復薬を投げて渡したシンは、後ろに控える戦士団員を一瞥する。

「選別、ですか。みなさん、やけにゴツイ得物が目立ちますね」

「あの弓が通用しませんでしたからな。しかも動きも素早いとくれば、力と耐久力自慢を連れてくるしかありますまい。もっとも、ワシの得物だけは、相性が悪すぎてどうにもなりませぬ」

魔力回復薬を飲み干したナハトは、顔を顰めて泣き言を漏らす。

シンは苦笑すると、異空間バッグから巨大な狼牙棒——ドラゴンテイル——を取り出し、差し出した。

「ちょっと重いですが、使ってみますか？」

長さ四メートル、重量三〇キロを超える、何かの冗談のような武器だ。ナハトはそれを、こちらも何かの冗談のように軽々と振り回す。

風切り音を周囲に響かせ、最後に中段構えの形で止めたナハトは、鎚鉾が遠心力で揺れているにもかかわらず、微動だにしない。

「ふむ、良い武器ですな。気に入りましたぞ！」

娘同様、父親は得物を肩に担ぐと、嬉しそうにニッと笑みを浮かべる。

「……フィーリアさん、あなたのパパうえはオーガか何かですか？」

「失礼なことを言うな。父はアナンキアの族長だ。あれくらいのこと、できるに決まっているだろう」

さも当たり前のように言い放つフィーリアと、ウンウンとなぜか嬉しそうに頷くセルフィ。

グラウ＝ベリア大森林の常識に、ついていけないシンだった。

アナンキアから来た戦士たちに、一分間だけ筋力が二倍になる〝剛力剤〟を配ると、場の全員がそのときを待つ。

やがて、くぐもった音とともに地面が揺れ出す。

ゴゴゴゴゴゴ――

「来たな」

ドゴオオオンンン!!

シンたちの前方二〇〇メートルあたりだろうか、轟音とともに家屋が爆発し、瓦礫を撒き散らしながらヤツ――グランディヌスは現れた。

直径三メートルの巨体を、まるで水面を飛び跳ねる魚のように上下させるグランディヌスは、家屋を薙ぎ倒しつつ聖樹目がけてまっすぐやってくる。

ナハトに連れられてきた戦士団員は皆言葉を失い、唖然とした表情で立ち尽くしている。

アレを初めて見た者が必ず陥る、シンたちには見慣れた光景だった。

地上に出たグランディヌスは、まるで暴走する重機のように一直線に近付いてくる。そ

の姿を見て、シンは無意識に舌打ちをした。

「マズイな……ちょっと計算外」

「シン、どうしたの？」

「奴さん、まっすぐ来るもんだから、このまま発射すると口の中に入っちまう」

「それの何がマズイのだ、シン？」

「射出した槍の効果が、体内のどこで発動するか分からん。槍は三本しかないんだ、できれば狙ったところに命中させたい」

顔を顰めるシンは、左右の二人にそう説明する。それに、口の中から体内に入り、勢いを失わなかった槍が、硬い外皮を貫いて、外に出る可能性もあった。

「理想は、アイツがへビみたいに、頭をもたげた姿勢になってくれればいいんだが」

「ならばシン殿、それはワシに任せていただこう。お前たち、シン殿の一撃を合図に全員で仕掛けろ」

「ナハト様！」

「父上!?」

言うが早いか、ナハトはドラゴンテイルを担いだまま疾走する。

両者の距離はどんどん縮まり、住宅街を抜け、聖樹がそびえる広場にグランディンヌスが踏み込んだ頃、ナハトはドラゴンテイルを構えた。

「アナンキアが族長ナハト、一番槍ならぬ一番鎚、いざ参る!!」

敵の目の前で跳躍したナハトは、目の前に迫る触手と口をかわし、グランディヌスの上を取った。そして、体を捻りながら、ドラゴンテイルの『スラスター』を発動させる。噴出口から吐き出される風属性の魔法は、彼の体を空中でコマのように回転させ、速度と遠心力、そして体重を乗せた一撃を、グランディヌスに叩きつけた。

鱗のようにゴツゴツとした外皮がベコンと凹み、魔物の巨体が地面に叩きつけられる。ナハトは続けて、叩きつけられた反動で浮き上がった胴体をすくい上げるように、ドラゴンテイルを叩き込む。

「有限実行だな。まったく、男前すぎるだろ」

胴体を上下に揺さぶられ、聖樹へ向かうのを邪魔されたグランディヌスは、第一目標を目障りなナハトに変え、攻撃姿勢を取る。

「シ、シン……あのバケモノ、あんなに大きかったのか?」

「なんだフィーリア、さっきは動転してよく見てなかったのか? 目算で直径三メートル前後、体長一〇〇メートル超の、モノホンの化け物だよ、ありゃあ」

体を持ち上げたグランディヌスは、その触手のような牙を無数に生やした口を、ナハトに視線を合わせるかのようにもたげた。そんな姿勢でも、高いところは地上四〇メートルにもなり、街中にいきなり巨木が生えたような錯覚を覚える。

「左右！　回避!!」

この機を逃さず、シンは必要な単語だけを叫ぶ。ナハトは即座に反応し、グラムシューターの射線上から退避した。

バツンッ!!

およそ弓の発射音とは思えない弦音を響かせ、グラムシューターは槍を射出する。

撃ち出された槍は、減速も、放物線を描くこともせず、一直線にグランディヌスを目指す。そしてそれは、持ち上がった体の根元付近の胴体に、深々と突き刺さった。

直後、体内に潜り込んだミスリル合金製の穂先が砕け散り、槍に充填された火属性の魔力が暴走する。暴走した魔力は荒れ狂う火炎となって、筒状の体内を広範囲に焼き焦がした。

『ブオオオオオオオオオ!!』

グランディヌスの口から、あの汽笛にも似た大音量があがる。それはまるで、発声器官のない魔物が出す悲鳴のようで、触手を激しく動かす口から、前回よりも若干高い音が周囲に響く。

想定以上に威力があったのか、巨木のような体がグラリと傾く。それを合図に、アナンキアの戦士たちは一斉に飛び出すと、巨大な敵に臆することなく襲いかかる！

最初に攻撃したのは大剣使いで、グランディヌスの寝ている胴体に左右から襲いかかり、身の丈ほどもあるツーハンデッドソードを水平に、全力で振りぬく。

渾身の斬撃。しかし、硬い蛇腹状の外皮はそれを拒絶し、鱗のような表面に深さ数センチほどの溝を作っただけだった。

そこへ、続いてやってきた戦士が戦斧を振りかぶり、大剣使いが作ったばかりの傷口へ、木に打ちつけるように、戦斧を叩きつけた！

ベキャン！

まるで鉄板が砕けたかのような音が響き、戦斧は外皮を貫き、内側の肉を抉る。アナンキアの戦士たちは、流れるような動きでそれを繰り返す。

さすがに耐えかねたのか、グランディヌスは尾を振り上げると、まるで投げ縄のようにその場で一度回転させ、勢いをつけて振り回した。

地上スレスレで襲いかかる直径三メートルの鞭に対し、アナンキアの戦士たちは華麗にジャンプして回避する。さらには、触手対策として控えていたのだろうか、大盾を担いでいた六人ほどがそれを構え、勢い余ってグランディヌス自身に巻きついた尾を押さえつけ、動きを封じ込めた。

撥ね退けようと力を込めるグランディヌスに対抗するべく、戦士たちはシンから貰った剛力剤を飲んで押さえ込む。そしてその間に、他の戦士たちも殺到し、胴体を今度は縦に斬り裂いた。

その様子を見ていたシンは、グラムシューターの次弾に魔力を送りながら、思わず声をあげる。

「アナンキアの戦士団、恐え～。いくら事前情報があるとはいえ、初対戦のバケモノ相手に、どんだけ統制の取れた戦闘してんだよ……」

一人一人がAランク冒険者相当の動きを見せ、しかもそれが集団として機能する。まさに精鋭部隊といった活躍に、シンは呆れとも感嘆ともとれるため息を漏らす。もっとも、そこに恐れが含まれないのが、シンらしいと言えばシンらしい。

「フフン！　そうだろう、そうだろう♪」

まるで自分が褒められたみたいに喜ぶフィーリアは、シンの背中をバンバンと叩く。

「シン、チェック終わったよ。各部の耐久度に問題は見られない。次の発射用意をお願い」

「あいよ……次はどうすっかなあ、雷撃で動きを止めるか？」

「それは良いね、よろしく頼むよ。それにしても、雷属性も扱えるなんて、シンは凄いね」

目の前の戦闘で気が緩んだか、うっかりシンは手札を晒してしまうが、その場の三人の中で、それに気付く者はいなかった。

一方、動きを封じられていたグランディヌスは、剛力剤の効果が切れ、大盾持ちの圧力が弱まった隙に、持ち上げていた胴体をくねらせ、体勢をわざと崩す。そうしてできた隙間から尾を潜らせると、火炎のダメージから立ち直ったのか、今度は頭を大地に叩きつけながら、触手状の牙を振り回して森エルフたちを威嚇した。

ナハトと戦士団員が攻めあぐねる中、シンは魔力充填を終えると、次弾発射に取りかかる。

　現場はすでに乱戦になっており、味方への誤射の可能性がある以上、狙うは頭部だ。しかし、現在のグランディヌスは、まるで駄々っ子のように全身で暴れており、なかなか狙いが定まらない。

　そんなとき、千載一遇のチャンスが訪れた。

　尾を使って周囲を牽制したグランディヌスが、巨大な胴体を持ち上げると、そのまま後ろへ反り返る。地面を叩きつけ、反動で浮き上がった彼らを薙ぎ払うつもりなのだろう。

　それを見たシンは、大声で叫ぶ！

「退避!!」

　グランディヌスの周囲にいた戦士たちが飛び退き、シンはグラムシューターを上に向けて槍を放つ。しかし――

　ガチン！

「んなっ⁉」

発射時の反動で角度調整の固定具が壊れ、二射目の軌道がズレる。撃ち出された槍は、外皮を掠めようとした瞬間、蠢く触手に偶然掃われ、住宅街へと飛びすさった。

「くっそ！　試作品の弱みがこんなところで!!」

「シン！　どうするの!?」

「どうするも何も、コイツはもう使えねえ！　だけど、三本目の槍は健在だ。それなら!!」

そう言ってシンは、三本目の槍をセットすると、そこに魔力を流しはじめる。

一方、敵が離れたグランディヌスは、これを好機とばかりに移動を開始、聖樹に向かって突進する。

慌てて戦士たちが追いかけるも、いざ移動を始めた巨体に向かって、先程のような正確な攻撃ができるはずもない。表面を傷つけるだけで、ダメージにはならなかった。

グランディヌスはシンたちのもとへ、いや、その先にある聖樹に向かって進撃する。しかしシンはその場を動かず、槍への魔力充填を続ける。

チキンレースの様相を帯びてきた両者の競争は、わずかながらシンに軍配が上がった。

「よし、終わっ――」

「もう無理だ、逃げるぞ!!」

シンの言葉にフィーリアの声が重なる。フィーリアに首根っこを掴まれたシンは、そのまま横に投げ飛ばされた。

直後、グラムシューターは突進してきたグランディヌスに押し潰され、周囲に破片が飛び散る。

「痛つつ」

「まったく、もう少し周囲に気を配れ……」

背中を押さえるシンのそばには、スライディングしたまま肩で息をするセルフィと、腕を押さえ、苦しそうな表情を浮かべながらも、小言を言ってくるフィーリアがいた。

「おい、それ……」

「大丈夫だ、問題ない」

「その顔はそんなわけねえだろ。ちょっと待ってろ」

額に脂汗を浮かべ、顔は青く、押さえた手の隙間から溢れ出る赤い血。確実に骨までやっているだろう。

シンは異空間バッグから薬瓶を取り出すと、彼女に飲ませる。効果はてきめんで、フィーリアの傷は見る間に治り、顔の血色も良くなった。

「凄いな。シン、この薬は？」

「ああ、上級の体力回復薬だよ」

「ブフッ‼　げほっ、んぐっ――シン！」

「おいおい、貴重な薬なんだからはくなよ？　仕方ないだろ、即効性の造血作用があるのは上級だけなんだから。戦闘中に貧血で倒れたら、そっちの方が大変だろう」

咳き込むフィーリアから顔を背け、面白くなさそうな表情と声でシンは答える。自分のせいで彼女に大怪我を負わせたのが気に食わなかったらしく、しばらくの間、意味もなく頭をボリボリと掻いていた。

その間にグランディヌスは、ついに聖樹に取りつき、自らの巨体を幹に巻きつける。直径三〇メートルもある聖樹に撒きついてなお、両端が交差する姿は、ヤツの体長が一〇〇メートルではすまないことを示唆していた。

「チッ、なかなか厳しい状況になってるな。さて、どうしたもんか……」

腕組みをするシンは、この状況を打開する方法を考える。だが、うまい方法を思いつかないのか、顔を顰めて片目を瞑る。

そこへ、呼吸を整えながら立ち上がったセルフィが、シンに何かを差し出した。

「ハイこれ」

「ん？　ってセルフィ。こいつはさっきの槍じゃないか！」

「必要だからあんな無茶したんでしょ？　なんとか持ち出せてよかったよ」

そう言ってニコッと笑うセルフィは、シンに向かってサムズアップする。同じようにシンも返すと、受け取ったばかりの槍を、そのままセルフィに戻す。

「コイツに込めた魔力は水属性で、効果は強酸だ。今から俺がアイツの動きを止めるから、止めは二人に任せたぜ」

「簡単に言ってくれるな。だがシン、方法はあるのか？」

「ああ、二本目の槍がよそに飛んでった。回収してアイツに突き立ててやるよ」

それだけ言うと、シンは槍が飛んでいった方角に走り出す。それを見送った二人は、顔を見合わせると力強く頷き、聖樹のもとへ向かった——

一方、ナハトたちは、禁忌を犯す敵を攻めあぐねていた。

「なんたることか。彼奴の専横を、手を拱いて見ていることしかできぬとは！」

ナハトの視線の先には、地上から一五メートルほどの高さで聖樹に巻きつく、グランデイヌスの姿がある。

ジャンプして斬りかかったところで、腰の入らない攻撃ではダメージを与えることができない。かといって、聖樹の幹を駆け上がろうにも、カウンターを食らうのは分かりきっていた。

焦るナハトたちのもとに、フィーリアたちが合流する。

「父上！」

「フィーリア、それにセルフィか……!!　シン殿はどうした!?」

「落ち着いてください。シンなら今、アレを倒すための奥の手を取りに行っています」

セルフィの力強い言葉に、ナハトは目を丸くすると、彼の顔をまじまじと見た。やがて、フッと笑みを浮かべると、彼の肩に手を置く。

「男の顔になりましたな、婿殿」

アナンキア最強の戦士にして、将来の義父になる男にそう言われ、セルフィは破顔一笑する。だが、その顔は実に可愛らしく、ナハトは苦笑せざるを得なかった。

「それで二人とも、シン殿は一体どうやって、あの化け物を倒すと言っておったのだ？」

「「それは……」」

内容までは知らない二人は、気まずそうに視線を逸らす。そんな二人の態度にナハトは訝しげな表情を浮かべ、首を捻る。

「おぬしら――」

「そのことなら、私の、口、から」

「――――‼」

「「シン！」」

「はあっ！　はあっ！……はぁ、ふぅ……」

いつからそこにいたのか、ナハトの背後には、肩で息をするシンの姿があった。魔法によって淡く光る槍を、その手に持って。

呼吸を整えた彼は、ここにいる全員に作戦を伝えると、槍を両手で持ったまま寝転んだ。

そして彼の両足を、ナハトがしっかりと掴み、グルグルと振り回す。

一回転、二回転と、ハンマー投げのように回転すると、掴んでいた手を放し、シンの体を宙に放り投げた。

「うおっとぉ！　結構飛んだな。そんじゃ——風精よ、集いて縮み、縮みて忍べ、我が号令にてその身解き放て、〝風爆〟」

ドンッ!!

ナハトによってグランディヌスよりも高い位置に飛ばされたシンは、〝風爆〟の呪文を唱えると、それを足場代わりにして下方向へ跳躍し、目標目がけて急降下する。

狙うは口元付近の、力強い魔力の波動を感じる場所。おそらくそこが、グランディヌスの中枢器官だろうと、シンは見当をつけた。

爆発の威力によって、シンは文字通り矢のようにグランディヌスに迫る。そして空中で半回転すると、地面に旗を立てるように両手で振りかぶり、思い切り槍を突き入れた！

バリリリリリ!!

槍に込められた雷属性の魔力が暴走し、電撃が周囲に広がる。感電し、巨体をビクビクと震わせるグランディヌスだったが、聖樹の拘束を解くほどに麻痺してはくれなかった。

「ったく、この欲しがり屋さんめ。なら存分にくれてやるよ！　雷精よ、荒れ狂う電光撚り合わせ、蛇(くちなわ)のごとく絡みつけ、〝豪雷縛鎖(ライトニングバインド)〟」

バリバリバリバリバリバリ!!

荒れ狂う電光の蛇は、聖樹に巻きつく巨体を包み込むと、その表面を滑(すべ)るように這(は)いながら、きつく縛(しば)り上げる。

今度は全身くまなく感電させられ、弛緩(しかん)した体はようやく聖樹から剝(は)がれ落ちた。

ズウウウウン――

落下するグランディヌスから飛び退(の)いたシンは、ナハトたちの前にフワリと着地すると、作戦成功とばかりにニヤッと笑う。

「「シン!」」

「シン殿」

「おおーっととと!　今の俺に近付いたらダメ!　相当帯電(たいでん)してるから、今触ったらアイツみたいに感電するぞ!!」

駆け寄ろうとする彼らを制すると、後ずさりながらシンは警告した。

ならばなぜ、シンは大丈夫なのかとの質問には、

「ちょっとばかし特殊な事情により、雷が無効化される体質になっておりまして」

と答えるのみ。

「それよりも、セルフィとフィーリア。ほら」

シンの指差す先には、地上に叩きつけられ、ぐったりしているグランディヌスの巨体が転がっている。

二人は頷くと、三本目の槍を一緒に構え、止めを刺すために駆け出した。

目標まであと数メートル、そのとき、グランディヌスが最後の足掻きとばかりに頭をもたげる。そして目標を見定めると、蛇のように胴体を畳み、触手のような牙をウネウネと動かした。

「「っ――!!」」

虚を衝かれ、一瞬動きが止まった二人に、グランディヌスの牙が襲いかかる。しかし、その攻撃が届く直前、パキンという音の後に巨体がビクンと跳ね、後ろに反り上がった。

見れば、グランディヌスの頭部に突き立てられていた槍は粉々に砕けると、破片となってその体に降り注ぎ、残りの魔力を全て放出する。立て続けに強力な電撃を食らったグランディヌスは、抵抗力を失いそのまま倒れ込む。最後の槍を持った二人を目掛けて――

「「これで……終わりだあああ!!」」

声を張り上げ、二人は気合とともに槍を突き刺す！　槍はズブリと深く突き刺さり、手に伝わる感触が、体内で穂先が破裂したことを知らせる。

二人がその場から急いで逃げると、直後、グランディヌスは触手の隙間から白い煙をはく。強酸によって体内を焼かれ、相当に苦しいのか、その体を何度も地面に叩きつける。

やがて動きは緩慢になり、地面に横たえたまま痙攣を起こすようになる。

グランディヌスの最期は近い――誰もがそう思っていた。

「ん……？　これはどうしたことだ？　ヤツの体が光っておる」

「これは……ヤツだけではない！　いや、聖樹様も光ってる⁉」

「まさか共鳴？　でもなんで……あ、あああああっ‼」

「シン、どうしたの？」

「槍だ！　槍の柄は聖樹の枝でできている。あのヤロウ、一本目の槍を消化吸収して、聖樹の一部を取り込んだ状態になってるんだよ‼」

シンの言葉に、全員がギョッとした顔になる。彼の言葉が確かなら、あのグランディヌスは、聖樹の加護をこの場の誰よりも強く受けることができるのだ。

光は、周囲を埋め尽くすほどに膨れ上がると、すぐに収束し、遮られていた視界も元に戻る。

そして、その光がもたらしたものは――グランディヌスの完全復活だった。

『ブウウウオオオオオオ――‼』

何度も聞いた汽笛のような音は、まるで終末を告げるラッパのように感じられた。

「嘘だろオイ。勘弁してくれよ……」

「「…………」」

シンの呟きに反応する者はいない。誰もが目の前の悪夢に、ただ呆然とするだけである。

「しょうがない……全員、いったん退避！　広場の外まで走れ‼」

そう言うとシンは、自分だけグランディヌスに飛びかかり、両手を突き出して体に触れた。

バリバリバリバリ‼

自らの体に帯電していた雷を送り込み、巨体の一部を少しの間だけでも麻痺させる。

グランディヌスは、一度だけビクンを体を震わせたが、すぐになんともないように活動を始めた。

――不幸中の幸いと言うべきか、吸収された聖樹の枝の力が体内に残っている内は、グランディヌスは聖樹を同質の存在と誤認しているらしく、襲いかかる気配は見せなかった。

その代わり、目の前にいるシンを目障りな存在と認識し、襲いかかってくる。

「はっ！　食えるもんなら食ってみろよ！」

シンは挑発的な言葉を投げながら、グランディヌスを誘導するように、広場へと走った。

「シン殿！」

「「シン！」」

すでに広場の端まで退避したナハトたちは、広場の中で、まるで追いかけっこでもしているようなシンの行動に、悲鳴のような声をあげる。

何度も逃げるように声をかける、あるいは武器を持って援護(えんご)に回るそぶりを見せると、シンはそれら全てを手で制し、そのまま鬼ごっこに興じる。

——数分ほど経っただろうか、それはあまりにも急に訪れた。

巨大な物体が空から降ってくると、グランディヌスは、それの爪に押さえつけられた。

「んなっ!!」

「まさか、そんな……」

「ドラゴン？」

森エルフ(フォルディア)の戦士たちの呟(つぶや)きが聞こえたのか、巨大な物体は、彼らをジロリと一瞥(いちべつ)する。すると彼らは、それだけで強烈な重圧を感じ取り、その場にヒザをついて苦しそうに胸を押さえた。

この様子を遠くから眺めていたシンは、困ったように笑うと、謎(なぞ)の存在に声をかける。

「よう、お久しぶり！」

『その表現が正しいのかは分かりませんが、この姿では確かに久しぶりですね、シン。それで、わざわざ私を呼んだ理由はコレ、ですか？』

「まあ、そうなるかな？」

『……大地の魔竜(ガイアドラゴン)にこんな雑用を押しつける人間は、世界広しといえども、貴方(あなた)くらいのものですよ』

「「がっ!!」」

大地の魔竜（ガイアドラゴン）――南大陸最大のファンダルマ山脈に棲（す）む魔竜にして、地脈を操（あやつ）る南大陸の王。

いかにグラウ＝ベリア大森林の中で一生を終える彼らでも、その名を知らぬ者はいない。

そんな南大陸の王に対しシンは、気軽に話しかけるどころか、話の内容から察するに、グランディヌスの排除を依頼したようだ。常識外れという言葉では、とても収まるものではなかった。

「イヤイヤ、さっきまでは確かに、仕留める寸前までいってたんだって！」

『泣き言とはシンらしくもない。これは、追加報酬を貰（もら）わないとダメですね』

「うそぉん」

『まあ、それについてはまた今度。では、コレは貰（もら）っていきますよ』

バサアッ――!!

大地の魔竜（ガイアドラゴン）は、グランディヌスの硬い外皮に易々と爪を突き入れ、巨体を持ったまま、軽々と浮かび上がる。

そして、翼を大きく羽ばたかせると、目の覚めるような速度で飛び去った。

「あーりがーとよー！」

その姿を、両手を振りながら見送ったシンは、あっけにとられるナハトたちに顔を向けると、苦笑しながら声をかける。

「別にいいじゃないですか。まあ、結果オーライってことで」

大事なものを守れるのであれば、戦いの勲も、勝利の栄光も要らない。彼の顔はそう言っているようだった――

■

「――セルフィ＝ルーケンヌと永の契りを誓いしフィーリア＝アナンキア、汝はこれより聖樹ルーケンヌの子、聖樹の民フィーリア＝ルーケンヌ。聖樹の加護のもと、森とともに生き、森に育まれ、そして森に見取られ――」

現在、聖樹ルーケンヌの前ではセルフィとフィーリアの結婚式、というか婚礼の儀が執り行われている。祭主は族長であるナティスだ。

一連の騒動から二週間、復興に向けて進んではいるものの、全てが元通りというわけにはいかない。いまだに倒壊した建物の瓦礫の撤去が済んでいないところはあるし、死んだ者は戻ってこない。

そんな、暗くなりがちな空気を吹き飛ばすため、そして悲しみに区切りをつけるため、普段なら家族だけで静かに行う儀式を、こうやって住人に向かって大々的にアピールしている。

次期族長と目され、また期待をされながらも命を落としたラスティ＝ルーケンヌ。その偉大な兄の仇を討つため自ら武器を取り、見事に成し遂げたセルフィ＝ルーケンヌ。

そして、以前から惹かれあっていたセルフィとフィーリアは、今回の一件でお互いをさらに意識するようになり、ついに今日という日にこうやって皆の前で愛を誓う――

俺なら絶対に逃げ出すな、こんな茶番劇。

……イヤ、筋書き立てたのは俺だけどさ。

いつもはツナギ姿と鎧姿の二人だが、今日はお互いトーガのような衣服に身を包んでいる。光沢のある絹のように滑らかな生地が日の光を浴びてキラキラと煌き、まるで幻想的な絵画を見ているかのようだ。

事ここに至ってようやく俺は、森エルフが深窓の麗人、可憐な花のような種族なのだと、やっと！　なんとか！　自分を納得させることに成功した。

……だって、出会うやつらがことごとく武人と職人ばっかりなんだぞ？　泣くわ。

「――それでは、聖樹の前で誓いの口付けを」

ナティスの言葉に二人は顔を赤らめながら、お互い前に差し出した掌を重ね、指を絡ませ、そしてゆっくりと口付けを交わす。

パチパチパチパチパチ――

歓声と拍手の中、式は滞りなく終了し、これからは聖樹の前の広場で立食パーティもどきの宴会に移行するわけ……なのだが――

「姉さん、おべでどうございばすぅ……」

「ううっ……フィーリアよ、いつの間にかあんなに綺麗になりおって……ズズッ」

この親子、なんとかならんか……

お日様が黄色い……いや、性的な意味じゃなくて。

式が終わって宴会もそろそろお開き、というとき、

「そろそろ街を出ます」

と告げたら、まずナハトに拉致され、アナンキアで送別会を開かれた。

美女のお酌で飲む酒はやはり美味い！　などと感動もつかの間、宿舎で戦士団による酒宴と来れば、後は当然、歌って、踊って、半裸の男どもによる力比べ……昼間の感動を返せ、麗しい種族ども。

盛り上がりMAXの中で腕相撲大会が行われ、酔った俺が上位陣どもを完封したのはやはりマズかった。最終的に絶対王者と戦うハメになり、周りでは賭けが行われ、期待と興奮の中で手を抜くわけにもいかなくなった。

「行くぞ、婿殿(むすこ)よ！」

「誰と結婚させる気だ、族長(テメエ)！」

「はっはっは、シン殿よ。好みの娘がいないというのであれば、ここはあえて、娘にこだわる必要などありますまいて！　どうですかな、息子(カイト)など？」

「オーケー……死にさらせ!!」

勝負は、まず黒檀(エボニー)のテーブルが二つに割れ、そのままプロレスに移行。二〇分間の攻防の末、俺の逆エビ固めで勝利かと思われたところ、下からナハトにチョークスリーパーを極(き)められ、ダブルノックダウンとなった。クソ。

翌朝、アナンキアの食卓に上がったのはラーメンだった、しかもとんこつ醤油(しょうゆ)……プロの料理人による新商品の開発速度スゲエ！

やはり、技術の進歩に必要な原動力はどの種族も『欲』なのだとしみじみ思う……あ、大変おいしゅうございました。

その後タラスト商会に足を運び、街を離れることを伝えると、一枚の木札を手渡された。

「これは？」

「シン様はどの組合(ギルド)にも所属しておりませんので、入管の手続きに毎回、時間がかかっておりますでしょう？　こちらは、タラスト商会と個人的な取引を行っている職人や素材の調達者、いわば外部職員の証(あかし)のようなものです。王都や大都市であれば、コレの提示だけで出入りが自由になりますので、是非ともお持ちください」

つまり、何か売るときにはウチをよろしくというわけだ、抜け目のないことで。

ありがたく木札をいただき、今回の報酬であるフォレストバイパーとグランディヌスの素材を受け取り、ついでに素材も買い込んで店を後にする。例によってタラストは、俺が見えなくなるまで最敬礼で俺を見送った。

そして今度はルーケンヌで送別会である……

いや、何がツライって、こっちも戦士団の宿舎で宴会モードなのは諦めていたが、新婚夫婦がウザい！

事あるごとに見つめ合っては頬を染めて俯きあい、周りに囃し立てられては頬を……以下エンドレス。ただひたすらウザかった、モゲてしまえ、リア充めが!!

漢たちの裸祭りは行われなかったものの、夜のシメになぜか、こちらもとんこつラーメンが出てきた……こっちは味噌とんこつ。

……なにか負けられない戦いでもあるのか、アンタら？

■

この時期にしては強めの日差しに目を細めながら、シンは宿舎を振り返る。

宿舎の中は全員が夢の中の住人となっていた。誰かがよほど寝付きの良いアロマでも焚いたのだろうか、おそらく昼まで起きることはないだろう。

「まあ、今生の別れでもないしな」

旅先で珍しい木材を手に入れたら、セルフィに家具や道具を作ってもらう約束はしている。頻繁にとは言わないが、ちょくちょくは会いに来ることもあるだろう。仰々しい別れは不要だと、シンは宿舎を後にした。

「ん……？　――!!　これはシン殿、森に何か御用ですか？」

「いえ、そろそろ旅に出ようと思いましてね。この度は大変お世話になりました」

「いえ、コチラこそっ!!　いつでもこのルーケンヌ、そしてアナンキアにお出でください。両氏族ともシン殿の来訪をお待ちしております！」

「ありがとうございます、それではこれにて……」

実直そうな門番に別れを告げ、シンは森の中へ踏み入る。

――しばらく歩き、シンはボソリと呟く。

「魔物が出ない……」

オークでもいればと思ったが、ブラッドボアも暴れ鹿も姿を見せない。

木の実やキノコなどは採(と)れるため、食料に困ることはないのだが、タンパク質が不要なわけでもない。なのに、どれだけ捜しても見つからない。

不意にシンは、頭上に向かって声をかける。

「なあ、フォレストバイパーの繁殖期の直後ってのは、いつもこんなもんなのか？」

……バサッ！

シンの目の前に、なにか大きな物体が落ちてきた。イヤ、降ってきた。

その物体はヒトの形をしており、急降下してきたかと思うと、地面に激突する直前、ふわりと背中のマントをたなびかせて優雅に、音もなく地面に着地する。

「そうだな、繁殖期が終わって二ヵ月くらいは、俺たちも魔物を狩るのに苦労しているよ」

たなびく背中のマント――エアライダー――が効果を失い、足元の枯葉が音を立てて潰(つぶ)れる中、目の前の人影――ラスティはニカッと笑う。

「「よう、魂の朋友(ソウルメイト)！」」

同好の士(おっぱい星人)は、ハイタッチで再会を喜んだ――

聖樹パラマシルに寄生していたグランディヌスを引き剥(は)がした日、ラスティは鋭利(えいり)な刃物でもある、触手のように蠢(うごめ)く牙によって、胴体を両断された。

そして、彼の体がグランディヌスに食われようとしたそのとき、シンは咄嗟（とっさ）に液体爆薬を投げ、舞い上がる砂埃（すなぼこり）に紛（まぎ）れてラスティの上半身を回収する。そしてそのまま、以前フィーリアと野営をした場所に、転移魔法を使って移動する。

そこでシンはラスティに霊薬（エリクサー）を使用し、全快させると、事が諸々（もろもろ）解決するまで、ここで隠れてもらっていた。

そしてようやく、全ての柵（しがらみ）から脱する機会がやってきたのである。

「それにしても、どこから射たのか見当もつかない距離から、よく槍の柄なんて小さい的（まと）に、ピンポイントに当てられたもんだな？」

「あれは弓と矢の両方が凄（すご）かったのさ。特にあの矢は、セルフィの作ってくれた特別製でな。狙いを定めた標的を、確実に撃ち抜く効果が付与されていたんだ。ただ、その能力を使うと矢が砕けて、二度と使えなくなるんだがな」

「天才は仕事も派手だな」

弟の仕事を誇らしげに語る兄を見て、シンは笑みを浮かべながら肩をすくめた。

ラスティは装備していたマント（エアライダー）と魔弓（パイルハンマー）をシンに返すと、深々と頭を下げる。

「何から何まで世話になったな」

「こっちにも色々と思惑はあったからな……まあ、礼は受け取ったよ。それで、ラスティはこのまま森を出るのか？」

「そうだな、万が一にも誰かに見つかるわけにもいかぬし、このまま――」

「まったく、親不孝な息子を持った母親の気持ちを、あなたたちは考えたことがあるのですか？」

「「っ⁉」」

思いがけない第三者の登場に、二人は弾かれたように声の方へ顔を向けた。

「は、母上……」

「ナ、ナティスさ……ま？」

「元気そうですね、馬鹿息子（ラスティ）、それにシン殿も」

二人の視線の先には、艶然（えんぜん）とした微笑を浮かべた、妙齢（みょうれい）の森エルフ（フォルディア）の女性にしてルーケンヌ氏族の族長、ナティス＝ルーケンヌが立っている。

「ナティス様、どうして……いや、いつから？」

「最初から、でしょうか。まあ、『嘘や隠し事はいずれバレる』ものですしね。シン殿、あの晩は輝く星が綺麗だったと思いませんか？」

「っ～～～～～」

シンは眉間（みけん）を指で摘（つま）むと、梅干しを口一杯に頬張（ほおば）ったような顔になった。

「シ、シン、一体どうしたのだ？」

一人、会話について行けないラスティの視線が、シンとナティスの間を行き来する。

「星だよ……どうしてそんな基本的なところを抜かしてたかなあ」

「星？」

「空に煌く星の輝きは、その星のもとに生まれし者の魂の輝き。若い世代は教わっていない廃れた教えですが、それによって世の摂理が変えられるわけではありませんものね」

天空の星の輝きはその地で生まれた者と連動しており、その者の成長とともに輝き、あるいは翳り、寿命とともに流星となって消えるのだ。

「母上、そんな話初めて聞きましたよ!?」

「言ったでしょう、もう廃れた教えだと。四〇〇歳より若い森エルフはもちろん、ヒト種でもごく一部の者以外はそんなこと、知りもしませんよ」

ごく一部と言われたシンは、眉間を揉む指にさらに力を込める。悔恨とともに。

シンは昔、この話をティアから聞いた。女神様直々の言葉だったので、てっきり世間にも周知されている教えだと、彼は今までそう思っていたが、どうも違ったらしい。

ナティスがどの時点でシンに注意を払っていたのか、それは分からない。おそらくはじめからだろう。となると、シンが時折クリスタルで交信していたのも、聞かれていた可能性が浮上する。

「……ご忠告、痛み入ります」

シンの素性に関して沈黙を貫いてくれているナティスの配慮に感謝しつつ、脇の甘さを指摘されたシンは、そのくらいしか言えなかった。

それにしても、シンの頭には疑問が残る。

「ラスティ、ナティス様って一体何歳なんだよ？」

「俺もよく知らん、今の口ぶりからすれば――」

「――馬鹿息子（ラスティ）？」

「いいいいいいえいいえ、母上！　私は何も!!」

ルーケンヌ最強の戦士は、母の一瞥（いちべつ）で轟沈（ごうちん）した。瞬殺（しゅんさつ）だった。

「まったく、あの子たちが悲しんでいる陰（かげ）で、こんな計画を立てていたとは……」

「……不謹慎（ふきんしん）の誹（そし）りは免（まぬが）れませんが、ちょうど良い機会でもありましたので。それより、ナティス様がラスティのことを誰にも告げずに、お一人でここに来られているということは、彼が森を出ることをお認めになるということで？」

犠牲者（ぎせいしゃ）の出ているルーケンヌの戦士団から、ラスティという最強の戦士までいなくなる。族長としては看過（かんか）できない事態のはずだが、そのあたりをナティスはどう考えているのか。

シンは直接聞いてみた。

「そうですね……残念なことに、二人の性癖を満たしてくれる女性は、あいにくこの森にはおりませんし、息子の将来を想う母としては、ねえ？」

「ガハッ――!!」

そのまま喀血して絶命しかねない勢いで、二人の男が膝から崩れ落ちる。

脂汗を流し、ガクガクと震える両腕と膝で、かろうじて地べたに這い蹲るのを拒絶するシンに対し、ラスティは既に地面に倒れ込みピクピクと痙攣していた。

母親に己の性癖を知られるという地獄に堕ちた息子と、同じく友人の母親に――以下略――シン。絶望という名の十字架を背負った男の姿がそこにはあった。

「まったく……コレが大きいことがそんなに重要なのかしらねえ……どうなの、馬鹿息子？」

「は、あの……いえ……これは」

「何かしら？　森エルフの私が聞き取れないほどの小声で喋っても分からないでしょう。ハッキリ言ってごらんなさい。そ・ん・な・に・巨乳がいいの、アナタは？」

――地獄である。そして、実質この世界に引きずり込んだ元凶は、問題が飛び火するのを恐れて石のように気配を消す。

……その後しばらくの間、ラスティはネチネチと責められ続けた。

「母上……後生です……」

「まったく、ルーケンヌの名を捨ててでも巨乳を求めるアナタの覚悟はよく分かりました。母はもう止めません。どこへなりと行きなさい」

最終的に許されたラスティではあったが、立ち直るには時間がかかりそうだ。

「……さて、シン殿？」

「イエス、マム!!」

「……？　シン殿、この度はルーケンヌ、そしてアナンキアのために尽力いただき、族長として感謝します。そして、息子たちの良き友となっていただき、母としても感謝を」

　恭しく頭を下げるナティスに向かって、シンも少しだけ肩の力を抜く。

「あはは、どちらかと言えば悪友の部類かもしれませんが……」

「私の胸がもっと豊かであれば、お礼のカタチも変わっていたのですが」

「マジすんませんでした――!!」

　シンは土下座した。ラスティのようになるのだけは避けたかった。

「ホホホ……まあ、子供たちをからかうのはこの辺にして、貴方たちに会いたいと言う方がおります、ついてらっしゃい」

　女王様は二つの屍にそう告げると、踵を返して歩き出す。

　いまだ完全に立ち直っていない二人ではあったが、ナティスを待たせてさらなる地獄を呼び込むわけには行かないと、さながら幽鬼のような足取りで必死について行く。

　やがて、一本の大樹の前に着く三人。おそらく精霊回廊を開くのだろう。

「ナティス様、一体どこのどなたが私たちに会いたいと？」

「ゾマ様ですよ」

「ぞっ――!!」

絶句するラスティを横目にシンは思考をめぐらせる。ルーケンヌの氏族名は聖樹ルーケンヌからとったもの、対してゾマと言えば、このグラウ＝ベリア大森林を、森エルフ(フォルディア)たちが呼び習わす名、つまりそれは――

「世界樹ですか⁉」

「察しが良いですね。ゾマ様は世界樹に宿る精霊(ドライアド)、この森の守護者です」

パアアアアア――

ナティスが開いた精霊回廊は、今まで何度か通った精霊回廊とは違い、虹色に輝く円環(サークル)が浮かび上がる。

ナティスに促され、シンとラスティが回廊を越えると、そこには――楽園があった。

グラウ＝ベリア大森林の中央には、強力な結界によって隔絶(かくぜつ)された区域が存在する。

そこは、特別な精霊回廊を通らなければ足を踏み入れることは叶(かな)わず、そしてその回廊は聖樹の民の五人の族長しか開けない。

そこに魔物は存在しない。ただの獣や鳥、昆虫などが争うことなく共存し、木々は豊かな実りを湛(たた)えて来訪者を歓迎する。

争いを排除した、まさに楽園の名に相応(ふさわ)しき場所であった――

「これが、世界樹のお膝元――」

「そうです、族長に選ばれた者は皆ここに来て、族長の証（あかし）を授かるのですよ。それをこの馬鹿息子は……」

　未練なのか、息子（ラスティ）を腐（くさ）すナティスの言葉には、寂（さび）しさが見て取れる。氏族の名と故郷を捨てる親不孝者でも、愛する息子に変わりはないのだろう。

　しかし、そんな親子の微妙な空気など今のシンには関係がなく、目の前に広がる素材（おたから）に目を輝かせ、キョロキョロとおのぼりさんのように視線が定まることがない。

　そんな、お菓子の家にやってきたヘンゼルとグレーテル状態のシンを伴い、ナティスたちは一本の大樹の前に到着する。

「うわあ……」

　シンは思わず感嘆の声を漏らす。それほど目の前の大木――世界樹は圧巻（あっかん）の一言だった。

　直径五〇メートルはあろうかという太い幹、そして、そこから伸びる先は果てが見えない。

　世界樹の姿は、結界の外からでも遠巻（とおま）きに見ることはできる。しかしそこから見えるのは、せいぜい高さ三〇〇メートルの巨木であり、シンの目の前にある本物の世界樹とは、比べものにならないほど小さい。

そんな世界樹の足元には石造りの小さな祭壇がこしらえてあり、そこに巻きつく蔓が一層、幻想的な雰囲気を醸し出す。

三人が祭壇の前にやってきたとき、それは語りかけてきた。

『よく来ました、我に連なる猛き若枝、そしてヒトの子よ――』

ティアたちとの交信にも似た、頭に直接響く声が聞こえたかと思うと、祭壇の上に淡い光が集まる。それはやがて人型を成すと、三人に向かって微笑みかけた。

『わが名はゾマ、この森の管理者です――そちらの二人にはあまり喜ばれない大きさで失礼しますね』

「がふっ!!」

目の前に現れた美女の一言で、二人の心は初っ端からへし折られたとか折られなかったとか。

シンは、度重なる精神攻撃で挫けそうになる心を奮い立たせ、目の前の美女――の姿をした存在に目を向ける。

ドライアド――聖樹や世界樹をはじめ、『格』の高い樹木に宿る精霊種。

膨大な魔力を内包した樹が自我を持ち、本体である樹木と精神体を分離させることに成功した個体だけが、木の精霊と呼ばれる上位存在へと昇華する。

一方、分離に失敗した精神体は、いつまでも木の中に閉じ込められることとなり、やがて自我を崩壊させる。壊れた精神を取り込んだ樹木は『樹人』と呼ばれる植物系魔物へと変質する。

樹のそばを離れることのできないドライアドは、基本ヒマを持てあましている。彼女たちは冒険者や旅人を見つけると、せっかくの客人を逃がさないよう、あれやこれやと世話を焼く。

美女に侍られ居心地のいい場所に、気が付けば男たちは何年も逗留、そこで寿命を迎える者も少なくない。

そのため、近くを通った旅人を惑わして自分たちの領域に引きずりこみ、己の養分にする——などといった風聞が伝わるようになったが、結果を見ればあながち間違っていないので、頭から否定するのは難しい。

実体化した彼女は、森エルフからさらに生命の気配を失わせたような、幻想的な雰囲気を漂わせていた。透き通るような白い肌に、葉っぱを重ね合わせたドレスのようなものを纏い、光を浴びて煌く長い髪には花飾りがあしらわれている。

そんな、ある種ヒトを超えた神秘的な佇まいに、コロリといく男たちは多いだろう。

しかし、シンとラスティが彼女に傾倒する可能性は極めて低い。理由は言わずもがなである。

「ゾマ様、こちらが我が愚息であるラスティ、そしてヒト種のシン殿にございます」

『ふむ……なるほど。シンと言いましたか、此度のグランディヌスの騒動を収めるために尽力してくれたこと、森の管理者として感謝します。アレもまた、この森に生を受けた一粒の種なれど、今はまだその役割を必要としないもの。速やかに間引かねばなりませんでした』

「……恐れながらゾマ様、役割、とは？」

今はまだ——その言葉に引っかかるものを感じたシンは、森の管理者からの言葉に問いかけた。

それはまるで、あの暴食の化け物に役割があるみたいではないか、と。

『アレは結界の壁を越え、そして全てを食らうもの。いずれ我が森が終焉を迎えるとき、全てに滅びをもたらす役目を担うものです』

つまり、代替わりのための自殺因子、もしくは外界とのバランスが崩れ、森だけが異常に繁栄してしまったときの安全装置、といったところだろうか。

そんな重要な存在だったとは露とも知らず、なかなかぞんざいな扱いをしてしまったことにシンは一人、心の中で詫びる。

そして同時に、目の前の、文字通り山のような大樹を、いつかはアレが食らい尽くすのかと思うと、それはそれで恐ろしいと戦慄を覚えた。

そんなことを考えていると、ゾマの方からシンに話しかけてくる。

『ところでシン、貴方は旅の薬師ということですが、そんな貴方にお願いしたいことがあります』

「はあ、お願い……ですか。薬師の私に？」

上位存在からお願いされる。それはある意味、王侯貴族からの『お願い』と同義の、実質的な命令ではなかろうか。

シンとしては、大して親しくもない相手から、そのような言葉を聞くのは嬉しくない。利用するのもされるのも構わないが、それを当然と思われるのは彼にとっては不愉快だった。

そんな心情が表情に浮かんでいたのだろう。ゾマは、困ったように笑みを浮かべる。

『これは私の頼み方が悪かったようですね。改めてシン、貴方に依頼したいことがあるのです。もちろん、報酬は用意いたしますよ』

「謹んでお受けいたします、なんなりとどうぞ」

シンは恭しく頭を下げると、芝居がかった仕草で即答する。

『まあ！　ウフフフ……』

光の速さで手のひらを返すシンの態度がツボに入ったのか、ゾマはころころと笑い、ナティスは面白い生きものを見るような目で眺め、ラスティは呆れている。

(いいじゃないか、俺は対等な立場での依頼や契約は必ず守る男だぞ?)

相手の気が変わらないうちにと、ゾマは自分の前に小さな一本の苗木を出現させ、それをシンの前に差し出す。

フヨフヨと空中に浮かぶそれをシンが受け取ると、ゾマは満足そうに微笑んだ。

「……あの、これは?」

『世界樹の苗です』

「ブフッ!!」

手の上にチョコンと乗っている小さな物体の正体を聞き、シンは思わず噴き出した。その姿に、イタズラが成功したかのように手を叩いて喜ぶゾマは、続けて依頼内容を口にする。

『ここが良い、と貴方が思うところへその苗を植えてきてください。それが私、世界樹の精霊ゾマからの依頼です』

「……大雑把すぎやしませんか?」

とりあえずシンは、世界樹の苗を持ち上げたり、見下ろしたり、全方位からくまなく眺めてみるのだが、普通の苗木との違いが分からなかった。

とはいえ、世界樹の精霊のお墨付きである。彼には分からないが、何か凄い力を秘めているに違いないはずだった。

『もっとも、どこでもいいというわけではありません。世界樹が育つためには、大量の魔素を必要とします。そのため植える場所は、魔素の濃度が高い場所か、魔素に代わる何か――澱んだ瘴気でも構いません、力の集まる場所に植えてください』

瘴気――魔法の暴走やその土地特有の事情など、何らかの外的要因によって魔素が変質したもの。死霊やスケルトンなどアンデッドの発生原因となったり、瘴気を吸収したことによりアンデッドが凶暴化することもある。

世界樹には瘴気を浄化する力もあるらしく、実際このゾマの森――グラウ＝ベリア大森林――も、元は瘴気に満ちた、アンデッドの出現ポイントみたいな状態だったと、ゾマは語る。

『報酬ですが、世界樹から採れる――』

「森エルフの街でも手に入るような素材なら、そちらで取引させていただきます。なので、できれば金銭では手に入らないものでお願いできますか？　もちろん成功報酬で構いませんし、内容に関しても文句は申しません。ゾマ様がこれは、というものを報酬に」

「おい、シン」

彼の態度が不遜に映ったのか、慌てたラスティが割って入ろうとするが、ナティスに肩をつかまれ、そのまま引き下がった。

シンの方も、大した思惑があったわけではない。実際、金銭で手に入るようなものなら買えば良いだけの話なので、それとは違った奇妙でも珍妙でも、とにかく面白いものが欲しかっただけである。

もっとも、先程驚かされたことに対する仕返しの気持ちがなかったと言えば、それはきっと嘘になるだろうが……

『フフフ、これはやり返されてしまいましたね。そうですか、なんでも良い……これはこちらの器量が問われてしまいますね。さて、何なら貴方に喜ばれるでしょう……』

「あれ……？」

本人にしてみれば軽い気持ちで言ったつもりが、受け取った方はそう受け取らなかった。

そんな実例を前に、シンの額から一筋の汗が流れる。

そして背後からは「シン……」とか「少しは見習いなさい」といった会話がなされている。なんとなく図々しい人認定されたようで、シンは地味にへこんだ。

やがて――

『……決まりました。シン、貴方にはとっておきの報酬を用意しておきますので、楽しみにしておいてください。報酬の中身についてはそのときに、ということで』

「ははは……それではなるべく早めに候補地を探しますよ」

『すぐにでも、というわけではありませんからゆっくりで構いませんよ。シンの寿命が尽きるまでで結構です』

「ハハハ……今際の際に貰ってどうしろと」

ゾマの言葉に、シンは乾いた笑いを返しながらボソリと呟く。

『それではシン、よろしくお願いしますね。ああそうだ、依頼の手付けというわけではありませんが、周りの木々や葉っぱなどは好きなだけ採っていって構いませんよ。旅の役に立ててください』

「ありがとうございまーす!!」

華奢な精霊の太っ腹な計らいに、シンは最敬礼で謝意を伝える。そして、植樹に関しては真剣に取り組もうと心に誓った。

早速その辺の木々に駆け寄ったシンは、周りの植物を手に取るたびに感嘆し、喜悦の声を上げながら採取をしている。そんなシンの姿を、世界樹の精霊は自分の作り上げた庭園を褒められているように感じ、嬉しそうに眺めていた。

『あのような方は、こちらから誠意を見せれば、それに倍する誠実さで応えてくれるので簡た……安心ですね。さて、頼み事はこれで良いとして、ラスティ、これへ――』

■

『――ラスティ、これへ』

「はっ！」

その言葉に俺は、覚悟を決めて進み出る。

家族を、そして氏族の名も故郷も捨てようとした。そんな俺が、この森を司るゾマ様に拝謁するなど、なんと恐れ多いことか。ラスティ＝ルーケンヌ、たとえこれからどのような裁定を下されるとも、戦士団団長にして次期族長だった者として、最後の務めは果たさねばならぬ。

ゾマ様のそばに近づくと、ヒト種を真似て、王の前で臣下の礼をとる騎士のように片膝をつき、瞑目して頭を垂れる。

『ルーケンヌの子ラスティ、聖樹の名を捨てるその意味を、身をもって知りなさい』

ゾマ様が俺の頭に手を乗せると、呪文のような不思議な旋律の言葉を唱えた。

ズクン!!

「ぐっ!!」

次の瞬間、急な目眩に襲われ、一瞬意識が飛びそうになる。それと同時に、俺の体を脱力感が包み込む。

体内の血液量が半分になったかのように体は重い。それはまるで、何ヵ月も寝たきりで過ごし、筋力の落ちきった肉体に乗り移ったかのようだ。

『今までのお前の強さは、聖樹ルーケンヌの加護あってのもの。名を捨てる、それは即(すなわ)ち加護を捨てるということ。この程度の道理が理解できぬほど、お前も愚かではなかろう？』

なるほど、これが加護を失うということか。パラマシルの族長は、こんな状態で、よくもあれだけ気を張っていられたものだ、素直に感心する。

そういえば、むかし母上に聞いたことがある。氏族の名を捨て〝はぐれ〟になった者は、聖樹の怒りに触れ、力を失うと。それが、聖樹への感謝を忘れた者たちへの罰なのだと。

その罰が今、俺の体に降りかかっている。

……いや違う、これは罰などではなく報(むく)い。聖樹の庇護(ひご)から抜け出す者への当然の処置なのだ。

「今まで、この身をお守りくださった聖樹ルーケンヌ様へ、感謝と……そして懺悔(ざんげ)を……そしてどうか、この親不孝者が……どこで野垂(のた)れ死のうが、御心を乱されませぬよう、何卒(なにとぞ)……」

全身に脂汗(あぶらあせ)を垂らし、つかえながらも俺は、自分の本心を言葉にする。

『フフフ……』

……ゾマ様が笑っておられる。俺は何かおかしなことを言っただろうか？

「はあ……ラスティ、あなたは普段考えが足りない癖(くせ)にどうしてこう、おかしな方向へは頭が回るのです」

母上……？

「あの……」

『少し脅(おど)かしすぎたようですね……ラスティ、ルーケンヌの加護を失ったからといって、そなたが今もって、ゾマの森の若枝であることに変わりはありません。故(ゆえ)に、失った加護の代わりに私の祝福を与えましょう』

ゾマ様の掌(てのひら)から、今度は温かい何かが、俺の体に流れ込んできた。すると脱力感は消え失せ、体の奥から力が溢(あふ)れてくる。以前の状態とまったく同じだ。

『これで元通り、以前と同じ力を振るうことができるでしょう。さすがに、ルーケンヌが与える加護以上の力を、私が与えるわけにはいきませんが』

「……ゾマ様、なぜこの身にこのような祝福を？　母上、〝はぐれ〟となる私は、聖樹様の怒りを受けて力を失うはずでは？」

「そんな昔のことをよく憶(おぼ)えていましたね。あんなもの、こらえ性(しょう)のない子供たちに言って聞かせる、教訓の一つに決まっているではありませんか」

「………………」

そうだったのか……いや、しかし！　実際に力を失った者たちはいたと聞いているぞ？

「聖樹様の加護は森の中、そして周辺地域にしか届きません。今のあなたのように、世界樹の精霊たるゾマ様から代わりの祝福を得た者ならば、文字通り世界のどこにいても、加護の力は届きますけどね」

つまり、正式な手続きを踏まずに外の世界へ飛び出していれば、俺も加護を失い弱くなっていたということか……

「最後まで手のかかる親不孝者で申し訳ありません、母上」

「まったくですよ、馬鹿息子――」

『良いではありませんか、昔のアナタによく似ていますよ、ナティス』

――母上？

「あの、ゾマ様、今の言葉は一体？」

『言葉の通りですよ。アナタの母も昔、一度この森を出て世界を旅し、森に戻ってあなたたちを産んだのです』

「ゾマ様、その話はその辺でもう……」

『良いではありませんか、「サンノイドの鬼姫」と呼ばれたあのナティスが、今では子供の将来に気を揉む優しい母親になって、私も喜んでいるのですよ』

……ゾマ様、今なんと？

「ゾマ様……今、母のことを『サンノイドの鬼姫』と仰いましたか？」

「ラスティ、貴方は黙って――」

母上が何か言おうとするが、ゾマ様がそれを遮る。

『ええ、五〇〇年前、このゾマの森どころか、サザント大陸最強と謳われ、五大陸全土にその名を轟かせた戦鬼ナティス＝サンノイド。付いた二つ名は「サンノイドの鬼姫」。四〇〇年前に突如として姿を消した、伝説の森エルフですよ』

「なんですと⁉」

母上、そんな話聞いたことありませんよ⁉

「ラスティ、女性の過去など穿るものではありません」

そっぽを向いてそう語る母上だったが、なんだかいつもより圧力が弱い気がした。

『あらあら』

そんな母の姿を楽しそうに眺めるゾマ様。

どうやら母上も、ゾマ様に色々と振り回されているようだ……

■

「グラウ＝ベリア大森林には、森エルフの姿をした鬼が棲んでいる」

「サザント大陸に戦鬼あり、その名も『サンノイドの鬼姫』」

当時のサザント大陸、そして五大陸で語られていた逸話である。

ナティス＝サンノイド。それは、近接戦闘に秀でたサンノイドにおいて、齢七〇でありながら、最高の剣術と体術を修めた最強の剣士の名。

草原において、その俊足は他の追随を許さず。

樹林において、その姿を捉えることすら敵わず。

動きやすいようにと、肩で切り揃えられた見事な金髪は陽の光を浴びて黄金に輝き、サンノイドからは山猫と呼ばれ、他の四氏族からは〝美獣〟と称される。

剣による近接戦闘を得意としていたが、弓の腕も決して剣に劣るものではなかった。

ただ、オーク一体の心臓を矢で貫く時間で、剣なら五体の首を刎ねることができる。そのため、剣を振るうのが常態化していたにすぎない。

反面、魔法の才には恵まれず、ごく初歩の魔法しか使えなかった。だが、それを補って余りある剣の腕のおかげで、ゾマの森で彼女に挑む者はいなかった。

その名が広く世に出回ることになったのは、当時サザント大陸で猛威を振るっていた、あるドラゴンを討伐したためである。

――火竜アンタレス。ドラゴンでありながら、その凶暴さと破壊力により『銘入り』として扱われ、魔竜に次ぐ存在と恐れられた竜。

通常のドラゴンの倍以上の巨躯でありながら、大小二対の翼で空を飛び、上空から炎の息吹（ファイアブレス）で敵を焼き尽くす。

地上に降りては、その巨体でもって全てを圧（お）し潰（つぶ）す。周辺国家は、何度も討伐軍を差し向けたものの、悉（ことごと）く壊滅（かいめつ）の憂（う）き目にあった。

余談ではあるが、当時、大地の魔竜（ガイアドラゴン）は外界に興味がなく、ファンダルマ山脈の山頂にて惰眠（だみん）を貪（むさぼ）っていたらしい。

火竜（アンタレス）の脅威（きょうい）がハルト王国に至ったとき、それを救ったのは、王国と友好的な関係を築いていたミラヨルド氏族、そして、彼らの要請で助力に来た各氏族の戦士団だった。

腕利き揃いの戦士団においても、ナティスの活躍は群（ぐん）を抜いていたという。

強弓で火竜の両目を射貫き、地上に墜（お）ちた火竜の翼を切り落とし、戦士団の魔法と弓の波状（はじょう）攻撃で弱った敵に止（とど）めをさす。

アンタレスの強さは他の四大陸にも知れ渡っており、それを狩るのに多大な貢献（こうけん）のあったナティスの存在は、『サンノイドの鬼姫』の二つ名とともに世界に轟（とどろ）くことになる。

しかしそれにより、彼女の周囲は一変した。

彼女を召喚して自国へ仕官させようとする者や、強さもさることながら、美しさに魅了された者たちが、次々と求婚してきたのである。

それはゾマの森の五氏族のみならず、外部の森、陸エルフをはじめ、五大陸中のヒト種の権力者に至るまで、大変な人数だった。

　そんな状況に嫌気(いやけ)がさしたナティスは、世界樹の精霊であるゾマに胸中を吐露(とろ)したのち、サンノイドの名を捨ててゾマの森から姿を消した――

『さすがに一〇〇年もの間、会ったこともない男からの求婚(プロポーズ)を断り続ける彼女の境遇に同情して、森を出るのを許可したのですよ』

「昔のことですよ……まったく、思い出したくもない」

「一〇〇年……」

「なんか、アホなヒト種がスミマセン……」

　ナティスの過去の武勇伝(ぶゆうでん)その他を聞いたラスティは絶句し、いつの間にか彼の隣で昔話を聞いていたシンは、代替わりをしてもなお、求婚を続ける王侯貴族(あほうども)の愚行(ぐこう)を詫(わ)びる。

「氏族の名を捨て、森を出ようとしたナティスは、聖樹様の怒りに触れ命を落とした」

「いや、加護を失ったナティスは、その辺の森エルフ(フォルディア)と変わらぬ存在に成り下がった」

　そんな憶測(おくそく)がゾマの森を駆け巡り、最強の戦士を失ったサンノイドは、そもそもの発端(ほったん)となったミラヨルドとハルト王国を責めた。

　両者も、自分たちの責任は自覚していたようで、その手の問題の矢面(やおもて)に立って奔走(ほんそう)する。

　やがて二〇〇年の時が過ぎ、『サンノイドの鬼姫』の話題が上らなくなった頃に、ナティスはふらりとゾマの森へ戻ってきた。

片や、その視線だけで相手を後ずさらせ、常に抜き身の剣のようだった出奔前の戦鬼。

片や、ゆるいウェーブのかかった膝裏まで伸びる金髪に、微笑みを絶やさないたおやかな淑女。

両者が同一人物だと気付く者などいなかった。

否、一人だけいた。それが、当時のルーケンヌの族長（独身）である。

正体に気付きながらも、それを誰かに言いふらすでもなく、ただ黙々と家具を作っている彼に、ナティスは聞いた。なぜ気付いたのかと。

「何を言ってるんだ？　今も昔も、アンタは何一つ変わってないだろう」

その一言で、目の前の男に惚れこんだナティスは、押しかけ女房の形で家に上がり込む。

やがてラスティが生まれると、二人は正式に夫婦となり、今度はセルフィが産まれる――

『ナティスという名はありふれたものでしたからね、誰も気付いていませんでしたよ』

それほどに劇的なビフォーアフターだったのだろう。

「……良かったなラスティ、強い上にたおやかな女性が自分の母親で」

「シン、それは冗談だよな……？」

「――馬鹿息子？」

「はっ、いえあの……ハイ、申し訳ありません!!」

哀しいほどにまっすぐで、そして致命的に空気の読めない哀れな子羊は、この年になって母親から折檻を受ける羽目になった。

「それで、サンノイドの加護を失ったナティス様は、外の世界で大丈夫だったので？」

『先ほど同情したと言ったでしょう？　本来、族長と一緒でなければここには来られませんが、私の方から声をかけてここに呼び込み、祝福を与えて外に送り出したのですよ』

　そんなことをしたから、ナティス死亡説が流れたのではないだろうか。シンは心の中で呟く。

「森の外では大層暴れまわったのでしょうね」

　シンは、遠い目をしながら、在りし日の惨状に思いを馳せる。

　見目麗しい上に、剣と弓の実力は当代最強クラス。冒険者たちによる勧誘合戦と求婚の嵐で、さぞや各地で騒動を巻き起こしていたことだろう。

『それが、本人は「もう戦いは飽き飽きだ」と言って、実力を隠したまま世界を旅していたそうです。よくある話ですね』

「……ええ、まったくもって」

　プイ――とそっぽを向いて答えるシンの姿を、楽しそうに眺めるゾマの前に、憔悴しきって生ける屍となった息子を引きずりつつ、鬼姫が戻ってくる。

「ゾマ様、昔話はもうその辺で」

『そうですか？　久方ぶりの客人ともっと話をしたいのですけど……そんな怖い顔はおよ

しなさい、もう余計なことは言いませんよ』

ゾマはラスティに向き直ると、優しく話しかける。

『ラスティ、ゾマの若枝よ。周囲より抜きん出た力を持つがために、己のあり方に疑問を持つこともあるでしょう。ゆえにそなたには一度、この森より出ることを許します。世界の広さを感じ、自分の器を今一度見つめ直しなさい。そしてそれが成ったとき、再び我が前に立つことを許します。森に戻るか、それとも離れるか、そのときに改めて問いましょう』

「はっ！　ゾマ様、ありがとうございます!!」

『シンも、世界樹の苗木の件、くれぐれもお願いしますね』

「手付けも貰っていますのでね、誰かに不覚を取らない限りはやり遂げますよ」

世界樹の苗を収めた異空間バッグを軽く叩き、なんでもないかのように話すシンだが、発する言葉に込められた強い意思を感じ、ゾマは満足げに微笑む。

『それではこれにて、次に会うときまで壮健でありますよう』

ゾマがそう言葉を締めくくった瞬間――シンとラスティの二人は、世界樹に会うために通った、精霊回廊を開いた木の前に立っていた。

「それで、シンはこのまま森を歩いて抜けるのか？」

「ああ、繁殖期直後(こういうとき)の森の状態も見てみたいし、フォレストバイパーの子供でも捕まえられれば面白いかと思ってね」

「フォレストバイパーの子供か……内臓を取り払い、一度乾燥させたものを煮出(にだ)せば、良い感じのスープができたはずだが、他の用途などあったかな？」

「ネタバレが早えよ……まあそれなら、他の使いみちを模索(もさく)してみるさ」

そう言うとシンは、異空間バッグから『パイルハンマー』を取り出し、ラスティに投げて渡す。

「シン？」

「もってけ、旅の先輩から同志への餞別(せんべつ)だよ」

シンは他にも、とりあえずの滞在先としてバラガの街を紹介し、その弓を冒険者ギルドのギルドマスターに見せれば色々とアドバイスしてくれるだろうと伝え、ラスティに別れを告げる。

「何から何まで感謝する」

「見てると危なっかしいガキどもが向こうにいるから、街に滞在する間は気にかけてやってくれ」

別れ際(ぎわ)にそう声をかけ合うと、シンは振り返ることなく森の奥へと姿を消した。

ラスティも、新しい人生を歩むため、歩き出す。

──つもりだったのだが、いきなり出鼻を挫(くじ)かれる。

「まったく、別れの挨拶(あいさつ)もせずに森を去るつもりですか、馬鹿息子(ラスティ)？」

「母上!?　いつからそこに」

「ついさっきですよ。それより、もう行ってしまわれたのですか？」

神出鬼没の母親は、慌(あわ)てる息子への返答もそこそこに、森の客人にして恩人の行方(ゆくえ)を尋(たず)ねた。

「シンのことですか？　彼なら南西の方角へ歩いて行きました。今なら呼び戻せると思いますが」

「いえ、それには及びません。そうですか、行ってしまいましたか……」

ナティスはそう呟(つぶや)くと、シンが歩いていった方向を少しの間眺め、それから目を閉じる。

静かに佇(たたず)む彼女はただひたすらに静謐(せいひつ)で、それはまるで、聖樹の苗木が彼女の姿を借(か)り、そこに生えているかのようだった。

神秘的な光景に、ラスティは声を失うが、当の本人は、そんな静けさとは無縁(むえん)の、決して忘れることのできない光景を思い出していた。

それは、彼女の里が暴食の王に襲われ、そして救われた日。誰もが喜びに沸(わ)く中、ナティスだけが見た戦慄(せんりつ)の光景──

■

『さて、日が暮れる前にさっさと終わらせましょうか』

「……何を？」

大地の魔竜(ガイアドラゴン)のリオンに呼び出され、シンは困惑していた。

そこは、グラウ＝ベリア大森林の北西部に広がる湖畔(こはん)地域。広大な湖と、大森林の中にもかかわらず、ゴツゴツとした岩肌の目立つ岩盤(がんばん)地帯が湖の周りに広がるという、世にも不思議な空間。

『ここは夏場の暑い時期、私が涼(すず)むために利用する、言ってみれば避暑地(ひしょち)のようなものですね。あ、土地の構造に少しばかり手を加えてますから、派手に暴れても大丈夫ですよ』

犯人はすぐそこにいた。

それよりもなによりも、シンはここに呼び出された理由が分からない。

「……だから何を？」

『何って、ここで今から、さっきのニョロニョロとシンが戦うんですよ。ほら、ファイッ！』

「ファイッ、じゃねえよ!!　なにその超展開？」

『だから、さっき言ったじゃないですか、〝追加報酬〟を貰(もら)うって。さっきは瀕死(ひんし)にまで追い込んだんでしょう？　だからもう一度、私の前でやって見せてくださいよ』

「いやいやいやいや、リオンさん、アナタここから視(み)てたでしょ？」

シンは自分の胸を指で叩(たた)き、その奥に眠っている大地の魔竜(ガイアドラゴン)の竜宝珠(ドラゴンオーブ)をアピールする。

現在、シンの体の中には、二つの竜宝珠が眠っている。

一つは光輝の魔竜(ブライトネスドラゴン)ブライティアのもの。かつてヴリトラと恐れられた邪竜の真実の姿であり、シンによって討伐された。現在は、その戦闘の際にシンが受けた呪いの封印のため、彼の体の内側から呪いを抑えている。

そしてもう一つは、大地の魔竜(ガイアドラゴン)メタリオン。こちらは竜宝珠(ドラゴンオーブ)と言っても分体のようなもので、同じく呪いの封印を手伝っている。もっとも、これがシンの体内に眠る最大の目的は、世界を旅する彼に便乗(びんじょう)して物見遊山(ものみゆさん)をしたいという、とんでもなくくだらない理由だった。

なので、リオン——メタリオンの愛称(あいしょう)——は先ほどの戦闘を視ているはずで、わざわざここで再現する必要などないのだ。

そんな彼の訴えに、リオンはとんでもないことを言い出す。

『いやあ、現場に飛んでいくのに集中していて、戦闘を視ていませんでした♪』

「んなっ！」

『そもそもシン、この先五〇年、果実酒(リキュード)を毎年一〇樽(たる)お供(そな)えするだけで魔竜(ワタシ)を使い走りにするなんて、常識的に釣り合ってると思いますか？　思いませんよねえ、貴方なら』

「お、おう……」

痛いところを突かれたシンは口篭る。そもそもリオンの力を借りることになるかも分からなかったため、キャンセル料を考慮して、報酬を安く見積もりすぎたシンの失態だった。

ちなみに報酬に関しては、事後承諾でパラマシルとサンノイドに負担させることで、ナハトとは話がついている。聖樹があんなことになってしばらくは大変だろうが、自業自得、特にサンノイドはそもそもの原因を作った負い目があり、拒否などできぬだろうと、ナハトは笑っていた。

「……ったく、分かったよ。やればいいんだろ。で、肝心のヤツはどこだよ？」

観念したシンは、異空間バッグからガントレット『ディヴァイン・パニッシャー』を取り出し腕に填めると、ボクシングのような構えを取って軽くステップを踏む。

それを見たリオンは満足そうに頷くと、魔竜の巨大な首を湖に向け、顎をしゃくった。

次の瞬間——

サバアアアアア——

湖の中から、直径三メートル、全長一二〇メートルもする、巨大な筒状の物体が浮かび上がると、宙に浮いたままシンたちの下へ運ばれ、地上に落下する。

ドウウゥゥン！

巨大な物体――グランディヌス――は、リオンによって眠らされているのか、地面に落とされたというのにピクリとも動かない。

『とりあえず砂抜きは済ませてあるので、調理をお願いしますね』

「……調理？　なあリオン、もしかしてだけど……これ食うの？」

『もしかしなくても食べますよ？　あ、もちろん生では食べませんよ、当たり前じゃないですか、もう、私をなんだと思ってるんですか！』

「……」

異種族間交流に必要なのは、何をおいても相互理解、これに尽きると言っても良い。今シンは、それの難しさを痛感していた。

そんなやり取りを一人と一体がしている間に、グランディヌスが覚醒する。そしてその巨体をくねらせながら、口のついた先端を持ち上げ、鎌首をもたげる蛇のようにシンを睨みつける。

そこには目などついてないのに、シンは確かに、目の前の敵から視線のようなものを感じ取った。彼は密かに警戒レベルを引き上げる。

『そうそう、シンのことだけを狙うよう、それの魔石には細工をしておきました。なので逃走の心配などせず、思う存分戦ってくださいね』

「ありがたくて涙が出そうだよ、コンチクチョウ‼」

シンの声が合図となったか、グランディヌスは、それこそ蛇が獲物に食らいつくかのように、頭部を一直線に突き出す。

——しかし、目指す先には何もなく、シンは、二〇メートル近くあった距離を一瞬で詰め、敵の胴体、その鱗のように硬くなった外皮の谷間に、貫手突きを見舞った。

ギィンと金属が打ち合う音が響き、突き入れた右手が手首までめり込む。シンは手首が抜けないように体内でこぶしを握ると、そのまま呪文を唱える。

「雷精よ、荒れ狂う電光撚り合わせ、蛇のごとく絡みつけ、〝豪雷縛鎖〟！」

バリリリリリリ‼

先の戦闘で、グランディヌスを行動不能に追いやった電撃魔法がシンの右拳から放たれ、体内を電撃が走り抜けた。

「このまま腹ぁ掻っ捌いて、生き造りをリオンに食わせてやるよ——ぬおわっ⁉」

行動不能になると思われた魔物は、しかし体を大きく動かし、胴体に繋がったままのシンを振り回す。

「不発？　いや違う。この野郎、聖樹の力で復活したとき、耐性を身につけやがったな‼」

すぐに拳をほどき、胴体から手を引っこ抜いたシンは、遠心力で飛ばされたまま距離をとる。

思い返せば、一体目のコレも、強酸に対して耐性を獲得していた。ならばこの個体は、少なくとも火炎、電撃、強酸に対して耐性を手に入れていると予想できる。

「ワームの類はこれだから……」

『シン！　ワームのお刺身なんて、私は料理と認めませんよ。ちゃんと火を通してくださいね』

「その火も耐性がついてんだよ、コイツは！」

地面に着地したシンは、もう一度グランディヌスに向かって走る。そこへ、彼目がけて敵の太い尾が、今度は横薙ぎに襲ってきた。

彼が装着するガントレットのアームシールドには、斥力場を発生させ、攻撃を撥ね返す能力がある。しかし、さすがにここまでの大質量が相手ではどうにもならない。蹲るように体を縮めたシンは、その体勢のまま攻撃を受け、バットに当たったボールのように放物線を描いて飛んだ。

シンは数十メートル宙を舞い、湖の水面に叩きつけられた後、水中に沈む。

（マズイな、さすがに水中であれと戦うのは、条件が悪すぎる）

彼の服装はいつものダボッとした平服に、フード付きのマントを羽織ったままである。相手が相手ということもあり、打撃を緩和させるために身につけていたのが、今は裏目に出た。

港町で育ったおかげで泳ぎに自信はあるが、着衣水泳で自在に動けるはずもない。

苦戦を覚悟したシンだったが、予想に反してグランディヌスは追撃を仕掛けてこない。

「……なんでだ？」

彼は知る由もないことだが、砂抜きと称してリオンに溺れさせられたグランディヌスは、水嫌いになっていた。

警戒しながら水から上がったシンは、今度は構えを取らず、両手をダランと下げたまま、体を左右に揺らしながら前進する。対するグランディヌスは、最初のときのように口を持ち上げると、彼の頭上から急降下するように襲いかかった！

一直線に襲ってくる口には、触手の形と動きをした牙が無数に生えており、それらが全てシンの体に向かい、槍のように刺し貫こうと伸びる。

刺さる！　リオンがそう思った瞬間、シンの体が薄くなったかと思うと、グランディヌスの攻撃が全て空を切った。

敵の姿を見失い、そのまま前進するグランディヌス。しかしてシンの姿は、その巨木のような胴体の横に悠然と立っている。

目標を見失った相手を挑発するように、シンは胴体をガントレットでコンコンと叩いた。

腹を立てたということはないだろう。そもそも、そんな感情などあるはずもない。目標を発見したグランディヌスは、今度は上からではなく水平に襲いかかった。

蠕動運動では速度が出ないと本能が理解しているのか、魔物は頭部を直角に曲げて、まるで鎌が弧を描くように体を振り回す。

しかし、今度もまた攻撃は空振り、シンはその場に悠然と佇む。

『羽身、いえ、さらに上位スキルの幽幻体ですか』

「コイツの体当たりなんて、まともに受け続けたら命がいくつあっても足りないからな」

幽幻体——相手の攻撃が触れた瞬間、自分の体を受け流して攻撃をいなす回避スキルだ。

習得には血反吐をはくほどの荒行を行う必要があり、苦労に比して割に合わないので、使える者は本当にごくわずかしかいないスキルでもある。

ちなみに習得方法は、ただひたすら攻撃を受け続け、相手の呼吸と間合いを完全に把握できるようになることなのだが、残念なことに、これが冗談でもなんでもない。

こと危険においては学習能力の高いグランディヌスも、何もせず回避に徹するだけの相手に対し、警戒などしない。何度も突撃を繰り返すその姿は、いつかは当たる、当たれば倒せる。そんな考えが煤けて見えた。

ベガンッ‼

何度目かの突撃をシンが回避したとき、グランディヌスの胴体は大きく凹み、その巨体が吹き飛ばされる。

「闘技、〝朧裂波〟」

そこには、相撲の諸手突きのように、両手を前に張り出すシンの姿があった。

何が起きたのか理解できず、懲りずにシンに襲いかかったグランディヌスは、またも同じ技を食らい、今度は反対方向に吹き飛ばされる。

『シン、今の技は何です？』

「なんといわれても、今の技は〝朧裂波〟。『幽幻体』からのゼロ距離攻撃だよ」

技の原理は難しくない。幽幻体で相手の懐に潜り込み、ゼロ距離から双掌打を打ち込むだけの技だ。

もっとも、相手は認識の外から、敵の全体重の乗った打撃と、魔力を衝撃波に変えた攻撃を同時に打ち込まれるので、その一撃で絶命してもおかしくはない。

『防御系のスキルと思わせておいて、実は一撃必殺の攻撃スキルですか。技の開発者はシン並みに性格が悪かったのでしょうね』

「デカブツ相手だと仕留めるのはやっぱ無理か。てか、俺の評価が酷すぎませんかね？」

シンはガントレットを異空間バッグに仕舞い、フィーリアから返してもらったバスタードソードを代わりに構える。

そして、今までそこへの攻撃を避けていた、無数の触手が生えた口への攻撃を仕掛けた。

キィイン！

グランディヌスの口を埋め尽くす触手は、かつてメガリウムワームだった頃の牙に相当する部位である。

それは牙にもかかわらず、自在に形を変えることが可能であり、なおかつ牙としての鋭さ、硬さは昔のままを維持していた。

言わば、無数の牙があらゆる方向から襲いかかってくるようなものである。

そんなグランディヌスの攻撃と、シンは剣一本で渡り合おうとしていた。

ギャイン！　キィン――

『シン、よくそんな無数の牙と、互角に渡り合えますね？』

リオンの言葉通り、シンの剣はいまだ敵の本体に届かないものの、彼の剣を受けると同時に別の角度から反撃してくる牙と、一進一退の攻防を続けている。

「リオン、知ってるか。剣は一本より二本持った方が、攻撃のバリエーションが増えるんだぜ？」

『何を当たり前のことを』

「それなのに、剣を二本振るう奴は少ない。なぜなら攻撃の幅が広がるってことは、それだけ頭を使わないといけないからな」

剣を二本持ったからといって、ただ闇雲に振るうだけでは、逆に自分の身を傷つけかねない。武器が増えるということは、それに即した運用方法を求められるのだ。

グランディヌスの牙は、口の中に無数に生えている。その牙を全て的確に動かすことなど、あるかどうかも分からない脳みそでは、できようはずもない。牙が互いの邪魔をし、そこから致命的な隙が生まれる可能性は、十分考えられた。

そして、そんな悲劇を防ごうとすれば、攻撃は単調なものになってしまう。

結局、シンに向かってくる攻撃は、外側の牙は斬りかかるだけ、内側の牙は突きを放つだけで、どんなに数が多くとも、シンにとってそれは脅威たり得なかった。

ただ、今のままではどちらも決め手に欠ける。

そんなときだった。グランディヌスが攻撃パターンを変えてきたのは。

一瞬、牙の攻撃がやんだかと思うと、牙が全て外側に展開し、その奥に直径二メートルを超える空洞が出現する。そして――

『ブウウウオオオオオオ――!!』

目の前に現れた穴から大音量が鳴り響き、シンの体は内側に引きずられた！

「ちいっ！」

咄嗟に振るった剣を触手に引っかけ、振りぬく反動で、吸い込み攻撃の範囲から抜け出す。

この口撃が目の前の獲物相手には有効だと学習したのか、今度はグランディヌスから、触手と剣の打ち合いを仕掛ける。

打ち合いを続け、ふとしたタイミングで吸い込み攻撃を仕掛ける。一連の動きは徐々に洗練され、それに伴ってシンの脱出には余裕がなくなってきた。

『シン、そろそろ危険ではないですか？』

「……大丈夫、問題ない」

『そうですか……？　それはともかくとしてシン、さっきから同じような動きばかりで飽きました。私は切った張ったの派手な戦いが見たいんです。もう少し頑張ってください』

「簡単、に……言ってくれ、る……なっ！　痛うっ!!」

グランディヌスの口撃から何度目かの脱出で、シンは初めてまともなダメージを受ける。

何度も逃げられるうちに向こうも学習したのか、獲物が逃げるタイミングに合わせて、一番外に生えている牙がシンの左足に巻きつく。

そして包丁を引くように牙をスルリと引いた結果、シンの足はふくらはぎをバッサリと切り裂かれ、派手に出血した。

『シン!!』

「大丈夫だって言ってんだろ！　おわっ！」

間髪をいれずにグランディヌスが襲いかかる。とはいえ、怪我の状態を把握しているわけではないだろう。ただ、シンの足から漂う血の臭いが、捕食者の本能に訴えるのだ。目の前の獲物を狩れと。

一方、左足の踏ん張りがきかないシンは、無数の牙の攻撃に徐々に対応しきれなくなる。

そんな状況を察したのか、今度こそ獲物を確実に捕らえようと、口をめいっぱい開いた。

——その瞬間、今まで苦しそうにしていたシンの表情が、邪悪な笑顔に変わる。

「バ〜カ」

シンは、流れるような動作で異空間バッグに手を入れると、そこから麻製の土嚢袋を取り出し、グランディヌスの口に目がけて投げつけた。

同時に、地面にニルヴァーナを突き立て、吸い込み攻撃を踏ん張って耐えると、懐からナイフを取り出し、口の中へ投げ込む。

一直線に飛んだナイフは土嚢袋に突き刺さり、炸裂する！

すると、

『ビアアアアアアアア——‼』

グランディヌスの口から、蒸気機関車の汽笛のような高い空気音が響き、のたうつように体が大きく跳ねる。

『シン……やりましたね？』

「リオンさん、言葉のニュアンスが、俺を褒めてないように感じるのですが」

『そんなことより、今度は何をしたんですか？』

「ああ、雑貨屋で大量に仕入れた生石灰だよ。砂抜きのときにしこたま飲んだ水が、まだ吸収されないまま体内に残ってるはずだ。それに生石灰が反応して、今頃は激しく発熱してる頃だろう……体を内側から焼かれる、なんて可哀想……一体誰がこんな酷いことを？」

『…………』

そして少しすると、のた打ち回っていたグランディヌスが、今度は蹲るように体を縮こまらせ、小刻みに震える。まるで何かを堪えているかのように。

「発熱が終わる頃には、生石灰が消石灰に変わる。となると今度はそいつによって、体内の粘膜が炎症を起こしたり爛れたり……ああ、なんて可哀想」

さすがにリオンもドン引きだった。

『外道ですか！』

「アレをこの後食べるとか言ってる奴に、文句を言われる筋合いはねえよ！」

体力回復薬を飲んで左足を治したシンは、背後で膨れ上がる気配を感じ、ニルヴァーナを握る手に力を入れる。

見れば、さっきまで地面に這いつくばっていたグランディヌスが、戦闘前の体勢のように、体を持ち上げ、鎌首をもたげる蛇のような構えになった。

「……まったく、これだから骨のないやつは性質が悪い。あれでまだ動くのかよ」

体内を熱で焼かれ、毒に侵されてもなお、グランディヌスは逃げようとしない。シンを食らおうと攻撃の構えを取る。

『誰かさんよりよっぽど戦士ですね』

「誰かさんのおかしな呪いのせいだと思うぞ……ふう。まあいいか、それじゃあ最後くらいは、大技を披露してやるよ」

そう言って敵との距離をとったシンは、懐から虹色の薬瓶を取り出し、グビリと飲み干す。

次に、ニルヴァーナを握る手をまっすぐ前に掲げ、呪文を唱えはじめた。

「火精よ、灼熱の刃となりて我が剣に宿れ、〝焔の滅刃〟」

魔法が発動し、ニルヴァーナは炎に包まれる。シンはそれを両手で強く握ると、上段の、いわゆる霞の構えを取り、グランディヌスをまっすぐ見据えた。

（アレはイグニス様の紅蓮剣……いえ、その模倣でしょうか）

リオンは、最後の最後で、ようやく真剣に戦おうとするシンを、つぶさに観察する。

シンは、剣の切っ先をグランディヌスに向けたまま、ピクリとも動かない。

そして、剣を向けられた方はといえば、体内のダメージが相当なものなのか、いつまでも前後左右にフラフラ揺れ、いつ倒れてもおかしくない。

それをじっと見つめるシンは、大きく息を吸うと口を閉じ、いつそのときが来ても良いようにじっと待つ。そして——来た。

「剣技、〝陽炎一閃〟」

グランディヌスの持ち上がった体が、縦に一直線になった瞬間、シンはフッと強く息をはき、剣を振るう。切っ先は勾玉のような軌跡を描くと、霞の構えだったニルヴァーナは、大上段から振り下ろされた。

『……なっ⁉』

一瞬で振り下ろされた剣は、切っ先が地面に刺さり、纏っていた炎も消えている。周囲にも変わったような気配はない。そもそも、この離れた間合いで敵に攻撃は届いたのか？

リオンがシンに話しかけようとしたとき、グランディヌスの巨体が真ん中からズれ、そのまま縦にキレイに両断される。半身は立ち続けると、もう半身は地面に崩れ落ちた。

さらに、ニルヴァーナの刺さった地面が大きなひび割れを起こし――その割れ目は遥か前方、たった今両断した魔物を越えて、さらに先まで伸びていく。

そしてひび割れが止まった直後、割れ目から突如炎が噴出し、炎はグランディヌスの巨体を包み込んで、赤々と燃え盛る。

『まさか、これほどとは……』

リオンは、今しがたシンが繰り出した技を思い出し、ため息をついた。

（今の技、いつ斬ったのか、私には分からなかった。それに加え、あの巨体を両断する威力）

いつ斬ったのか分からない――それはつまり、避けられないということ。

グランディヌスを両断する切れ味――あの硬い外皮と牙を、音もなく両断する鋭さと

威力なら、ドラゴンは言わずもがな、もしかすると魔竜にも届くかもしれない。

いかに優れた剣技であろうと、たかだか魔剣の攻撃が、魔竜の鱗を打ち砕き得る可能性に、リオンは改めて、シンの非常識ぶりを思い知った。

『シン、貴方は……シン？』

リオンは、そういえばシンの声をさっきから聞いていないと気が付く。

あれほどの大技で敵を仕留めたのだ。声高に自慢をしても、誰からも文句は出ないだろう。

『一体どうし――シン⁉』

リオンのシンを呼ぶ声が思わず裏返る。なぜなら、彼女の視線の先には、五体投地で地面に突っ伏すシンの姿があったからだ。

「うう……」

『シン、その姿は一体どうしたのです？』

「全身の筋肉が……ちぎれ、た……」

『ハア？』

リオンがシンから詳しく話を聞いたところ、あの技は、今の彼では本来使えない技らしい。

肉体への負担も大きく、〝超人剤〟を飲んでなんとか使用可能な状態まで『戻した』ものの、封印と呪いを抱合するシンの体では、使った後の反動も相当なものになってしまうとのこと。

『つまり、一度あの技を使うと、こうやって身動きが取れなくなると』

「そういうことだな。ところでリオンさん、早く薬を飲ませていただけませんか？」

『ですがシン、もしかして最初からあの技を出せば簡単に倒せたのでは？』

「いや、だから薬……おねがいだから早く」

『あ、そういえばシン、最近あの子たち頑張ってますよ。先輩冒険者からの評価も高いようです』

「リオンさん⁉」

シンの切実なお願いを、リオンは悉くスルーする。

もし戦ったら自分はシンに勝てないのでは？　などと、かなり本気で心配していたのに、当の本人は、スキルを行使した反動で全身が筋断裂を起こしている。あまりのオチに、ついさっきまで本気で心配していた自分がバカみたいではないかと、逆ギレする魔竜だった。

『あ、シン、このグランディヌスの丸焼き、結構美味しいですよ。外はカリッと、中はモッチリ、火炎耐性のおかげで絶妙な火加減になってますね。ホラ、貴方も食べますか？』

「だからクスリーーー‼」

シンの悲鳴はもう少し続いたらしい……

■

こうして目を閉じ、あの光景を思い出すたびに、小刻みに私(ナティス)の体が震える。

たかがヒト種、そんな風に彼(か)の種族を侮(あなど)ったことは一度としてない。彼らは単体としてではなく、全体として見なければ本質は見えてこない。

彼らは、その短い寿命で得たものを後世に残し、歴史を作り上げる。それは様々な知識であったり技術であったり、細かく分類すればきりがない。

それらを共有し、活用することで、ヒト種はこの世界において最大の勢力を誇っているのだから。

だからこそ、個人としての彼らに興味などなかった。どんなに仕官の誘い、求婚の申し出が来ようと、私の心が揺(ゆ)さぶられることはなかった。多少煩(わずら)わしいと思いはしたけれど。

――けれど、彼(シン)は違う。何かが違う。

外見はどこにでもいる青年だ。少々偏屈(へんくつ)なきらいはあるものの、接してみれば本質としては善良な人間だというのは分かる。でなければ息子や里のために、あれやこれやと世話を焼いたりなどしないだろうし……あら、そう考えると私の方が失礼かもしれないわね。

とはいえ、あの力は異常としか言えない。

一体誰に師事すれば、あのような者ができ上がるのか？　そう考えるたび、私の中からこみ上げてくるナニカがある。

「……あの、母上？」

私を呼ぶ声がするので目を開けると、不安げにこちらを見ている息子の顔があった。

ラスティ、私とあの人の初めての子。思えば不憫な子だ。

あの人の才能を受け継いだ次男と違い、この子は何もかも私に似すぎた。私の血を色濃く受け継いだせいで、戦いの才能にばかり恵まれ、それが逆に周囲の期待を生む。

一番可哀想なのは、ラスティ自身がその重圧を背負える強さを持っていたことだった。

だからこそシン殿、彼には感謝したい。息子にこの森を出る決断を、その勇気を与えてくれたことに。

もっとも、おかしな性癖については複雑な思いはあるけれど……まったく、あんなモノの何がそこまでありがたいのやら……ハア。

ともかくシン殿、あの方のことです！　あの方の正体は一体――

「母上！」

「……なんですかラスティ、大きな声を出して」

「母上がいつまでたっても返事をしないからですよ。それより、先ほどからギュッと拳を握ったまま、時折楽しそうに笑っていましたが？」

は？　楽しそう？

「私は笑っていましたか？」

「ええ、なにか楽しかったことを思い出していたのですか？」

「そんなことは……いえ、そうですか」

楽しい思い出？　あれが？

……ああそうか、私はアレを見て楽しかった、いえ、羨ましかったのね。あんな風に暴れることができて。

あの人と結ばれ、息子を産み、幸せに包まれていたおかげで、すっかり忘れていた。

剣を振るい、敵を屠る爽快感。強敵に挑み、そして勝利する達成感と喜び。

体の震えは武者震い、胸の奥からこみ上げてくるものは、剣を振るっていた頃の私。

……そうですね、幸い子供は二人とも私の手を離れたわけですし、いま一度、昔に戻るのもいいかもしれませんね。

「ラスティ、あの方をどう思います？」

「シンのことですか？　どうと言われましても……色々と掴みどころのない男ではありますが」

「質問を変えましょうか、あの方はあなたにとって何ですか？」

「友です！」

即答ですか……そうですね、あの方はラスティの友達。そして私たちの恩人。なにを恐れることがありましょう。

「剣を構えなさい」

「は？　……ちょっ！　イキナリどうしたのですか、母上!?」

「いいから構えなさい。餞別がわりに稽古をつけてあげましょう。喜びなさい、多少錆びついたとはいえ、まだナハト殿よりは強いですよ」

「ナハト様より!?　無茶言わないでください!!」

「問答無用です。戦いを挑まれて、否と答える自由など戦士にはないと知りなさい」

セルフィに補佐をつけ、私の手がかからなくなったら一度森の外に出てみましょうか。

そこでもしシン殿と再会するようなことがあったら、一度手合わせをお願いしてみるのもいいかもしれません。

そうですね、そのためにも、今の内に剣の錆は落としておきましょう――

■

『――なんとか上手くまとまったみたいだね♪』

……なん、だと……？

『シン？』

「……エルダー、なんで嬉しそうなんだ、オマエ？」

ハッピーエンドを喜ぶとか、何か変なものでも食ったのか？

『酷くない？』

「酷くない」

日頃の態度をふりかえってみやがれ、最高神様。

『僕はただの傍観者(ぼうかんしゃ)だけどね～、トラブルメーカーなのはシンの方なわけで』

「……さあ、知らんな」

『日頃の人生をふりかえってみたら？』

うっさい！

『またお父様は一人で——シン！　私の使徒(シン)、聞いていますか？』

「ハイハイ、聞こえてますよ～」

『……シンは私の使徒なのに、その態度はあんまりではないですか？』

……違うよ、そうじゃねえんだよ。

『ティア、シンの気持ちも少しは汲(く)んであげなよ。彼(シン)は今まで、森エルフ(フォルディア)の里という名のアルカトラズにいたんだよ。ティアの声を聞いただけで、全身を幻視(げんし)できるほどに巨乳成分が足りていないのさ！　そう、シンは今、その誘惑に負けないよう必死で心を鎮(しず)めているんだよ!!』

「ハッキリ口に出すなや！　正解だとしてもいたたまれねえだろうが!!」

『ひゃあああああ――!!』

ティアが遠ざかっていく声と、エルダーの押し殺したような笑い声が頭の中に響く。

まったくコイツらときたら……

『ハハハハ……まあその件は置いといて、シン、本当にこのままで良いのかい？』

……だから何が？

『ラスティとか言ったっけ、あの森エルフ（フォルディア）。なんでもキミの魂の朋友らしいけど』

「それが何か？」

『……シンはうっかりさんだねえ……彼が向かったバラガの街には誰がいると思う？』

誰がって、そりゃあオマエ……

「…………あ」

『ヘンリエッタって言ったっけねぇ、あの神官（きょにゅう）』

「ノーーーー!!」

イカン！　やめろ！　早まるなラスティ!!

「リオン、リオン――緊急事態（エマージェンシー）、緊急事態…………早く出てぇ!!」

『ハッハハッハ、楽しいねえ』

手前ェ！　さっき機嫌が良かった理由はコレか⁉

『遠い空のもと、友の幸せを祈ろうじゃないか』

フザケんな！　一人だけさっさと人生の目標に到達させて堪(たま)るか‼　ちったあ血反吐(ちへど)をはくほど苦労しやがれ‼

『愉快愉快――』

「リオン、早く応答してえええっ‼」

エピローグ

ルーケンヌ・某所──

「バカな、こんな……」

「一体何が……?」

里の外の巡回が終わり、交代と引き継ぎのために、屯所を兼ねた宿舎へと戻ってきたルーケンヌ戦士団の面々は、目の前に広がる光景に、驚きを隠せない。

訓練場として宿舎の側に設けられている広場、そこには今、三〇人を超える戦士団員が倒れ込んでいた。

「う、うぅ……」

死んではいない。が、誰も彼もが苦痛に顔を歪め脂汗を流している、骨の四、五本は折れているかもしれない。刻むように浅い呼吸を繰り返している団員は、アバラが折れて肺を傷つけている可能性もある。

そして、そんな惨劇の中心に静かに佇む人影が一つ。

「――ふう、年は取りたくないものですね。この程度のことで汗をかいてしまいました」

木刀を持った右手をダランと下ろし、左手で顔と首筋に浮かぶ汗を拭うナティスは、呻き声を上げる戦士たちを見下ろしながらのんきに呟く。

「族長、さま……？」

「あら皆さん、巡回のお仕事ご苦労様でした。とはいえこの時期は魔物も少なくて力を持て余しているのではありません？　良い機会なので、今から私の相手をしてくださいな」

そう言って微笑む族長の顔は「茶飲み話でもいかが？」と言っているような穏やかなもので、目の前の光景とのアンバランスさがより一層、異様さを際立たせる。

「いや、あの……相手、とは？」

「もちろん稽古のです。周りと会話の内容から分かりませんか？　……頭の巡りの悪い子は戦場では生き残れませんよ？」

ゾクリ――！

その顔から感情が消えると同時に、ナティスはたったの一歩で戦士の懐に潜り込むと、水平に木刀を振るう。反応の遅れた戦士は右腕をへし折られ、後ろへ吹き飛ばされた！

「なっ⁉」

「――遅い」

別の戦士は、抑揚のない声が背後から聞こえたと認識した瞬間、背中にハンマーを打ち込まれたような衝撃とともに地面に叩きつけられ、意識を刈り取られる。

戦士団員が次々と倒されていく様を、先程からこの惨状を見ていた戦士たちが茫然自失という体で呟く。

「これって夢だよな？　だって、あの優しいナティス様がこんな……」

「団長が怒ると怖いって言ってたけど、もうそういう次元じゃないって‼」

こと戦闘において、ルーケンヌが五氏族中、最も弱いのは自他ともに認める事実だ。だとしても、たった一人の相手に一方的に蹂躙される。悪夢としか言いようがなかった。

しかも相手は、自分たちがその身に代えてもお守りすべき族長である。

「あなたたち、何をボーッと立っているのです？　後方支援の部隊なら、矢を射かけるなり魔法を唱えるなりして牽制を試みなさい。そしてその間に負傷者は速やかに回収、迅速に治療を施す……できない子は、お仕置きですよ？」

「「ヒイッ‼」」

弾かれたように動き出した彼らは、ナティスの助言通り遠隔攻撃と負傷者回収を試みる。

しかし――

「ぐっ‼」

「うあああっ‼」

避ける練習のつもりか、彼女は、攻撃をギリギリまで引きつけてから、最小限度の動きで回避し、避ければ別の者に当たるときだけは、それら全てを木刀で叩き落とした。矢も、魔法も。

「闇雲に攻撃すれば良いというものではありません。攻撃を集中させるのではなく、避ける先を見越した攻撃を、むしろそれを誘引させるよう連携なさい。それから――」

ゴスッ!!

「うぐっ!!」

「治療班、なぜ自分たちは攻撃されない前提で動いているのです? 敵にとってあなたたちは、せっかく排除した戦力を前線に戻す邪魔者なのですよ? 常に最前線の気持ちで周囲に気を配りなさい」

「「………」」

瞬きするほどの時間で前線と後方を行き来するバケモノ相手に、いったい、なにをどう警戒すればいいのか? 逃げ場のない地獄に放り出された彼らの心は、延々とへし折られ続けた。

……ほどなくして、訓練場に静寂が訪れる。

「――ふう、今日はこのくらいにしましょうか。みなさん、怪我を治してしっかり休んでおくように。貴方たちは、戦えなくなった彼らの分まで強くなる義務があるのです、泣き言は許しません」

今日は――明日また来ると言外に宣言したナティスに、その場にいた全員が凍りつく。だが、異論を唱える勇気の持ち主はいなかった。

「うう……義母上がこれほど強いとは」

「フィーリア、しっかり‼」

シンの特訓を受けてから日課になったマラソンを終え、屋敷に戻る途中だったセルフィは、チラリと見えた訓練場の惨憺たる様子に驚く。そしてその中に、新婚ホヤホヤの妻が含まれているのを見つけると、急いで駆け寄る。

「あらセルフィ、貴方もいたのですね。良い機会ですから鍛えてあげましょう。聞けばシン殿のおかげで、基本レベルは大幅に上がったとか、少し興味があります」

「え、あの、お母様……？」

「将来、兄の代わりにルーケンヌを背負うのです。ここで逃げては示しがつきません……セルフィ、その羽飾りはどうしたのです？」

「えっ⁉　あ……これは、そのう」

母親に質問され、セルフィはあからさまに動揺すると、愛用している羽飾りに重ねるようにハチマキに括りつけられた、別の羽飾りのようなものを手で隠す。

飾りと言うには彩りに欠けつつも大事そうにしているそれは、よく見ると、使い古した矢羽だった。これまではつけていなかったので、どこかで拾ってきたのだろう。例えば、戦場で――

目を泳がせ、何か言い訳でも考えているその様子をナティスは、どこか嬉しそうに眺め、その直後、木刀を持ち上げ、その切っ先をセルフィに向ける。

「では、行きますよ」

「え、ちょ、あ……誰か!?」

周囲に助けを求めるが、誰も助けようとはしない。というか動ける者がいなかった。

そしてなにより、訓練場に横たわる戦士たちの目には、『一人だけ抜け駆けは許さん』との強い意思が、宿っていたとかいないとか。

「やーーーーーーーー!!」

可愛(かわい)らしくも悲痛な声が、ルーケンヌの里にこだました。

バラガの街にて――

ギルドで冒険者登録を済ませたラスティは、リオンの紹介でじいさま(ユーリ)の屋台へ足を運び、挨拶(あいさつ)を済ませていた。

「ほう、お前ぇシンの友人(ダチ)かよ!? よくもまあ、あんな歩く非常識と仲良くなんてなりゃがったなあ。まあ一本食えや、ワシの奢(おご)りだ！」

かかと笑うじいさまから串肉を受け取ったラスティは、笑顔でそれを頬張(ほおば)りながら、共通の知り合いについての話に花を咲かせる。

そこへ、ここバラガの街で若手のホープと呼び声の高い、四人組の冒険者パーティがやってきた。

「あ～お腹空いた～。おじい、串肉四人分ね！　……って、お兄さん誰、見かけない顔だよね？」

「なんだお前ぇらか。ああ、コイツはシンのダチだとよ。南の森で知り合ったらしいや」

「南の森って、もしかして『グラウ＝ベリア大森林』ですか⁉　あそこって、危険な魔物がたくさんいるって聞いてますけど」

かつてシンに教えを乞い、何度も助けられつつも、そのおかげで、若いながらも一端の冒険者の仲間入りを果たした四人の少年少女が、ラスティのもとに寄ってくる。

「よく知っているな。俺をはじめ、あの森に住む森エルフはみな『ゾマの森』と呼んでいるよ。ちなみに今の時期は、フォレストバイパーの大繁殖期というもののおかげで、凶暴な魔物は鳴りを潜めているか、アイツらに食べられてるな。平和なものだよ」

まったく平和ではないな――四人はそんな感想を抱くと同時に、なるほど確かにシンの友達だ、などと結構な感想を抱く。

「で、名前を教えてもらってもいいか？　俺はラドック、そっちの騒がしいのがエイミーで、コイツがニクス。それと、彼女がアデリアだ」

「ちょっと！　どういう自己紹介よ⁉」

目の前の森エルフ(フォルディア)にラドックが声をかけると、あんまりな紹介にエイミーが抗議(こうぎ)の声をあげる。この頃は彼も、誰彼かまわず噛(か)みつくようなことはもうしない。それでも、初対面の相手に侮(あなど)られないため、一番ガタイが大きく戦闘でも壁役の彼が、相手に最初に話しかける。彼らのいつものやり方だった。

「ふむ、なるほど……ああすまない、俺の名はラスティだ。それで君たちかな、シンが言っていた見てると危なっかしい連中というのは？」

興味深そうな顔でそう答えるラスティに、「なんだと⁉」とラドックはいきり立つ。それをニクスがすぐに宥(なだ)める様子を、彼は楽しそうに眺めていた。

「あの、ラスティさん！　師匠は、師匠は他に何か言ってませんでしたか⁉」

「師匠？　ああ、シンのことか。特にそれらしいことは言っていなかったが、俺がこの街にいる間は気にかけてやってくれと頼まれたよ。ところで、彼(シン)は君たちの師匠なのか？」

師匠師匠と連呼(れんこ)する、四人の中で一番小柄な女の子にラスティが聞き返すと、その女の子――アデリアは、嬉しそうに頷(うなず)きながら答える。

「はい！　師匠は凄(すご)くて強くて魔法も使えて！　私たち四人を鍛えてくれた恩人なんです‼」

「あんなの凄(すご)いとかそういう話じゃねえよ、非常識の塊(かたまり)だったぜ」

「だよね～、素手でオーガを殴り殺してたもん」

「魔法の極意を教えてもらいました。師匠っていろんな属性の魔法が使えるんですよ！」

「おまけに、強力な魔道具を自作してましたしね……あれ、ラスティさんが背負ってるその弓ってもしかして……？」

「……ん、ああ、別れ際に旅の餞別だと言われてな。貰ったよ」

「やっぱりかあ。僕たちなんか、リオンさんが預かってるシンさんの餞別、まだ受け取ってないのに～」

ぼやくニクスに他の三人も同調し、ラスティの背中にある『パイルハンマー』を羨ましそうに眺める。

（なるほど、危なっかしい子供たちだ……いろんな意味で）

共通の知人がいると言っただけで、事の真偽も確かめず無条件で信用したり、いない相手のことをペラペラと話したりと、脇が甘いことこの上ない。

とはいえ彼らにも言い分はある。シンに関する話など他人に話せる内容の方が少なく、こと自慢話にいたっては、それこそ身内の間でしかできないのだから。そんなところに、シンの友人を名乗る男が現れたとなれば、多少テンションが上がって脇も緩むというものだろう。

問題は、それがとても迂闊で危険だということである。

ラスティは口の端をちょっと吊り上げると、次の瞬間はさっぱりとした笑顔になって、四人に話を持ちかける。

「どうかな？　ここはお互いをよく知るために、冒険者らしく手合わせをしてみないか。ああもちろん、俺一人に対して君たちは四人がかりで構わないぞ」

「……アンタが強いのは見りゃあ分かるが、俺らのことを舐めすぎてやしねえか？」

「そんなことはないさ……大切な人の秘密をペラペラと話す、その程度の未熟者だってことくらいは、今の会話だけでよく分かったさ」

「「「「…………」」」」

途端にバツの悪い顔になる四人を、ラスティの背中越しに面白そうに見ているじいさまがいた。

「無理に受ける必要はないが、将来シンと再会したときに、酒を酌み交わしながらの思い出話に、今日のことをぽろっと話してしまうかもしれん。どうせならシンに不愉快な思いをさせたくないのだがなあ……」

「ちょ！　……あ〜、分かったわよ、やるよ、やるっ!!」

「ちょっとエイミー、本気で言ってるのかい⁉」

「あったり前でしょ！　ニクス、こんなことがシンさんの耳に入ったらアンタ、どうなると思ってるのよ！」

「それは……」

「イ、イヤです！　師匠に嫌われたくありません!!」

一瞬で混乱に陥る面々に、ラスティは思わず苦笑する。

シンが彼らに恐れられているのか、それとも畏れられているのか、実に分かりやすかった。

「ま、諦めるこったな、お仕置き代わりにいっちょ揉んでもらえや。もしかしたら今のお前えらなら、一撃くらいはイイのが当てられるかもしんねえぞ？」

露ほども思っていない台詞をはく無責任なジジイに、恨みがましい目を向けながらも、やがて諦めた四人は、ラスティとじいさまを伴って神殿に向かう。

それこそ神殿ならば、万が一にも命の危険はないだろう。

そう思っていた時期が、四人にもありました……

「「「「ギャアアアアアア!!」」」」

Aランク相当、ルーケンヌ最強の（次に強い）戦士は、けっこう容赦がなかった。

「……森エルフって、美と自然を愛する優美なる種族なんじゃなかったっけ？」

「誰だよ……そんなこと言ったホラ吹きは？」

「確か、リオンさんだよ……」

「勝てる気がしないよう……」

地面に転がる四人は、シンとは別の種類の強さを目の前の男に感じていた。疲労で動けないわけではない、痛みに耐えかね蹲っているわけでもない。なのに、立ち上がることができない。こんな現象は初めてだった。

木剣で打ち据えられ、軽く払い倒された後、威圧によって動きを封じられる。それはまるで、蛇に睨まれたカエルのようだった。

立ち上がろうとする気力そのものが消えうせる。

「悪夢だ……」

「この人、もしかしてシンさんより強いんじゃないの……？」

目の前の男の強さに圧倒され、生きる屍となった四人は思わず弱音をはく。

汗一つかいていないラスティは、それを聞いて思わず笑ってしまう。

「はっはっは、生憎俺より強い戦士はあの森にはゴロゴロいるぞ？　中には俺など片手で捻ることのできる鬼が……そう、まさしく鬼……姫……」

「ん？」

テンションがきりもみ急降下するラスティ。四人はそれを訝しみながらも、彼の口から出た言葉に気持ちが持っていかれる。

目の前の男クラスの戦士がゴロゴロおり、その中には彼を軽くあしらう猛者もいるという事実に、『グラウ＝ベリア大森林は魔境だ』との共通認識が四人の中に植えつけられた。

一方ラスティはといえば、シンと離れて二人きりのとき、母に言われたことを思い出していた。

『――ラスティ、この先どんなことがあろうとも、また、それがどれほど義理を欠く行為だとしても、シン殿と戦場で相対することだけは避けなさい。族長として、そして母として、貴方への最後の忠告です、良いですね？』

四人から聞いたシンの話――オーガを撲殺する肉体と、あらゆる属性魔法を操る魔道士の才、そして魔道具作成、薬学……枚挙に暇がないシンの非常識さの前では、自分の戦士としての技量など、きっと足元にも及ばないだろう。

それでも一度は本気で手合わせしてみたい、そんな気持ちを抱くのは、ラスティの戦士としての業なのか、それとも母から受け継いだ血のせいだろうか。

「自分たちを圧倒した男が強いと信じたいのは分からんでもないが、相手の強さを高く見積もっても、自分たちもその分強くなるわけではないぞ。これは鍛え直した方がいいかもしれんな」

「どのみちシンさん並みに厳しいことに変わりはないじゃん……」

「――おじいさま、屋台にいないと思ったらこちらでしたか」

「おう、ヘンリエッタか。ちょうど良い、アイツらの怪我ぁ治してやんな」

特等席で五人の試合を見物していたじいさまに、ヘンリエッタが声をかけてくる。すると、全員が彼女に視線を送った。

「――!!」

「治すって……きゃ！ みんな、どうしたの!?」

「見ての通り、稽古をつけてもらって、どいつもこいつもへたり込んじまってるってえ話よ」

「稽古？ ……あら、こちらの方は？」

「……あ……ああ……」

ヘンリエッタが目を向ける先にいる男は、言葉にならない声をあげながら、耳の先まで紅潮させて棒立ちになる。きっと今なら、Ｆランク冒険者でも簡単に首を刎ねることが可能だろう。

「……あのう？」

「そいつはラスティ、旅先で仲良くなったシンのダチだとよ」

「まあシンさんの!? シンさんはお元気でしたか？」

「あ……ああ……」

声をかけられたラスティはそれどころではない。彼は、目の前に現れた女性のただ一点に、意識の全てを持っていかれているのだから。

この街を訪れ、今までに何人もの人間（きょにゅう）とすれ違い、ようやく自分の求める世界がここにあると喜んだ。しかし、いまだ自分の求めるモノ（きょにゅう）は見つからず、自分の旅は、まだ始まったばかりだと思っていた。

それがどうだろう、己が求める理想の体現者が、いま目の前に存在するではないか！

じいさまがヘンリエッタと呼ぶ女性の胸の膨（ふく）らみを見たとき、ラスティは脳天に落雷を受けたような衝撃に打ち震えた。

――彼女こそが理想だと、彼女こそが運命の女性（ファムファタル）であると！

ガシッ!!

「はい？」

「結婚しましょう」

「はぁ……はいっ!?」

唐突な求婚（プロポーズ）に一瞬呆（ほう）けてからの混乱に、今度はヘンリエッタが硬直し、二人は手を取り合い、そして見つめあう形で時間が止まる。

――しかし、『荒ぶる鬼神（おじいさま）』はそれを許さなかった。

「こんの腐れエルフがぁ!!　ワシの可愛（かわい）い孫娘から、その汚（きた）ねぇ手を放しやがれ!!」

「うおうっ!?」

老人のものとは思えぬ剛拳が唸り、ラスティは思わずヘンリエッタから手を放して飛び退く。

すると今度は、威圧の呪縛から脱した四人が、魔の手からヘンリエッタを守ろうと立ち上がり、構えをとる。

やはり人間とは、護るもののためにこそ強くなれるのだろう。

「シンの野郎、とんでもねえモン送り込みやがって、次に会ったらぶっ殺してやらぁ!!」

「「「「ヘンリエッタ姉は俺（私）たちが守る!!」」」」

「え？　え？　え？　え～～～～!?」

……一連の映像は、リオンを介してエルダーのもとへ送られ、大層満足されたらしい。


グラウ＝ベリア大森林・南端――


『え～、「冬来たりなば春遠からじ」なんてえ言葉がありまして～』

「……そんな出だしの落語はねえよ」

『暦の上では春だというのに、シンのもとに春はいつ来るの？』

「俺が聞きてえよ――!!」

ったく、どいつもこいつも春が訪れてるかと思うと、春嵐どころか嫉妬の嵐が吹き荒れそうだわ……なんで俺だけ。

あ～、ラスティの野郎、ヘンリエッタにいらんことしてなきゃいいけど……

──バラガの街の一件をエルダーが教えるはずもなく、そこで何があったかなど、シンは知る由もなかった──

「次の街に期待するかねえ……」

『お、いつになく積極的じゃない、その気になった？』

「神殿経由で神域に昇ったら、しばらくティアの膝枕で癒されたい……そう、一年くらい」

『そんなのダメです────!!』

なんでダメなんだよ。いいじゃんんか、使徒として頑張ってる俺に、少しくらい癒しを与えてくれてもいいじゃん！

『ダメなものはダメです!! シンのエッチ────!!』

「お義父さん、娘さんを説得してください」

『はっはっは、相当疲れてるみたいだねえ……いいとも、次の街に神殿があったら、僕の持てる力の全てを使って、ティアに膝枕をさせてあげるよ。なんなら胸枕でも良い』

「ヨッシャアアアアア!!」

待ってろや、次の街！

（――エルディアス様）

（ん？　なんだい、ジュリエッタ？）

（シン殿の向かう先にある街ですが……聖域指定されている神殿などあい、い、いありませんが？）

（うん、知ってる）

（そうですか、それを聞いて安心しました）


「待ってろ、我が理想郷（アルカディア）、見果てぬ夢の楽園よ！」


俺は走った、とにかく走った。

どこへ？

そんなの決まってる、夢に向かってだ！

次の街に神殿がないことを知ったのは、それから一週間後だった……


かつて別々だった二つの世界、それが衝突、その後一つの世界となってから一〇〇〇と余年、二つの種族の交流からの侵略（しんりゃく）、勇者による平定、帝国の興（おこ）り……世界は時を紡（つむ）ぎ、人は歴史を作る。

ある森において、小さな変化、そしてわずかな者しか知らない大きな変化が起きた。

数十年いがみ合っていた二つの森エルフ(フォルディア)。欲をかいたがゆえに起きた悲劇は、やがて大きな災厄となり、二つの氏族に襲いかかる。

他氏族の助力により危機を脱した二つの氏族は、これより百と余年後、統合を果たす。

そのとき新たに族長となるのは、森の外から訪れた一人の男。世界樹ゾマによって、かの『鬼姫』に連なる者であると証明されたその若枝は、二つの氏族を見事にまとめ上げ、やがてゾマの森に永き繁栄をもたらす大樹となる――

そして、ゾマの森より密(ひそ)かに持ち出された『世界樹の苗』、これがいずれ、世界にとって重要な役割を担(にな)うことを、今はまだ誰も知らない――

世界の姿は迷路(めいろ)のごとく。現在が過去の選択の結果であるならば、未来は今の選択の先にあり。

人は誰しも最良の結果を求め、最善と信じる選択に身を委(ゆだ)ねる。未来の補償などどこにもないのに。

ならば悪手(あくしゅ)であろうと、流れに乗ることで最良の結果を呼び込むことも叶(かな)いたる。

故(ゆえ)に、我を捨て他がための選択ならば、たとえ正道に反するとも結果がついてくるは世の情け。

嘘をつくなと誰もが諭す、真実にこそ価値があると誰もが称える。

誰かが問う、真実と正義を同義とするなら、嘘ははたして悪なのか？

――否、嘘は人の心が生み出すただの現象にすぎず、心の形に他ならぬ。

正しさが全てを救うわけではない。真実はときに人を傷つけ、人の心に壁を作る。

それを防ぐために嘘をつくのは、正しくはなくとも、救いではあるはずだ。

自分のためにつく嘘、その原動力は己の欲。

ならば、他人のためにつく嘘とは、何を原動力とするのか？

それはきっと、愛ゆえに。

――嘘も方便、そこに優しさがあるならば――愛は善悪を超越する――

それは神によってこの世界に『お試し』転生をすることになった一人の男――シンの物語。

神々の思惑と自らの思いを胸に今日も――

――転生薬師は異世界を巡る――

あとがき

皆さん、お久しぶりです。作者の山川イブキです。

この度は、文庫版『転生薬師は異世界を巡る4』をお手に取っていただき、誠にありがとうございます。


既に本編を読んでくださっている方には説明不要かもしれませんが、エルフです。今回は全編通してエルフが登場するお話です。

昔々、ライトノベルという呼び方が一般的ではなく、本作のような小説はファンタジーノベルと呼ばれていた頃、日本人にとってエルフと言えば「華奢な体つき」「肉を食べない」「総じて美形」「弓の名手」「リュートや竪琴のような楽器が得意」といった、なんとなく優雅なイメージが主流でした。

……ハッハッハ、アリエネエワ。

地球の森だって一歩踏み入れれば危険な生物がわんさかいるのに、これが異世界の森となれば、魔物が跳梁跋扈する文字通りの魔境っすよ！　その辺に生えてる樹木ですら油断できないってのに、そんなとこに住んでる連中なんてバリバリの戦闘民族に決まってますわ！

という作者の独断と偏見によって生まれた武闘派集団が今作のエルフさん達です。

……まあ、たまにはこんな毛色の変わったエルフがいても良いと思うのですよ。

この本が書店に並ぶ頃には、コミカライズ担当のマツオカヨシノリ先生による『転生薬師は異世界を巡る』のコミックス版も発売されている頃かと存じます。

そちらも是非、お手に取って頂けると幸いです。

二〇二〇年八月　山川イブキ

ネットで人気爆発作品が続々文庫化

アルファライト文庫 大好評発売中!!

異世界で怠惰な田舎ライフ。1〜6

稀代のものぐさ主人公、成長チートで異世界を救わない!? 断言しよう——俺は怠惰だ!

1〜6巻 好評発売中!

太陽クレハ *Taiyo kureha*　illustration やとみ

釣りして、食べて、昼寝して、
目指せ!　ぐだぐだスローライフ!

怠惰なことくらいしか特徴のない高校生・岡崎椿は、貴族の三男ユーリ・ガートリンとして異世界に転生することに。神様から寝ているだけで成長するチートスキル【超絶】をもらったものの、ユーリは何をするでもなく、のんびり田舎生活を楽しんでいた。しかし、ユーリの能力は徐々に周囲の人達の目にとまり——!?　ぐうたら貴族の異世界のんびりファンタジー、待望の文庫化!

文庫判　各定価：本体610円+税

アルファライト文庫

この作品に対する皆様のご意見・ご感想をお待ちしております。
おハガキ・お手紙は以下の宛先にお送りください。

【宛先】
〒150-6008 東京都渋谷区恵比寿 4-20-3 恵比寿ｶﾞｰﾃﾞﾝﾌﾟﾚｲｽﾀﾜｰ 8F
(株) アルファポリス　書籍感想係

メールフォームでのご意見・ご感想は右のＱＲコードから、
あるいは以下のワードで検索をかけてください。

本書は、2019年10月当社より単行本として
刊行されたものを文庫化したものです。

転生薬師は異世界を巡る 4

山川イブキ（やまかわいぶき）

2020年 9月 30日初版発行

文庫編集－中野大樹／篠木歩
編集長－太田鉄平
発行者－梶本雄介
発行所－株式会社アルファポリス
〒150-6008東京都渋谷区恵比寿4-20-3恵比寿ガーデンプレイスタワー8F
TEL 03-6277-1601（営業） 03-6277-1602（編集）
URL https://www.alphapolis.co.jp/
発売元－株式会社星雲社（共同出版社・流通責任出版社）
〒112-0005東京都文京区水道1-3-30
TEL 03-3868-3275
装丁・本文イラスト－れいた
装丁デザイン－ansyyqdesign
印刷－株式会社暁印刷

価格はカバーに表示されてあります。
落丁乱丁の場合はアルファポリスまでご連絡ください。
送料は小社負担でお取り替えします。

ISBN978-4-434-27873-0 C0193